契诃夫小说全集

汝 龙／译

4

契诃夫像
(1887年)

目　次

一八八五年

淹死的人 …………………………………… 3
闲人 ……………………………………… 8
家长 ……………………………………… 14
村长 ……………………………………… 19
死尸 ……………………………………… 26
妇女的幸运 ……………………………… 32
厨娘出嫁 ………………………………… 37
墙 ………………………………………… 43
纪念演出散戏以后 ……………………… 47
临近结婚季节 …………………………… 54
普通教育 ………………………………… 56
普里希别耶夫军士 ……………………… 62
两个记者 ………………………………… 67
变态心理 ………………………………… 72
在异乡 …………………………………… 78
雄火鸡 …………………………………… 84
睡意蒙眬 ………………………………… 89
治疗酒狂症的单方 ……………………… 94

低音提琴和长笛	101
有意结婚者指南	107
尼诺琪卡	112
贵重的狗	118
作家	122
钢琴乐师	127
过火	134
失业	140
十年或十五年以后的婚姻	146
老年	150
哀伤	157
唉,公众啊!	163
孱头	168
纯朴无瑕	177
纸包不住火	184
愤世嫉俗者	190
她的丈夫	196
长沙发底下的剧团经理	203
梦境	207
惊叹号	214
镜子	220

一八八六年

新年的大苦大难	229
艺术	233
墓园之夜	240
功败垂成	245

初出茅庐	248
孩子们	256
发现	263
苦恼	268
审判前夜	275
风波	282
醉汉同清醒的魔鬼的谈话	291
演员之死	294
安灵祭	302
愚蠢的法国人	309
安纽达	314
祸福无常	320
大人物	322
伊凡·玛特威伊奇	327
巫婆	334
毒	349
没有结局的故事	356
捉弄	366
阿加菲娅	371
我同邮政局长的谈话	384
狼	389
到巴黎去！	398
在春天	405
公文成堆	411
噩梦	414
在河上	430
格利沙	438

爱情 …………………………………………………… *442*

题解 …………………………………………………… *449*

一八八五年

淹死的人

一场小戏

这儿有条通航的大河,堤岸上很乱,这在夏季的中午是常见的。有些小船正忙于装货和卸货。人们的咒骂声和轮船的放汽声不停地响着。

"特儿利……特儿利……"起重机的滑车不住地哀叫。

空中弥漫着干鱼和焦油的气味。……"谢尔科彼尔"①轮船公司的职员在河岸上坐着,等候发货的商人,不料这时候走过来一个身材矮小的人,面容极其憔悴而浮肿,穿着破旧的上衣和打过补丁的花条裤子。他头上戴着褪色的帽子,帽檐有点脱落,原先安帽徽的地方如今只剩下一个圆斑。他的领结从衣领上滑下来,游移不定地挂在脖子上。……

"商人先生万岁②!"这个人用沙哑的声音说,把手举到帽檐上敬礼。"敬礼③!您,老板,想看一下淹死的人吗?"

"哪儿有淹死的人?"职员问。

"实际上淹死的人并不存在,不过我可以给您表演一下。我往水里一跳,您面前就出现一个落水的人失足淹死的情景!这个

---

① 这个名字可意译为"拙劣作家"。
② 原文为拉丁语。
③ 原文为塞尔维亚语。

画面与其说可悲,不如说含有喜剧的性质,因而大有讽刺的味道呢。……请您允许我,商人先生,表演一下!"

"我不是商人。"

"对不起。……十分抱歉①。……如今商人也穿普通的便服,因而连挪亚②都分不清洁净的和不洁净的了。不过既然您是知识分子,那就更好。……我们就可以互相了解了。……我也出身贵族。……我是个尉官的儿子,先前经人举荐,做过十四等文官③。……好吧,我的先生④,一个表演艺术家愿意为您出力。……我纵身往水里一跳,您面前就出现一幅画面了。"

"用不着,谢谢您。……"

"如果有物质方面的考虑在惊扰您,那么我要赶紧让您放心。……我向您收的费用不贵。……穿着皮靴淹死,是两卢布,而不穿皮靴,只要一卢布就成。……"

"可是为什么要有这种差别呢?"

"因为皮靴是人的装束最贵重的部分,要把皮靴晾干非常困难。那么⑤,您允许我有个赚钱的机会吗?"

"不,我不是商人,我不喜欢这种强烈的刺激。……"

"嗯。……依我看来,您大概还不了解这件事的实质。……您认为我会给您表演一种粗野鄙俗的场面,其实我的表演除了幽默讽刺以外,什么也不会有。……您不过添一次微笑的机会罢了。……要知道,看别人穿着衣服游水,在波浪里挣扎,那是很逗

---

① 原文为法语。
② 按照基督教传说,神吩咐挪亚在洪水泛滥时期登上方舟避难时"凡洁净的畜类,你要带上七公七母,不洁净的畜类,你要带一公一母",见《旧约·创世记》第7章,第2节。
③ 旧俄时代官阶最低的文官。
④ 原文为英语。
⑤ 原文为拉丁语。

笑的！再者……您也就给了我一个赚钱的机会。"

"不过，您与其扮演淹死的人，不如干正事的好。"

"正事。……什么正事呢？好差事，人家不会给我做，因为我有饮酒的嗜好，再者，要谋到那种差事，非有人奔走说情不可，先生。至于普通的粗活，我尊贵的身份又不容许我承担。"

"您不要去管您尊贵的身份吧。"

"怎么叫不要去管呢？"那个人问，骄傲地昂起头，微笑着。"如果一只鸟了解自己是鸟，那么一个高贵的人怎能不了解自己的身份呢？我虽然穷，穿得破烂，成了乞丐，然而我是骄傲的。……我为我的血统骄傲！"

"然而这种骄傲并没有妨碍您穿着衣服下水。……"

"我很惭愧！您的话里含有一部分沉痛的真理。一眼就可以看出来，您是个有教养的人！不过，您向罪人扔石头以前，先要听听他讲的话。……不错，我们这类人确实有许多忘记自己的尊严，容许那些无知无识的商人往他们头上涂芥末酱，或者在澡堂里把自己周身涂上煤烟，扮演魔鬼，或者穿上女人衣服，干出不体面的事，可是我……我决不干这种事！不管商人给我多少钱，我也不容许人家往我头上涂芥末酱或别的哪怕是上流的东西。至于扮演淹死的人，我却看不出有什么丢脸的地方。……水固然是湿的，然而干干净净。在水里游来游去不会沾上一身脏，而且正好相反，倒越发干净了。连医学也不反对这样做。……可是，如果您不同意，那我可以减价。……好吧，我穿着皮靴，只收一卢布就是。……"

"不，用不着。……"

"那是为什么，先生？"

"用不着，就是这么回事。……"

"您该看看我怎样呛水。……这条河，上上下下，再也没有一个人比我更善于表演淹死。……如果医生先生们亲眼看见我怎样

5

表演死人，他们就会推崇我。……好吧，我只收您六十戈比就是！俗语说得好：开张贵于金钱。……换了别人，就是给我三卢布，我也不干，可我从您的面容看出来您是位好先生。……对有学问的人，我收费便宜点。……"

"请您别缠住我！"

"遵命！……这随您的便吧，只是您不该不同意。……下一次您就是肯出十卢布，也找不着人来表演淹死了。……"

那个人在岸坡上找了个比职员坐的位置高一点的地方坐下，大声喘着气，开始在口袋里翻寻什么东西。……

"嗯……见鬼……"他嘟哝说。……"我的烟到哪儿去了？大概我把它忘在码头上了。……刚才我同一个军官谈政治，争吵起来，在火头上把我的烟盒不知塞到哪儿去了。……目前英国政府正改组。……那些人也真是怪！对不起，先生，您给我一支烟吧！"

职员递给那个人一支烟。这时候，职员等待的发货商人在岸上出现了。这个人就跳起来，把那支烟藏在袖子里，一只手举到帽檐上行礼。

"万岁，老板！"他声音沙哑地说，"敬礼！"

"啊啊……是您呀！"职员对商人说，"您叫人等那么久！您不在这儿，这家伙把我折磨得好苦！他硬要我看他的表演！他要我出六十戈比看他表演淹死的人。……"

"六十戈比？哼，老兄，你也太贪心了，"商人说，"至多值二十五戈比。昨天有三十个人在河里给我们表演船舶遇难，一共才要五卢布，可是你……你呀！要六十戈比！这么办，给你三十戈比！"

那个人鼓起腮帮子，鄙夷地冷笑。

"三十戈比。……如今一棵白菜也要值这点钱，您却要看淹死的人。……这也太过分了。……"

"好,那就算了。……我没有工夫跟你讲价钱。……"

"那就这么办吧,好歹也算是开个张。……只是您不要对别的商人说我要价这么便宜。"

那个人就脱掉皮靴,皱起眉头,扬起下巴,往河水那边走去,笨拙地纵身一跃。……跟着就响起了沉重的身体落进水里的响声。……那个人浮在水面上,可笑地挥动胳膊,摆动两条腿,脸上极力做出害怕的样子。……可是害怕的样子没有做成,却露出了冷得发颤的样子。……

"快淹死!淹死!"商人叫道,"别再游泳,淹死吧!……"

那个人眨巴着眼睛,张开两条胳膊,连头一齐钻进水里去了!整个表演也就到此结束。那个人"淹死"以后,从河水里爬出来,收到三十戈比,浑身湿透,冻得瑟瑟发抖,顺着河岸继续走他的路。

闲　　人

　　阿历克塞·费多罗维奇·沃斯美尔金领着硕士,也就是到他家来做客的弟弟,走遍他的庄园,让他的弟弟看一看他的家业。这两个人刚刚吃过早饭,略微带点酒意。

　　"这个,我的兄弟,是铁作坊……"沃斯美尔金解释说,"在这个架子上给马钉马掌。……还有这个地方,我的兄弟,是澡堂。……澡堂里放着一张长沙发,那底下有些雌火鸡扣在粗箩里,在孵小鸡。……我一瞧见这张长沙发,马上就会想起许许多多快活事。……这个澡堂只到冬天才烧热。……兄弟,这可是个了不起的东西!只有俄国人才能发明这样的澡堂!只要在上铺躺一个钟头,那种舒服劲儿就比意大利人或者德国人一百年享受到的还要多。……你躺在那儿就像在地狱的大火里一样,同时阿芙多嘉拿着桦条帚①不住地拍打你……噼啪……噼啪。……过一会儿你就起来,喝点凉的克瓦斯②,于是又噼啪……噼啪。……后来你从上边爬下来,全身发红,像个恶魔。……喏,这儿是下房。……我那些雇工就住在这儿。……进去看一下好吗?"

　　地主和硕士弯下腰走进一间破屋,房架歪歪斜斜,四壁没有粉

---

①　蒸汽浴的用具,拍打身体借以发汗。
②　俄国的一种用麦芽或黑麦面包等制成的清凉饮料。

刷过,房顶向下塌陷,窗子破碎。他们一走进去,就闻到热汤的气味。下房里的人正在吃饭。……农民和农妇围着长方形的桌子坐着,用大汤匙舀豌豆粥吃。他们见到两位老爷,就停住咀嚼,站起来。

"这就是他们,我的用人……"沃斯美尔金对吃饭的人扫了一眼,开口说,"祝你们胃口好①,伙计们!"

他们纷纷答话,声音嘈杂。

"这就是他们!这就是俄罗斯,我的兄弟!真正的俄罗斯!最优秀的民族!这都是些什么样的人啊!那些德国或者法国畜生,求上帝饶恕我这么说,哪能跟他们比?跟我们的民族相比,一切民族都是蠢猪,虫豸!"

"得了,别这么说……"硕士含糊地说着,点起雪茄烟,想使空气干净一点,"各民族都有各自过去的历史……都有各自的未来。……"

"你是西欧派②!难道你了解我们的民族吗?令人遗憾的正是这一点:你们这些有学问的人,外国那一套倒都研究透了,本国的情形却不想知道!你们看不起它,疏远它!我读过一篇文章,我同意作者的观点:知识分子已经腐败,如果还能在什么人身上找到理想的话,也只能在他们身上,在这些懒汉身上找到。……比方就拿菲尔卡来说吧。……"

沃斯美尔金走到牧人菲尔卡跟前,摇了摇他的肩膀。菲尔卡笑了笑,发出"嘀嘀"的声音。……

"比方就拿这个菲尔卡来说。……喂,傻瓜,你笑什么?我是

---

① 俄罗斯的民间问候词,逢人就餐时用。
② 当时俄国的一种资产阶级思潮,主张俄国按西欧的资本主义道路发展。其对立面是斯拉夫派,主张俄国有独特的发展道路,其代表人物多为旧贵族。本文的地主显然以斯拉夫派自居。

认真说话,你却笑。……比方就拿这个蠢货来说。……你看一看,硕士!这两个肩膀有多宽!这个大胸脯活像一头象!这个身子你推都推不动,该死的!他身上包藏着多少精神力量!包藏着多少精神力量啊!这种力量抵得上你们十个知识分子。……你要敢冲敢闯,菲尔卡!要头脑清醒!打定了主意就寸步不让!抓住了不放!要是有人对你说了什么话,引你走上邪路,那你就啐口唾沫,不要听他的。……你比他们有力量,比他们高明!我们得学你的榜样!"

"我们仁慈的老爷!"稳重的马车夫安契普眨巴着眼睛说,"难道他能领会这些吗?难道他能明白老爷的恩情?你,笨蛋,应当跪下,吻他老人家的手才是。……我们仁慈的老爷!像菲尔卡这样的人简直坏透了,您尚且饶恕他;那么,要是一个人不灌酒,不胡闹,他可就不是在地上过日子,而是进天堂了……求上帝保佑人人都能这样才好。……您又有赏又有罚。"

"你听!这话一针见血!他是森林的长老①!听明白了吗,硕士?'又有赏又有罚。……'话虽简单,思想却正确!……我佩服,兄弟!你相信不?我要向他们学习!我要向他们学习呀!"

"这话说得实在……"安契普说。

"什么话实在?"

"关于学习呗,老爷。……"

"什么学习?你胡说些什么?"

"我讲的就是您的话……关于学习。……您就因为什么学问不懂,才是老爷。……我们都是睁眼瞎!我们瞧见一块招牌上写着字,可那都是什么字,那些字都是什么意思,我们就不懂。……

---

① 引自俄国诗人普希金的诗句:"这森林的长老(指一棵老树)活得比我这无人关怀的一生长久,比我的祖先还要活得长久。"——俄文本编者注

我们多半得靠鼻子去闻,才能明白。……要是那儿有白酒的味道,那儿就是酒店,要是有焦油的味道呢,就是杂货铺了。……"

"硕士,如何?你说怎么样?什么样的人民?不管他说什么,总是含有深意;不管说句什么话,都是深刻的真理!安契普的头脑,兄弟,是真理之家!你再看看杜尼雅霞①!杜尼雅霞,到这儿来!"

喂牲口的女工杜尼雅霞,脸上有雀斑,生着翘鼻子,这时候羞羞答答,手指甲在桌子上抠抠挖挖。

"杜尼雅霞,我叫你过来!傻娘们儿,你害什么臊?我们又不会吃掉你!"

杜尼雅霞就从桌边走过来,在东家面前站住。

"你看她怎么样?浑身是力量!你在那边,在彼得堡,见到过这样的女人吗?你们那边都是些火柴棍儿,血管加骨头,可是这一个,你看看,鲜血加牛奶!朴实,高大!你看看她的笑容,她脸上的红晕!这一切都是天然生成,都是真实,不加雕琢,跟你们那边大不一样哟!可是你嘴里塞满了什么东西?"

杜尼雅霞嚼了几下,把嘴里的东西咽下去。……

"你,我的兄弟,再看一下她结实的肩膀,她结实的大腿!"沃斯美尔金继续说,"她用这对大拳头敲她情人的脊梁的时候,恐怕就会咚咚响,就像水在桶子里晃荡的声音。……怎么样,你还在跟安德留希卡勾勾搭搭吗?你给我小心,安德留希卡,我要给你点厉害瞧瞧。你笑吧,你笑吧。……硕士,啊?瞧她的身材,身材。……"

沃斯美尔金低下头去凑近硕士的耳朵悄悄说话。……用人们笑起来。

---

① 即上文阿芙多嘉的爱称。

"瞧瞧你,到底惹得人家笑你一场,没出息的娘们儿……"安契普带着责备的神情瞧着杜尼雅霞,说,"怎么,你的脸涨得比大虾还要红?人家不会用这种话讲有出息的姑娘的。……"

"现在,硕士,你再看看柳勃卡①!"沃斯美尔金接着说,"她是我们这儿头一流的领唱人。……你在那边,在你那些芬兰佬当中跑来跑去,搜集民间创作的成果。……不,你还是听听我们的人唱歌吧!让我们的人给你唱个歌,你准会听得流口水!来吧,伙计们!唱吧!柳勃卡,你来开个头!快点啊,这些猪猡!要听话!"

柳勃卡害臊地往拳头里咳嗽一声,然后用刺耳的沙哑声唱了起来。其余的人也合着她唱。……沃斯美尔金挥动两只手,开始眨巴眼睛,极力要在硕士脸上看到欣赏的神色,喉咙里咕咕地响。

硕士皱起眉头,抿紧嘴唇,带着深通此道的行家神情开始听唱。

"嗯,是啊……"他说,"这首歌的异文在基烈耶夫斯基②的书里倒是有的,那就是第七册第三类第十一首歌。……嗯,是啊。……应当抄下来。……"

硕士从口袋里取出小本子,开始记录,眉头皱得越发紧了。……唱完一首歌后,"下人们"又开始唱另一首。……这时候,粥已经凉了,从炉子上取下的粥锅也已经不再冒热气了。

"唱得好!"沃斯美尔金说,用脚轻轻地打拍子,"唱得好!了不起!我佩服!"

要不是听差彼得走进下房来,报告主人说开饭了,那么这个局面多半要闹到跳舞为止。

"我们这些背叛民族的人,这些废物,居然敢认为自己高人一

---

① 女人的名字柳包芙的爱称。
② 基烈耶夫斯基(1808—1856),俄国民俗学家,民歌搜集者。

等，比别人强！"沃斯美尔金同他弟弟一起从下房走出来，带着哭腔愤慨地说。"我们算是什么？我们是什么人？没有理想，没有学问，又不劳动。……你听见他们在放声大笑吗？这是他们在笑我们！……而且他们是对的！他们闻出虚伪来了！他们一千倍地正确，而且……而且……不过你看见杜尼雅霞没有？这个坏丫头！等着吧，我吃完饭就把她叫来。……"

吃饭的时候，两兄弟不住地谈论独特性、纯正、完善，骂他们自己，探讨"知识分子"这个词的含意。

饭后他们躺下睡觉。睡醒以后，他们走到门廊上，吩咐仆人送矿泉水来，然后又谈刚才所谈的那些话。……

"彼得！"沃斯美尔金对听差叫道，"你去把杜尼雅霞、柳勃卡和别的人叫到这儿来！你就说，要跳轮舞！叫她们快点来！你给我赶快去！"

家　　长

　　这样的事照例是在打牌输了一大笔钱,或者喝多了酒而闹胃炎以后才发生的。斯捷潘·斯捷潘内奇·席林刚刚睡醒,心绪异乎寻常地阴郁。他的模样萎靡不振,无精打采,蓬头散发。他那灰白的脸上现出不满的神情,仿佛跟谁怄了气,或是有什么事惹得他厌恶似的。他慢腾腾地穿衣服,慢腾腾地喝维希矿泉水①,然后开始在各处房间里走来走去。

　　"我倒想知道一下,究竟是哪个畜生在这儿走来走去却不关门?"他气愤地嘟哝着,把身上的家常长袍裹一裹紧,大声吐唾沫。"把这张纸收起来!为什么把它丢在这儿?我们养着二十个仆人,可是家里比小酒店还要乱。是谁在拉门铃?魔鬼把谁支使到我们这儿来了?"

　　"那是安菲萨老大娘,我们的费佳就是由她接生的。"他妻子回答说。

　　"老是跑到这儿来闲逛……这些寄生虫!"

　　"你这话就叫人不懂了,斯捷潘·斯捷潘内奇。她是你自己请来的,可是你又骂她。"

　　"我没骂人,我是在说话。你,小母亲,与其这么揣着手坐着,

---

① 维希是法国的疗养地,那儿有可以治疗疾病的矿泉水。

14

找碴儿吵架,不如干点正事好!我凭人格发誓,我不懂这些女人!我就是不懂!她们怎么能成天价什么事也不干,光是混日子?丈夫工作,辛苦得像头牛,像头牲口,可是妻子,生活的伴侣,却坐在那儿像个洋娃娃似的,什么事也不干,专等机会跟丈夫吵架来消愁解闷。现在,小母亲,也该丢开贵族女子中学女学生的习气了!你现在已经不是女学生,不是娇小姐,而是母亲,是妻子!你扭过脸去了?啊哈!沉痛的真理听着不自在吧?"

"奇怪,你只有在你肝脏出了毛病的时候才说出沉痛的真理。"

"对,你大吵大闹吧,大吵大闹吧。……"

"你昨天出城去了?或者你是在谁家里打牌?"

"就算这样,那又怎么样?谁管得着?莫非我得向什么人报告吗?莫非我输的不是我自己的钱?我花的钱和这个家里花的钱,统统是我的!听见了吗?统统是我的!"

他唠叨个没完,老是那么一套。然而斯捷潘·斯捷潘内奇在别的时候总不及在吃饭,全家人都在他身旁坐下的时候那么严肃认真,满嘴道德,疾言厉色,主张公道。事情照例从菜汤开始。席林喝完头一匙汤,忽然皱起眉头,停住嘴不喝了。

"鬼才知道这是什么东西……"他嘟哝说,"大概,只好到饭馆里去吃饭了。"

"怎么了?"他妻子不安地问,"难道菜汤不好喝吗?"

"喝这种洗锅水非得有猪的胃口不可!这汤太咸,而且有抹布的气味……葱没有放,倒像放了些臭虫。……简直岂有此理,安菲萨·伊凡诺芙娜!"他转过脸去对做客的老大娘说,"我为了伙食天天拿出数不尽的钱……自己什么东西也舍不得买,可是到头来,就拿这种东西给你吃!他们大概是要我辞掉职务,自己到厨房里去做菜吧。"

"今天的菜汤挺好……"家庭女教师胆怯地说。

"是吗？您认为这样？"席林说，气愤地眯细眼睛瞧着她，"不过呢，各人有各人的口味。一般说来，必须承认，我和您在口味方面大不相同，瓦尔瓦拉·瓦西里耶芙娜。比方说，您对这个顽皮的孩子的品行满意，"席林用演悲剧的手势指着他的儿子费佳说，"您见着他就喜欢，可是我……我瞧见他就有气。真的，小姐！"

费佳是个七岁的男孩，脸色苍白，带着病容，这时候停住嘴不再吃东西，低下眼睛。他的脸色越发苍白了。

"是的，您喜欢，可是我有气。……我们俩是谁对，这我不知道，可是我敢说，我做父亲的比您更了解我的儿子。您看看他那个坐相！难道有教养的孩子能这样坐着？坐好！"

费佳抬起下巴，伸直脖子，自以为坐得端正多了。他的眼睛上蒙着一层泪光。

"吃饭！好好拿着汤匙！你等一下，我要收拾你，坏孩子！不准你哭！抬起眼睛瞧着我！"

费佳极力抬起眼睛看父亲，可是他的脸发抖，眼睛里满是泪水。

"啊啊。……你哭？你错了还要哭？走开，站到墙角里去，畜生！"

"不过……先让他把饭吃完吧！"他妻子说情道。

"不准他吃饭！这样恶劣……这样淘气的孩子没有权利吃饭！"

费佳愁眉苦脸，浑身发抖，从椅子上下来，往墙角走去。

"这样的惩罚对你还是轻的！"他父亲继续说，"如果谁都不愿意管教你，那我就来从头管起。……孩子，有我在，你吃饭的时候就不准淘气，不准哭哭啼啼！蠢货！你得干正事！明白吗？干正事！你父亲工作，你也得工作！谁都不应该白吃面包！你得做个堂堂正正的人！做个堂堂正正的人！"

"看在上帝面上，你别闹了！"他妻子用法国话要求道，"至少当着外人的面不要骂我们。……这个老太婆全都听到，经她一张扬，全城的人马上都知道了。……"

"我不怕外人，"席林用俄国话回答说，"安菲萨·伊凡诺芙娜看得出我说的话有道理。怎么，照你看来，我应当对这个顽皮的孩子满意吗？你知道我为他破费了多少钱？你这坏孩子，你知道我为你破费了多少钱吗？莫非你以为我会造钱，我的钱都是白来的？不准你嗥！闭嘴！你到底听不听我的话？你要我拿鞭子把你这个坏蛋抽一顿吗？"

费佳尖声大叫，开始痛哭。

"这简直叫人受不了！"他母亲说，丢下餐巾，从桌旁站起来，"他从来也不让我们太太平平吃一顿饭！你的面包哽在我这儿，弄得我咽不下去！"

她指指喉咙，用手绢蒙住眼睛，从饭厅里走出去。

"她老人家生气了……"席林嘟哝说，勉强微笑着，"她养娇了。……是啊，安菲萨·伊凡诺芙娜，如今谁也不喜欢听真话。……我倒反而不对了！"

在沉默中过了几分钟。席林看一下大家的汤盘，发现谁都没有碰过菜汤，就深深地叹气，定睛瞧着家庭女教师那涨得绯红、充满不安的脸。

"您怎么不吃，瓦尔瓦拉·瓦西里耶芙娜？"他问，"那么您生气了？是啊。……您不喜欢听真话。嗯，请您原谅，小姐，我天性就是这样，不会做假。……我素来是实话实说，"他说，叹口气，"不过，我看得出来，有我在座，别人就不愉快。我在这儿，别人就不能说话，不能吃东西。……嗯。……你们应该告诉我，那我早就走了。……现在我就走。"

席林站起来,尊严地往门口走去。他走过哭泣的费佳身旁,站住。

"既然事情闹到这个地步,那您自由了!"他对费佳说,尊严地把头往后一仰,"从今以后我再也不过问您的管教问题。我撒手不管了!我请求您原谅,我做父亲的本来诚心诚意巴望您好,不料惹得您和您的管教人心神不安。从今以后,我就不再为您的命运负责了。……"

费佳尖声叫着,哭得越发响了。席林尊严地扭转身,往门口走去,回到自己的卧室里。

饭后席林睡了一觉,醒过来后,开始感到良心负疚。他不好意思去见妻子、儿子、安菲萨·伊凡诺芙娜,甚至一想起吃饭时候发生过的事就感到可怕得受不了,可是他的自尊心太强,没有足够的勇气开诚相见,于是他继续拉长脸,嘴里不住唠叨。……

第二天早晨醒来,他感到心绪极好,一面洗脸,一面快活地吹口哨。他走进饭厅去喝咖啡,在那儿遇上了费佳。费佳见到他父亲,就站起来,张皇失措地瞧着他。

"嗯,怎么样,年轻人?"席林挨着桌子坐下,快活地问道,"您有什么新闻吗,年轻人?过得挺好吗?好,你过来,小胖子,吻一下你父亲。"

费佳带着苍白而严肃的面容走到父亲跟前,用发抖的嘴唇碰了碰他的面颊,然后走开,沉默地在他原来的位子上坐下。

村　长

一　场　小　戏

某某小县城一家肮脏的小饭铺里，村长谢尔玛①靠一张桌子坐着，正在吃一碗油腻的粥。他不住吃着，每吃完三匙粥就喝下"最后一杯酒"。

"就是嘛，我的好人，农民的案子很难办！"他对小饭铺老板说，在桌子底下扣上他那些不时松开的纽扣，"是啊，老兄！农民的案子复杂得很，连俾斯麦也应付不了。要办这种案子就得有特别的头脑和才干。比方说，为什么庄稼汉都喜欢我？为什么他们像苍蝇似的追着我不放？啊？我能吃带油的粥，别的律师却连油星都沾不着，这是什么缘故？这都是因为我有才气，有本事。"

谢尔玛气喘吁吁地喝下一杯酒，尊严地伸直肮脏的脖子。这个人不单是脖子脏。他的手、衬衫、裤子、餐巾、耳朵……一概都脏。

"我不是有学问的人。何必说假话呢？我没有在大学毕业，不像学者那样穿礼服，可是，老兄，我可以不必谦虚，也不必惩办②地对你说，像我这样精通法律的人，你在一百万人当中也找不到一

---

①　这个姓可意译为"坏蛋"。
②　为炫耀法律名词而说错，应是"毫不勉强"。

个。那就是说,斯科平的案子①我没审过,萨拉·别凯尔的案子②我也没办过,可是要讲办农民的案子,那么任什么辩护人,任什么检察官……任什么人都不是我的对手。真的。只有我才能办农民的案子,别人都不行。哪怕你是罗蒙诺索夫,你是贝多芬,可要是你没有我这种才气,那你顶好别来干这一行。比方就拿烈普洛沃村的村长那个案子来说吧。你听说过这个案子吗?"

"没有,没听说过。"

"那个案子真妙,很要点手腕!普列瓦科③都会栽跟头,可是我一办,就马到成功了。是啊。……离莫斯科不远,老兄,有个造钟厂。那个工厂里,我的好人,有个工长是我们烈普洛沃村的农民叶甫多吉木·彼得罗夫。他在那儿已经干了二十来年。要是看他的身份证,那他当然是庄稼汉,穿树皮鞋的乡巴佬,可是论他的外表,那可跟庄稼汉大不一样。他在这二十年里入了上流,体面得很。你要知道,他身上穿着花呢的衣服,手上戴着戒指,整个肚子上绷着一条金表链,叫人走近不得!他完全不像个庄稼汉了。可不是,我的老兄!一年挣一千五的工钱,厂里供房子,供伙食,老板跟他称兄道弟,所以他身不由己,当起老爷来了。他那副相貌,你知道,也真那个,"说话的人喝下一口酒,"……也真威严。只是,我的老兄,这个叶甫多吉木·彼得罗夫忽然心血来潮,要动身到家乡,也就是到我们的烈普洛沃村去住一阵子。他本来过得挺好,可是忽然想回家乡了。造钟厂里的生活赛过蜜,这个工长似乎没有什么发愁的事,可是,你知道,他想念家乡的炊烟了④。就算你到

---

① 指1884年莫斯科的斯科平银行倒闭案,轰动一时,契诃夫曾以记者身份旁听过这个讼案。——俄文本编者注
② 指1884年在莫斯科发生的一起凶杀案,后在1885年复审,遇害者是在当铺里工作的一个13岁女孩萨拉·别凯尔。——俄文本编者注
③ 普列瓦科(1843—1908),俄国法学家,律师。——俄文本编者注
④ 借喻怀念故乡。俄谚说:"连家乡的炊烟我们都觉得亲切可爱。"

美国,发了大财,可你还是会惦记你这个小饭铺。他,这个好心人,也就是这样思念故乡。是啊。他就向老板请一个星期假,坐上车走了。他回到烈普洛沃村里。他头一件事就是去看望他的亲戚。他说:'从前我在这儿住过。喏,我父亲在这儿放过牲口,我也在这儿睡过觉,'等等……一句话,他回想小时候的情形。嗯,他少不得也夸几句口:'你们瞧见了吧,老兄!当初我跟你们一样,也是个穿树皮鞋的,后来靠劳动,靠流汗,入了上流,有了钱,衣食饱暖了,'他说,'只要你们肯好好干,你们也一样能成。……'那些大老粗起初倒还听他说,称赞他,可是后来他们就想:'话是不错的,可爱的人,这些话甚至都挺好,可是你来了,于我们有什么好处呢?你到我们这儿来已经住了一个星期,可是连半瓶白酒都没请我们喝过。……'他们就打发村警到他那儿去。……

"'叶甫多吉木,你拿出一百卢布来吧!'

"'这是为什么?'

"'给我们村社的人买点酒喝。……他们想喝一通酒来祝你长寿。……'

"然而叶甫多吉木是个稳重而信神的人。他素来不喝酒,不吸烟,也不容许别人这样做。

"'讲到买酒,那我连一个小钱也不给。'他说。

"'怎么能这样!你有什么权力?莫非你不是我们的人?'

"'我是你们的人又怎样?我又没有欠缴过税款……该缴的钱都如数缴过了。凭什么要我出钱?'

"他们说了又说。……叶甫多吉木打定了主意,村社也不肯罢休。大伙儿生气了。那些混蛋你是知道的!对他们讲不通道理。他们一想喝酒,那你哪怕用十二种语言向他们解释,哪怕用大炮去轰,他们也还是一窍不通。反正他们想喝酒,横下心了!再者这事也惹人不高兴:一个同乡发了财,他们却连一根毫毛也捞不到！他们就开始想办法,要从叶甫多吉木那里逼出一百卢布来。全村社的人想啊,想啊,可就是什么办法也想不出来。大家在他的小木房旁边走来走去,一个劲儿吓唬他:我们早晚要给你点厉害瞧瞧！他呢,坐在家里不动,全当耳边风。他心想:'在上帝面前也罢,法律面前也罢,村社面前也罢,我都是清白的,那我怕什么？我是自由的鸟儿！'好。那些农民瞧出来,他们看不到钱了,就跟看不到他们的耳朵一样。他们心想,这只自由的鸟儿这么不敬重人,该怎么办才能把它翅膀上的毛一概拔光。他们自己想不出主意,就打发人来找我。我就到烈普洛沃村去了。他们告诉我如此这般,又说:'丹尼斯·谢敏内奇,他不给钱！你给想个计策吧！'可是有什么计策可想呢,我的老兄？什么计策也想不出来,事情明摆着嘛,叶甫多吉木的一切权利是谁也碰不得的。在这件事情上,任什么检察官也想不出计策来,哪怕想三年也是白搭……连魔鬼也钻不了空子。"

谢尔玛喝下一杯酒,挤一下眼睛。

"可是我就有办法钻空子！"他笑嘻嘻地说,"是啊！你猜猜看,我想出个什么主意！你一辈子也猜不出来！我说:'这么办,乡亲们,你们选他做你们的村长好了。'他们领会了我的心思,果然选上了他。你听着。他们就把村长的圆牌①给叶甫多吉木送去。叶甫多吉木笑了。他说:'你们这是开玩笑,我才不愿意做你们的村长呢。'

"'可是我们愿意！'

"'我可不愿意！明天我就动身走了！'

"'不,你走不了。你没有权利走。按照法律,村长不能丢下工作不干。'

---

① 俄国村长的徽章。

"'那我就辞掉这个职务。'叶甫多吉木说。

"'你没有权力辞职。村长必须做满三年才成,只有经法院判决才能取消这个职务。你一旦当选,那么,不管是你还是我们……谁也不能把你撤职!'

"我的叶甫多吉木急得叫起来了。他像发疯似的往外飞奔,去找乡长。乡长和文书就把所有的法律条文都拿出来给他看。

"'根据某某条和某某条,不做满三年就没法丢开这个职务。你做满三年才能走。'

"'我怎么能在这儿待三年呢?连一个月也耽搁不得!工厂老板缺了我就好比缺了左右手!他要亏损好几千卢布呀!再者,除了工厂以外,我在那儿还有个家,有一家子人呢!'

"如此等等。一个月过去了,这时候叶甫多吉木要塞给村社的已经不是一百,而是三百,只求他们看在基督分上把他放走才好。他们倒巴不得收下那笔钱,可是没有办法,已经太迟了。叶甫多吉木就去找常任委员先生。

"'如此这般。……先生,我由于家庭的关系不能担任这个工作。我用上帝的名义请求您,把我放了吧!'

"'我没有权力这样做。目前缺少解除职务的法律根据。第一,你没有病;第二,你也没有经法院判决有罪。你必须担任这个工作。'

"应当对你说明一下,那儿的人不论对什么人讲话都是说'你'而不说'您'。在这个国家,乡长或者村长都是不小的人物,比任什么办事人员都高,都重要,可是大家对他讲话都称呼'你',就像对听差一样。穿一身花呢衣服的叶甫多吉木听见人家'你'啊'你'啊的称呼他,那是什么滋味!他就凭上帝的名义苦苦哀求常任委员。

"'我没有权利,'委员说。'要是你不相信,你就到县政府去

问。他们会给你把事情说清楚。不但是我,就连省长也不能解除你的职务。村社大会的决定,只要不违背规章,就不能撤销.'

"叶甫多吉木到首席贵族那儿去,从首席贵族家里出来,又到县警察局长那儿去。他走遍全县,可是大家异口同声地回答他说:'你干下去吧,我们没有权利。'这可怎么办呢?工厂寄来一封封信,打来一个个电报。叶甫多吉木的亲戚就劝他派人把我请去。于是,你相信不?他倒没有派人来请我,而是亲自坐着马车到我家里来了。他来了,一句话也没说,把一张红钞票①塞到我手里。他说,'我的指望全在你身上了。'

"'行啊,'我说。'我遵命照办,您出一百卢布,我就想办法解除您的职务。'

"我收下一百卢布,就把办法想好了。"

"怎么一个办法呢?"小饭铺老板问。

"你猜猜看。问题很简单嘛。法律本身就能解开这个谜。"

谢尔玛走到老板跟前,一面哈哈大笑,一面凑着他的耳朵小声说:

"我劝他偷点东西,到法院里去受审。啊?这个计策如何?起初,我的老兄,他愣住了。怎么要偷东西呢?我说:'就是嘛,喏,你把我这个空钱夹偷去,那你就得坐一个半月的牢。'起初他执意不肯,顾虑名誉之类的。我说:'你的名誉对你有个屁用?'我说:'莫非你要填什么履历表吗?你坐满一个半月的牢,案子就了结,同时,你既判过罪,你的圆牌也就可以摘掉了!'这个大个子想了想,摆摆手,就把我的钱夹偷去了。现在他坐牢就要期满,正为我祷告上帝呢。所以,我的老兄,你瞧,这是什么样的聪明才智!讲到办农民的案子,普天之下你再也找不出第二个这样的能手来。

---

① 旧俄时代的十卢布钞票。

要说有谁能办这种案子,那就只有我。谁都不能推翻原案,我却能办到。这话一点儿也不假。"

　　谢尔玛又要了一瓶白酒,然后开始讲另一个故事:烈普洛沃村的农民们如何把别人还没收割的粮食拿去换酒喝了。

死　尸

　　八月间一个宁静的夜晚。迷雾在野外冉冉上升,像一层不透明的烟幕那样蒙住一切肉眼看得见的东西。那片迷雾由月光照着,给人的印象,时而像是无边无际而又平静的海洋,时而像是一堵庞大的白墙。空气潮湿而寒冷。这时候离着黎明还很远。树林边上有条乡间土道,离土道一步远的地方有一小堆火在燃烧。在这儿一棵小橡树底下,放着一具死尸,从头到脚盖着新的白色粗麻布。死尸的胸口放着一个木制的大圣像。"值班的看守人"坐在死尸旁边,紧挨着土道。那是两个农民,在执行农民所应尽的一种最不痛快、顶顶无味的差事。一个是年轻小伙子,高身量,刚刚生出唇髭,两道眉毛又浓又黑,身上穿着破皮袄,脚上穿着树皮鞋。他坐在潮湿的草地上,把两条腿平伸出去,极力干活来消磨时间。他弯下长脖子,大声喘气,正在拿一小块木头做一把汤匙。另一个是身材矮小的农民,面容苍老,消瘦,有麻点,留着稀疏的唇髭和山羊胡子。他把两只手随意放在膝盖上,身子不动,眼睛冷漠地瞧着火。在这两个人中间,有一堆不大的篝火在懒洋洋地燃烧,火快要灭了,把他们的脸照成红色。四下里一片肃静。只有那块木头在刀子底下发出噼啪声,还有潮湿的木头在篝火里发出爆裂声。

　　"你,谢玛,不要睡觉……"年轻的农民说。

　　"我……我没睡觉……"山羊胡子结结巴巴地说。

"那才好。……一个人坐着怪害怕的,太吓人了。你讲点什么吧,谢玛!"

"我不……不会讲。……"

"你也真是个怪人,谢玛!别人都会嘻嘻哈哈地笑一阵,讲个什么故事,唱一唱歌,可是你,上帝才知道是什么路数。你坐在那儿像个菜园里的草人,瞪直眼睛瞧着火。你连好好说话都不会。……你一说话,就好像心里害怕。你大概有五十岁了,可是你的头脑还及不上一个小孩子。……你想到自己是个傻瓜,心里就不觉得难受?"

"难受……"山羊胡子郁闷地回答说。

"就说我们,瞧着你这副傻相,心里难道不难受?你是个好心肠的庄稼汉,又不灌酒,可就是有一件事糟糕:你没有头脑。要是主委屈你,不给你头脑,你就该自己磨炼自己的脑筋啊。……你要下功夫,谢玛。……人家在那儿说了句挺好的话,你就留神听着,领会它的意思,反反复复地琢磨。……要是有句话你听不懂,你就下功夫,动脑筋,想明白这句话是什么意思。懂了吗?要下功夫!如果你老是不动脑筋,那你至死也还是个傻瓜,没出息的人!"

忽然,树林里响起一种哀叫声,而且声音拖得很长。好像有个什么东西从树顶上掉下来,把树叶碰得窸窸窣窣响,掉在地下了。这一切引起低沉的回声。年轻的农民打了个哆嗦,带着疑问的神情瞧着同伴。

"这是猫头鹰抓小鸟。"谢玛郁闷地说。

"哪儿的话,谢玛,要知道如今已经是鸟儿飞到暖和地方去的时候了!"

"当然,是时候了。"

"如今,黎明时候天好冷啊。冷得很!仙鹤就是一种怕冷的动物,生性娇嫩。这样冷的天会送掉它的命。我不是仙鹤,可是也冻僵了。……添上点柴火吧!"

谢玛站起来,走进乌黑的小树林,不见了。他在灌木丛那边忙碌,折断干枯的树枝,这时候他的同伴却举起手蒙住眼睛,一听到响声就打哆嗦。谢玛抱来满怀的枯枝,把它们放在篝火上。火苗游移地舔着乌黑的枝子,后来,仿佛听到一声命令似的,忽然抱住枝子,现出一片紫红色的光,照亮人们的脸、道路和那块现出死人手脚轮廓的白麻布,还有圣像。……两个"值班的看守人"沉默不语。年轻人把脖子弯得越发低,越发紧张地干活。山羊胡子照原先那样坐着不动,眼睛一刻也不离开那堆火。……

"'愿恨恶锡安①的都蒙羞退后。'②"突然在夜晚的寂静中,一个假嗓在歌唱,接着就响起缓慢的脚步声,于是道路上,在篝火的紫红色亮光中,出现一个黑色人影,身穿短短的修士圣衣,头戴宽边的帽子,肩上搭着一个袋子。

"主啊,这是你的旨意!……圣母啊!"这个人用沙哑的童高音说,"刚才我在一团漆黑中看见了火光,我的心就快活起来。……起初我想,这儿必是有夜里放马的人,不过后来我又想:要是一匹马都看不见,那怎么会是放马的?我心想:莫非这些人是贼吗?或者是些强盗,等着打劫有钱的拉撒路③?莫非是茨冈人在拜祭他们的偶像?我的心就快活起来。……我对自己说:'去吧,奴隶④费奥多西,去接受殉教徒的桂冠吧!'我就不由自主地扑到火边来,像是一只生着薄翅膀的蛾子。现在我已经站在你们面前了,根据你们的外貌来判断你们的灵魂,我认为你们不是盗贼,也不是偶像崇拜者。祝你们平安!"

---

① 山名,在耶路撒冷城内。
② 见《旧约·诗篇》,第129章,第5节。
③ 借喻"基督徒",原是《圣经》中的一个人物。
④ 即他自己。按基督教的说法,人是"上帝的奴隶"。

"您好。"

"正教徒啊,你们知道到玛库兴火柴厂去该怎么走吗?"

"很近。喏,您顺着这条路照直走。您走完两俄里①光景,就是我们的村子阿纳诺瓦。从村子往右拐弯,修士,顺着河岸走,就会走到那家工厂。从阿纳诺瓦村算起,有三俄里光景。"

"上帝保佑你们健康。可是你们在这儿坐着干什么?"

"我们坐在这儿当看守。你看,这儿有一具死尸。……"

"什么?死尸?圣母啊!"

朝圣者看见白麻布和圣像,猛地打个冷战,连他的腿都微微抖动了一下。这个出人意外的景象使得他大惊失色。他把身子缩成一团,张开嘴,瞪大了眼睛,站在那儿动弹不得,仿佛在地里生了根似的。……他沉默了三分钟,好像不相信自己的眼睛,后来他开口喃喃地说:

"主啊!圣母啊!!我走得好好的,没招谁没惹谁,不料遭到这样的惩罚。……"

"您是干什么的?"小伙子问,"是个修士吧?"

"不……不。……我是朝拜各处修道院的。……你知道工厂的管理人米海依尔·波里卡尔培基吗?喏,我就是他的外甥。……求上帝保佑!你们待在这儿干什么?"

"我们在看守它。……这是上边吩咐的。"

"哦,哦……"穿圣衣的人喃喃地说,用手揉着眼睛,"这个死人是哪儿来的?"

"他是过路的行人。"

"我们的生活呀!不过,弟兄们,我,那个……我要走了。……我心里发慌。我怕死人比怕什么都厉害,我的亲

---

① 1俄里等于1.067公里。

人。……是啊,真没想到!这个人活着的时候,谁也不注意他,可是临到他死了,就要烂掉,我们却在他面前发抖,就像见着一位大名鼎鼎的统帅或者主教似的。……我们的生活呀!怎么,他是给人打死的?"

"基督才知道他是怎么回事!也许是给人打死的,也许是自己死的。"

"对,对。……谁知道呢,弟兄们,说不定他的灵魂这时候正在享受天堂的快乐呢!"

"眼下他的灵魂还在他的尸体旁边转悠……"小伙子说,"三天之内它不会离开尸体。"

"嗯,是啊。……眼下天气多冷啊!冷得上牙打下牙。……这么说来,应当照直走,照直走。……"

"在走到村子以前,要照直走,可是到了村子就往右拐,顺着河边走。"

"顺着河边走。……对。……可是我为什么站住不动呢?该走了。……再见吧,弟兄们!"

穿法衣的人在路上迈出五步,然后站住不走了。

"我忘了在这儿放一个戈比,供他下葬用,"他说,"正教徒啊,可以放一个小钱吗?"

"这种事你知道得很清楚,你朝拜过各处的修道院。如果他是病死的,那么送他钱就于他有好处;如果他自寻短见,那么送他钱就是罪过了。"

"这话对。……说不定他真的是自寻短见!那么我还是把这个小钱留在身边的好。唉,罪过呀,罪过!就是给我一千卢布,我也不会同意在这儿坐着。……再见,弟兄们!"

穿法衣的人慢慢走去,后来又站住了。

"我想不出该怎么办才对……"他嘟哝说,"坐在这堆火旁边,等着天亮……那是可怕的。走着赶路呢,也可怕。一路上,在黑地里,死人会在我眼前晃来晃去。……这是主在惩罚我!五百俄里的路我都步行走过来了,什么事也没有,可是临到快要走到家,却出了麻烦。……我不能再走了!"

"讲到害怕,这话倒是实在的。……"

"我狼也不怕,贼也不怕,黑暗也不怕,可就是怕死人。我害怕,就是这样!正教徒啊,我要跪下来求你们,把我送到那个村子去吧!"

"可是上边吩咐我们不准离开这具尸首。"

"反正谁也不会看见,弟兄们!真的谁也不会看见!上帝会百倍地报答你们!老头子,你送送我,劳驾!你为什么老是不说话呢?"

"他有点傻头傻脑……"小伙子说。

"送送我吧,朋友!我给五个戈比!"

"有五个戈比可挣,倒可以走一趟,"小伙子说,搔搔后脑壳,"可是这种事是不准干的。……喏,要是谢玛这个傻瓜肯一个人坐在这儿,我就送你去。谢玛,你肯一个人坐在这儿吗?"

"我肯……"傻瓜同意说。

"那就行了。我们走吧!"

小伙子站起来,跟穿圣衣的人一块儿走了。一分钟后,他们的脚步声和说话声都消失了。谢玛闭上眼睛,微微地打盹。篝火开始暗下去,一个又大又黑的阴影落在死尸身上。……

妇女的幸运

陆军中将扎普培陵的葬礼正在举行。人群从四面八方往死者的宅第跑去，想看看出殡的盛况。这时候宅第里丧乐雷鸣，发布命令的声音响起来。赶来观看出殡的一群人当中有两个文官，普罗勃金和斯维斯特科夫。这两个人都带着自己的妻子。

"不行，先生！"地段副警官见他们走到一道散兵线跟前来，带着和善可亲的面容拦住他们说，"不行啊，先生！我要求你们略微退后点！诸位先生，要知道我们是奉命而来，做不得主！我请求退后点！不过，好吧，太太们可以走过去……请，太太们①，不过……你们，诸位先生，请看在上帝面上……"

普罗勃金和斯维斯特科夫的妻子由于地段副警官这种出人意外的殷勤而脸红起来，赶紧溜过散兵线，可是她们的丈夫却留在人墙的另一边，只好观看徒步的和骑马的守卫的后背了。

"她们走过去了！"普罗勃金带着嫉妒，而且几乎是痛恨的心情瞧着走远的太太们，说道，"说真的，这些发髻倒真走运！她们这些女人倒有特权，男人却素来没有。哼，她们究竟有什么地方特别？可以说，她们是些最平常的女人，带有种种偏见，可是她们倒给放过去了，至于我和你，即使都是五等文官，也平白无故地不许

---

① 原文为法语。

过去。"

"您这话说得奇怪,先生!"地段副警官不以为然地瞧着普罗勃金说,"把你们放过去,那你们马上就会推人挤人,胡闹起来,可是女人总要文雅些,从来也不容许自己干出这类事来!"

"别说了,劳驾!"普罗勃金生气地说,"女人在人群当中,总是首先推推搡搡。男人老是站在那儿,瞧着一个地方不动,女人却张开胳膊,挤来挤去,免得人家碰皱她的衣服。不过,用不着多说了!反正女人素来处处走运。女人不用去当兵,参加舞会也不必出钱,体罚也没有她们的份。……请问,她们都立下了什么功劳?一个姑娘把手绢掉在地下,你就得拾起来;她走进房里,你就得站起来把你的椅子让给她坐;她走了呢你还得出去送她。……可是您拿官阶来说吧!比方要做到五等文官,我和你就得苦干一辈子,可是一个姑娘用不了半个钟头跟一个五等文官行完婚礼,就此成了大人物。我要做公爵或者伯爵,就得征服全世界,占领希普卡①,当上大臣,可是区区一个瓦连卡或者卡千卡,求上帝饶恕我这么说,嘴巴上的奶还没有干呢,只要在一个伯爵面前摆动几下长后襟,眯几下眼睛,她就此成了堂堂的伯爵夫人。……现在你是十二等文官。……这个官品,可以说,你是靠血和汗得来的,可是你的玛丽雅·佛米希娜呢?她凭哪点做上十二等文官太太?她本来是教士的女儿,一下子就成了官太太。好一个官太太!你把你的工作交给她去做,她就会把收进的公文登到发文簿上去!"

"不过女人生孩子是很痛苦的。"斯维斯特科夫说。

"那有什么了不起!让她到正在发脾气的长官面前站一会儿,她就会觉得生儿养女倒是快活事了。她们在各方面都有特权,

---

① 穿过保加利亚的巴尔干山脉的山隘。1877—1878年俄土战争期间俄保联军占据这个隘口,坚守六个月,然后转守为攻,击溃土军。

各方面！我们圈子里任何一个姑娘或者太太，都能对一个将军说出那种你在庶务官面前也不敢说的话来。是啊。……你的玛丽雅·佛米希娜能大胆地挽着五等文官的胳膊散步，可是你去挽一挽五等文官的胳膊！你去挽一下，试试看！在我们那所房子里，老兄，正巧在我们楼下，住着一个教授和他的妻子。……你知道，他是个将军①，得过一级安娜勋章②，可是人家常常听见他妻子数落他说：'傻瓜！傻瓜！傻瓜！'其实那个娘儿们是平民，出身小市民家庭。不过，这到底是明媒正娶的，还情有可原……自古以来，正式夫妻照规矩总要相骂的。可是你拿那些姘妇来说吧！她们居然敢做出什么样的事啊！有一件事我永生永世也忘不了。那一次我差点遭殃，不过总算就这么过去了，大概多亏我父母为我祷告，我才算脱了险。去年，你记得，我们的将军回到乡下家里去度假，把我也带去了，叫我办通信联络的事。……这个工作轻松得很，每天用一个钟头就办完了。我做完工作，就到树林里去散步，或者到仆人房间里去听抒情歌曲。我们的将军是个单身汉。他的家业很大，用人多得像狗一样，可是他没有妻子，因而家里没有人掌管。那些用人都很放肆，不听话……由一个女人管理，就是女管家薇拉·尼基契希娜。她又倒茶，又管开饭，又吆喝听差。……那个女人，我的老兄，很坏，恶毒，像个女妖精。她很胖，脸色通红，动不动就尖声怪叫。……她一开口骂人，一提高尖嗓门，就连圣徒也受不了。惹人讨厌的还不是那些骂街的话，而是她那尖嗓门。啊，上帝！她闹得谁都没法安生。她这个狐狸精，不光是骂用人，甚至也挑我的毛病。我心想，行啊，你等着就是，我会抽空把你的事全告到将军那儿去。我心想，'他忙于公事，没有看见你拿他的钱中饱

---

① 指文职的将军，相当于三等或四等文官。旧俄时代的大学教授和中学教员都叙官阶。
② 旧俄时代的高级勋章。

私囊,折腾那些用人,不过你等着就是,我会打开他的眼睛的。'我也真的打开了他的眼睛,老兄,不过这一打开不要紧,我自己的眼睛倒差点永远闭上,就是现在我回想起来,都心惊胆战哟。有一次我在过道上走着,忽然听见了尖叫声。起初我以为那是杀猪,可是后来仔细一听,却听出这是薇拉·尼基契希娜在骂人:'畜生!你这个贱货!魔鬼!'我想:这是在骂谁?忽然,我的老兄,我看见房门开了,我们的将军从门里跑出来,满脸通红,瞪大眼睛,披头散发,仿佛魔鬼把他的头发吹乱了似的。她在他后面骂道:'贱货!魔鬼!'"

"你在胡说了!"

"我的话千真万确。你知道,我顿时火冒三丈。我们的将军跑回自己房间去了,可是我却站在过道上,像个傻瓜似的,什么也不明白。她是个普通的、没受过教育的娘们儿,厨娘,平民,不料她敢于说出这种话,干出这种事来!我想,这必是将军要辞退她,她趁没有外人在场,就对他破口大骂。她心想,'反正我是要走了!'我的火就上来了。……我走到她房间里,对她说:'你这个糊涂女人,你怎么敢对一个地位很高的人说这种话?你以为他是个衰弱的老人,就没有人替他打抱不平?'你知道,我不管那一套,对准她那张胖脸打了两巴掌。这一下子,老兄,她就尖声大叫,哇哇地嚷起来,简直闹得不可收拾,糟糕透了!我蒙上耳朵,跑到树林里去。过了两个钟头光景,一个小男孩迎面跑过来。'请您到老爷那儿去一趟。'我就去了。我走进房间。他坐在那儿,皱起眉头,像只雄火鸡似的,眼睛没看我。

"'您在我家里胡搞些什么?'我就说:'这话怎么讲?'我说,'如果您指的是尼基契娜的事,大人,那么我是为您打抱不平。'他说:'别人的家务事不用您管!'你听明白了吗?家务事!接着他就狠狠地申斥我一顿,老兄,给我一顿痛骂,差点把我吓死!他说了又说,训了又训,然后,老兄,他又无缘无故大笑起来。他说:'您居然做出这样的事来?!您怎么会有这么大的胆量?奇怪!不过我希望,我的朋友,这件事只有我们两个人知道,别张扬出去。……您头脑发热,这我理解,不过您会同意,现在您不能再在我家里住下去了。……'你瞧,老兄!他甚至感到惊讶:那么了不起的一只孔雀,我怎么能动手就打。那个娘们儿把他心窍迷住了!他是个堂堂三等文官,又得过白鹰①,地位高到没人能管他,可是倒被一个娘们儿降伏了。……女性的特权,老兄,可真是大呀!不过……你脱掉帽子吧!他们把将军抬出来了。……勋章好多呀,我的天!是啊,说真的,为什么把女人放过去呢?莫非她们懂得勋章的意义吗?"

音乐声响起来了。

---

① 旧俄时代八种最高勋章中的一种。

厨娘出嫁

格利沙是个七岁的小胖子,正在厨房门口站着偷听,凑着钥匙眼往里看。厨房里发生了一件依他看来颇不平常,而且以前从没见过的事情。厨房里那张桌子平素是用来切葱剁肉的,这时候桌旁却坐着个魁梧结实的乡下人,头发棕红色,留着大胡子,身穿出租马车车夫所穿的长襟外衣,鼻子上冒出一颗大汗珠。他用右手的五个手指托着茶碟,正在喝茶,同时把糖块咬得那么响,弄得格利沙背上直起鸡皮疙瘩。老保姆阿克辛尼雅·斯捷潘诺芙娜在他对面一只肮脏的凳子上坐着,也在喝茶。保姆面容严肃,同时又露出一种得意的样子。厨娘彼拉盖雅在炉子旁边忙这忙那,分明极力要把脸藏起来。可是格利沙看见她脸上大放光彩:那张脸像是起了火,变换着各种颜色,起初是紫红,最后却转成死灰了。她一刻也不停地伸出颤抖的手去拿刀子、拿叉子、拿柴火、拿抹布,身子转来转去,嘴里嘟嘟哝哝,弄得东西乒乓地响,可是实际上,她什么事也没做。人家在桌旁喝茶,她对那张桌子却一眼也不看。保姆问她话,她总是头也不回,说出一句简短的、没好气的答话。

"喝吧,丹尼洛·谢敏内奇!"保姆招待马车夫说,"可是您为什么总是喝茶,不碰别的?您该喝点白酒嘛!"

保姆就把一小瓶白酒和一个酒杯推到客人面前,同时脸上现出极其狡猾的神情。

"我素来不喝酒……不……"马车夫推辞说,"您不要逼我了,阿克辛尼雅·斯捷潘诺芙娜。"

"您这个人是怎么回事。……当马车夫的,却不喝酒。……单身汉不会不喝酒。您喝吧!"

马车夫斜着眼睛看了看白酒,然后看了看保姆狡猾的脸,他自己的脸上就也现出同样狡猾的神情,仿佛说:"不,我不会上你的当,老巫婆!"

"我不喝,您免了吧。……干我们这一行的可不能沾上这玩意儿。耍手艺的人可以喝酒,因为他坐在一个地方不动,可我们这班人老是夹在人群里,谁都看得见。不是这样吗?你走进酒店里,外头的马可就走丢了。要是喝多酒,那就更糟:一转眼就睡着了,再不然就从车座上摔下来。事情就是这样。"

"那么您一天能挣多少钱,丹尼洛·谢敏内奇?"

"那要看情形。有的日子能挣上一张绿票子①,有的日子一个小钱也没挣着就把车赶回大车店。挣多少,那可说不准。如今这年月,我们这个行当简直没什么干头了。赶马车的,您知道,多得数不清,草料还挺贵,坐车的又小气,老是打算去坐公共马车。不过话说回来,谢天谢地,我没有什么可抱怨的。我吃得饱,穿得暖……甚至还能让另一个人过上幸福的日子,"马车夫斜起眼睛看了看彼拉盖雅,"……要是我有了中意的人的话。"

他们后来还说了些什么,格利沙没有听见。他的妈妈走到门边来,打发他到儿童室里去温习功课了。

"去念书。用不着你在这儿听!"

格利沙回到儿童室里,把《祖国语言》②放在面前,可是读不下

---

① 旧俄时代的三卢布钞票。
② 旧俄学校里的俄语课本。

去。刚才看到和听到的种种事情,在他的头脑里引起一大堆问题。

"厨娘要结婚了……"他想,"奇怪。我不明白人为什么要结婚。妈妈嫁给爸爸,表姐薇罗琪卡嫁给巴威尔·安德烈伊奇。不过,嫁给爸爸和巴威尔·安德烈伊奇倒还情有可原:他们毕竟有金表链和讲究的衣服,他们的皮靴也老是擦得挺亮,可是嫁给那个可怕的马车夫,生着红鼻子,穿着毡靴……呸!而且保姆为什么一定要可怜的彼拉盖雅嫁出去呢?"

等到客人从厨房里走掉,彼拉盖雅就到正房里来,动手打扫。她仍然很激动。她脸色通红,仿佛吓坏了似的。她手里的扫帚几乎没碰到地板,每个墙角都扫了五次。她很久都没有从妈妈坐着的房间里走出去。她分明不愿意一个人待着,想说说话,跟别人谈一下她的印象,把心里的话都讲出来。

"他走了!"她看见妈妈没有开口讲话,就嘟哝说。

"看得出来,他是个好人,"妈妈说,眼睛没有离开针线活,"他不喝酒,挺稳重。"

"说真的,太太,我不嫁给他!"彼拉盖雅忽然叫道,满脸通红。"真的,我不嫁给他!"

"你不要胡闹,你也不是小孩子了。这是终身大事,得好好想一想,不能马马虎虎,这么嚷叫是没好处的。你喜欢他吗?"

"您想到哪儿去了,太太!"彼拉盖雅害臊地说,"大家净说些那样的话,闹得我……真的……"

"她应该说她不喜欢他!"格利沙暗想。

"可是你这人也真爱装腔作势。……你喜欢他吗?"

"可是,太太,他年纪大!唉!"

"哪儿的话!"保姆在隔壁房间里顶撞彼拉盖雅一句,"他四十岁还不到。再者你要年轻的干什么?傻娘们儿,脸蛋子好不顶事。……你嫁给他就是,保管没错儿!"

39

"真的,我不嫁给他!"彼拉盖雅尖声叫道。

"你这是胡闹!你还要找什么样的鬼东西呢?换了别人,早就对他跪下了,可是你还说什么不嫁给他!你就喜欢跟那些邮递员和家庭教师挤眉弄眼!我们的家庭教师来给格利沙温课的时候,太太,她老是对他送媚眼。哼,不要脸的东西!"

"你以前见过这个丹尼洛吗?"太太问彼拉盖雅说。

"我哪儿见过他?今天我是头一次见着他。阿克辛尼雅不知从什么地方把他带来了……该死的魔鬼。……他不知从哪儿跑到这儿来,缠住了我!"

开饭的时候,彼拉盖雅把菜端上来,吃饭的人都端详她的脸,拿那个马车夫跟她开玩笑。她的脸红极了,不自然地哧哧笑着。

"结婚一定是丢脸的事……"格利沙想,"丢脸极了!"

所有的菜都做得太咸,没烤熟的童子鸡渗出血来。不仅如此,在这顿饭当中,碟子和刀子不住地从彼拉盖雅的手里掉下地,就像从散了的架子上掉下来一样。可是谁也没对她说一句责怪的话,因为大家都了解她的心情。只有一次,爸爸怒冲冲地扔掉餐巾,对妈妈说:

"你何必叫大家去娶亲和出嫁!这种事跟你什么相干?要是他们想结婚,就让他们自己去结好了!"

饭后,四邻的厨娘和使女纷纷在厨房里露面,叽叽喳喳一直谈到夜深。究竟她们是从哪儿探听到这儿在做媒的,只有上帝知道。格利沙半夜醒来,听见保姆和厨娘在儿童室里的帷幔后面叽叽咕咕说话。保姆不住劝说,厨娘时而发出呜咽声,时而哧哧地笑。这以后格利沙睡着了,梦见彼拉盖雅被黑海魔王和一个巫婆掳去了。……

第二天,风平浪静了。厨房的生活走上原来的轨道,仿佛世界上根本就没有那个马车夫似的。只有保姆偶尔戴上新头巾,做出庄重严厉的脸色,出外一两个钟头,大概是到什么地方去办交涉。……彼拉盖雅跟马车夫没有再见面,每逢人家对她提到他,她就涨红了脸,嚷道:

"叫他遭到三次诅咒才好,倒好像我会想他似的!呸!"

有一天傍晚,彼拉盖雅和保姆正在专心地剪裁一件什么衣服,妈妈走进去,说:

"你,当然,可以嫁给他,这是你的事,不过,你要知道,他不能在这儿住。……你知道,我不喜欢厨房里有外人坐着。……你要注意,要记住。……而且我也不许你在外面过夜。"

"上帝才知道您想到哪儿去了,太太!"彼拉盖雅尖声叫道,"您干吗总是提起他来数落我?叫他害上瘟病才好!他专给我找麻烦,该死的。……"

一个星期日早晨,格利沙往厨房里看一眼,惊讶得呆住了。厨房里挤满了人。这儿有同院各户人家的厨娘,有一个扫院子的男仆,有两个警察,有一个戴袖章的军士,还有个叫菲尔卡的男孩。……这个菲尔卡平日总是在洗衣作坊附近转悠,跟狗一块儿玩,可是现在他的头发梳得挺整齐,脸也洗得挺干净,手里拿着一个圣像,上面镶嵌着金箔。彼拉盖雅站在厨房中央,穿着新的花布衣服,头上戴着花。马车夫跟她并排站着。新夫妇脸色通红,冒着汗,使劲眨巴眼睛。

"嗯……看样子,到时候了……"经过长久的沉默后,军士开口说。

彼拉盖雅整个脸都颤动起来,放声大哭。……军士从桌上拿过一块大面包来,跟保姆站在一起,开始为新婚夫妇祝福。马车夫走到军士跟前,双膝跪倒,吧的一声吻一下军士的手。他在阿克辛尼雅面前也照样做了一番。彼拉盖雅心不在焉地学着他的样子,也跪下。最后外边的房门开了,厨房里吹进一股白色的迷雾,所有

41

的人叽叽喳喳地从厨房走到院子里。

"可怜啊,可怜!"格利沙倾听厨娘的痛哭声,暗想,"他们要把她带到哪儿去呢?为什么爸爸和妈妈不来给她撑腰呢?"

婚礼行完,人们在洗衣室里不住地唱歌,拉手风琴,直闹到夜深。妈妈一直生闷气,因为保姆嘴里有酒气,而且由于举行婚礼,就没有人烧茶炊了。格利沙躺下睡觉的时候,彼拉盖雅还没有回来。

"可怜啊,现在她不知在什么地方,躲在黑暗里哭呢!"他暗想,"那个马车夫一定在对她吆喝:'不许哭!不许哭!'"

第二天早晨,厨娘又在厨房里了。马车夫来了一会儿。他向妈妈道了谢,严厉地瞧着彼拉盖雅,说:

"求您管教她,太太。您就做她的生身父母吧。还有您,阿克辛尼雅·斯捷潘诺芙娜,也别不管,要照看她,叫她处处走正道……不要胡闹。……还有一件事,太太,请您从她工钱里支给我五卢布。我要买个新的套包子。"

这在格利沙看来又是一个问题:彼拉盖雅本来自由自在地活着,要怎么样就怎么样,别人谁也管不着,可是,忽然间,平白无故,出来一个陌生人,这个人不知怎么搞的,居然有权管束她的行动,支配她的财产!格利沙感到难过。他急得眼泪汪汪,巴不得安慰她,同她亲热一下,因为他觉得她已经成为人类暴力的受害者了。他就到堆房去拣一个最大的苹果,偷偷溜到厨房里,把那个苹果塞在彼拉盖雅手里,然后一溜烟跑出来了。

墙

……在专科技术学校毕业的人往往找不到工作,或者担任与他们的专业毫不相干的职务,因此,目前高等技术教育在我们这里收效甚微。……

(摘自一篇社论)

"有个姓玛斯洛夫的人,大人,每天到这儿来两次,要求见您的面……"听差伊凡一面给主人布金刮胡子,一面说,"今天他也来过,说是有意担任您庄园上的总管。……他说定今天下午一点钟再来。……这是个怪人!"

"怎么见得呢?"

"他在门厅坐着,口出怨言。他说,'我不是听差,也不是来告帮的,不应该在门厅里空坐两个钟头。'他说,'我是个受过教育的人。'……他说,'虽然你的主人是将军,可是请你对他说,要人家在门厅里受煎熬是不礼貌的。……'"

"他的话完全对!"布金皱起眉头说,"你这小子,有的时候也太不周到! 你看见他是个正派人,体面人,喏,就该请他到别处去坐……比方到房间里去坐。……"

"他又不是什么了不起的大人物!"伊凡冷笑说,"他又不是来当将军的,那就坐在门厅好了。比他有身份的人都在那儿坐过,人家就没觉得委屈。……既然他想当总管,给主人做奴仆,就该老老实实做他的总管,用不着胡思乱想,硬要当什么受过教育的人。……哼,得了吧,他还想到客厅里去坐……那么一副肮脏的嘴脸。……如今可笑的人可真是太多,大人!"

"如果这个玛斯洛夫今天再来,你就请他进来见我。……"

一点钟整,玛斯洛夫来了。伊凡带他走进书房里。

"是伯爵打发您来找我的吧?"布金迎接他说,"跟您认识很愉快!请坐!您在这边坐吧,年轻人,这边比较软和。……您已经到这儿来过了……这他们对我说起过,可是,对不起①,我老是没有工夫,要就是出门了,要就是有事要办。您吸烟吧,亲爱的。……不错,我确实需要一个总管。……我同前任的总管相处得不大融洽。……我不敬重他,他办事不合我的意,您知道,我和他闹意见了。……嘻嘻嘻。……您以前管理过什么地方的庄园吗?"

"对,我在基尔希玛赫尔的庄园上做过一年管家。……后来那个庄园拍卖给外人,我就只好离开了。……至于经验,当然,我几乎没有,不过我是在彼得罗夫农学院毕业的,在那儿学习过农艺。……我想,我的学问至少可以略微弥补我实际经验的不足。……"

"这哪里谈得上什么学问呢,老弟?无非是监督工人,监督守林人……卖掉粮食,每年开一篇账交上来……这根本不需要什么学问!这儿需要的是眼光锐敏,口齿锋利,嗓门洪亮。……不过呢,有学识也没什么妨碍……"布金叹道,"喏,我的庄园在奥廖尔省。那边的情形,喏,您可以根据这些图表和账目了解一下。我自己从没有去过庄园,也没过问那边的事;从我这里就像从拉斯普留

---

① 原文为法语。

耶夫①那儿一样,什么消息也得不到,我所知道的只限于土地是黑的,树林是绿的而已。……至于条件,我想,仍旧同前任一样,也就是每年薪水一千,供房子,供伙食,供马车,而且有最充分的行动自由!"

"这个人太可爱了!"玛斯洛夫暗想。

"不过有件事要说一说,老弟。……请您原谅我这样做,可是事先谈妥总比事后争吵好。您在那边,想怎么干就可以怎么干,不过,求上帝保佑,可别搞什么新办法,不要弄得农民晕头转向,最要紧的是您捞的外快每年不要超过一千。……"

"对不起,您的最后一句话我没听清楚……"玛斯洛夫嘟哝说。

"您捞的外快每年不要超过一千。……当然,不捞外快是不成的,可是,我亲爱的,要有限度,有限度!您的前任太热心,单是羊毛这一项他就捞了五千,于是……于是我们分手了。当然,依他看来,他是对的……人总想捞点好处,自己的利益最贴心嘛,不过您会同意,这对我来说却未免分了点。那么您要记住:一千是可以的……嗯,索性这么办,两千也成,可是再多就不行了!"

"您跟我谈话就像跟骗子谈话一样!"玛斯洛夫说,脸红了,站起来,"对不起,我对这样的谈话不习惯。……"

"是吗?那就随您好了。……我不敢留住您。……"

玛斯洛夫拿起帽子,很快地走出去。

"怎么样,爸爸,雇到总管了吗?"布金的女儿在玛斯洛夫走后问布金说。

"没有。……这个人未免太……那个……老实。……"

---

① 俄国剧作家苏霍沃-柯贝林(1817—1903)的剧本《克列钦斯基的婚事》(1855)和《塔列尔金之死》(1869)中的一个人物。——俄文本编者注

"咦,那才好! 你不是就需要这样的人吗?"

"不,求上帝保佑,这种老实人用不得。……如果他老实,就一定不会办事,要不然就是冒险家,空谈家……蠢货。求上帝叫我躲开这样的人才好。……老实人今天不贪污,明天不贪污,可是有朝一日就会大捞一把,把你吓得张口结舌。不,亲爱的,求上帝叫我躲开这班老实人才好。……"

布金想了想,又说:

"已经来过五个人,都跟这个一样。……鬼才知道是什么运气! 大概,不得不把以前的总管找回来了。……"

纪念演出[1]散戏以后

一 场 小 戏

悲剧演员乌内洛夫和高贵的父亲[2]季格罗夫在威尼兹旅馆[3]三十七号房间里坐着,正在享用纪念演出的果实。他们面前的桌子上放着白酒、下等红葡萄酒、半瓶白兰地和沙丁鱼。季格罗夫是个矮胖子,脸上生着粉刺,无精打采地瞧着酒瓶,阴沉地默默不语。乌内洛夫却心潮起伏。他一只手拿着一沓钞票,另一只手握着一支铅笔,在椅子上坐不安稳,仿佛坐在针尖上一样。他正滔滔不绝地把心里的话讲出来。

"如果有什么东西使我得到安慰,受到鼓舞的话,玛克辛,"他说,"那就是青年们喜欢我。小小年纪的中学生和实科中学学生都是小人物,谁都瞧不上眼,可是你不能小看他们,老兄!他们这些调皮鬼,花三十戈比买最高楼座的票,坐得离舞台远极了,可是只有他们大声喝彩,这些小东西。他们是头等的批评家和鉴赏家!有的人只有麻雀那般大,简直可以在桌子底下走来走去,可是你一看他那张脸,简直是个杜勃罗留波夫[4]!他们昨

---

① 指借某一演员生日等机会举行演出,使该演员多得收入的公演。
② 指专扮这种角色的演员。
③ 应是"威尼斯旅馆",威尼斯是意大利的城名。这个小旅馆把招牌写错了。
④ 杜勃罗留波夫(1836—1861),俄国革命民主主义者,哲学家、文艺评论家。

天喊得多么厉害！乌内洛夫！乌内洛夫！！总之，老兄，我没有料到。叫幕十六次！而且收入①也不错：一百二十三卢布三十戈比！我们喝酒吧！"

"可是你，瓦塞奇卡，那个……"季格罗夫叽叽咕咕地说，困窘地眨巴着眼睛，"你今天就给我二十个达列尔②吧。我要到叶列茨城去一趟。我舅舅在那儿死了。说不定他身后会留下点儿遗产。要是你不给钱，我就只好一步步走着去了。你肯给吗？"

"嗯。……可是这笔钱你不会还给我的，玛克辛！"

"我不会还给你，瓦塞奇卡……"高贵的父亲叹道，"我到哪儿去找钱呢？……你就……看在朋友分上，给我这笔钱吧。……"

"慢着，说不定我还不够用。我要买点东西，定做点东西。我来算一算。"

乌内洛夫把一张包白兰地酒瓶的纸拿过来，用铅笔在纸上写字。

"给你二十，给我的妹妹寄去二十五。……那个可怜的女人三年来一直要求我寄点钱去。这一次我非寄不可！她那么可爱……那么好。……我得花三十卢布给我自己做一身新衣服。旅馆费和伙食费我还要等一下再付，反正不用着急。烟草三俄磅③……半高腰皮鞋一双。另外还有什么呢？要买一件礼服……一只怀表。我要给你买顶新帽子，你戴着现在这顶帽子，简直像个魔鬼。我都不好意思跟你一块儿上街了。等一等，另外还要买什么呢？"

---

① 原文为法语。
② 在此指"卢布"。原是德国货币，演员演外国剧本时常用这个词。
③ 旧俄重量单位，1俄磅等于409.5克。

"你得买支手枪,瓦塞奇卡,为了演《鬼火》①。我们那支手枪放不响了。"

"对,这是实在的。剧团经理那个混蛋无论如何也不肯买。道具的事他不管,这个恶魔。嗯,那么,花六七个卢布买支手枪。另外还有什么呢?"

"到澡堂去,用肥皂洗个澡。"

"洗澡、肥皂等等,就算一个卢布吧。"

"这儿,瓦塞奇卡,常有个鞑靼人来,他卖挺好的狐狸标本。你该买上一个!"

"我要狐狸干什么?"

"买着玩嘛。把它放在桌上。早晨你醒来,睁眼一看,你的桌子上有一只野兽,于是……于是你就会快活起来!"

"这是摆阔气!我还是买个新烟盒的好。你知道,我得添置点行头。应当买几件竖领的衬衫。竖领现在正时兴。哦,对了!我差点忘了!要买件凸纹布的坎肩才成!"

"这非买不可。演克雷洛夫②的戏就不能不穿凸纹布的坎肩。还要带纽扣的半高腰皮鞋……手杖。洗衣女工的钱该付了吧?"

"不,我要拖一拖。我需要几副白色的、黑色的和别的颜色的手套。还有什么呢?苏打和酸性的药。供三次服用的蓖麻油。……纸张、信封。还有什么呢?"

乌内洛夫和季格罗夫都抬起眼睛看着天花板,皱起额头,开始思索。

---

① 俄国剧作家安特罗波夫(1843—1881)在1873年所写的一个传奇剧。——俄文本编者注
② 指俄国剧作家克雷洛夫(1838—1906),笔名维克托·亚历山德罗夫。——俄文本编者注

"还有波斯粉①!"乌内洛夫想起来,说,"那些红皮的虫子闹得人不得安生。还有什么呢?圣徒啊,还有大衣!顶要紧的东西我们却忘了,玛克辛!没有大衣怎么过冬呢?我写上四十。可是……我的钱不够了!你别去管你舅舅了,玛克辛!"

"那不行。他是我唯一的亲人,怎么能丢开不管!多半他身后还会留下点什么呢。"

"他会留下什么?无非是一个海泡石烟斗和一张舅母的照片吧?真的,你别去管他!"

"我不明白你怎么会这样自……自……自私自利,瓦塞奇卡?"季格罗夫眯着眼睛说,"如果我有钱,我会吝惜吗?一百……三百……一千……你要多少就给你多少!我父母死后,给我留下了一万。我把它全分给演员们了!……"

"好了,好了,你拿二十吧!"

"谢谢。我的口袋全是破的,钱没处放。不过,现在已经五点多钟,我该到火车站去了。"

季格罗夫吃力地站起来,开始把他那件瘦小而且肩膀很窄的大衣裹在他圆球般的身体上。

"可是你,瓦塞奇卡,不要对我们的人说我走了,"他说,"我们那个混蛋要是听说我不辞而别,就会闹翻天。就叫他们以为我在灌酒吧。你得送我到火车站去,瓦塞奇卡,要不然保不准我会在路上走进一家小饭铺,把你的达列尔全花光。你知道我的弱点!你送我一趟吧,好朋友!"

"行啊。"

两个演员穿上外衣,走出去,到了街上。

"究竟该买点什么呢?"乌内洛夫在路上瞧着那些商店和小铺

---

① 一种灭臭虫的药粉。

的橱窗,唠叨说,"你看,玛克辛,多么出色的火腿!要是我们的戏院昨天卖了满座,我就一定买它,我说假话就叫上帝惩罚我。那么你知道我们为什么没卖满座吗?因为商人楚达科夫家里正办喜事。所有的阔佬都到他那儿去了。他们这些魔鬼,结婚也不挑个时候。你看,这个橱窗里的高礼帽多么好!要不要买?不过,算了吧。"

到了火车站,两个朋友就在头等客车乘客候车室里坐下来,开始吸雪茄烟。

"见鬼,"乌内洛夫说,皱起眉头,"我想喝点酒。咱们喝点啤酒吧。茶房,来啤酒!头一遍钟还没打,你也用不着着急。不过你,矮胖子,这回出门不要耽搁太久。从你那死去的舅舅那儿略微捞到点油水就回来。你听我说,嗯嗯……茶房!不要啤酒!来一瓶'纽依'①!咱们临别喝上点红葡萄酒……然后你就上路。"

过了半个钟头,两个演员喝完第二瓶酒。乌内洛夫用拳头支住发热的脑袋,多情地瞅着季格罗夫的肥脸,用不灵便的舌头唠叨说:

"我们这一行的主要祸害就是剧……剧团经理。表演艺术家只有在真正奉……奉行集体经营原则的时候,才能站住脚。"

"合伙经营。"

"对,合伙经营。这种葡萄酒太差。这么办,咱们喝莱茵葡萄酒②吧!"

"瓦塞奇卡……打第二遍钟了。"

---

① 一种法国葡萄酒。
② 莱茵河流域产的白葡萄酒。

"没关系。你坐夜班车好了,现在我把心……心里的话给你说一说。茶房,来一瓶莱茵葡萄酒!剧……剧团经理把演员看作工具,看作……炮灰。他榨演员的血汗。他是不会了解演员的。比方拿你来说吧。你是个没有才能的人,不过……是个有用的演员。应当看重你才对。慢着,你不要凑过来吻我,这不像样!……我喜欢你什么呢?喜欢你的灵魂,你那真正艺术家的心。玛克辛,明天我给你定做一身衣服!我什么都给你买。连那个狐皮也买下。让我握一下你的手!"

一个钟头过去了。两个演员仍旧坐着,谈个不停。

"上帝保佑,但愿我能干出点名堂才好,"乌内洛夫说,"到那时候你再看吧。……那时候我就要叫大家瞧瞧什么叫舞台!在我那儿,你一个月会挣两百卢布。……一开头我手头只要有一千卢布……能租下一个夏季剧院就成。……你听我说,咱们要不要吃点东西?你要吃吗?你老实说吧。……想吃吗?茶房,来两只烤大鹬!"

"现在没有大鹬。"侍役说。

"见鬼,你们总是什么都没有!既是这样,那么,蠢材,你就去要……你们究竟有些什么野味?全拿来!你们这些混蛋素来给商人吃各种残羹剩饭,因此就认为演员也会吃那些残羹剩饭!全拿来!再送一瓶蜜酒来!玛克辛,要吸雪茄吗?那你也拿点雪茄烟来。"

过了不久,喜剧演员杜德金来了,缠住这两个朋友。

"你们怎么挑了这样一个地方喝酒!"杜德金惊讶地说,"咱们到美景饭店去。眼下我们的人都在那儿。……"

"算账!"乌内洛夫叫道。

"三十六卢布二十戈比。……"

"你都拿去……不必找零钱了!我们走,玛克辛!你别去管你舅舅！让可怜的尤里克①没有继承人算了！你把二十卢布给我！明天你再上火车好了！"

在美景饭店，两个朋友要了牡蛎和莱茵葡萄酒。

"明天我还要给你买一双皮靴，"乌内洛夫一面给季格罗夫斟酒，一面说，"喝吧！谁爱艺术，谁就……为艺术干杯！"

他们谈艺术，谈集体原则，谈合伙经营，谈同心协力，谈团结精神，谈演员的其他理想。……至于叶列茨之行，买茶叶、烟草、衣服，赎回典当的东西，付出各种开支，所有这些事情都自然而然地烟消火灭……飞到九霄云外去了。……美景饭店的账单吞噬了纪念演出的全部收入。

---

① 莎士比亚的悲剧《哈姆雷特》中的人物。——俄文本编者注

临近结婚季节

摘自一个媒人的笔记簿

库奇金　伊凡·萨维奇,十二等文官,四十二岁。相貌不佳,麻脸,说话带鼻音,然而仪表极其庄严。出入上流人家,有个舅母是上校夫人。以放债取利为生。他是骗子,不过大体说来是个正派人。他物色少女一名,年龄十八岁到二十岁,出身于上流人家,会说法国话。该少女必须容貌秀丽,有陪嫁钱一万五到两万。

费希金　退役的军官。嗜酒,患风湿病。希望找个能照看他的妻子。娶个寡妇也愿意,只要年纪在二十五岁以下,颇有家财就成。

普鲁多诺夫　修底版的技师,物色新娘一名,须开设照相馆一家,而该照相馆又未抵押出去,每年收入不下于两千。饮酒,然而不经常,过一时期必狂饮一次。长着黑头发和黑眼珠。

格努西娜　寡妇。有房屋两所,现款十万。物色将军一名,退役的亦可。左眼有轻微的白内障,讲话有时带着哨音。她反复说明她虽然名为寡妇,其实却是处女,因为她那已故的丈夫在新婚那天害了四肢震颤症。

任斯基　季夫捷利特·阿历克塞伊奇,剧院演员,出身不详。据他说,他父亲有一家酿酒厂,不过他一定是胡说。他永远穿着礼服,系着白领结,因为他没有别的衣服可穿。他由于嗓音沙哑而离开了剧院。他希望娶个商人家的女儿,体格不论,只要有钱就行。

　　布土左夫　　原是上尉,后因挪用公款和伪造文书而被判流放到托木斯克省①。他希望造福于一个孤女,这个孤女得跟他一块儿到西伯利亚去!她必须出身于贵族。

---

　　①　在西伯利亚。

普通教育

牙医学的最新结论

"我干牙医这一行很不走运啊,奥西普·弗兰崔奇!"一个矮小结实的人叹口气说,这个人穿着褪了色的大衣和打过补丁的皮靴,留着仿佛经人拔得很稀的灰白唇髭。他带着巴结的神情瞧他的同行,那是个肥胖的日耳曼人,穿一件贵重的新大衣,嘴里叼着哈瓦那雪茄烟。"简直不走运!狗才知道怎么会这样!或许因为现在牙医比牙还多……或许我没有真正的才能,瘟神才知道是怎么回事!幸运女神是很难理解的。比方就拿您来说。我们一块儿在县立学校毕了业,一块儿在犹太人别尔卡·希瓦赫尔那儿学手艺,可是结果多么不同!如今您有了两所房子和一个别墅,有马车坐,可是我,您瞧,穷途潦倒,一无所有。你说,这是什么缘故?"

日耳曼人奥西普·弗兰崔奇在县立学校毕了业,头脑笨得不得了,然而现在,饱足、肥胖、房产,却给他平添了很大的自信心。他认为老气横秋地讲话、夸夸其谈、诲人不倦是他不可剥夺的权利。

"问题全出在我们自己身上,"他回答他同行的牢骚的时候,老气横秋地叹口气说,"这该怪你自己,彼得·伊里奇!你不要生气,我以前就说过,以后也还要说:使得我们这些学有专长的人遭殃的,是我们缺乏普通教育。我们把全部心思都放在我们的专业知识上,对专业以外的知识,我们却漠不关心。这不好,老兄! 唉,非常不好! 你以为学会了拔牙就能给社会带来益处吗? 哼,不对,老兄,凭着这种狭隘片面的眼光,是干不出大事的……这不行,说什么也不行。得有普通教育才成!"

"可是普通教育是指什么说的呢?"彼得·伊里奇胆怯地问。

日耳曼人一时想不出话来回答,就东拉西扯讲了一通,可是后来他喝过酒后,兴致来了,就极力让他的俄国同行理解他所谓的"普通教育"是什么意思。他不是直接说明的,而是讲其他事情的时候附带说明的。

"对我们这班人来说,最要紧的是体面的环境,"他讲道,"社会上的人总是凭一个人的环境来判断这个人的。要是你家门口肮脏,房间窄小,家具寒碜,那就说明你穷,如果你穷,那就说明你没有治好过任何人的病。不是这样吗? 既然你没有治好过任何人的病,那我又何必到你这儿来治病呢? 我最好还是到业务兴隆的大夫那儿去! 如果你置备了蒙着丝绒的家具,到处都安上电铃,那你就成了个富有经验的大夫,你的业务也就兴隆起来了。要布置一个华丽的住宅,摆上一套体面的家具,那不费吹灰之力。如今家具商生意清淡,灰心丧气。你要赊多少账都可以,哪怕十万也行,特别是如果你在账单上署名'某某医师'的话。衣服也要穿得讲究。社会上的人是这样考虑问题的:如果你穿得破烂,住处肮脏,那么给你一卢布的诊费也就够了,如果你戴着金边眼镜,胸前挂着很粗的表链,你周围都是蒙着丝绒的家具,人家就不好意思给你一个卢布,而要给你五个或者十个卢布了。不是这样吗?"

"这是实在的……"彼得·伊里奇同意说,"说句老实话,我一开头倒是布置过我的环境。那时候我样样都有:有丝绒桌布,候诊室里放着杂志,镜子旁边挂着贝多芬,可是……鬼才知道是怎么回事!我犯了傻劲。我在我那奢华的住宅里走来走去,不知什么缘故觉得惭愧。好像我不是在我家里,或者那些东西好像都是偷来的……我受不了!我没法在丝绒圈椅上坐下,怎么也坐不下去!再说我的妻子……她是个平民出身的妇女,怎么也不会保持良好的环境。一会儿,她弄得满屋子都是白菜汤或者烤鹅的气味,一会儿动手用砖块擦枝形烛架,一会儿在候诊室里当着病人的面擦洗地板……鬼才知道是怎么回事!信不信由您,等到我把那些摆设统统拍卖掉,我就像是死而复生一样。"

"这是说,你不习惯过体面的生活。……那怎么行?总得习惯嘛!其次,除了环境以外,还得有招牌。人越小,招牌就越要大。不是这样吗?招牌必须巨大无比,甚至在城外都看得见。你坐车到彼得堡或者莫斯科去,总是还没有看见钟楼,先就看见牙科医生的招牌了。那边的医师,老兄,跟我们可不一样。招牌上应当画些金色和银色的圆圈,好让外人以为你得过奖章:人家就多佩服你几分!此外还要登广告。你宁可卖掉你的最后一条裤子,也得在报上登广告。要每天在所有的报纸上登广告。要是你嫌普通的广告不顶事,那就要点花样:把整个广告颠倒过来,定制'有牙病'和'无牙病'的锌版,要求社会人士不要把你同别的牙科医师混为一谈,通告说你是从国外归来的,又说为穷人和学生诊治一概免收费用。……还要把广告挂在火车站上,挂在饮食部里。……办法多得很!"

"这是实在的!"彼得·伊里奇叹道。

"有许多人还说:不管怎样对付顾客,反正都一样。……不对,不是一样!对顾客要善于应付。……如今的顾客虽然受过教育,可是仍然糊涂,没脑筋。他自己也不知道自己需要什么,要投合他的脾胃就很难。哪怕你是个很了不起的教授,可要是你摸不准顾客的脾气,他就宁可去找庸医也不来找你。……比方说,一个太太害牙病,到我这儿来了。给她看病难道能不耍点花样?不行啊!我马上就照学者那样皱起眉头,一言不发地指一指圈椅,那意思是说:学者可没有工夫同人家谈话。我那把圈椅也有花样,下面安着一个螺旋柱!我常去转动它,太太就时而往上升,时而往下降。然后我就动手拨弄那颗病牙。那颗牙问题不大,拔掉就是了,可是你要拨弄很久,干得很带劲……把镜子往她嘴里塞进十来次,因为太太们总喜欢大夫为她们的病忙碌很久。那个太太尖声叫喊,你就对她说:'太太!我的责任就是减轻您可怕的痛苦,所以我要求您对我有信心。'而且你知道,讲这些话要用庄严的口气,带点悲剧的腔调。……在太太面前的桌子上,放着下颚骨、颅骨、各种骨头、各式各样的工具、装着曼陀罗花①的药罐,总之,一切神秘可怕的东西应有尽有。我自己穿一件黑色长袍,活像宗教法庭的审判官。那儿,就在圈椅旁边,还立着一架放笑气的机器。那架机器我从没用过,可是它仍然吓人!我拔牙总是用极大的钳子。一般说来,工具越大,越可怕,就越好。我拔得很快,从不拖泥带水。"

"我也拔得不赖,奥西普·弗兰崔奇,可是鬼才知道我是怎么回事!您要知道,我刚刚拽住牙,动手往外拔,不知怎的,忽然来了个想法:万一我拔不下来,或者把牙弄断了,那可怎么办?我这样一想,手就发抖。这是经常发生的!"

"牙断了,那不是你的过错。"

"话是不错的,可是我仍然心慌。要是人没有自信心,那实在糟糕!要是你不相信自己,或者怀疑自己,那是再糟也没有了。有过这样一件事。我把钳子放到牙上去,使劲往外拽……拽啊拽的,

---

① 一种植物,用做麻醉剂。

忽然,您知道,我觉得我拽得很久了。这时候应该已经拽出来了,可是我还在拽。我吓得呆住了!应当停下手,过一会儿再拽。可是我拽呀,拽呀……昏了头!病人从我的脸色看出不对头,看出我没有力气①,怀疑自己,他就跳起来,又是痛,又是气,抓起一只凳子朝我砸过来!另外有一回,我也是昏了头,把好牙错当成病牙,拔下来了。"

"这是小事,人人都出过这样的事。你拔得下好牙,那么病牙也拔得下来。不过你说的对,没有自信心是不行的。有学问的人一举一动都得像个有学问的人。要知道,顾客并不知道我和你没有进过大学。依顾客看来大家都是大夫。包特金②是大夫,你也是大夫,我也是大夫。所以你也就得像个大夫的样子。为了显得有学问,为了自吹自擂,你就该出版一本小册子:《论保护牙齿》。你自己不会写,就花钱找个大学生帮忙写好了。你给他十卢布,他会给你写出一篇序来,而且从法国著作家那儿摘些引文过来。我已经出版过三本小册子了。另外还有什么呢?你得发明一种牙粉。你定做一些印着商标的盒子,里面随意装上些粉末,外边封严,写上:'每盒两卢布,谨防假冒'。还要发明一种酏剂③。你弄点什么东西来兑在水里,有香味和辣味,这就叫酏剂。价钱不要定成整数,要这样:一号酏剂七十七戈比,二号八十二戈比,等等。这样可以显得神秘点。你还要卖牙刷,牙刷上有你的商标,每把一卢布。你见过我的牙刷吗?"

彼得·伊里奇烦躁地搔了搔后脑壳,激动地在日耳曼人身旁走来走去。……

"你可真行!"他做着手势说,"原来是这样!可是我办不到,

---

① 原文为德语。
② 包特金(1832—1889),俄国内科医师、著名的学者。
③ 一种保护牙齿的药水。

我不行！倒不是我认为这是欺诈或者骗财，而是我干不了，心有余而力不足！我已经试过一百次，一无结果。如今您衣食饱暖，穿戴整齐，有了房产，可是我呢，病人举起凳子打我！是的，缺了普通教育确实不好！您这话是实在的，奥西普·弗兰崔奇！很不好啊！"

普里希别耶夫军士

"普里希别耶夫军士！您被控在今年九月三日用言语和行动侮辱本县警察日金、乡长阿利亚波夫、乡村警察叶菲莫夫、见证人伊万诺夫和加夫里洛夫，以及另外六个农民，而且前三个人是在执行公务的时候受到您的侮辱。您承认犯了这些罪吗？"

普里希别耶夫是个满脸皱纹的军士，生着一张好像有刺的脸。这时候他垂下两条胳膊，两只手贴着裤缝，用闷声闷气的沙哑嗓音答话，咬清每个字的字音，仿佛在下命令似的：

"老爷，调解法官先生！当然，根据法律的一切条款，法庭有理由让双方陈述当时的各种情况。有罪的不是我，而是另外那些人。这件事全是由一具死尸惹出来的，祝他的灵魂升天堂！三号那天我跟我妻子安菲莎正在心平气和、规规矩矩地走路，可是抬头一看，却瞧见河岸上站着一大群各式各样的人。我要请问：老百姓有什么充分的权利聚在一起？这是什么缘故？难道法律上写着人可以成群结伙吗？我喊道：'散开！'我就动手推那些人，叫他们散开，各回各的家，我还吩咐乡村警察揪着他们的脖子把他们赶走……"

"容我插一句嘴，您根本就不是县里的警察，也不是村长，难道赶散人群是您的事？"

"他管不着！他管不着！"从审讯室的各个角落里响起人们的

说话声,"他闹得人没法活了,老爷!我们受他的气有十五年了!自从他离开军队回家以后,大家就恨不得逃出村子去才好。他骑在大家的脖子上!"

"正是这样,老爷!"作证的村长说,"我们整个村子都在抱怨。说什么也没法跟他一块儿生活下去了!不管我们抬着圣像游行也罢,办喜事也罢,或者,比方说,出了什么岔子,他处处都管,嚷啊叫的,吵吵闹闹,老是要人家守规矩。他拧小伙子的耳朵,暗地里监视娘儿们,生怕出什么事,好像他是她们的公公似的……前几天他跑遍全村各户人家,吩咐大家不许唱歌,不许点灯。他说,根本就没有一条法律准许唱歌。"

"请您等一下,回头您还有机会发言,"调解法官说,"现在先让普里希别耶夫继续讲下去。您接着说,普里希别耶夫!"

"是,先生!"军士声音沙哑地说,"您,老爷,多承指教,说赶散人群不是我的事……好……可要是乱了套呢?难道可以容许老百姓胡闹吗?法律上有哪一条写着老百姓可以由着性儿干?我不能容许,先生。要是我不把他们赶走,不管他们,还有谁来管?谁都不懂什么叫做真正的规矩,全村子,老爷,可以说,只有我一个人才懂得该怎么对付那些老百姓,老爷,我什么都懂。我不是庄稼汉,我是军士,是退役的军需中士,在华沙的司令部里当过差,这以后,不瞒您说,我堂堂正正退了伍,进了消防队,后来因为身体不好,我又离开消防队,在一个古典男子初级中学当过两年看门人……所有的规矩我都懂,先生。可是庄稼汉是普通人,什么也不懂,应当听我的话,因为我是为他们好。比方就拿这件事来说吧……我赶散人群,可是在河边沙地上却躺着一具从水里打捞上来的尸首。我要请问,他有什么理由躺在那儿?难道这合乎规矩?本县的警察是管什么的?我就说:'你,本县的警察,为什么不报告长官?也许这个淹死的人是投河自尽的,可也许这件事里头有西伯利亚的味道呢①。说不定这是犯刑事罪的杀人案……'可是县里的警察日金满不在乎,只顾抽他的烟。他说:'这个人是谁,在这儿指指点点的? 他是打哪儿来的?'他说,"难道缺了他,我们就不会办事?'我就说:'既然你站在那儿,满不在乎,可见你这个傻瓜就是什么也不懂。'他说:'昨天我就已经报告县警察分局的局长了。'我就问:'干什么报告县警察分局的局长? 这是根据法典里哪一条? 像淹死啦、吊死啦,和这一类别的案子,难道能由县警察分局的局长办?'我说,'这是刑事案子,民事诉讼嘛……'我说,'眼下得赶紧派专人呈报侦讯官先生和法官先生。'我说,'你首先就得打个报告,送到调解法官先生那儿去。'可是他,县里的警察,一直听着笑。那些庄稼汉也这样。大伙儿都笑,老爷。我敢为我的供词发誓。这个人就笑过,那一个也笑过,日金也笑过。我说:'你们干吗龇着牙笑?'不料县里的警察说:'这样的案子不归调解法官管。'我一听这话,简直火冒三丈。警察,你不是说过这话吗?"军士转过脸对县里的警察日金说。

"说过。"

"大家都听见你当着所有老百姓的面说出这种话来:'这样的案子不归调解法官管。'大家都听见你说过这种话……我,老爷,顿时火冒三丈,甚至都吓坏了。我就说:'你再说一遍,混蛋,你把你说过的话再说一遍!'他就把那句话又说一遍……我走到他跟前。我说:'你怎么能这么说调解法官先生? 你是警察局的警察,居然要反对官府? 啊?'我说:'你知道吗? 要是调解法官先生高兴的话,他们就能因为你说过这话而认定你行为不端,把你送到省里的宪兵队去。'我说:'你知道调解法官先生们会因为你说出这种有政治色彩的话而把你发配到哪儿去?'可是乡长说话了:'调

---

① 意谓"这可能是凶杀案";在帝俄时代,杀人犯要流放到西伯利亚去做苦工。

解法官根本就不能管他职权以外的事。只有小案子才归他审。'他就是这么说的,大家都听见了……我就说:'你怎么敢藐视官府?'我说:'喂,你不要跟我开玩笑,要不然,老兄,事情可就要不妙。'当初我在华沙,或者在古典男子初级中学当看门人的时候,一听见有什么不成体统的话,就往街上瞧,看有宪兵没有。'老总,'我说,'你到这儿来。'我就把事情原原本本地报告他。可是在这村子里,你去跟谁说呢?……我心里的火就上来了。我看见如今的人又放肆又犯上,心里就有气,我就抡起胳膊来给了他一下子……不过,当然,不是打得很使劲,而是正正经经而又轻轻地随手给了一下,让他不敢再用那样的话说老爷……县里的警察却给乡长撑腰……于是我也打县里的警察……这一下子就乱打起来了……我是一时性起,老爷,嗯,不过话说回来,不打人也不行。如果你见了蠢人不打,你的灵魂就背上了罪过。何况这是为了正事……出了乱子……"

"容我插一句嘴!出了乱子自有人管。县里的警察、村长、村里的警察就管这种事……"

"县里的警察不能样样事都管到,而且警察又不如我这么明白事理……"

"可是您要明白,这不关您的事!"

"什么,先生?这怎么会不关我的事?奇怪,先生……人家胡闹,却不关我的事!那该怎么样,要我称赞他们还是怎么的?喏,他们对您抱怨,说我不准唱歌……可是唱歌有什么好处?放着正事不干,他们却唱歌……还有,他们养成风气,晚上点起灯坐着。应该躺下睡觉才对,可是他们又说又笑。我已经记下来了!"

"您记下了什么?"

"记下谁点起灯坐着。"

普里希别耶夫从衣袋里取出一张油污的纸片,戴起眼镜,

念道:

"'点了灯闲坐着的农民计有伊万·普罗霍罗夫、萨瓦·米基佛罗夫、彼得·彼得罗夫。大兵的寡妇舒斯特罗娃同谢苗·基斯洛夫私姘。伊格纳特·斯韦尔乔克行巫术,他的妻子玛夫拉是巫婆,每到夜间就去挤别人家奶牛的奶。'"

"够了!"法官说,然后开始审问证人。

普里希别耶夫军士把眼镜推到额头上,惊讶地瞧着调解法官,那个法官分明不是站在他这一边。他那对暴眼睛发亮,鼻子变得通红。他看了看调解法官,看了看证人,无论如何也不明白何以调解法官那么激动,何以从审讯室的各个角落里时而响起抱怨声,时而响起抑制的笑声。法官的判决他也不理解:坐一个月的牢!

"这是什么缘故?!"他说,大感不解地摊开两只手,"根据哪一条法律?"

他这才明白过来:这个世界已经变了,在这个世界上无论如何也没法活下去了。他脑子里满是阴郁沮丧的思想。然而临到他从审讯室里走出去,看见农民们在那儿互相拥挤和谈话,他却拗不过老习惯,把两只手贴在裤缝上,用沙哑的气愤声调嚷道:

"老百姓,散开! 不许成群结伙! 回家去!"

两 个 记 者

一个未必可靠的故事

《往您脑袋上打喷嚏》报的撰稿人雷勃金是个皮肉松弛、身体虚胖的人,精神总是萎靡不振。这时候他在他的公寓房间中央站着,多情地望着天花板,那上面有个挂灯用的钩子。他手里拿着根绳子不住地晃动。

"它经得住吗?"他暗想,"说不定绳子会断掉,钩子砸到我头上来。……这种生活真糟透了!连个让人好好上吊的地方都没有!"

要不是房门开了,雷勃金的朋友希列普金走进房间来,我都不知道那个疯子的思想会怎样结束。希列普金是《叛徒犹大》报的撰稿人,他十分活泼,兴致勃勃,脸色绯红。

"你好,瓦夏!"他坐下,开口说,"我是来找你的。……咱们一块儿走吧!维堡区①出了个杀人未遂案,这件新闻够写三十行。……有个坏蛋想要杀人而没有杀成。他应该杀成,好让我们写它足足一百行才是,这个混蛋!我,老兄,常常心里想,甚至打算把这个想法写出来发表:如果人类以慈悲为怀,知道我们想吃饱饭,那么上吊的、放火的、受审的,应当多一百倍才对。哎呀!这是

---

① 地名,在彼得堡。

怎么回事？"他看见那条绳子，摊开手说，"莫非你想入非非，要上吊了？"

"是啊，老兄……"雷勃金叹道，"够了……再见吧！这种生活惹人厌恶！是时候了。……"

"咦，这不是犯傻劲了吗？生活在哪方面会惹得你厌恶呢？"

"这不，处处都使人厌恶。……四下里好像迷雾重重，变幻无常……模糊不清……简直没有什么东西可写。单是想到四下里都是人吃人，人抢劫人，人践踏人，互相往脸上吐唾沫，可是又没有什么东西可写，那就能上吊十次！生活在沸腾，噼啪地响，嘶嘶地叫，可是又没有什么东西可写！这种该死的二元论啊。……"

"可是怎么会没有东西可写呢？你就是有十只手，也会有十种工作来占满你的手哩。"

"不，没有什么可写的！我这辈子算是完了！是啊，请问，有什么可写的呢？关于现金出纳员①，已经有人写过了；关于药房，已经有人写过了；关于东方问题，已经有人写过了……而且写来写去，把问题完全搞乱，就连魔鬼也弄不明白是怎么回事。人们已经写过无神论，写过岳母，写过纪念日，写过火灾，写过女帽，写过道德的堕落，写过祖基②。……整个宇宙都让人写遍，什么也没剩下。刚才你说到凶杀案，说是某人遭到谋杀。……这有什么稀奇的！我知道这样一个凶杀案：先是把人勒死，然后用刀砍，再浇上煤油烧，这些都是一次干出来的，可是就连这件事也没有使我动笔。我觉得不值一写！这种事早已发生过，没有什么不平常的。就算你盗窃了二十万公款，或者涅瓦大街从两头起火，那也不值一写！所有这些都平平常常，已经有人写过了。再见吧！"

---

① 暗指当时报上常有出纳员因挪用公款而受审的新闻。
② 祖基·维尔德席尼雅（1847—1930），意大利芭蕾舞女演员，曾于1885年在俄国演出。——俄文本编者注

"我不懂！这么多的问题……这么千变万化的现象！你就是拿起一块石头往狗身上扔过去，也会发现问题或者现象的。……"

"问题也罢，现象也罢，都是一钱不值。……比方说，我现在上吊。……依你看来，这是问题，事故，可是依我看来，这不过是用小号字排的一条五行字的消息而已。根本用不着写。以前就有人死，现在也有人死，将来还会有人死，这种事一点新东西也没有。……老兄，所有那些千变万化啦，沸腾啦，嘶嘶的响声啦，都太单调。……写那样的事连我自己都觉得要呕，再者也对不起读者，何必弄得他，可怜的读者，心境忧郁起来呢？"

雷勃金叹口气，摇摇头，苦笑一下。

"不过，"他说，"如果发生了一件特别的事，一件，你知道，吓死人的事，一件极恶劣、极卑鄙的事，一件连魔鬼也会吓死的事，得，那我就活了！要是地球穿过彗星的尾巴，俾斯麦改信回教，或者土耳其攻占卡卢加①……或者，你猜怎么着，诺托维奇②提升为三等文官了……一句话，要是发生了一件令人兴奋的、了不得的事，嘿，那我就会变得生龙活虎了！"

"你好高骛远，可是你得在浅水里试着游一下。你只要细细看一根草，一粒沙子，一条小缝……那么到处都是生命，戏剧，悲剧！每块小木片，每头猪，都是一出戏！"

"你也真走运，生成了这样的性格，就连人家吃掉鸡蛋，剩下了鸡蛋壳，你也能见景生情，写出文章来，可是我……就办不到！"

"那有什么不能写的？"希列普金发脾气说，"依你看来，鸡蛋壳有哪点儿不好？一大堆问题呢！第一，你看见面前有个鸡蛋壳，

---

① 俄国的一个城名。
② 当时彼得堡的一家自由派报纸《新闻报》的主笔兼发行人。——俄文本编者注

你就怒火中烧,你就愤慨!! 鸡蛋原是自然界指定生产有生命的个体的……你明白! 那是生命! ……这个生命,反过来,又会创造出整整一代的生命,这一代又会创造出未来的千万代生命,可是现在这个鸡蛋忽然被人吃掉,成了贪食和任性的受害者! 这个鸡蛋原本应该孵出母鸡,那只母鸡一生当中会生下成千个鸡蛋……那么,事情一清二楚,这就是破坏经济制度,葬送未来! 第二,瞧着这个鸡蛋壳,你满心高兴:如果这个鸡蛋已经吃掉,那就说明在俄国人们吃得很好。……第三,你会想到鸡蛋壳可以用来给土地施肥,你就劝告读者要看重这种废物。第四,这个鸡蛋壳促使你想到人间万物生死无常:本来是活着的,现在却没有了! 第五……可是我何必再讲下去呢? 写出来的东西足够登一百期报纸的!"

"不,我怎么能行? 再者我对我自己也失去信心,我灰心丧气了。滚它的,一切都见鬼去吧!"

雷勃金站到凳子上,把那根绳子拴在钩子上。

"别这样,真的别这样!"希列普金劝道,"你看:我们有二十家报纸,都登得满满的! 可见有东西可写! 甚至内地的报纸也都登得满满的!"

"不。……那些昏睡的议员,那些现金出纳员……"雷勃金叽叽咕咕说,仿佛在找自杀的理由似的,"那种贵族银行,那种身份证制度……废除官阶,鲁梅利亚[①],都滚蛋吧!"

"哎,那也只好随你的便了。……"

雷勃金把绳圈套在脖子上,愉快地吊死了。希列普金挨着桌子坐下,一转眼就写完了自杀的消息、雷勃金的讣告、一篇讨论经常发生自杀案的小品文、一篇主张对自杀者应加重处罚的专论,以

---

① 土耳其在14世纪到16世纪之间对它所侵占的巴尔干半岛各地所用的名称,在19世纪指保加利亚、黑塞哥维那、阿尔巴尼亚。——俄文本编者注

及另外几篇关于这个问题的文章。他写完这些,就把它们放在口袋里,高高兴兴地跑到编辑部去,稿费、荣誉、读者都在那边等着他呢。

变态心理

一场小戏

九等文官谢敏·阿历克塞耶维奇·尼亚宁在他家一个小房间里跟他的儿子格利沙一块儿坐着吃饭。尼亚宁以前在内地一个商业法庭任职。他的儿子格利沙是个退役的中尉,如今靠他父母养活,是个庸庸碌碌的人。格利沙照例一杯连一杯地喝酒,口若悬河地讲话。他的父亲面色苍白,老是心神不安,惊讶不已,胆怯地看着他的脸,带着一种模糊的、类似恐惧的心情屏住呼吸。

"保加利亚和鲁梅利亚不过是小花小草而已,"格利沙说着,用叉子使劲剔牙,"这算得了什么,小事一件,无足轻重!可是你读一下报纸,看看希腊和塞尔维亚出了什么事,英国国内有些什么议论吧!希腊和塞尔维亚振奋起来了,土耳其也是如此。……现在英国就站在土耳其一边。"

"法国也忍不住了……"尼亚宁仿佛迟疑不决地说。

"上帝啊,又谈起政治来了!"房客费多尔·费多雷奇在隔壁房间里咳嗽着,说,"对病人至少也该体恤点才对!"

"是啊,法国也忍不住了,"格利沙同意他父亲的意见说,似乎没注意到费多尔·费多雷奇的咳嗽,"老爷子,它还没忘记那五十亿①

---

① 法国在1870—1871年的普法战争中败北后所付的赔款。——俄文本编者注

呢！它，老爷子……那些法国人，老爷子，精明得很！他们一心等机会，好给俾斯麦吃点苦头，往他烟盒里撒上点藜芦①！不过，要是法国人动手，德国人也不会罢休——您过来吧②，伊凡·安德烈伊奇，请说德国话！③ ……哈哈哈！站在德国人一边的有奥地利，还有匈牙利。瞧着吧，连西班牙也会提出加罗林群岛问题。……中国要提出东京④问题，阿富汗人……如此等等，一发而不可收拾！将来，老爷子，那局面不得了，你做梦都想不到！你记住我的话就是！你会惊讶得只有摊开两只手的分儿。……"

老人尼亚宁天性多疑，胆怯、怕事，就停住嘴不再吃饭，脸色越发苍白。格利沙也不吃了。父子两人都是懦夫，胆小而多疑。这两个人的灵魂里老是充满一种模模糊糊、难以名状的恐惧，这种恐惧胡乱地在空间和时间当中飘荡：马上就要出事了!! ……可是究竟会出什么事，在什么地方，在什么时候，父子两人就都不知道了。老人照例一言不发，提心吊胆。可是格利沙却非滔滔不绝地长谈下去、刺激他自己和他父亲不可，他不把自己完全吓倒决不甘休。

"你等着瞧吧！"他接着说，"你还来不及喊一声哎呀，欧洲就已经闹得天翻地覆了。我们就会遭殃！拿你来说，你倒无所谓，毫无关系，然而我，那就对不起，可得去打仗了！不过我满不在乎……遵命就是了。"

格利沙用政治把他自己和他父亲吓唬一通以后，开始谈论霍乱。

"在那种地方，老爷子，谁也不肯费神弄清楚究竟你是活着还

---

① 一种有毒的植物。
② 原文为德语。破折号后面的句子引自果戈理的长篇小说《死魂灵》。
③ 原文为德语。
④ 当时法国人称越南北部为东京。

是死了,立时把你装上大车,送出城外!你就在那儿跟死人躺在一块儿吧!谁也没有工夫弄清楚你是生病还是死了!"

"上帝啊!"费多尔·费多雷奇在隔板的那一边咳嗽说,"你们弄得房间里烟雾腾腾,酒气熏人还不够,又打算用这种谈话来把人害死!"

"我们的谈话,容我问您一句,有哪点惹得您不高兴?"格利沙提高嗓音问道。

"我不喜欢无稽之谈。……这种话太惹人恶心了。"

"既是恶心,那您就别听。……就是这样的,老爷子,准定会出事!你会摊开两只手,可是时机已经太迟。还有,在银行里,地方自治局里,都有人盗窃。……你常听见这儿盗窃一百万,那儿盗窃十万,另一个地方盗窃一千……天天都有!没有一天不发生出纳员卷款潜逃的事。"

"哦,那又怎么样?"

"什么叫'那又怎么样'?总有那么一天,你早晨醒过来,往窗外一看,什么东西都没有,全给人偷光了!你仔细一看,街上有人奔跑,全是出纳员,出纳员,出纳员。……你想穿上衣服,可是你的裤子没有了,给人偷掉啦!这就叫'那又怎么样'!"

最后格利沙开始讲起米罗诺维奇一案[①]。

"你可别妄想!"他对他父亲说,"这个案子永世也完不了。那判决,老爷子,简直毫无意义。不管做出什么样的判决,问题还是解决不了!比方说,这是谢敏诺娃[②]犯的罪……好,就算是这样,可是那些证明米罗诺维奇[③]犯罪的证据又该怎么处置?假定说,

---

① 指1884年莫斯科的米罗诺维奇当铺里的凶杀案,受害者是13岁的女工萨拉·别凯尔。该案因检察官抗议而在1885年复审。——俄文本编者注
②③ 上述凶杀案中的被告。——俄文本编者注

这是米罗诺维奇犯的罪,可是谢敏诺娃和别扎克①又怎么发落?一片糊涂账,老爷子。……真是没完没了,稀里糊涂,任何判决都不能使人满意。他们只能滔滔不绝大发议论。……世界有尽头吗?有。……那么过了这个尽头是什么呢?还有尽头。……那么过了第二个尽头又是什么呢?如此等等。……这个案子也是这样。……他们还会再审二十次,可是那也仍然不会有什么结果,反而把案子弄得越发糊涂。……谢敏诺娃现在招认了,可是明天她又会翻供,说是我根本不知道,根本没看见。卡拉勃切夫斯基②就又开始团团转。……他带上十个助手,大家一块儿忙得团团转,团团转,转个不停。……"

"他们忙些什么呢?"

"是这样:他们打发潜水员到土奇科夫桥下去打捞那个砝码!好,然后阿沙宁③马上起草公文,说是砝码没找到!卡拉勃切夫斯基冒火了。……怎么会没找到?这是因为我们没有真正的潜水员和上好的潜水工具!那就从英国聘请潜水员,从纽约订购工具吧!那些被告趁大家忙着找砝码,就去拉拢法院的鉴定人。于是那些鉴定人团团转,团团转,转个不停。这一个不同意那一个的见解,你教训我,我教训你。……检察官不同意艾尔加尔德④的见解,卡拉勃切夫斯基不同意索罗金⑤的见解……闹得不亦乐乎!于是聘请新的鉴定人,把法国的夏尔科⑥请来!夏尔科来了,马上就说:

---

① 上述凶杀案中的被告。——俄文本编者注
② 卡拉勃切夫斯基(1851—1925),俄国律师,米罗诺维奇的辩护人。——俄文本编者注
③ 当时俄国的一个承办特别重大案件的法院侦讯官,上述凶杀案就由他审理。——俄文本编者注
④⑤ 俄国的医学教授,在上述凶杀案中担任鉴定人。——俄文本编者注
⑥ 夏尔科(1825—1893),法国声誉最高的医学教师和临床医师之一,现代神经病学创始人之一。——俄文本编者注

我不能做出结论,因为解剖尸体的时候没有检查脊椎骨!于是重新解剖萨拉的尸体!其次,我的老爷子,还有头发问题。……那是谁的头发?它们总不会是从地板上长出来的,一定是什么人的头发!把理发师传来做鉴定人!不料,检查的结果表明,有根头发十分像蒙巴松①的!那就把蒙巴松传到庭上来!事情就这样闹个没完!大家都忙得不得了,转来转去。另外,英国潜水员在涅瓦河里找到的砝码不是一个,而是五个。如果不是谢敏诺娃行凶,那么真正的凶手一定在那儿扔下十个砝码。他们就开始检查砝码。头一件事:那些砝码是在哪儿买的?在商人波德斯考科夫那儿买的!把商人传来!'波德斯考科夫先生,谁在您那儿买过砝码?''我不记得了。''既是这样,您给我们举出您顾客的姓名!'波德斯考科夫就开始回想,而且想起以前你在他那儿买过什么东西。'好,'他就说,'以前在我那儿买过货物的有某人和某人,其中还有九等文官谢敏·阿历克塞耶维奇·尼亚宁!''把这个九等文官尼亚宁传来!'对不起,请吧!"

尼亚宁不住地打嗝,从桌旁站起来,脸色苍白,心慌意乱,烦躁地在房间里踩着碎步走来走去。

"哼,哼……"他嘟哝说,"上帝才知道是怎么回事!"

"是啊,把尼亚宁传来!你就去了,卡拉勃切夫斯基对你瞪大眼睛,把你看了个透!他问:某月某日您夜里在什么地方?可是你的舌头僵住,一句话也说不出来。他们马上拿那些头发来跟你的头发比一下,看是不是一样,再派人去把伊凡诺夫斯基②请来。对不起,尼亚宁先生,现在可是要追查你了!"

"这……这是从何说起?大家都知道不是我杀的!你在胡说

---

① 法国轻歌剧女演员,1885年在莫斯科演出。——俄文本编者注
② 伊凡诺夫斯基(1807—1886),俄国法学家,彼得堡大学的国际法教授。——俄文本编者注

些什么呀！"

"那还不是一样！你说不是你杀的，人家才不听这一套呢！他们会一个劲儿审你，把你审得晕头转向，临了你就会跪下说：是我杀的！事情就会闹成这样！"

"得了吧，得了吧，得了吧。……"

"要知道，我这只不过是打个比方罢了。我反正无所谓。我是个自由人，单身汉，明天就可以到美国去！到那时候就叫你卡拉勃切夫斯基去找吧！你就团团转吧！"

"上帝啊！"费多尔·费多雷奇呻吟道，"巴不得叫他们的嗓子干得裂开才好！魔鬼，你们到底能不能停一会儿嘴啊？"

尼亚宁和格利沙停住了嘴。这顿饭吃完了，他们两人在各自的床上躺下。两个人的心都紧张而痛苦。

在 异 乡

星期日中午。地主卡梅谢夫在他家饭厅里一张摆着豪华餐具的桌子旁边坐着,慢腾腾地吃早饭。跟他同桌进餐的是个装束整洁、胡子刮光的法国老人沙木朋先生①。这位沙木朋以前在卡梅谢夫家里做过家庭教师,教他的孩子们学习礼节、正确的发音、舞蹈,后来卡梅谢夫的孩子们长大,做了中尉,沙木朋就留下来,充当男保姆②一类的角色了。这个旧日家庭教师的职责并不复杂。他只要打扮得体面,身上散发出香水的气味,倾听卡梅谢夫扯淡,吃饭,喝酒,睡觉,此外似乎就没有什么事了。由于这个职务,他得到伙食、一个房间和一份不固定的薪金。

卡梅谢夫吃着饭,照例闲扯起来。

"辣得要命!"他吃下一块涂着很多芥末酱的火腿,擦干眼睛里流下的泪水,说,"嘿!这股辣劲儿直冲脑门和所有的关节。可是你们法国的芥末酱,哪怕吃下满满一罐,也没这么大的劲头。"

"有的人喜欢吃法国的芥末酱,有的人喜欢吃俄国的……"沙木朋温和地说。

---

① 原文为法语 monsieur 的简称。
② 原文为法语。

"谁也不喜欢法国芥末酱,也许只有法国人才喜欢。不过法国人是不管你给他端去什么,统统都会吃掉的:什么蛤蟆啦,耗子啦,蟑螂啦,样样都吃。……哎呀呀!喏,比方说,这种火腿您就不喜欢,因为它是俄国的,不过要是给您端来一块烤过的玻璃,说这是法国菜,您就会吃下去,还要吧嗒嘴唇呢。……依您看来,所有俄国的东西都很糟。"

"我没说过这话。"

"所有俄国的东西都很糟,可是一讲到法国的东西,那就'啊,这太可爱啦!①'依您看来,再也没有一个国家比法国更好了,可是依我看来……哼,凭良心说,法国算得了什么?很小的一块地罢了!要是把我们的县警察局长派到那儿去,他不出一个月就会要求调回来:那儿小得转不过身来!只要坐上一天车,人就能走遍你们整个法国,可是在我们这儿,你坐车走出大门,却看不见土地的尽头!尽管走呀走的……"

"是的,先生,俄国是个大国。"

"说的就是嘛!依您看来,再也没有人比法国人更好。法国人有学问,聪明!文明!我同意,法国人都有学问,讲礼貌……这的确如此……法国人素来不允许自己失礼:总是赶紧给女人让坐,吃龙虾不用叉子,不随地吐痰,可是……单缺那么一种精神!他们缺少那么一种精神!我简直没法跟您解释清楚,这话该怎么说呢,法国人缺乏那么一种,那么一种……"说话的人活动着手指头,"……那么一种……法学上的东西。我记得在一本什么书上读到过,你们那些人的智慧都是后天得来,从书本里学来的,可是我们的智慧却生来就有。如果俄国人认真学科学,那么,你们那些法国教授就没有一个及得上我们。"

---

① 原文为法语。

"也许吧……"沙木朋说,口气显得勉强。

"不,不是也许,而是一定!用不着皱眉头,我说的是实话!俄国人的智慧是发明的智慧!不过,当然,俄国人没有施展的机会,而且也不会吹牛。……俄国人发明了一种什么东西,就随手把它弄坏,或者拿给小孩子们去玩,可是你们法国人发明了一种无聊的东西,就要大嚷大叫,好让全世界都听见。前些日子马车夫姚纳用木头做了个小人,你一拉小人身上的线,它就会做出不成样子的怪相。可是姚纳就没有吹牛。一般说来……我不喜欢法国人!我不是说您,我是泛泛而论的。……他们是不道德的人!外表上他们倒还像人,可是他们的生活却像狗一样。……比方拿婚姻来说。我们这儿的人要是结了婚,就守着老婆,没话可说,可是你们那儿,魔鬼才知道是怎么回事。丈夫成天价在咖啡馆里坐着,而老婆呢,却让家里挤满了法国男人,跟他们大跳康康舞①。"

"这不是实情!"沙木朋忍不住说,涨红了脸,"在法国,家庭的原则是很受尊重的!"

"我们可知道这种原则!您为它辩护,应当害臊才是。我们应该公平:猪就是猪。……谢谢德国人,多亏他们打败了法国人②。……真的,要谢谢他们。求上帝保佑他们健康。……"

"既是这样,先生,我不明白,"法国人跳起来,闪着发亮的眼睛说,"既然您痛恨法国人,您又何必留住我呢?"

"可是我把您送到哪儿去呢?"

"您放我走,我就回法国去!"

"什么?难道人家现在会让您回到法国去?要知道,您是您

---

① 19世纪30年代流行于法国巴黎舞厅的一种轻快而并不高尚的舞蹈。
② 指普法战争中法国败北。——俄文本编者注

祖国的叛徒！您时而认为拿破仑①是伟人,时而认为甘必大②是伟人……魔鬼都闹不清您是怎么回事！"

"先生,"沙木朋用法国话说,嘴里喷出唾星,手里揉着餐巾。"您太侮辱我的感情了,就连我的敌人也不会想出这样一手！现在什么都完了！！"

法国人用手做出一种悲剧的手势,彬彬有礼地把餐巾丢在桌子上,怀着尊严地走出去。

过了三个钟头,桌子上换了餐具,仆人开中饭了。卡梅谢夫一个人坐下来吃饭。喝完饭前的一杯酒后,他产生了扯淡的渴望。他想谈天,可是没有人听。……

"阿尔丰斯·留朵维科维奇在干什么?"他问听差说。

"他在收拾箱子,老爷。"

"这个呆子,求上帝饶恕吧！……"卡梅谢夫说着,往法国人的房间走去。

沙木朋在他房间中央的地板上坐着,用发抖的手把他的内衣、香水瓶、祈祷书、背带、领结陆续放进皮箱里。……他整个优美的身体、皮箱、床铺、桌子,一概发散出优雅和文弱的气息。他那天蓝色的大眼睛里流出大颗的泪珠,滴在那口皮箱上。

"您要到哪儿去?"卡梅谢夫站了一会儿,问道。

法国人没有说话。

"您是想走掉吗?"卡梅谢夫接着说,"好吧,那也随您的便。……我不敢留住您。……不过奇怪的是:您没有身份证怎么能出门呢? 这就叫我纳闷了！您知道,我可是把您的身份证弄丢了。我不知把它夹在什么地方的一叠纸里,就此找不到

---

① 指拿破仑三世(1808—1873),法国皇帝。——俄文本编者注
② 甘必大(1838—1882),19世纪法国共和派政治家,法国总理(1881—1882)。——俄文本编者注

了。……可是在我们国家,查身份证是很严的。您还没走出五俄里去,人家就把您抓住了。"

沙木朋抬起头,不相信地瞧着卡梅谢夫。

"是啊。……您等着瞧吧! 人家凭您的脸色就看得出您没有身份证,马上问:'你是什么人? 阿尔丰斯·沙木朋! 我们可知道这些阿尔丰斯·沙木朋是怎么回事! 莫非您愿意让人押解到不那么遥远的地方去①!"

"您这是开玩笑吧?"

"我开玩笑干什么! 我何苦开玩笑呢! 不过请您注意,我预先跟您打好招呼:您走后可别哭哭啼啼,写信来。哪怕人家给您戴上镣铐,押着您走过我面前,我也不会动一下手指头!"

沙木朋跳起来,脸色苍白,瞪大眼睛,迈开步子在房间里走来走去。

"您是在怎样对待我呀?!"他说,绝望地抱住头,"我的上帝呀! 我悔不该生出离开祖国的有害念头,产生这种念头的那个时辰真该受到诅咒!"

"得了,得了,得了……我是说着玩的!"卡梅谢夫压低声音说,"您真是个怪人,连说笑话都不懂! 闹得人连话也不能说了!"

"我的朋友!"沙木朋听见卡梅谢夫的口气,放了心,尖声叫道,"我向您起誓,我喜爱俄国,喜爱您,喜爱您的孩子。……离开您,对我来说,就像要我死掉一样难受! 可是您的每句话都刺痛了我的心!"

"哎,怪人! 我骂法国人,您又何必生气呢? 我们骂过的人还少吗,那么大家都该生气? 您真是个怪人! 您该学我的佃户拉扎尔·伊萨基奇的榜样才对。……我骂他这个,骂他那个,骂他犹太

---

① 指流放。

82

人,骂他浑身长满疥疮,用我衣服的底襟做出个猪耳朵①,揪他的长鬈发②……可是他就不怄气!"

"可是话说回来,他是个奴隶!他为一个小钱,情愿低三下四!"

"得了,得了,得了……够了!咱们去吃饭!言归于好吧!"

沙木朋就在他泪痕斑斑的脸上扑了点粉,跟卡梅谢夫一起往饭厅走去。头一道菜在沉默中吃完,可是吃完第二道菜后,老一套又来了,于是沙木朋的苦难永无止境。

---

① 旧时犹太人按宗教信仰不吃猪肉,这里是对犹太人的恶意嘲弄。
② 守旧的犹太人留着长鬈发。

雄　火　鸡

一　场　小　误　会

"你这个丑八怪,丑八怪!你这个秃头的丑货!"有一回彼拉盖雅·彼得罗芙娜对她丈夫,退休的十等文官玛尔凯尔·伊凡诺维奇·洛赫玛托夫说,"人家的丈夫都像丈夫的样子,唯独我,上帝弄了个游手好闲的活宝来惩罚我!我妹妹格拉宪卡的丈夫又补袜子,又喂鸡,又到市上去买菜。还有普拉斯科维雅·伊凡诺芙娜的丈夫,真是个了不起的人!他想方设法博他妻子的欢心:他时而用开水浇铺板,把臭虫烫死,时而拍打皮大衣,免得虫蛀,时而刮鱼鳞,去鱼肠。只有你,魔鬼才知道是个什么玩意儿!成天价在长沙发上躺着,像个革出教门的坏蛋似的,只知道灌白酒,胡扯鲁梅利亚问题!……"

"那我该干点什么呢?"玛尔凯尔·伊凡内奇胆怯地问道。

"该干什么!事情还少吗?家务事多的是,就等着你去干。就拿那只雄火鸡来说吧。那只家禽已经有一个星期不吃东西,不喝水了……眼看就要咽气,你却满不在乎,你这魔障!哼,打你一个耳光才解恨!这可是一只上好的雄鸡!像山那么大,简直不能说是鸡!这样的鸡你就是花五卢布也买不到!"

"那我拿这只雄鸡,那个……该怎么办呢?总不能带着它去找医生吧!"

"干吗去找医生呢？医生又没学过给家禽治病。……你找人请教一下嘛。……人家什么都懂。……要不然你这个蠢货，就该自己动脑筋想办法。你可以到药房去一趟。药房里的药多得很！"

"也行，我跑一趟药房好了，"洛赫玛托夫同意说，"也行。"

"那你就去吧！你就说，给我十戈比的止泻药！"

玛尔凯尔·伊凡诺维奇懒洋洋地离开长沙发站起来，叹口气，开始穿上长裤（每逢他在家里待着，彼拉盖雅·彼得罗芙娜为了节约总是只许他穿内衣内裤）。他带着醉意，脑袋里似乎有颗沉重的子弹从这个鬓角滚到那个鬓角，不过他想到现在是去办正事，就振作起来。他穿好衣服，拿起手杖，庄重地迈步往药房走去。

"您要买什么？"药房里有个肥胖而秃顶、留着一大把毛茸茸的络腮胡子的药剂师问他说。

"我要那么一种药……"玛尔凯尔·伊凡诺维奇胆怯地开口说，恭敬地瞧着毛茸茸的络腮胡子。"认真说来，我没有药方，而且我自己也不知道要买什么药。也许您可以给我出个主意。"

"行，那么出了什么事呢？"

"事情是这样，这家伙有一个星期没喝水，没吃东西了。您知道，一直腹泻。样子那么烦闷，无精打采，仿佛失掉什么东西，或者良心不清白似的。"

药剂师抿起嘴唇两角，皱起眉头，专心听着。一般说来，药剂师是喜欢人家在医药问题上向他们求教的。

"哦……嗯……"他哼哼哈哈地说，……"发烧吗？"

"这我没法对您说，我不知道。……请您费心，给点什么药吧。您相信不？那模样看着真可怜！本来身体挺好，在院子里走来走去，可是现在大变了！无缘无故皱起眉头，爱发脾气，不肯从板棚里走出来。"

"在板棚里住着可不行。……现在天冷了。"

"好,那我们就送到厨房去。……要是那个……死了,才可惜呢。缺了这家伙,那些雌火鸡就没法活了。"

"什么雌火鸡?"药剂师瞪大眼睛问道。

"就是普通的……有毛的那种。"

"您刚才说的到底是谁?"

"是只雄火鸡啊。"

药剂师的脸上现出厌恶的神情,好像要说出个"呸!"字。他的嘴角撇下来,乌云掠过他那严厉的脸。

"我……不懂。"药剂师怄气地说。

"您不懂那是一只什么样的雄火鸡?"洛赫玛托夫问,这一回可轮到他不懂了,"那是只普通的雄鸡,跟雌鸡在一块儿,不过是只火鸡……个头很大,您知道,生着长鼻子……只要对它吹声口哨,它就张开翅膀,竖起羽毛,扑棱扑棱扑棱……"

"我们不治火鸡……"药剂师嘟哝说,怄气地移开眼睛看着旁边。

"用不着给它治病。……给点小药也就成了。……反正不是人,而是家禽……吃点小药就管事了。"

"对不起,我没有工夫。"

"我知道您没有工夫,不过劳您的驾!给点药费得了您多大的事呢?您想给什么就给什么,我不来多嘴。请您费心!"

玛尔凯尔·伊凡诺维奇的请求口气打动了药剂师的心。他又皱起眉头,抬起嘴角,开始沉思。

"您说它不喝水,不吃东西……而且腹泻吗?"

"对。……给点止泻的药吧。"

"您等一等,我马上就来。"

药剂师走到一口小橱跟前,从那儿取出一本书来,埋头阅读。

86

他的脸上现出苏格拉底的表情①,额头上聚集着那么多皱纹,弄得玛尔凯尔·伊凡诺维奇瞧着他,生怕药剂师的秃顶由于皮肤绷得过紧而迸裂。

"我给您一种药粉。"药剂师结束阅读后说。

"多谢多谢。只是请您原谅我插一句嘴,我怎么能叫它把药粉吃下去呢?要知道,它是不会来啄药粉的!要是它明白这于它有好处倒好了,可是说真的,这种家禽很笨,不通灵性。把药粉放在它面前,它连理都不理。"

"既是这样,我就给您药水吧。"

"好,药水就是另一回事了。药水倒可以硬灌进去。"

药剂师把头扭到一旁,用德语喊了句话。

"是!②"一个身材矮小、肤色发黑的配药员答应一声。

洛赫玛托夫往配药员正在忙碌的地方走去,把胳膊肘撑在柜台上,开始等候。

"他,这条狗,干得多么灵巧!"他瞅着配药员活动手指头,把一种药粉分成若干份,心里暗想,"干这些事得有学问才行啊!"

配药员忙完了药粉,拿起一个小药瓶,摇了摇其中的深棕色液体,然后用一张纸把瓶包起来,走到洛赫玛托夫跟前。

"这十戈比的药水是给您喝的吧?"他问。

"是给雄火鸡喝的。"

"什么?"配药员瞪大眼睛问。

"是给雄火鸡喝的。"

"我对您说的是人话,"配药员面红耳赤地说,"您也应当用人话来回答。"

---

① 指沉思的表情,苏格拉底是古希腊哲学家。
② 原文为德语。

"你究竟要我怎样回答您呢？我说这是给雄火鸡喝的，那就是给雄火鸡喝的。不是给鹰喝的！"

"我只能认为这是拿我取笑！"那个药房工作人员愤愤地说。

"怎么会是拿您取笑？我自己会出钱的。"

"可是我没有工夫跟您开玩笑！"

配药员把药水瓶放在一边，走到旁边去，气愤地喷着鼻息，动手在研钵里不知研磨什么东西。

玛尔凯尔·伊凡诺维奇又等了一会儿，然后耸耸肩膀，叹了口气，从药房里走出去。他回到家里，脱掉上衣、长裤、坎肩，搔一阵身子，干咳几声，然后在长沙发上躺下来。

"喂，怎么样？到药房里去过了吗？"彼拉盖雅·彼得罗芙娜责问他说。

"去过了……叫他们见鬼去吧！"

"那么药在哪儿？"

"他们不给！"玛尔凯尔·伊凡诺维奇摆一下手说，拉过棉被盖在身上。

"哼……我要给你一个耳光！"

睡 意 蒙 眬

地方法院在开庭审案。被告席上坐着一个上流男子,正当中年,面容憔悴,因犯挪用公款和伪造文书罪而被控。有个身子消瘦、胸脯窄小的书记官正在用平缓的男高音宣读起诉书。他既不管句点,也不管逗点,只顾一路念下去,他那单调的宣读声类似蜜蜂的嗡嗡声或者溪水的潺潺声。在这样的宣读声中,人们只适于回忆,幻想,睡觉。……法官们、陪审员们、旁听者们都烦闷得无精打采。……四下里一片寂静。只有偶尔从法院的过道上传来什么人平稳的脚步声,或者打哈欠的陪审员对着空拳头谨慎地咳嗽几声。……

辩护人用拳头支住生着鬈发的脑袋,昏昏欲睡。在书记官喃喃声的影响下,他的思路全然失去条理,搞得杂乱无章了。

"嘿,法警的鼻子多么长啊,"他想,竭力要张开沉重的眼皮,"大自然何苦糟蹋这张聪明的脸呢!要是人的鼻子都挺长,比方说有两三俄丈①长,那么他们的住处恐怕就会嫌小,只好造大得多的房子了。……"

辩护人猛地摇摇头,犹如一匹马被蝇子叮咬似的,然后继续想下去:

---

① 1俄丈等于2.134米。

"现在我家里是什么样子呢?这个时候大家照例都在家:我的妻子、岳母、孩子们都在家。……两个小孩,柯尔卡和津娜,现在一定在我的书房里。……柯尔卡站在圈椅上,胸脯抵住桌边,在我的纸上画画。他已经画下一匹尖脸的马,点上两个黑点算是眼睛,又画了个人,胳膊特别长,还画了一所歪歪扭扭的小房子。津娜也在那儿,在桌旁站着,伸长脖子,极力要看明白她哥哥在画什么。……"

"'你画爸爸吧!'她要求说。

"柯尔卡就动手画我。他画好一个小人,只要添上黑胡子,爸爸就算画成了。后来柯尔卡开始在《法典》里寻找图片,津娜就霸占了那张桌子。她一眼看见呼唤仆人的铃,就拉一下。她又看见墨水瓶,就非把手指头伸进去蘸一下不可。要是书桌的抽屉没有锁上,那么不消说,就得打开来翻一翻。最后,他俩灵机一动,装作印第安人,要躲到我桌子底下去才能妥善地避开敌人。两个孩子就爬到桌子底下,大呼小叫,一直闹到桌上的灯或者花瓶掉下地来才肯罢休。唉!……这时候,妈妈大概带着庄重的神情抱着她的第三个产品在客厅里走来走去。……那个产品哇哇地哭……哭个不停!"

"'查活期存款户,'"书记官喃喃地念道,"'柯彼洛夫、阿奇卡索夫、齐玛科甫斯基、齐金娜等息金一概未付,共计一千四百二十五卢布四十一戈比整,已经一并列入一八八三年的尾数。……'"

"说不定我们家里正开饭!"辩护人的思想飘游不定。"坐在桌边吃饭的有岳母,妻子娜嘉,内弟瓦夏和孩子们。……岳母的脸上照例带着呆板的忧虑和十分尊严的神情。娜嘉消瘦,有点憔悴,不过她脸上的皮肤仍然雪白光洁。她在饭桌旁边坐着,她那神态却像是被人硬逼着坐在那儿似的。她什么也不吃,做出有病的样子。她的脸上跟岳母的脸上一样,显得忧心忡忡。可不是!她要管孩子,管厨房,管丈夫的内衣,管出门拜客,管皮大衣的蛀虫,管接待客人,管弹钢琴!责任何其多,可是干的活儿又何其少!娜嘉和她母亲简直什么事也不做。要是她们闷得慌而动手浇一浇花,或者把厨娘骂一顿,那么,她们事后就会累得呻吟两天,说是这日子跟服苦役差不多。……内弟瓦夏慢腾腾地咀嚼吃食,保持阴郁的沉默,因为今天他的拉丁语课得了一分。这个孩子文静,乐于帮助人,也感激别人的帮助,可是他穿破那么多的皮靴和裤子,用坏那么多的书本,简直要人的命。……那两个小孩当然任性胡为。他们要醋,要胡椒,互相告状,不时把汤匙掉在地下。一想起他们,就叫人头昏脑涨!妻子和岳母总是严格要求大家保持上流人家的风度。……上帝保佑,千万别把胳膊肘放在桌上,别用整个拳头握住刀子,别用刀子吃东西,至于仆人端菜,也一定要从右边而不是左边端上来。所有的菜,甚至是火腿煎豌豆,都有香粉和水果糖的气味。所有的菜都不可口,太油腻,少得可怜。……我做单身汉的时候常吃到很好的白菜汤和粥,可现在连影子也不见了。岳母和妻子总是用法国话交谈,不过她们一谈到我,岳母就开始讲俄国话了,因为像我这样没感情、没心肝、不要脸的粗人是不配用柔和的法国话来讲的。……

"'大概,可怜的米谢尔挨饿了,'妻子说,'今天早晨他只喝了一杯咖啡,没吃面包,就跑到法院去了。……'

"'不用操心,小母亲!'岳母幸灾乐祸地说,'这样的人不会挨饿!恐怕他已经到小吃部跑过五趟了。法院里办了个小吃部,于是他们每过五分钟就问审判长,能不能休息一下。'

"饭后岳母和妻子议论减少开支的事。……她们不停地计算,记在纸上,到头来发现开支大得不像话。她们把厨娘叫来,跟她一块儿算账,责备她,为五戈比破口大骂。……于是眼泪来了,尖刻的话来了。……后来就收拾房间,重摆家具,而这都是因为没有事可做。"

"'据八等文官切烈普科夫供称,'"书记官喃喃地念道,"'第八百一十一号收据虽已寄交他本人,但他所应得的四十六卢布两戈比则迄未收到,当时业已声明在案。……'"

"只要你想到这种种情形,往深里琢磨一下,玩味一番,"辩护人继续想道,"说真的,你就会灰心丧气,恨不得叫这一切马上完蛋。……你成天价陷在这种乌烟瘴气的烦闷和庸俗当中,筋疲力尽,头昏脑涨,你就会不由自主想让你的灵魂痛痛快快地休息一分钟也好。你就会去找娜达霞,或者如果有钱的话,就去找茨冈姑娘,把一切都丢在脑后……说实在的,把一切都丢在脑后!鬼才知道那个地方,它远在城外,在一间单独的屋子里,你靠在沙发上,那些亚洲人①就唱啊,跳啊,嚷啊,你感到那个迷人的、可怕的、疯狂的茨冈姑娘格拉霞把你的整个灵魂都翻过来了。……格拉霞!可爱的、出色的、妙不可言的格拉霞!她那牙齿,眼睛……背脊,多么好看呀!"

书记官还在喃喃地念着,唠叨不停。……在辩护人眼里,一切东西都合在一起,跳动不定。法官们和陪审员们渐渐缩成一团,旁听者变成一堆斑点,天花板时而降下来,时而升上去。……思想也不住跳跃,最后中断了。……娜嘉、岳母、法警的长鼻子、被告、格拉霞,所有这些都跳动不定,转动不已,往远处退去,越退越远。……

"这真好……"辩护人小声说着,昏昏睡去。"这真好。……在沙发上躺着,四周舒适……温暖。……格拉霞在唱歌。……"

"辩护人先生!"忽然响起尖厉的喊叫声。

---

① 此处指茨冈人。

"这真好……温暖。……既没有岳母,也没有奶妈……也没有那种有香粉气味的汤菜。……格拉霞心好,漂亮。……"

"辩护人先生!"那个尖厉的嗓音又响起来。

辩护人打了个冷战,睁开眼睛。茨冈姑娘格拉霞那对黑眼睛恰好直直地盯住他,鲜艳的嘴唇露出笑意,肤色黝黑的俊脸喜气洋洋。他愣住了,还没完全醒过来,以为这是梦境或者幻觉,就慢腾腾地站起来,张开嘴巴,瞧着茨冈姑娘。

"辩护人先生,您想向这个女证人提出什么问题吗?"审判长问道。

"哦……对了!这是女证人。……不,我不……不想问什么话。我没有什么要问的。"

辩护人摇一下头,终于清醒过来。现在他才明白这儿站着的确实是茨冈姑娘格拉霞,她是传到庭上来作证的。

"不过,对不起,我有几句话要问一下,"他大声说,"女证人,"他对格拉霞说,"您在库兹米巧夫的歌咏队里工作,那么您说一说,被告常到你们饭馆里去饮酒取乐吗?哦。……那么您可记得每次都是由他自己付钱,还是有的时候也由别人替他付?谢谢您……这就够了。"

他喝下两大杯清水,他那蒙眬的睡意完全过去了。……

治疗酒狂症的单方

著名的朗诵演员和喜剧演员费尼克索夫-季科勃拉左夫第二先生乘头等客车的单间包房到达 Д 城巡回演出。凡是在火车站上迎接他的人都知道他的头等客车车票是"为了摆阔"才在上一站买下的,在那以前,这个名人一直坐的是三等客车。大家看见,目前尽管是寒冷的秋季,可是名人身上却披着夏季的披风,头上戴着破旧的海狗皮帽。虽然如此,临到季科勃拉左夫第二那张带着睡意的、红里透青的脸从火车里探出来,大家仍然感到心头有点发颤,急于同他相识。剧院经理波切楚耶夫按照俄国风俗同新到的人互吻三次,把他带到自己住处去了。

这个名人预定在到达后过两天开始登台表演,然而命运却做出了另外的决定。公演的前一天,剧院经理跑进剧院票房,脸色苍白,头发蓬松,通知说季科勃拉左夫第二不能登台表演了。

"他不能演戏了!"波切楚耶夫宣布说,揪住自己的头发,"请问你们对这种事是怎么看的呢?一个月,足足有一个月,我们用大字刊登海报,说是季科勃拉左夫就要在我们剧院里表演。我们吹牛皮,装模作样,收下预定戏票的票钱,可是冷不防出了这样糟糕的事!啊?为此就是把他绞死都嫌不解气!"

"究竟是怎么回事呢?出了什么事?"

"他灌醉了,该死的!"

"这有什么了不得的！让他睡一觉，酒也就醒了。"

"哪里醒得过来，简直会睡死哟！我很早以前就在莫斯科认得他：他一开始喝酒，那就会两个月醒不过来。酒狂症！这是酒狂症！哎，偏偏我碰到这样的时运！为什么我就这样倒霉！我这该死的，为什么生来就这么晦气！为什么……为什么上天的诅咒永生永世地落在我的头上？"波切楚耶夫不论在职业上还是性格上都是悲剧演员，因此强烈的辞藻和捶胸顿足的动作对他倒是很合适的。"我多么不像样，下贱，可鄙，低三下四地把脑袋送给命运去打击！我干脆跟这种到处碰壁的可耻角色一刀两断，往脑门里射一颗子弹，岂不更体面些？我在等什么？上帝，我在等什么呀？"

波切楚耶夫用手掌蒙上脸，扭过身对着窗口。票房里除售票员外，还有许多演员和戏迷在座，于是大家就立刻劝解他，安慰他，给他鼓起希望。不过那些话都具有哲学的或者预言的性质，谁的话都没超出"尘世的空虚"，"不要往心里去"，"也许会时来运转"之类的范围。只有那个胖胖的、患水肿病的售票员，才比较郑重地对待这件事。

"不过您，普罗克尔·尔沃维奇，"他说，"要想法给他治治病才行。"

"酒狂症是任什么鬼办法也治不好的！"

"您别这么说。我们的理发师就擅长医治酒狂症。城里人都找他治这种病。"

波切楚耶夫暗暗高兴，总算可以抓住哪怕是一小根稻草了。不出五分钟光景，剧院的理发师费多尔·格烈别希科夫已经站在他面前了。请您想象一个人身材高大，眼睛凹陷，胡子又长又稀，一双手深棕色，您再想象这个人近似一副骨头架子，只因为装了螺钉和弹簧才能活动，此外，您让这个人身上穿一套旧到无可再旧的黑衣服,这样一来,您就画出格烈别希科夫的肖像了。

"你好,费佳①!"波切楚耶夫对他说,"我听说,朋友,你……那个……会治酒狂症。请你费心,我不是在工作上要求你,而是希望你看在朋友分上,给季科勃拉左夫治一治!要知道,他灌醉了!"

"上帝保佑他吧②,"格烈别希科夫用男低音无精打采地说,"那些地位不高的小演员、商人、文官,我倒确实治过,可是现在这个人却是全俄国都知道的名人啊!"

"咦,那又怎么样呢?"

"要治好他的酒狂症,就得把他的五脏六腑和周身骨节都折腾一下。我把他折腾一下不要紧,可是他病好了就会生我的气了。……他会说:'你这条狗,怎么敢碰我的脸?'大家都知道这些名人是怎么回事!"

"不,不……你不要推托,老弟!俗语说得好:既然叫蘑菇,就得随人采!戴上帽子,我们走吧!"

过了一刻钟,格烈别希科夫走进季科勃拉左夫的房间,名人正躺在床上,愤愤地瞅着一盏挂灯。那盏灯挂在那儿纹丝不动,可是季科勃拉左夫第二却目不转睛地盯着它,嘴里唠叨说:

"你转了好半天!我要给你这该死的一点厉害瞧瞧,看你还转不转!我砸碎了一个玻璃瓶,我照样要砸碎你,等着瞧就是!啊啊啊……连天花板也转。……我明白:这是阴谋!可是灯呀,灯!你这个坏蛋,比谁都小,却转得比谁都凶!你等着。……"

喜剧演员下了床,把被单也拉下地,又把小桌上的玻璃杯拂落到地下,身子摇晃着,往灯那儿走去,可是半路上撞着一个又高又

---

① 费多尔的爱称。
② 意谓"我可不敢碰他"。

大的人。……

"怎么回事?!"他大叫起来,眼珠不住地乱转,"你是谁? 你从哪儿来? 啊?"

"我来叫你知道一下我是谁。……回到床上去!"

格烈别希科夫没容喜剧演员走回床边,就抡起胳膊,一拳打在他后脑壳上,用力那么猛,打得他一个踉跄,一头栽倒在床上。喜剧演员大概以前从没挨打过,因为他尽管醺醺大醉,却惊讶地瞧着格烈别希科夫,甚至露出好奇的神色。

"你……你打我? 等……等一等,是你打我?"

"是我打的。莫非你还要我打吗?"

理发师就又打季科勃拉左夫一个耳光。我不知道是什么起了作用:是那有力的拳击还是那新奇的感觉,总之喜剧演员的眼珠不再乱转,倒露出一点清醒的样子了。他跳起来,与其说是气愤,不如说是好奇地端详着格烈别希科夫苍白的脸和肮脏的上衣。

"你……你打人?"他叽叽咕咕说,"你……你敢打我?"

"住嘴!"

喜剧演员的脸又挨了一下子。吓呆的喜剧演员动手招架,可是格烈别希科夫一只手顶住他的胸脯,另一只手左右开弓,打他的脸。

"轻一点! 轻一点!"波切楚耶夫的说话声在隔壁房间里响起来,"轻一点,费佳!"

"没关系,普罗克尔·尔沃维奇! 事后他会向我道谢的!"

"你还是轻一点吧!"波切楚耶夫往喜剧演员的房间里看了一眼,用要哭的声调说,"你倒无所谓,我却浑身起鸡皮疙瘩。你想一想:一个有知识、有名气的人,又没犯什么罪,却大白天挨打,而且是在我自己的住宅里。……哎呀!"

"我,普罗克尔·尔沃维奇,不是打他老人家,而是打那个附在他身上的鬼。您走吧,劳驾,不用操心。你躺下,恶魔!"费多尔责骂喜剧演员说,"不许动!什么,什么?"

季科勃拉左夫吓坏了。他以为那些东西先前不住地转动,他原想全部砸碎,如今它们却互相串通,一股脑儿砸到他头上来了。

"救命啊!"他叫起来,"救救我吧!救命啊!"

"你叫,你叫,妖精!这还只是花呢,你等着瞧吧,果子还在后头!现在你听着:只要你再说一句话,再动弹一下,我就打死你!我活活打死你,决不手软!没有人来帮你忙,老兄!哪怕放大炮也不会有人来。不过如果你乖乖的,不说话,我就给你白酒喝。喏,白酒就在这儿!"

格烈别希科夫从口袋里取出一小瓶白酒,在喜剧演员眼前晃一下。那个酒徒一见他嗜之如命的东西,就忘记挨过打,甚至高兴得哈哈大笑。格烈别希科夫从坎肩的口袋里拿出一小块肮脏的肥皂,把它塞进酒瓶。等到白酒起了泡,变得发浑,他就把乱七八糟的东西放进去。放进去的有硝石、阿莫尼亚水、明矾、芒硝、食盐、硫黄、松香以及其他在蜡烛店里可以买到的"药剂"。喜剧演员瞪大眼睛瞧着格烈别希科夫,热切地注意酒瓶的活动。最后理发师点燃一小块抹布,把布灰撒进白酒,摇摇瓶子,走到床跟前。

"喝下!"他倒出半茶杯,说,"一口喝干!"

喜剧演员津津有味地喝下去,嗽一下喉咙,然而立刻瞪起了眼睛。他脸色忽然煞白,额头冒出汗来。

"再喝!"格烈别希科夫要求说。

"不……我不想喝!等……等一下……"

"喝,你这该死的!……喝!我要打死你!"

季科勃拉左夫就喝下,呻吟着,倒在枕头上。过一分钟他起来,费多尔可以相信他的药剂奏效了。

"再喝!把你的全部内脏翻腾一下,这有好处。喝!"

对喜剧演员来说,苦难的时刻到了。他的内脏真正翻转过来了。他跳起来,在床上不住折腾,战战兢兢地注意铁面无情和不肯罢休的仇人的缓慢动作。那个仇人一分钟也不肯放过他,每逢他拒绝服药,就不停手地打他。打完了又吃药,吃完药又打。费尼克索夫-季科勃拉左夫第二的可怜的身体以前从没遭到过如此的欺侮和凌辱,这个名人从来也没有像现在这样软弱和狼狈过。起初喜剧演员呼喊,叫骂,后来开始哀求,最后他相信抗议只会招来殴打,就哭起来。波切楚耶夫本来站在门外偷听,最后再也忍耐不住,跑进喜剧演员的房间里来了。

"你见鬼去吧!"他摇着手说,"就让那些预订的戏票全部退掉算了,就让他喝酒好了,总之你不要再折磨他,劳驾!是啊,他会死掉的,见你的鬼!你看:他已经完蛋了!我早知如此,说实话,决不会把你找来。……"

"这没关系,先生。……他自己日后还会向我道谢呢,您会看见的。……喂,你在那儿干什么?"格烈别希科夫扭转身对喜剧演员说,"你这是找揍!"

他为喜剧演员一直忙到傍晚。他不但把喜剧演员弄得筋疲力尽,也把自己累坏了。结果,喜剧演员乏得要命,连呻吟的气力也没有了,脸上现出一副呆呆的恐惧神情。在这种呆若木鸡的惊惧之后,一种类似睡眠的状态出现了。

第二天,使得波切楚耶夫大吃一惊的是,喜剧演员醒过来了,可见他没死。他醒来以后,呆头呆脑地往四下里看,用游移不定的目光打量房间,开始回想。

"为什么我周身酸痛呢?"他大感不解地说,"倒好像有一列火车从我身上开过去了似的。莫非得喝点酒吗?喂,有人吗?拿点白酒来!"

这时候房门外面站着波切楚耶夫和格烈别希科夫。

"他要酒喝,可见他的病没好!"波切楚耶夫震惊地说。

"您这是什么话,普罗克尔·尔沃维奇!"理发师惊讶地说,"难道一天就能治好这病?求上帝保佑,别说是一天,一个星期能痊愈就不错了。有的身体差的人五天就能治好,可是这个人的体质倒跟商人差不多。那就不能很快药到病除了。"

"你真可恶,为什么先前没跟我说起这一点?"波切楚耶夫哀叫道,"为什么我生来就这么晦气!我这个该死的,还在等命运给我什么打击啊?索性一了百了,往脑门里射进一颗子弹去,岂不爽快些?……"等等,等等。

不管波切楚耶夫对他的命运看得如何暗淡,过了一个星期,季科勃拉左夫第二总算登台表演,那些预定的戏票不必退钱了。格烈别希科夫常给喜剧演员化装,总是那么恭敬地碰他的头,您再也认不出他就是以前那个打耳光的人了。

"这个人生命力可真强!"波切楚耶夫常惊讶地说,"我眼看他受苦,差点没吓死,可是他倒满不在乎,甚至还向费佳那个魔鬼道谢,打算把他带到莫斯科去呢。这简直是奇迹!"

低音提琴和长笛

一 场 小 戏

在一次排演中,长笛乐师伊凡·玛特威伊奇在乐谱架中间走来走去,唉声叹气,抱怨说:

"简直是倒运!我怎么也找不到适当的住处!我不能在旅馆里住,因为那太贵,可是家庭住宅和私人住宅又不收乐师。"

"您搬到我那儿去吧!"低音提琴手出人意外地对他提议说,"我为我那个房间付十二卢布房租,如果我们合住,那么每人出六卢布就成。"

伊凡·玛特威伊奇高兴地接受了这个建议。他从没跟外人同住过,在这方面他没有经验,不过他事前①推想,合住倒也有很多好处和便利:第一,可以有个人谈话,交换一下感想;第二,一切用度都平摊,例如茶叶、白糖、仆人的费用。他平时同低音提琴手彼得·彼得罗维奇相处得极为友好,知道后者为人谦虚,不酗酒,正直,他自己呢,也不骄横,不酗酒,正直,因而他俩正是天生的一对。两个朋友就互相击掌,算是说妥,当天长笛乐师的床同低音提琴手的床就并排放在一起了。

可是没过三天,伊凡·玛特威伊奇却不得不相信,对合住来

---

① 原文为拉丁语。

说,单有友好的关系以及像不酗酒、正直、不骄横的性格之类的"共同点",还是不够的。

伊凡·玛特威伊奇和彼得·彼得罗维奇就外貌而论,犹如他们用以演奏的乐器一样,大不相同。彼得·彼得罗维奇是个金发男子,高身量,长腿,大头,头发剪得短,穿一件不合身的短燕尾服。他说话用深沉的男低音,一走路就发出咚咚的脚步声,打喷嚏和咳嗽都很响,震得窗上的玻璃发颤。伊凡·玛特威伊奇则是个矮小而消瘦的人。他走路总踮起脚,用尖细的男高音说话,一举一动极力显出他是个有礼貌和受过教育的人。两个朋友就是在习惯方面也有很大的差异。例如低音提琴手啃着糖块喝茶,长笛乐师却把糖放在茶里,于是在共同使用茶叶和糖的情况下就不能不惹出麻烦。长笛乐师喜欢开着灯睡觉,低音提琴手却要关着灯睡觉。长笛乐师每天早晨刷牙,用甘油香皂洗脸,低音提琴手却既不刷牙,也不用香皂洗脸,甚至听见牙刷的沙沙声或者看见抹着肥皂的脸都会皱起眉头。

"您丢开这套玩意儿吧!"他说,"看着都恶心!忙忙乱乱像娘们儿似的!"

温柔而受过教育的长笛乐师一开头就感到不快。惹得他特别不高兴的是低音提琴手每天晚上临睡前总要在肚子上抹一种药膏,弄得房间里直到第二天早晨还充满发臭的烤鹅般的气味。而且他抹过药膏之后,总要气喘吁吁,足足做上半小时体操,也就是有条不紊地时而把胳膊往上举,时而把腿往上踢。

"您这是干什么?"长笛乐师受不了喘气声,问道。

"搽过药膏后非这样不可。要叫那药膏走遍全身才成。……老兄,这是一种非常好的东西!再也不会得伤风感冒了。您搽一点吧!"

"不,谢谢。"

"您搽一点吧!要是我说的是假话就叫上帝惩罚我,您搽吧!您会看出这东西有多好!您把书丢开!"

"不,我养成了习惯,临睡前总要读一读书。"

"那么您在读什么书?"

"屠格涅夫的作品。"

"我知道……我读过。……他写得好!很好!不过,您要知道,我不喜欢他这个……该怎么说呢……我不喜欢他用很多的外来语。……其次,他一写到自然景物,就洋洋洒洒,没完没了,闹得你只好把书丢下!太阳啦……月亮啦……鸟雀歌唱啦……鬼才知道是怎么回事!写得拖拖拉拉,越拖越长。……"

"他有些地方写得很精彩!……"

"当然了,他到底是屠格涅夫嘛!我和您就写不了。我记得我读过《贵族之家》①。……有趣极了!比方说,我记得有个地方拉夫列茨基跟那个……她叫什么名字来着……跟丽莎谈情说爱。……那是在花园里。……您记得吗?哈哈!他在她身旁走来走去,说这说那……千方百计要打动她的心,她这个坏包却扭扭捏捏,装模作样,半推半就……就是把她打死也嫌不解气!"

长笛乐师从床上跳起来,两眼炯炯有光,提高他的男高音,开始争论,证明,解释。……

"可是您跟我说这些干什么?"低音提琴手反驳说,"莫非我不知道还是怎么的?好一个受过教育的人!屠格涅夫,屠格涅夫。……屠格涅夫又有什么了不起的?没有他这个人倒好些。"

伊凡·玛特威伊奇感到力不从心,沉默下来,可是并没心服。他极力不争吵,咬紧牙关,瞧着他那盖好被子的同屋人。这时候低音提琴手的大头,依他看来,像是一块讨厌而粗笨的木头,他不惜

---

① 俄国作家屠格涅夫的长篇小说。

103

付出很高的代价,只要能容许他在那个脑袋上哪怕只揍一下也行。

"您老是找碴吵架!"低音提琴手说,把他的长身躯安顿在短床上。"您这种性格呀!好,晚安。您灭灯吧!"

"我还要看书。……"

"您要看书,我却要睡觉。"

"不过,我想,不应该限制彼此的自由。……"

"那您就不要限制我的自由。……灭灯!"

长笛乐师灭了灯,很久睡不着觉,因为心里满是痛恨和软弱无力的感觉,任何人遇上无知之辈的固执劲头,这种软弱无力的感觉就会油然而生。伊凡·玛特威伊奇每次同低音提琴手争吵后总是浑身发抖,像发了热病一样。早晨低音提琴手照例醒得早,六点钟光景就起床,可是长笛乐师却喜欢睡到十一点。彼得·彼得罗维奇醒来后,没有事可做,就动手修理低音提琴的盒子。

"您知道我们的锤子在哪儿吗?"他叫醒长笛乐师说,"您听我说!瞌睡虫!您知道我们的锤子在哪儿吗?"

"哎……我想睡觉!"

"睡就睡吧。……谁来拦您睡觉呢?您把锤子给我,管自睡觉好了。"

可是每逢星期六,长笛乐师特别吃苦。一到那天,低音提琴手就卷好头发,扎上蝶形领结,出门到什么地方去探望那些家财豪富而准备出嫁的姑娘。他夜深才从姑娘家里回来,兴高采烈,心情激动,而且带着点酒意。

"喂,老兄,我来给您讲一讲!"他在睡熟的长笛乐师床边沉甸甸地坐下,开始叙述他的印象,"您别睡了,反正有的是工夫睡觉!您简直是个瞌睡虫!哈哈哈。……我见到一个打算出嫁的姑娘。……您明白,那是个金发的姑娘,生着那么一对眼睛……胖乎乎的。……她长得挺不错,那个调皮的丫头。可是她的母亲,母亲呀！那个老太婆是滑头！手段高明！只要她有心,就用不着请律师帮忙,也能逼你成亲！她答应给六千,可是三千也不给,真的！然而我不会上当,不会的！"

"好朋友……我要睡觉……"长笛乐师嘟哝说,把头藏在被子里。

"您倒是听我说呀！您简直是猪,真的！我像朋友似的向您要主意,您却把脸扭过去。……您听着！"

可怜的长笛乐师只好一直听到天亮,低音提琴手开始修理提琴盒才算完事。

"不,我不能跟他住在一起！"长笛乐师在排演的时候发牢骚说,"您相信不？宁可住在天窗上,也比跟他同住好。……他把我折磨得苦透了！"

"那您为什么不从他那儿搬出来呢？"

"有点不好开口。……他会生气的。……我该怎样说明我搬走的理由呢？您教教我：该怎样说呢？我已经反复想过了！"

合住还没满一个月,长笛乐师就已经开始憔悴,抱怨命苦了。可是临到低音提琴手忽然无缘无故向长笛乐师提议,同他一起搬到一个新住宅的时候,生活就越发不堪忍受了。

"这个地方不行。……您收拾行李吧！用不着长吁短叹！新住宅离您吃饭的小饭铺远一点,可是这没关系,多走点路有好处。"

新住处又潮湿又阴暗,然而,要不是低音提琴手在新居想出一套叫人受罪的新办法,可怜的长笛乐师对潮湿和阴暗也就不计较了。低音提琴手为省钱而置备一个煤油炉,开始用它烧饭,弄得房间里经常烟雾弥漫。至于早晨修理提琴盒,现在却换成演奏低音提琴,发出哼哧哼哧的嘈杂声了。

"您别吧嗒嘴！"他在伊凡·玛特威伊奇吃东西的时候攻击他

说,"要是有人在我耳朵旁边吧嗒嘴,我就受不了!您到外面过道上,在那儿去吧嗒嘴好了!"

又过了一个月,低音提琴手提议搬到第三个住宅去。他在那儿置备了一双大皮靴,冒出焦油的臭气。文学方面的争论开始采取新的方式:低音提琴手干脆夺过长笛乐师手里的书,亲自把灯熄灭。长笛乐师痛苦,懊丧,一心想打那个头发剪短的大脑袋。他身心交困,可是仍然拘泥礼节,客客气气。

"要是对他说明我不愿意跟他住在一起,他就会怄气!这样做就不讲交情!我只好隐忍下去!"

可是这样不正常的生活不可能长久拖下去。于是这种生活按一种依长笛乐师看来极其奇怪的方式结束了。有一天两个朋友从剧院里归来,低音提琴手挽住长笛乐师的胳膊,说:

"请您原谅我,伊凡·玛特威伊奇,事到如今我不得不对您说……也就是说不得不问一问您了。……您说说看,您为什么这样喜欢跟我住在一起?我不懂!我们性格不同,老是争吵,彼此厌恶。……我不知道您怎么样,我呢,简直要发疯了。……我想出这个办法,想出那个办法……几次搬家好让您离开我,又在每天早晨拉提琴,可是您始终不走!您走吧,好朋友!劳驾!您要原谅我才好,我再也忍不下去了。"

这个请求对长笛乐师来说正求之不得呢。

有意结婚者指南

密　件

本文的主题乃是男性的秘密,要求严肃紧张的智力活动,这在很多女人都是力所不及的,因此本人请求父亲们、丈夫们、警察分局长们以及其他人等,务必监督太太们和姑娘们不得阅读本文。本指南不是某人的智慧成果,而是汇总所有现存的占卜术、相面术、犹太神秘哲学以及与富有经验的丈夫们和最有资格的时装店女店主们多年谈话所集成的精华。

绪论。家庭生活有许多好的方面。若是没有它,女儿们就会一辈子吊在父亲们的脖子上,许多乐师也会闲坐着而没有饭吃,因为那时候就没有人举行婚礼了。医学教导说,单身汉照例发疯而死,已婚者则等不到发疯就死了。单身汉由使女扎领结,已婚者则由妻子扎领结。婚姻还有一宗好处:谁都可以结婚。富人、穷人、瞎子、青年、老人、健康人、病人、俄国人、中国人……无不可以结婚。唯独神志失常者和疯子是例外,至于傻瓜、笨蛋、畜生,则要结婚就可以结婚。

指南一。追求少女首先要注意她的外貌,因为根据外貌可以识别这个人的性格。对于外貌,要区别头发和眼睛的颜色、身长、步态、特征。妇女头发的颜色分为金发、黑发、栗发等。金发女人总是品行端正,为人谦虚,多愁善感,热爱父母,读长篇小说落泪,怜惜牲畜。她们性格率直,在信念方面严格保守,应付不了字母ъ①。她们对别人的爱情倒挺敏感,对她们自己的爱情却冷冰冰的。在最为神魂飘荡的时刻,金发女人能够打着哈欠说:"可别忘了明天要打发人去买细棉布啊!"她们出嫁以后不久就失掉朝气,身子发胖,日益衰老。她们很会生孩子,疼爱儿女,动不动就流泪。她们不能原谅丈夫有外遇,可是她们自己却往往对丈夫不忠实。金发的妻子照例热衷于神秘主义,性情多疑,认为自己是受苦的人。黑发女人不像金发女人那样头脑冷静。她们好动,反复无常,任性,暴躁,常同妈妈吵架,打使女耳光。她们从十二岁起就已经开始"不理睬"龌龊的男人,学习成绩很差,痛恨女学监,爱读长篇小说,然而景物描写总是略过不看,谈情说爱的场面却要读上五遍。她们热情奔放,情绪热烈,在恋爱中如醉如痴,不顾一切,长吁短叹。……黑发的妻子无异于磨人精。一方面,她们的感情过于热烈,连魔鬼见了都感到恶心,一方面又任性,喜好穿戴,思想放纵,尖声怪叫,叽叽喳喳。……丈夫有外遇,她们不久就不以为意,而且同样以变心来回报他们。栗发女人与金发女人和黑发女人都不同,她们介乎两者之间。她们自认为是黑发女人。红发女人狡猾,虚伪,恶毒,阴险。……谈恋爱而不耍手段,在她们是不能理解的。她们照例身材好看,周身蒙着一层漂亮的粉红色皮肤。据说魔鬼和树精非娶红发女人不可。谁虚伪,谁就胆小怕事。只要对红发女人大喝一声("我要给你点厉害看看!"),她就会把身子缩成一团,凑上前来吻你。不要忘记梅萨利纳②和娜娜③都是红发

---

① 俄语旧字母,现已废弃不用,读音与字母"e"相近,因而容易与它混淆。
② 即梅萨利纳·瓦莱里妮,公元一世纪罗马皇帝克劳狄一世的第三个妻子,以淫乱和阴险闻名。——俄文本编者注
③ 法国作家左拉的长篇小说《娜娜》(1880)中的女主人公,是妓女。——俄文本编者注

女人。发型,在选择妻子的时候,也有不小的意义。头发梳得平滑光洁,中间的头路露出白地,说明头脑简单,欲望有限。……这种发型在女缝工、小铺女店主、商人的女儿当中最常见。把一绺头发剪短,披散在额头上,表明这种女人爱慕虚荣,肤浅,智力有限,淫荡成性。她们总是极力用这绺头发掩盖她们狭窄的额头。……爱用假发做的发髻以及其他由假发制成的装饰品,说明这种女人没有审美力,缺乏幻想,而且妈妈在干预发型问题。把头发从后面往前梳,表示这种女人不但有意让她们的正面惹人喜爱,而且希望她们的后面也能招人爱慕。这样的发型,如果不是梳成沉重的巴比伦高塔①型,就显出这种女人有审美力,性情随和。鬈发显示性情活泼,富于美感。发型随便,头发蓬松,说明心存怀疑或者精神懒散。妇女留短发,必是她的思想方式与众不同。如果一个头发斑白或者秃顶的女人有意出嫁,那就表示她很有钱。发型里的发针越少,女人的发明才能就越大,而且越发确凿地证明她没有使用假发。现在来谈眼睛的颜色。脉脉含情的浅蓝色眼睛标志着忠实、柔顺、温和。浅蓝色的暴眼在女骗子和卖淫的女人当中最为常见。黑眼睛表示狂热、暴躁、狡黠。要注意,聪明的女人很少有黑眼睛。讲究穿戴的女人、纵声大笑的女人、傻头傻脑的女人往往生着灰色的眼睛。深棕色眼睛显示这种女人喜欢搬弄是非,见到别人的盛装就眼热。讲到身长,要挑选中等的。高身量的女人态度粗鲁,打人很痛,矮女人在大多数情形下都坐立不安,喜欢尖叫,动不动就吵架,出言尖刻。对那些伛偻的女人,你要避开:她们恶毒,奸诈。步态匆忙,常常回头看人,表明这种女人轻狂浮躁。懒散的步态往往是女人已经有心上人的表现,你对她们就休想染指了。步态像

---

① 基督教传说中的一座通天高塔,即巴别塔,参见《旧约·创世记》。在此借喻极高。

鸭子那样,大摇大摆,晃动着肥大的裙子,却是忠厚,顺从,有时甚至是呆笨的征象。天鹅式的高傲步态是某种女人和情妇所常有的。她们的步态越傲慢,就说明她们的情夫越老,越有钱。少女而有这样的步态,则标志着她们自视过高,心胸狭隘。如果一个上流女人走起路来不是走而是飘,像孔雀似的,那你就拨转马头往回走吧:她能叫你吃饱,能安慰你,可是一定会把你踩在脚底下。特征为数不多。脸上的酒窝表示风骚,私下里出点小毛病,性格温和。脸上的酒窝和眯细的眼睛往往使人抱着很大希望,不过这与柏拉图式的恋爱①无缘。女人生唇髭,说明这种女人不能生育。长指甲往往生在不从事体力劳动的女人手上。两道眉毛聚在一起,表明这种女人日后会成为严厉的妻子和疯狂的岳母。雀斑在红发泼妇、奴婢、傻女人当中最为常见。白胖的小姐,两腮鼓起,双手通红,却往往天真烂漫,写一个简单的词而错误百出,不过很快就能学会烤出可口的馅饼,给丈夫缝制丝绒的坎肩。

指南二。结婚不可不要陪嫁钱。结婚而不要陪嫁钱,犹如有蜂蜜而没有汤匙,名字叫希穆尔而没有长鬈发,有皮靴却没有鞋底一样。爱情是一回事,陪嫁钱是另一回事。务须一开口就讨价二十万。用这个数字把对方吓得目瞪口呆后,就要开始讲价钱,装腔作势,拖拖拉拉。陪嫁钱一定要在婚礼之前拿到手。不要接受票据、息票、股票等,而且对每张一百卢布钞票都要摸一下,闻一闻,对着亮处照一番,因为父母给女儿假钱是不乏先例的。除了钱以外,还要多索取东西。妻子即使家道不好,也应该带来以下各物:(一)家具要尽量多,还要钢琴一架。(二)天鹅羽绒的褥垫一个,被子三条,即一条绸被,一床毛毯,一条棉被。(三)毛皮女大衣两件,一件供节日穿,一件平时穿。(四)茶具、厨房用具、餐具等,多

---

① 指精神恋爱,不涉及肉欲。

多益善。(五)女衬衣十八件,须是上等荷兰细麻布做成,带花边;用上述细麻布做的女上衣六件,也带花边;细棉布女上衣六件;上述细麻布做的女衬裤六条;英国薄纱女衬裤六条;印度白棉布裙子六条,须有花边和镶边;上等胜利女神牌麻纱女用长罩衫四件;胜利女神牌麻纱短罩衫四件;花条布女衬裤六条。至于床单、枕头套、包发帽、长袜、绒布裙、吊袜带、桌布、手绢等,必须备办齐全。上述各物均须亲自过目,点数,凡有短缺,立即追究。孩子衣服倒不必索取,因为有这样一句不祥的谶语:有了衣服就没了孩子,有了孩子就没了衣服。(六)连衣裙的式样很快就起变化,为此不必索取连衣裙,而要索取成匹的衣料。(七)不给银餐具就决不结婚。

婚后,对待妻子要严厉而公正,不许她得意忘形。每次发生纠纷,都要对她说:"你不要忘记,是我使你得到幸福的!"

尼诺琪卡

爱情故事

房门轻轻打开了,我的好朋友巴威尔·谢尔盖耶维奇·维赫列涅夫走进我的房间里来。他是个年轻人,可是相貌显老,带着病容。他背部伛偻,鼻子很长,身子消瘦,总的说来,模样颇为难看,然而另一方面他的相貌又那么忠厚,柔顺,丰满,弄得我每次见到他都生出奇怪的愿望,想伸出五个手指去抓住他,摸一摸他那柔软的心和面团般的灵魂。如同一切在书房里打发生活的人一样,他文静,胆怯,腼腆,不过这一次,除此以外,他还脸色苍白,不知什么缘故心情极其激动。

"您怎么了?"我端详着他苍白的脸和微微颤抖的嘴唇,问道,"您病了还是怎么的?或者又跟您妻子闹了别扭?您的脸色大变了!"

维赫列涅夫迟疑了一会儿,咳嗽几声,然后摇着手说:

"我又跟尼诺琪卡……出了麻烦事!好朋友,我那么难过,昨天晚上通宵没睡着,现在,您看得明白,我都半死不活了。……鬼才知道我是怎么回事!换了别人,任什么灾难也吓不倒,不管是受到欺侮也罢,死了亲人也罢,得了疾病也罢,很容易就能对付过去,可是对我来说,只要出一点点小事,我就泄了气,支持不住了!"

"可是出了什么事呢?"

"小事。……一出小小的家庭戏剧而已。要是您高兴的话,我就讲给您听。昨天傍晚我的尼诺琪卡哪儿也没去,留在家里,打算跟我一块儿消磨时光。我,当然,心里很高兴。她通常傍晚出门,到什么俱乐部去,我呢,只有傍晚才待在家里,所以您想象得出我……那个……多么高兴。不过您没结过婚,您想象不出一个人工作完毕,回到家里,看到与他的生命息息相关的亲人,他会感到多么温暖和舒适。……啊!"

维赫列涅夫描绘完家庭生活的种种妙处,擦掉额头上的汗,继续说:

"尼诺琪卡打算跟我度过一个傍晚。……可是您知道我是怎样一个人!我是个乏味沉闷的人,不会谈笑风生。跟我在一起怎么能快活呢?我老是专心搞我那些图样、滤纸、土壤。我既不会弹琴,也不会跳舞,更不会说风趣的话……我什么也不会,尼诺琪卡呢,您会同意,却年轻而善于交际。……青春有青春的权利……不是这样吗?好,我就着手给她看一些图片,看各式各样的小东西,这样那样的……讲了闲话。……当时我顺便想起我书桌里放着一些旧日的信件,其中有些写得很可笑!在大学时代我有过几个朋友,真会写信,那些滑头!谁读着那些信都会笑破肚子。我就从书桌里取出那些信来,拿给尼诺琪卡看。我给她读了一封又读一封,再读一封……可是,忽然刹车了!有一封信里,您知道,有这样一句话:'卡嘉①问候你。'这样的句子对嫉妒心重的妻子来说无异于一把尖刀!而我的尼诺琪卡就是一个穿裙子的奥赛罗。② 于是各种问题纷纷落到我这个倒霉人的脑袋上:这个卡嘉是谁?怎么回事?为什么?我告诉她说,这个卡嘉类似初恋的对象……这无非

---

① 女人的名字叶卡捷琳娜的小名。
② 意谓"嫉妒心重的女人"。奥赛罗是英国作家莎士比亚的同名悲剧中的男主人公。

是大学生时代青年人干的那种幼稚事,无关宏旨。我说,每个青年都有过自己的卡嘉,这是难免的。……我的尼诺琪卡却不听这一套!鬼才知道她想到哪儿去了,眼泪汪汪的。她哭完以后,就歇斯底里发作了。她嚷道,'您卑鄙,恶劣!您把您的过去瞒住我!'她嚷道,'可见您现在也有个什么卡嘉,只是瞒住不说!'我再三向她提出保证,可是毫无结果。……男人的逻辑永远也对付不了女人的逻辑。最后我请求她原谅我,对她跪下……爬到她跟前,可是她一点也不动心。她就这么发着歇斯底里,上床睡了:她睡在她的房间里,我睡在我书房里的长沙发上。……今天早晨她看也不看我,拉长了脸,对我称呼'您'。她口口声声说要搬到她母亲那儿去住。她一定会搬去,我知道她的性格!"

"嗯,是啊,这是件不愉快的事。"

"这些女人我真不理解!嗯,姑且承认,尼诺琪卡年轻,看重道德,要求苛刻,像卡嘉这类平淡的事不能不惹得她难过,我们姑且承认这一点……可是莫非这种事是难于谅解的吗?就算我不对吧,可是我已经认过错,向她跪下了!我,不瞒您说,甚至……哭了!"

"是的,女人是个猜不透的谜。"

"我的好朋友,亲爱的,您对尼诺琪卡有很大的影响,她尊重您,把您看作权威。我央求您,您到她那儿去一趟,运用您所有的影响,跟她谈一谈,要她明白她不对。……我难过呀,我亲爱的!……要是这件事再延续一天,我就受不住了。您去一趟吧,好朋友!"

"可是这样妥当吗?"

"有什么不妥当的?您跟她几乎从小就是朋友,她相信您。……您去一趟,您给朋友帮帮忙!"

维赫列涅夫这种含泪的请求打动了我的心。我穿上外衣,坐上马车去找他的妻子。我见到尼诺琪卡的时候,她正在做她喜欢做的事:坐在长沙发上,把一条腿架在另一条腿上,眯细她那对好看的眼睛望着空中,什么事也不干。……她看见我,就离开长沙发跳起来,跑到我跟前。……然后她回过头去看,赶快关上房门,像一片小羽毛那么轻地抱住我的脖子(请读者不要以为这儿有印错的字。……我同维赫列涅夫分担夫妇的义务已经有一年之久了)。

"你这个小坏包,又想出了什么花样?"我让尼诺琪卡在我身旁坐下,问她说。

"怎么回事?"

"你又闹得你那一位六神不安了!今天他到我家来,把卡嘉的事一五一十地对我讲了。"

"哦……这个!他居然去找你诉苦!……"

"你们出了什么事?"

"没什么,那不值得一提。……昨天傍晚我心里烦闷……我因为没处可去而生闷气,懊恼得拿他的卡嘉出气。我是因为烦闷才哭的,可是怎么能把哭的原因对他明说呢?"

"可是,我的宝贝儿,你这样做太残酷,太不人道了。他本来就神经质,你还大闹一场来折磨他。"

"没什么,我吃醋,他反而高兴。……再也没有比假吃醋更能蒙骗人了。……可是我们不谈这些吧。……我不喜欢你开口就谈我那个草包。……他本来就已经惹得我讨厌了。……我们最好还是喝茶吧。……"

"不过你还是不要再折磨他吧。……你知道,他的模样真可怜。……他那么真诚老实地描绘他的家庭幸福,那么相信你的爱情,简直叫人觉得可怕。……你好歹克制一下,对他亲热点,做做假。……只要你肯说句好话,就足以使他感到登上七重天了。"

尼诺琪卡噘起小嘴,皱紧眉头,然而没过多久,维赫列涅夫就走进来了,胆怯地瞅着我的脸,于是她总算快活地微笑着,用亲切的目光看他了。

"你来得真巧,正赶上喝茶!"她对他说,"你可真机灵,从来也不会来迟。……给你的茶里加鲜奶油呢,还是加柠檬?"

维赫列涅夫没料到见面后会这样,心里很感动。他动情地吻他妻子的手,拥抱我。可是这种拥抱显得那么荒唐可笑,那么不合适,惹得我和尼诺琪卡都涨红了脸。……

"和事佬有福啊!"幸福的丈夫快活地叫道,"为什么您能说服她呢?因为您是个社交界的人,素来在社交界周旋,懂得女人的心的种种奥妙!哈哈哈!我呢,是海豹,旱獭①!本来只用说一句话,我却说了十句。……本来该吻她的小手,或者干点什么别的,可是我却叫起苦来!哈哈哈!"

喝完茶后,维赫列涅夫把我带到他的书房里,摸着我的纽扣,喃喃地说:

"我不知道该怎样感激您才好,亲爱的朋友!请您相信,我本来那么难过,痛苦,现在却这么幸福,幸福得不得了!您已经不是头一次把我从可怕的局面里解救出来了。我的好朋友,请您不要拒绝我!我有个小物件……就是我亲手做的一个小火车头……这个东西在展览会上得到过奖章。……请您收下它,算是我感激的表示……友情的表示!……请您赏脸收下吧!"

当然,我百般推谢,可是维赫列涅夫执意不从,我不得不把他珍贵的礼品收下了。

若干天,若干星期,若干月,过去了……那件该诅咒的事迟早会在维赫列涅夫面前露出肮脏的真相。他无意中了解了实情,顿

---

① 意谓"我却是笨蛋"。

时脸色煞白,在长沙发上躺下,呆呆地瞧着天花板。……不过他一句话也没说。精神上的痛苦势必表现为某些动作,他开始在长沙发上痛苦地翻来覆去。他那懦弱的性格只限于做出这些动作罢了。

过了一星期,维赫列涅夫从那个使他震动的新事件中略微清醒过来后,来到我家里。我们两人都心慌意乱,谁也不看谁。……我开始驴唇不对马嘴地胡扯起来,谈到什么自由恋爱、夫妇的利己主义、听天由命等等。

"我不是来谈这些的……"他温和地打断我的话说,"这些我都知道得很清楚。在感情方面是谁都没有过错的。不过,使我感兴趣的是事情的另一方面,纯粹实际的那一方面。好朋友,我完全不了解生活,事情一牵涉到社会上的礼数和规矩,我就完全没辙①了。您,我亲爱的,帮帮我的忙。您说说看,现在尼诺琪卡该怎么办才对!您认为她该继续住在我那儿呢,还是最好搬到您这儿来?"

我们没有商量多久,就做出这样的决定:尼诺琪卡仍然住在维赫列涅夫家里,我想要找她就可以去找她,可是维赫列涅夫搬到角落上的一个房间里去住,那儿原先是个储藏室。那个房间有点潮湿,阴暗,而且要穿过厨房才能走到那儿,不过另一方面,住那个房间倒可以闭门独居,再也不会成为任何人的眼中钉了。

---

① 原文为德语。

贵 重 的 狗

杜包夫中尉是个年纪已经不轻、行伍出身的老军人,他同一个志愿入伍的军人①克纳普斯坐着喝酒。

"这是条出色的狗!"杜包夫指着自己的狗米尔卡叫克纳普斯看,说道,"这条狗了不起!您仔细看一下它的脸!光是这张脸就值多少钱!要是碰上爱狗的人,单为这张脸就肯出二百卢布!您不相信?要是这样,那您就什么也不懂。……"

"我懂,不过……"

"要知道这是条猎狗,纯种的英国猎狗!它趴下去准备捉动物的那种姿势简直使人惊叹不已,还有它那敏感……它那嗅觉!上帝啊,什么样的嗅觉!您知道米尔卡小时候我花多少钱把它买来的?一百个卢布哪!这条狗好极了!小坏包,米尔卡!傻瓜,米尔卡!你过来,你过来……小狗,我的狗崽子。……"

杜包夫把米尔卡拉到跟前来,在它头顶上两个耳朵中间吻一下。他的眼睛里涌上了泪水。

"我可不肯把你送给外人……我的美人儿……小强盗。你一定喜欢我吧,米尔卡?喜欢吧?……哎,滚开!"中尉忽然叫道,"肮脏的爪子干脆扑到我的军服上来了!是啊,克纳普斯,我为买

---

① 指旧俄时代受过中等教育或高等教育,享受优惠条件服役的志愿入伍者。

小狗花掉一百五十卢布!可见这条狗非同小可!可就是有一件事可惜:我没工夫打猎!这条狗没事可做,白糟蹋了,它的才能埋没了。……就因为这个缘故,我才要卖它。您买下吧,克纳普斯!您会感激一辈子的!好,要是您的钱不多,也罢,我为您让掉一半价钱就是。……您花五十买去吧!您敲我的竹杠吧!"

"不,好朋友……"克纳普斯叹口气,说,"如果您的米尔卡是公狗,我也许就买了,可是现在……"

"米尔卡不是公狗?"中尉惊讶地说,"克纳普斯,您怎么了?米尔卡不是……公的?!哈哈!那么依您看来,它是什么狗?母狗?哈哈。……好一个娃娃!他连公狗和母狗都分不清!"

"您对我说这样的话,倒像我是瞎子或者小孩似的……"克纳普斯不高兴地说,"当然是母狗!"

"也许您还要说我是女人吧!唉,克纳普斯,克纳普斯啊!您还是在技术学校毕业的呢!不对,我的老兄,这是真正的纯种公狗!而且它比哪条公狗都高明得多,可是您居然说……它不是公狗!哈哈。……"

"对不起,米哈依尔·伊凡诺维奇,您……干脆把我当作傻瓜了。……这简直惹人不痛快。……"

"得了,不买就算了,见鬼去吧。……您不用买了。……跟您讲不通!您过一会儿还会说这不是它的尾巴,而是它的腿呢。……不买就算了。我本来是要叫您占点便宜。瓦赫拉美耶夫,拿白兰地来!"

勤务兵又给他送来白兰地。两个朋友各自斟好一大杯,沉思不语。在沉默中过了半个钟头。

"就算它是母狗,又有什么关系……"中尉打破沉默说,阴郁地瞧着酒瓶,"这可真怪!这对您更好。它会给您生下些小狗,每生一条小狗,您就可以卖二十五卢布。……人人都乐于买您的小

119

狗。我不知道为什么您这么喜欢公狗！母狗要好一千倍。母的比较体贴人，比较亲热。……好吧，既然您那么怕母的，也罢，您就花二十五卢布买去吧。"

"不，好朋友。……我一个小钱也不会给。第一，我不需要狗；第二，我没有钱。"

"那您就该早说才对。米尔卡，滚开！"

勤务兵把煎鸡蛋端来了。两个朋友吃起来，一句话也没说就把煎锅里的蛋吃光了。

"您是个好人，克纳普斯，是个老实人……"中尉说，擦了擦嘴唇，"我不忍心叫您空着手回去。……您猜怎么着？您把这条狗带走，不用出钱了！"

"可是我把它带到哪儿去呢，好朋友？"克纳普斯说，叹一口气，"我那儿有谁来照料它呢？"

"得了，那就算了，算了……见您的鬼！您不愿意，那就算了。……可是您到哪儿去？坐下呀！"

克纳普斯伸个懒腰，站起来，拿起帽子。

"是时候了，再见吧……"他说，打了个哈欠。

"那么您等一下，我送您走。"

杜包夫和克纳普斯穿上外衣，走出去，到了街上。最初的一百步是在沉默中走完的。

"您知道该把这条狗送给谁才好？"中尉开口说，"您可有这样的熟人？这条狗，您看得明白，挺好，是纯种的，可是……我实在不需要它！"

"我不知道，亲爱的。……我在这儿有什么熟人呢？"

两个朋友一直走到克纳普斯的住处，再也没说一句话。临到克纳普斯握一握中尉的手，推开他住宅的旁门，杜包夫这才咳嗽一声，有点迟疑不决地说：

"您可知道本地那些以剥畜皮为业的人还收不收狗?"

"大概总收吧。……不过究竟怎样,我也说不准。"

"那我明天就打发瓦赫拉美耶夫把它送去。……见它的鬼,让人家把它的皮剥掉算了。……这条可恶的狗!讨厌极了!它不但弄得房间里不干净,而且昨天还在厨房里把肉全吃光了,这下流货。……它要是一条良种狗倒也罢了,偏偏鬼才知道它是个什么东西,简直是劣狗和猪的杂种。那么,晚安!"

"再见!"克纳普斯说。

旁门砰的一声关上,门外就剩下中尉一个人了。

作　　家

在商人叶尔沙科夫开设的茶叶店旁边一个房间里,叶尔沙科夫本人挨着一张高办公桌坐着。他是个年轻人,装束入时,脸色却憔悴,看来以前他生活放荡不羁。根据他那笔粗放的花字、他的卡普尔发型①和清香的雪茄烟味来判断,他对欧洲文明并不陌生。不过目前他的文化气息更加浓了,因为有个学徒从商店走来,报告说:

"作家来了!"

"啊!……叫他到这儿来。不过你要对他说,叫他把脚上的套靴脱下来,放在那边商店里。"

过了一分钟,一个头发花白的老人轻轻地走进小房间来,这人头顶光秃,穿着褪色的旧大衣,脸色冻得通红,带着软弱和迟疑的神情,凡是酒量不大却经常喝酒的人照例总是带着这种神情的。

"哦,你好……"叶尔沙科夫没有回过头去看一眼来客,说道。"有什么好消息吗,海才先生?"

叶尔沙科夫经常把"天才"和"海涅"这两个词②混在一起,合

---

① 当时一种时髦的发型,由于法国男高音歌唱家约瑟夫·卡普尔(1839—1924)爱梳这种发型而得名。——俄文本编者注
② 在俄语里这两个词读音相近。

成一个词"海才",他素来这样称呼那个老人。

"喏,先生,我把您约我写的那篇东西带来了,"海才回答说,"已经写好了,先生。……"

"这么快?"

"三天时间,扎哈尔·谢敏内奇,慢说是一篇广告,就是一篇爱情故事也写得出来。写篇广告,有个把钟头也就够了。"

"只要个把钟头?可是你讲价钱的时候,总好像在接受一件要干一年的工作似的。好吧,您拿给我看看:您写了些什么?"

海才从口袋里取出几张揉皱的纸片,上面写满铅笔字。他往办公桌走去。

"我刚写了个草稿,拟了个大纲……"他说,"我给您念一遍,先生。请您推敲一下,万一发现有什么错误的地方,就指出来。出错是难免的,扎哈尔·谢敏内奇。……您相信不?我一口气给三家商店写了广告。……这是连莎士比亚也要头昏脑涨的。"

海才戴上眼镜,扬起眉毛,用悲怆的声调念起来,仿佛在朗诵似的:

"'一八八五年到八六年茶叶上市季节。扎·谢·叶尔沙科夫商号创立于一八〇四年。本商号采办中国茶叶,行销俄国欧亚各大城市,并远销国外。'所有这些序言,您明白,是放在装潢画里,嵌在各城的市徽之间的。我给一个商人写过广告,他就把各城的市徽拿来放在广告里。您也不妨这样做,我给您想出这样一个装潢画:一头狮子,嘴里衔着个竖琴。现在再念下文:'兹谨向顾主诸君略赘数语。诸位先生!虽则近来政治大事层出不穷,虽则我国社会各阶层中冷酷淡漠心理日益滋长,虽则不久之前我国优秀报刊纷纷指出伏尔加河业已淤浅,唯以上各事对本店无损分毫。本商号成立多年,素蒙各界爱护,因而根基稳固,从未改变既定方针,既与茶园主人保持良好关系,又对订货一概认真办理。我店宗旨众所周知,一言以蔽之,曰态度认真,价廉物美,办货迅速也!!'"

"好!好得很!"叶尔沙科夫插嘴说,在椅子上不住地扭动,"我简直没料到您会写出这样的文章来。妙极了!不过有一点要注意,亲爱的朋友……有些地方要想法写得含糊点,要摆点迷魂阵,你知道,要玩点花招哩。……我们在这儿声明说,本商号刚刚收到一八八五年春季采摘的第一批新茶叶。……是这样吧?不过除此以外还要指出,这些刚收到的茶叶已经在我们仓库里存放了三年,可是又要写得好像这批茶叶是我们上星期刚从中国收到的。"

"我明白,先生。……看广告的人是不会注意到这种矛盾的。我们在广告的开头写着茶叶是刚刚收到的,可是在结尾的地方我们这样说:'我店茶叶有大批存货,关税早已交清,因此可按去年价目表出售而不致使本店亏蚀血本。……'如此等等。好,第二页上印个价目表。那儿又是市徽和装潢画。……下边印上大字:'兹将福建茶叶、恰克图茶叶、白毫茶叶价目开列如下,上述茶叶质量上等,气味芬芳,均为今年春季初次采摘,由新建茶园寄来。'……下面:'谨请真正嗜茶人士注意绿茶,其中以中国象征牌或同业嫉羡牌最受欢迎,售价三卢布五十戈比。至于玫瑰花茶,本店特别推荐皇帝玫瑰牌,售价两卢布,以及中国女人媚眼牌,售价一卢布八十戈比。'在售价后面要用小号字印出包装费和邮费。这儿还要讲到折扣和赠品:'查大多数同业意欲招徕顾客,遂以赠品为诱饵。本店对此可恶办法深为反对,决不以赠品奉送顾客,凡同业用以欺骗顾客之诱饵本店一概免费发给。凡在我店购货满五十卢布者,可在下列五种货物中任选一种,由本店发给:大不列颠金属茶壶一把、名片一百张、莫斯科市街道图一张、形似中国裸体女人的茶叶筒一个,或伊格利维·韦塞尔恰克①所著小说《新郎大吃一惊,或新娘扣在洗衣盆底下》②一册.'"

海才念完广告,作了一些修改后,很快把它誊清,交给叶尔沙科夫。这以后就出现了沉默。……两个人都感到不自在,像是做了件坏事似的。

"请问,我的工作报酬是现在就领,还是以后再领?"海才迟疑地问。

"随您的便。现在也成……"叶尔沙科夫漫不经心地回答说,"你到商店去,随意挑选五个半卢布的货物吧。"

"我想要现钱,扎哈尔·谢敏内奇。"

"我这儿是不兴给现钱的。对所有的人,我都是给茶叶和糖:对您是这样,对我主办的教堂唱诗班的歌手是这样,对扫院子的仆人也是这样。省得拿了钱去灌酒。"

"难道,扎哈尔·谢敏内奇,我的工作可以和扫院子的仆人以及歌手相比吗?我这是脑力劳动。"

"什么劳动!坐下来,写一下就完事了。写出来的东西既不能吃,又不能喝……毫不费力的玩意儿!连一个卢布也不值。"

"嗯。……您对写东西竟然抱着这样的看法,"海才怄气地说,"不能吃,不能喝。您不明白,我写这篇广告的时候,心里有多么难过。我一面写,一面觉得我在欺骗整个俄国。您给现钱吧,扎哈尔·谢敏内奇!"

"你惹得我厌烦了,老兄。这样纠缠下去不行。"

"哦,好吧。那我就要砂糖。不过您那些伙计就会从我的每

---

① 这个姓名可意译为"调皮的快活人"。
② 暗指1883年起为《闹钟》、《每日新闻》和《娱乐》杂志撰稿的 Л. А. 费伊金的文学作品。费伊金的笔名是"调皮的诗人",他的诗歌和散文大多以猎艳事件、夫妇之间的不忠为题材。——俄文本编者注

俄磅糖上收回八戈比去。这样一搞,我就会损失四十戈比,哎,那又有什么办法!祝您健康!"

海才转身要走出去,可是在门口站住,叹口气,阴郁地说:

"我欺骗了俄国!欺骗了整个俄国!我为混饭吃而在欺骗我的祖国啊!哎!"

他走出去了。叶尔沙科夫点上一支哈瓦那雪茄烟。在他的房间里,文化人的气息就更加重了。

钢琴乐师

夜间一点多钟。我在我的公寓房间里坐着,写一篇别人约我写的诗体小品文。忽然房门打开,我的同屋人,某音乐学院往日的学生彼得·鲁勃列夫,完全出人意外地走进房来。他头戴高礼帽,身上穿一件纽扣解开的皮大衣,起初使我觉得他很像烈彼契洛夫[1];可是后来,临到我打量他那苍白的脸和异常尖利、仿佛发炎的眼睛,那种同烈彼契洛夫相似之处就消失了。

"为什么你这么早就回来了?"我问,"现在才两点钟!莫非婚礼已经结束了?"

我的同屋人没有答话。他沉默地走到隔板后面,很快地脱掉衣服,气喘吁吁地在床上躺下。

"睡呀,畜生!"过了十分钟我听见他的低语声,"既是躺下了,那就睡呀!要是你不想睡觉,那你就……见鬼去吧!"

"睡不着吗,彼嘉[2]?"我问。

"是啊,鬼才知道是怎么回事……不知怎的总也睡不着。……我老想笑。……这种要笑的心思闹得人睡不着觉!哈哈!"

"可是你有什么事想笑呢?"

---

[1] 俄国剧作家格利鲍耶陀夫的剧本《智慧的痛苦》中的一个人物。——俄文本编者注
[2] 彼得的爱称。

"出了件可笑的事。也是活该倒霉,出了这么件该死的事!"

鲁勃列夫从隔板后面走出来,笑呵呵地在我身旁坐下。

"真可笑,而且又……叫人羞愧……"他说,揪乱自己的头发,"老兄,我有生以来还没经历过这样的怪事呢。……哈哈。……闹了个笑话:头等的笑话!上流社会的笑话!"

鲁勃列夫用拳头捶着膝盖,跳起来,开始光着脚在冰凉的地板上走来走去。

"我挨了个脖儿拐,让人家轰出来了!"他说,"所以我才早回来。"

"得了吧,你胡说些什么呀?"

"这是真的。……我挨了个脖儿拐,让人家轰出来了,确实如此!"

我瞧着鲁勃列夫。……他面容消瘦而憔悴,不过他整个外貌仍然端端正正,显出上流社会的温文尔雅和彬彬有礼,因此那句粗话"我挨了个脖儿拐",同他有教养的仪表完全不相称。

"头等的笑话。……刚才我走回家来,一路上哈哈大笑。哎,你别再写你的无聊文章!我把这件事讲出来,把心里的话都抖出来,也许就不会再这么……想笑了!……你别写了!这件事挺有趣。……好,你听着。……在阿尔巴特街上,住着一个姓普利斯维斯托夫的退役中校,娶了冯·克拉赫伯爵的私生女。……于是他也就成了贵族。……现在他把女儿嫁给商人叶斯基莫索夫的儿子。……这个叶斯基莫索夫是个暴发户①,是个低级趣味的人②,是个戴帽子的猪和无教养的人③。可是爸爸和女儿要吃④,要喝⑤,所以也就没有工夫来考虑低级趣味的人了。今天我八点多钟动身到普利斯维斯托夫家里去弹钢琴。街上泥泞不堪,天上下

---

①②③④⑤ 原文为法语。

着雨,大雾迷蒙。……我的心绪照例很恶劣。……"

"你讲得短点,"我对鲁勃列夫说,"取消那些心理描写吧。……"

"行。……我来到普利斯维斯托夫家里。……行完婚礼以后,新婚夫妇和客人们吃水果。我等着人们跳舞,就走到我的岗位上,在钢琴旁边坐下来。

"'啊啊……您来了!'主人见到我,说道,'那么,伙计,您务必要当心:好好弹琴,主要的是不要喝醉。……'

"我,老兄,听惯了这种招呼,已经不怄气了。……哈哈。……俗语说得好:你既然叫蘑菇,就得让人采。……不是这样吗?我算个什么人呢?弹钢琴的,奴仆……一个会弹钢琴的听差罢了!……在商人们家里,人家往往用'你'称呼我,赏给我茶钱,我也一点都不生气!喏,我反正闲着没有事做,就在跳舞还没开始前,略微弹几下琴,你知道,也好让手指头灵活点。我弹着琴,过了一会儿,老兄,却听见身后有人合着琴声哼一支歌。我回过头一看,原来是位小姐!她,那个小坏包,在我身后站着,深情地瞧着琴键。我就说:'小姐①,我一点也不知道有人听我弹琴!'她叹口气说:'好曲子啊!'我说:'对,这个曲子挺好。……那么莫非您喜欢音乐?'我们就攀谈起来。……小姐谈锋很健。我并没有引她说话,可她自己却滔滔不绝地讲起来。她说:'多么可惜:如今的青年人对严肃的音乐不感兴趣。'我这个傻瓜,蠢材,瞧见人家看重我就心里高兴……我还有这种卑劣的虚荣心!……你知道,我就装模作样,对她解释说,青年人之所以淡漠,是因为我们的社会缺乏对美的需求。……我谈起哲理来了!"

"到底闹了什么笑话呢?"我问鲁勃列夫,"你爱上她了还是怎

---

① 原文为法语。

么的?"

"看你想到哪儿去了!恋爱至多是一种个人性质的笑话,可是这儿,老兄,发生了一个有普遍意义的、上流社会的笑话……对了!我正跟那位小姐谈话,不料注意到一种不妙的情形:有些人坐在我背后,交头接耳地说话。……我听见有人说出'弹钢琴的'几个字,听见嘻嘻的笑声。……可见他们在议论我。……到底出了什么问题?莫非我的领结松了?我摸摸领结——没出什么毛病啊。……当然,我就不再理会,继续谈话。……那位小姐激昂起来,不住地争论,满脸通红。……她讲得滔滔不绝!她对作曲家大加批评,听得你毛骨悚然!照她看来,《恶魔》里的管弦乐曲挺好,然而缺乏旋律,里姆斯基-科萨科夫①是个鼓手,瓦尔拉莫夫②创造不出任何完整的东西,等等。如今的男孩和女孩刚刚学弹琴,每学一课付给别人二十五戈比,却已经觉得不妨写音乐评论了。……这位小姐也是如此。……我听着,没有同她争论。……我喜欢年轻幼稚的人发表议论,开动脑筋。……可是我身后仍然有人叽叽喳喳,叽叽喳喳。……是啊。忽然间,一个像雌孔雀似的胖女人大摇大摆,走到那位小姐跟前,大约是她的妈妈或者舅母什么的,神态庄重,脸色通红,身体很粗,要五个人才抱得过来。……她没有看我,凑着小姐的耳朵小声说了句话。……喂,你听着。……那位小姐顿时涨红了脸,捧住面颊,像是让蛇咬了一口似的,一下子从钢琴旁边跑掉了。……出了什么问题呢?聪明的俄狄浦斯③啊,你来解答吧!哦,我想,一定是我的礼服背部裂开了缝,要不然就是那位姑娘的打扮有什么问题。否则这种怪事就

---

① 里姆斯基-科萨科夫(1844—1908),俄国作曲家。
② 瓦尔拉莫夫(1801—1848),俄国作曲家。
③ 希腊神话中忒拜国王拉伊俄斯的儿子,解答了怪物斯芬克司所提出的无人能够解答的谜。——俄文本编者注

难于理解。为小心起见，十分钟后，我到门厅去照镜子……我看了看领结、礼服、裤子前面的扣子……样样都挺好，什么毛病也没有！也是我走运，老兄，门厅里站着一个小老太婆，手里拿着个包袱。经她一讲，我才全明白了。……要不是她，我至今还蒙在鼓里，什么也不知道。她对听差讲道：'我们小姐的老脾气总是改不了，她看见钢琴旁边有个年轻人，就跟他胡扯起来，好像跟真正的上流人讲话似的。……她又是惊叫，又是哄笑，不料那个年轻人不是客人，却是个弹钢琴的……卖艺的罢了。……她竟然跟这样的人谈起天来！幸亏玛尔法·斯捷潘诺芙娜悄悄对她说了，要不然她说不定会挽着他的胳膊去散步呢。……现在她害臊了，可是已经太迟：她讲的话收不回来了。'……啊？你觉得如何？"

"不但那个丫头愚蠢，"我对鲁勃列夫说，"那个老太婆也愚蠢。这种事不值得去理睬。……"

"我也没理睬。……只是心里想发笑罢了。……这种怪事我已经习以为常。……以前我确实感到难过，可是现在满不在乎了！那个丫头愚蠢，年轻……我倒可怜她！我坐下来，开始弹舞曲。……那儿是根本不需要严肃的音乐的。……我一个劲儿地弹圆舞曲、卡德里尔长舞曲、热闹的进行曲。……如果你那热爱音乐的灵魂觉得恶心，那就去喝上一杯酒，不由自主地弹奏《薄伽丘》①，心里乐一下。"

"可是到底闹出什么笑话了？"

"我按我的琴键……不再去想那个丫头。……我笑笑就算了，可是我感到总有个什么东西在挖我的心！仿佛我心里有只耗子在啃不花钱的面包干。……我心里忧郁，难受，自己也不知道是什么缘故。……我劝自己，骂自己，笑……合着琴音哼歌，可是我

---

① 德国作曲家祖佩（1819—1895）所编的小歌剧。

的心热辣辣地刺痛，不知怎的痛得特别厉害。……我的胸膛里不住地翻腾，不知有个什么东西在挖，在啃，忽然堵在嗓子眼里……仿佛那儿哽着一团软东西似的。……我咬紧牙关要熬过去，果然好受了点，可是后来又从头开始。……真是麻烦！仿佛故意捣乱似的，我的头脑里生出种种再糟不过的念头。……我不由得想起我成了个多么没出息的人。……当初我走两千俄里，来到莫斯科，想当作曲家和钢琴家，结果却做了个乐师。……实际上，这是很自然的……甚至可笑，然而我却想呕吐。……我还不由得想起你。……我想：我的同屋人目前坐在那儿写东西。……他，那个可怜虫，在写昏睡的议员、面包里的蟑螂、秋季的恶劣天气……其实他在写些别人早已写过而且写过不止一次的滥调。……我想着，而且不知什么缘故觉得你真可怜……我不由得流出泪来了！你是个好人，有灵魂，可是，你知道，你缺乏那种烈火，那种激愤，那种力量……缺乏那种狂热。为什么你没有做药剂师，没有做鞋匠，却做了作家，只有基督才知道！我不由得想起所有我那些失意的朋友，所有那些歌手、画家、业余爱好者。……这些人以前都有过雄心大志，忙这忙那，好高骛远，可是现在……鬼才知道成了什么人！为什么这样的思想会钻进我头脑里来，我不明白！我刚从我头脑里把自己赶出去，朋友们便钻进来，等到我把朋友们赶走，那个丫头又钻进来。……我笑那个丫头，把她看得一钱不值，可是她不容我消停。……我暗想：俄国人是怎么搞的！当你自由自在，上学念书，或者没有职业而闲逛的时候，你倒可以跟他一块儿喝酒，可以拍拍他的肚子，可以向他的女儿献殷勤，可是一旦你多多少少处在从属的地位，你却只能成为守住自己炉台的蟋蟀了。……你知道，我好歹总算把这类想法压下去，可是我嗓子眼里仍然堵得慌。……不知什么东西卡在嗓子里，把它夹紧，而且……掐住它。……最后我觉得眼睛润湿，我的《薄伽丘》中断，于是……全完了。高贵的大厅里响彻了另一种声音。……我发了歇斯底里。……"

"你胡说!"

"这是真的……"鲁勃列夫说,涨红了脸,极力想笑,"这个笑话如何？随后我感到有人把我拉到门厅……给我穿上皮大衣。……我听见主人发话说：'是谁把这个弹钢琴的灌醉的？谁有这么大的胆子,给他酒喝？'最后……我就挨了个脖儿拐。……这件怪事如何？哈哈。……那时候我顾不上笑,现在却很想笑……想得很！一个身强力壮的人……一个身材魁梧的人,身量有火警瞭望台那么高,不料忽然发了歇斯底里！哈哈哈！"

"这有什么可笑的呢？"我瞧着鲁勃列夫笑得发抖的肩膀和脑袋,问道,"彼嘉,你看在上帝面上别笑了……这有什么可笑的呢？彼嘉！好朋友！"

可是彼嘉哈哈大笑,我凭他的笑声很容易听出歇斯底里发作了。我开始为他忙碌,而且骂莫斯科的公寓没有夜间供应开水的习惯。

过　　火

土地测量师格列勃·加甫利洛维奇·斯米尔诺夫坐着火车到达格尼卢希吉火车站。当地有个庄园约他来测定地界,可是他还要坐三四十俄里的马车才能到达庄园(如果车夫不是醉汉,马也不是劣马,那么无须走满三十俄里就可以到达,可是如果车夫喝了酒,马又疲乏,那就足足有五十俄里远的路程了)。

"劳驾,请您告诉我,在这个地方,我该到哪儿去找驿车?"土地测量师对火车站上的宪兵说。

"什么?驿车?这儿方圆一百俄里,连一条像样的狗都找不到,更不要说驿车了。……不过您要到哪儿去?"

"杰夫基诺村,霍霍托夫将军的庄园。"

"哦,"宪兵打个哈欠说,"您到车站外面去,有时候车站广场上有些庄稼汉赶着车子送客人。"

土地测量师叹口气,慢腾腾地走出车站。在那边,经过长久的寻找、谈话、迟疑以后,他找到了一个十分强壮的庄稼汉,神态阴沉,脸上有麻子,身穿破的粗呢外衣,脚上是一双树皮鞋。

"鬼才知道你这辆大车是什么玩意儿!"土地测量师爬上大车,皱起眉头说,"谁也分不清哪边是大车的前身,哪边是后身。……"

"这有什么分不清的?马尾巴在哪儿,哪儿就是前身,您老人家坐在哪儿,哪儿就是后身。……"

那匹劣马还年轻,可是精瘦,四条腿劈开,耳朵上有几处被咬过的伤痕。赶车的欠起身子,用一根由绳子做的鞭子抽它一下,可是它光摇摇头就完了,临到他开口骂街,再抽一鞭子,那辆大车才嘎吱地尖叫一声,哆嗦起来,仿佛得了热病似的。他抽了第三下,大车摇晃了,不过直到抽过第四下,大车才往前移动。

"我们就照这样走一路吗?"土地测量师问道,感到大车颠得厉害,暗暗惊讶俄国的马车夫竟有本领把缓慢得像乌龟爬的步子同把灵魂震得翻来覆去的颠簸结合在一起。

"我们会走到的!"车夫安慰他说,"这匹小母马年轻腿快。……只要让它撒腿跑起来,你就休想止住它。……驾,该死的!"

这辆大车离开车站的时候,天已经擦黑了。在土地测量师的右边,伸展着一片冻结的黑色平原,无边无际。……顺着它往前走,就一定会走到天涯海角。这片平原到地平线那边就不见了,同天空连成一片,寒冷的秋霞正在天边暗淡下去。……道路左边,有一些土丘样的东西在黑暗中耸起,也许是去年的干草垛,也许是村子。至于前边有些什么东西,土地测量师一概看不见,因为视线完全被车夫那宽阔笨拙的后背遮住,望不见前方了。四下里静悄悄的,然而天气寒冷刺骨。

"嘿,这儿好荒凉!"土地测量师暗想,极力用大衣领子盖住耳朵,"一根棍子也没有,一个院子也没有。万一有人来拦路打劫,你就是放炮也不会有人知道。……再者这个车夫也靠不住。……瞧他后背有多么宽!像这样的大自然之子,只要用手指头碰你一下,包管你没命!而且他生得一副凶相,令人起疑。"

"喂,老兄,"土地测量师问,"你叫什么名字?"

"我吗?克里木。"

"那么,克里木,你们这一带怎么样?危险吗?有人抢劫行人吗?"

"这儿还算太平,上帝怜恤我们。……哪里会有人来抢劫呢?"

"没有人抢劫,这才好。……不过,我为了防备起见,还是随身带着三支手枪,"土地测量师撒谎说,"跟手枪这东西,你知道,是开不得玩笑的。就是来十个强盗,我也能应付。……"

天黑了。大车忽然吱吱嘎嘎响起来,尖声叫着,摇摇晃晃,仿佛不乐意似的,往左边拐了个弯。

"他这是要把我拉到哪儿去?"土地测量师暗想,"他本来照直往前走,现在忽然往左拐弯。说不定他,这个坏蛋,要把我带到贼窝里去,而且……而且……这种事也确实有过!"

"喂,"他对车夫说,"那么你是说这儿不危险? 这倒可惜了。……我喜欢跟强盗斗一下。……从外表看,我很瘦,有病容,其实我的力气大得跟牛似的。……有一回三个强盗扑到我身上来。……你猜怎么着?我把一个强盗狠狠地揍一顿,结果……结果,你明白,他把灵魂交给上帝了。另外两个也经我送交法院,打发到西伯利亚去做苦工了。我的力气是从哪儿来的,我也说不清。……我一只手抓住一个像你这样体格魁梧的汉子,一下子……一下子就能叫他一个跟头摔在地下。"

克里木回过头来看一眼土地测量师,皱起整个脸,扬起鞭子抽马。

"是啊,老兄……"土地测量师接着说,"求上帝保佑,可别叫那些强盗落在我手里。强盗不但会弄得缺胳膊断腿,还得去吃官司。……所有的法官,所有的警察局长,我都认识。我是官府的人,大人物。……我出外赶路,长官们都知道……他们加意保护我,免得有人对我干出歹事来。一路上,那些灌木丛后面,处处都埋伏着县里的警察和乡村警察。……慢……慢……慢着！你要把我拉到哪儿去？"

"难道您没看见？到树林里去！"

"确实,这是树林……"土地测量师暗想,"我却害怕了！可是我千万不要露出慌了神的样子。……他已经发觉我胆怯了。为什么他不断地回过头来看我？他一定是在打什么主意。……先前这辆车走得慢腾腾,一步一步地磨蹭,可现在却跑得那么快！"

"听我说,克里木,为什么你把马赶得这么快？"

"我又没赶它。是它自己撒腿跑起来了。……它一跑起来,那就什么法子都止不住它。……它长着这样的腿,它自己也不高兴哟。"

"胡说,伙计！我看得出你是胡说！不过我劝你不要把车子赶得这么快。你把马稍稍勒住。……听见没有？勒住！"

"这是为什么？"

"这是因为……因为我有四个同伴要从火车站来找我。得让他们追上我才成。……他们约定了在这个树林里追上我。……跟他们一块儿赶路快活些。……那些人又强壮又结实。……每人都有一支枪。……为什么你老是回过头来看我,像坐在针尖上似的动个不停？啊？我,伙计,那个……伙计……你用不着回过头来看我……我身上没什么有趣的东西。……也许只有手枪还算有趣。……行啊,要是你乐意,我就拿出来给你看。……行啊。……"

土地测量师做出在口袋里摸枪的样子,不料这时候发生了一件他由于胆怯而万万没料到的事情。克里木忽然从大车上摔下去,连滚带爬地跑进丛林里去了。

"救命啊！"他高声喊道,"救命啊！你这该死的,你把马和大车统统抢走吧,只是你别送掉我的命！救命啊！"

随后响起了急促的和远去的脚步声,枯枝的断裂声,然后一切归于沉寂了。……土地测量师没料到车夫会发出这样的责难。他头一件事就是把马勒住,然后在大车上坐得舒服点,开始思索。

"他逃跑……害怕了,这个傻瓜。……得,现在可怎么办?我一个人继续赶路可不行,因为我认不得路,而且人家会以为我把他的马偷走了。……怎么办呢?"

"克里木!克里木!"

"克里木!……"回声接应道。

土地测量师想到他只得通宵守在树林里挨冻,光听着狼嗥声和瘦马的喷鼻声,他脊梁上就起了鸡皮疙瘩,仿佛有一把冰凉的锉刀在锉他似的。

"克里木!"他叫道,"好朋友!你在哪儿啊,克里木?"

土地测量师叫了两个钟头光景,一直喊到声嘶力竭,死了心,准备在树林里过夜,微弱的清风才把一个什么人的呻吟声送到他耳边来。

"克里木!是你吗,好朋友?我们赶着车子走吧!"

"你……你会把我弄死的!"

"可我是闹着玩的,好朋友!我要是说了假话就叫上帝惩罚我,我真是闹着玩的!我哪有手枪啊!这是我吓得胡说的!劳驾,我们赶路吧!我要冻死了!"

克里木大概考虑到真正的强盗早就会连车带马赶走,跑得无影无踪了,于是他从树林里走出来,迟疑不定地走到他的乘客身边来。

"哎,傻瓜,你怕什么呀?我……我是闹着玩的,你却吓坏了。……你上车吧!"

"求上帝跟你同在,老爷,"克里木嘟哝着,爬上大车,"要是我早知道会这样,那就是给我一百卢布,我也不会赶这趟车。我差点活活吓死。……"

　　克里木扬起鞭子抽小马。大车开始颤抖。克里木又抽了一鞭子,大车摇晃一下。等到抽完第四下以后,大车才开始移动。土地测量师竖起衣领,遮住耳朵,沉思不语。在他看来,道路和克里木不再显得危险了。

失　业

法学副博士彼烈彼尔金在公寓房间里坐着写信：

"亲爱的舅舅伊凡·尼古拉耶维奇！……你和你那些推荐信，以及你那些讲求实际的忠告，统统见鬼去吧！即使失业家居，对渺茫的未来抱着希望，也比让你那些信和忠告把我推到冰凉发臭的污泥里去打滚要好一千倍，高尚一千倍，人道一千倍。我恶心得难以忍受，好像吃鱼中了毒似的。这种恶心糟糕透顶，来自头脑，因此不管喝酒也罢，睡觉也罢，进行拯救灵魂的思考也罢，都不能使人摆脱它。你要知道，舅舅，虽然你是个老人，然而你却像一头畜生，可恶极了。为什么你不事先警告我，说我一定会经历到这种卑鄙龌龊的事！丢脸啊！

"我把我辛酸的遭际按照顺序原原本本地给你描绘一番。你读一读，引罪自责吧。首先，我带着你的推荐信动身去找巴勃科夫。我在某铁路公司管理局里见到他。他是个身材很矮、头顶光秃的小老头，脸色黄里透灰，没留唇髭，嘴巴歪着。他的上嘴唇往右撇，下嘴唇往左撇。他独自在一张桌子旁边坐着看报。

"在他周围，如同在帕耳那索斯山①的阿波罗②周围一样，有

---

① 希腊山名，希腊神话中，阿波罗和诗神的居住地。
② 希腊神话中的太阳神。

许多女人,她们坐在商界常用的高凳上,面前摊开很厚的账簿。这些女人装束华丽,衣服都有腰衬①,手里拿着扇子,腕子上戴着大手镯。至于她们怎样把外表的奢华和菲薄的女职员薪金协调起来,那就很难理解了。要么她们本来就生活优裕,闲着没事干,靠爸爸和舅舅的情面到这儿来工作,要么会计工作在这儿仅仅是补语②,而主语和谓语③则心照不宣。后来我才知道她们一点工作也不做,她们的工作都落在各式各样编外人员肩上,而那些不公开的男人每月只挣十到十五卢布。我把你的信交给巴勃科夫。他没有请我坐下,却慢腾腾地戴上他的老式夹鼻眼镜,越发慢腾腾地拆开信封,开始看信。

"'您的舅舅要求我给您找个差事,'他说,搔了搔秃顶,'我们这儿没有空缺,而且一时也未必会有,然而不管怎样,我要为您舅舅出力……我要报告我们公司的经理。说不定我们会找到个什么差事的。'

"我高兴得差点跳起来,正准备连声道谢,不料,忽然间,我的舅舅,我却听见了这样的话:

"'可是,年轻人,如果这个职位是为您舅舅本人谋的,那我就不会收他的什么财物。不过,既然这个职位是为您谋的,那么……那个……我相信您会……好好……酬谢我的。……您明白吗?……'

"你预先警告过我,说人家不会白白给我职位,说我得出钱才成,可是你一个字也没对我说过这种肮脏的买卖竟会这么堂皇、公开、毫无顾忌地进行……而且是当着女人的面!啊,舅舅,舅舅!巴勃科夫最后那几句话把我吓得目瞪口呆,差点把我恶心死。我

---

① 19世纪欧洲上层社会妇女垫在腰部,使裙子扩展,借以使姿态丰盈的衬垫物。
② 语法用语,这里的含意是:"装装门面"。
③ 语法用语,这里的含意是:"在骨子里"。

感到羞耻,倒好像我自己收了贿赂似的。我涨红脸,支支吾吾地说了几句废话,在二十只嘲笑的女人眼睛护送下,往门口退去。在门厅里,有个面容阴沉消瘦的人追上我,凑着我的耳朵小声说,没有巴勃科夫帮忙,也照样可以找到工作。

"'您给我五卢布,我就带您去见扎哈尔·美多维奇。他老人家虽然已经不在机关里工作,可是能谋到差事。而且他老人家办这种事收费不多:只要头一年的一半薪金就够了。'

"我本来要吐口唾沫,嘲笑一番,可是我却说出道谢的话,神态发窘,而且像遭到火烫似的,跑下楼梯去了。我从巴勃科夫那儿出来,到希玛科维奇家里。他是个肌肉松软的大胖子,脸色通红,神情和善,生着油亮的小眼睛。他这对小眼睛油亮得迷迷糊糊,使你感到他的眼睛上像是涂了一层蓖麻子油。他听说我是你的外甥,高兴得不得了,甚至快活得像马那样长嘶起来。他放下工作,动手给我倒茶。这个人可真好!他老是瞅着我的脸,寻找我同你的相似之处。他在回忆中谈起你,就落下泪来。我对他提起我拜访的目的,他却拍拍我的肩膀说:

"'现在不忙谈那些使人厌烦的正事。……正事又不是熊,不会逃进树林里去的。您在哪儿吃中饭?如果您觉得在哪儿吃饭都无所谓,那我们就到巴尔金①去吧!我们在那儿也可以谈话。'

"现在随信附上巴尔金的账单一张,你看得明白,共有七十六卢布之多,都是你那个朋友希玛科维奇吃掉和喝掉的,原来他是个大美食家。我,当然,照着账单付了钱。从巴尔金那儿出来,希玛科维奇把我拉到剧院里。我买了戏票。此外还有什么?散戏以后,那个坏蛋向我建议到城外去,可是我拒绝了,因为我身上的钱几乎用光了。希玛科维奇同我分手的时候,盼咐我向你问候,要我

---

① 饭馆名。

转达说他至少要过五个月才能给我谋得差事。

"'我是故意不给您差事的!'他开玩笑说,仁慈地拍拍我的肚子。'为什么您这样一个大学生却那么希望到我们公司里来当差?真的,您该进政府机关才是!'

"'您不说,我也知道该进政府机关。可是您去给我找这么个差事看!'

"我拿着你的第三封信动身到席沃焦尔①—哈木斯基②铁路管理局去找你的干亲家哈拉托夫。在那儿发生了一件事,卑鄙龌龊之极,即使把巴勃科夫和希玛科维奇加在一起也望尘莫及。我再说一遍:你见鬼去吧!我恶心极了,这都得怪你。……我到了那儿,没碰见你的哈拉托夫。接待我的是个姓奥杰科洛诺夫的人,生得很瘦,露出青筋,他的麻脸现出一副伪君子的神情。他听说我找工作,就叫我坐下,给我讲了一大套现在找工作的困难。讲完以后,他答应我说他会去报告,会张罗,会说情,等等。我想起了你的教诲,凡是可以塞钱的地方就要塞钱,同时我看出来那个麻子不会反对受贿,于是我临别就往他拳头里塞了点钱。……他那只手拿着钱,没法跟我握手,只握了握我的手指头,他的麻脸咧开嘴笑了,他又连连地许愿,可是……奥杰科洛诺夫回过头去看一眼,瞧见他身后有些外人,他们不会没注意到我们是怎么握手的。那个伪君子就心慌意乱,喃喃地说:

"'我答应给您找工作,可是……我不要酬谢。……绝对不要!您惹得我不高兴了。……'

"他就松开拳头,把钱还给我,可是那不是我塞给他的二十五卢布钞票,却是一张三卢布钞票。这个花招如何?这些魔鬼的袖

---

① 这个车站的名字可意译为"吸血鬼"。
② 这个车站的名字可意译为"下流货"。

子里一定藏着一整套弹簧和细线,要不然我就不明白我那张可怜的二十五卢布钞票怎么会变成这张不成样子的三卢布钞票了。

"第四封推荐信的对象格雷左杜包夫,依我看来,倒显得比较上流,比较正派。

"这个人还年轻,漂亮,风度翩翩,装束考究。他接待我的时候虽然显得懒洋洋,分明很勉强,然而还算客气。我同他谈话,了解到当初他在大学里毕了业,也为糊口奋斗过,就像鱼要撞破冰层似的。他对我的请托很同情,特别因为他热切地渴望找个受过教育的职员。……我已经到他那儿去过三次,这三次当中他没对我说过一句确定的话。不知怎么,他含糊其词,态度暧昧,避免直接答复,仿佛有所顾虑,或者下不了决心似的。……我答应过你决不感情用事。你对我反复叮咛过,说所有的骗子照例总是风度翩翩,像骑士那样气宇轩昂的。……也许这是实话,不过请你试着把骗子和正人君子分清楚吧。那你就会大碰钉子。……今天我是第四次到格雷左杜包夫那儿去。……他仍然像先前那样含糊其词,一句明确的话也没说。……他惹得我冒火。……不过这时候魔鬼支使我想起了我向你保证过,我对一切人,无一例外,一概会送钱。于是好像有个什么人碰了碰我的胳膊肘。……我就决定冒一下风险,塞给他一点钱,好比人们决定往冰冷的河水里扎个猛子,或者爬上高山似的。……

"'嗨,要发生什么事就让它去发生吧!'我下定决心,'一生之中总可以试这么一次嘛。……'

"我之决定冒一下风险,与其说是为了找差事,还不如说是为了获得新奇的感觉。我心想:倒要看一看'酬谢'对正派人会发生什么影响,哪怕一辈子只看一次也好! 然而,我的'感觉'落空了。我干得很笨,愣头愣脑。……我从口袋里取出一张纸币来,涨红了脸,周身发抖,趁格雷左杜包夫没看着我,就把它放在桌上。……

幸好这时候格雷左杜包夫把几本书放到桌上,那张纸币就压在下面了。……这样看来,我的办法失效了。……格雷左杜包夫没看见那张纸币。……它散失在纸张当中,或者被看门人偷走了。……如果他看到它,一定会感到这是侮辱。……一定会这样的,我的舅舅①!……我又白丢了钱,又感到羞愧……真是羞愧难当啊!这都要怪你和你那些该死的、讲求实际的忠告!你害得我心术不正了。……我要暂时停一停笔,因为有人拉门铃。……我要去开门。……

"刚才我收到格雷左杜包夫的信。他告诉我,说货物税稽查所里有个空缺,月薪六十卢布。可见我那张纸币他看见了。"

---

① 原文为法语。

十年或十五年以后的婚姻

人间万物正在日益完善,如瑞典火柴,小歌剧,火车头,代普莱牌葡萄酒,人与人的关系等等。婚姻也在日益完善。它过去怎么样,现在怎么样,这你们知道。至于十年或十五年后,我们儿女长大成人的时候,它会是什么样子,那也不难推测。下面就是最近的将来的恋爱略图。

客厅里坐着一个二十岁到二十五岁的姑娘。她打扮得极其时髦,一个人同时坐三把椅子:她本人坐在其中一把椅子上,她的腰衬占住其他两把椅子。她胸前佩着一个饰针,大小不下于一口真正的平锅。她的发型朴实,颇为适合受过教育的姑娘:头发共有两三普特①重,一齐往上梳,头发上边特为梳头使女装了一架小梯子。姑娘的帽子放在这儿一架钢琴上。帽子上精致地做了一只正在孵蛋的雌火鸡,大小与实物相同。

门铃声。有个青年男子走进来,身穿红色礼服和窄腿裤子,脚上蹬着大皮鞋,好比两条滑雪板。

"我荣幸地介绍一下自己,"青年男子在姑娘面前把两个脚跟并拢行了礼,说道,"我是律师的助手巴拉拉依金!……"

"很高兴。……有什么事要我效劳吗?"

---

① 俄国重量名,1普特等于16.38公斤。

"我是由'缔结美满姻缘协会'派来见您的。"

"很高兴。……请坐!"

巴拉拉依金坐下,说:

"'协会'给我介绍好几个要结婚的姑娘,可是我认为您的条件对我最为适宜。从'协会'秘书交给我的这张便条上可以看出,您带给您丈夫的有普留希哈街上房屋一所、现款四万、动产大约五千。……是这样吗?"

"不。……我带去的只有两万。"姑娘卖弄风情地说。

"既是这样,小姐,对不起……请原谅我打搅您……我荣幸地鞠躬告退。……"

"不,不……我是说着玩的!"姑娘笑道,"您那张便条上所写的全是实在的。……现款、房子、动产。……'协会'里的人,当然,已经对您说过,那所房屋的修缮要由丈夫出钱,而且……这真叫我难为情!……那笔现款我的丈夫不能一下子收齐,我要在三年当中分期付清。……"

"不行啊,小姐,"巴拉拉依金叹道,"如今谁结婚也不会答应分期付款!不过,要是您这么坚持分期付款,也罢,我给您一年的期限。……"

姑娘和巴拉拉依金开始讨价还价。最后姑娘让步,答应一年之内分期付清。

"现在请容许我知道您的条件!"她说,"您多大年纪?在哪儿工作?"

"说实话,不是我自己结婚,我是在为我的委托人办事。……我是中人。……"

"可是,我已经要求过'协会'不要打发中人来找我!"姑娘不高兴地说。

"您,小姐,不要生气。……我的委托人是个上了年纪的人,害着风湿病,身体虚胖。……他已经没有力量为找新娘而亲自奔走张罗了,所以不管愿意不愿意①他只得通过第三者行事。不过您不必担心,我收费不贵。……"

"您的委托人的条件呢?"

"我的委托人是个五十二岁的男人。……尽管他年纪这样大,还是有许多人愿意赊账给他。比方说,有两个裁缝给他做衣服而让他欠着缝制费。各处的杂货铺都给他赊货簿,他凭着那些簿子爱赊多少就赊多少。谁也及不上他那么利索地从出租马车上下来,钻进穿堂门,然后溜之大吉。诸如此类,不胜枚举。他的精明才干,我不打算大事张扬,为了给他的性格描上最后一笔,我只想提一下,他甚至在药房里也能设法赊购药品。"

"他光靠赊账生活吗?"

"赊账是他的主要工作。不过他的性格博大而不狭隘,因而不能仅仅满足于这种活动。……可以毫不夸大地说,他脱手伪造的息票的本事谁也比不上。……此外他又是他侄女的监护人,这使他每年有三千上下的收入。……再者他在剧院里冒充剧评家,因此常在演员那儿白吃晚饭,白拿戏票。……他有两次为挪用公款罪受审,目前还在为伪造罪打官司。……"

"莫非法院还存在吗?"

"是的,它是作为还没完全过时的中世纪道德的残余存在的。……不过我们可以指望,小姐,不出两三年,文化人就会摆脱这种陈旧的俗套。……那么请问,我用什么话去回复我的委托人呢?"

"您就说我要考虑一下。……"

"还有什么要考虑的呢,小姐?我不敢对您提出忠告,不过我

---

① 原文为拉丁语。

出于希望您幸福的心,却不能不表示我的惊讶。……那个人是正派人,各方面都很出色,不料……不料您竟然不能马上同意。您知道这种拖延对您多么有害。要知道,在您从容考虑的时候,他可就会跟其他待嫁的姑娘达成协议了!"

"这倒是实话。……既是这样,我同意就是。……"

"早就该这样嘛!那么您能容许我收一点定金吗?"

姑娘给这个中人十到二十卢布。那一位收下钱,把脚跟并拢行了礼,往门口走去。

"可是收条呢?"姑娘止住他说。

"非常对不起①,小姐!我完全忘了!哈哈。……"

巴拉拉依金写好收条,再一次并拢脚跟,走掉了。姑娘用手蒙上脸,扑在长沙发上。

"我多么幸福啊!"她叫道,心里涌上一种新的和从没领略过的感情,"我多么幸福啊!我……爱上了一个人,而且那个人也爱我!!"

事情到此就结束了。最近的将来的婚姻就是如此。是啊,读者诸君,难道新娘穿钟式裙,新郎穿带花点的礼服和花条长裤,是很久以前的事吗?难道新郎在爱上新娘以前,必须先同她父母谈判一番,是很久以前的事吗?

夜莺啦,玫瑰啦,月夜啦,香气扑鼻的情书啦,抒情歌曲啦……所有这些都退到远处,无影无踪了。……幽暗的林荫道上的喁喁私语,痛苦,对第一吻的渴盼等等,现在已经不合时宜,好比身披铠甲,掳掠萨宾族女人②一样。一切都在日益完善啊!

---

① 原文为法语。
② 古代意大利民族之一。据传说,古代罗马人常常掳掠住在古罗马山区的萨宾族女人。——俄文本编者注

老　　年

　　五等文官建筑师乌节尔科夫到达了他故乡的城里。他受聘到这儿来修复墓园的教堂。他原是在这个城里出生、读书、长大、结婚的,可是临到他下火车,却几乎认不得它了。一切都变了样子。……比方说,十八年前他搬到彼得堡去的时候,现在火车站的所在地,原是男孩们捉黄鼠的地方。如今大街路口上矗立着四层楼的"维也纳旅馆",那时候这儿却只伸展着一道难看的灰色围墙。然而围墙也罢,房屋也罢,都不及人的变化大。乌节尔科夫向旅馆里的茶房打听了一下,这才知道他所记得的人倒有半数以上已经死掉、落魄、被人忘却了。

　　"你记得乌节尔科夫吗?"他向年老的茶房问起他自己,"乌节尔科夫,建筑师,跟他妻子离了婚的。……在斯维烈别耶夫街上还有过他的一所房子。……你总该记得吧!"

　　"我不记得了,先生。……"

　　"咦,怎么会不记得! 当时那是个闹得满城风雨的案子,就连出租马车的车夫都知道。你想想看! 那是由诉讼代理人沙普金那个骗子经办的……他是个有名的骗子,就是在俱乐部里挨过打的那个人。……"

　　"伊凡·尼古拉伊奇吗?"

　　"嗯,是啊,是啊。……怎么样,他活着吗? 死了?"

"他活着,先生,谢天谢地。他老人家现在做公证人,开办一家事务所。他老人家过得挺好。在基尔皮奇尼街上置下两所房子。不久前把女儿嫁出去了。……"

乌节尔科夫在房间里从这个墙角走到那个墙角,思忖一阵,由于闷得慌而决定去探望沙普金。他从旅馆里走出来,缓步往基尔皮奇尼街走去,那是中午时分。他在事务所里碰见沙普金,几乎认不得他了。沙普金原先是个身材匀称、动作敏捷的诉讼代理人,面相活泼,厚颜无耻,醉醺醺的,现在却变成一个谦和、白发、衰弱的老人了。

"您不认得我,忘记我了……"乌节尔科夫开口说,"我很久以前委托您打过官司,姓乌节尔科夫。……"

"乌节尔科夫?哪一个乌节尔科夫?哦!"

沙普金想起来了,认出他来,愣住了。接着就是惊叹,问讯,回忆。

"这可意想不到!这可意想不到啊!"沙普金连声叫道,"该拿什么来款待您呢?您愿意喝香槟酒吗?也许您想吃牡蛎吧?我的好朋友,当初我从您手里先后拿过那么多钱,现在我都不知道该挑选什么东西来款待您了。……"

"请您不必费心,"乌节尔科夫说,"我没有工夫。我马上就要到墓园去,看看那个教堂。我接受了修复教堂的工作。"

"好极了!我们吃点东西,喝点酒,然后一块儿去。我有几匹好马!我送您去,再介绍您跟教堂的长老认识……我会把一切都安排妥当。……可是您怎么了,天使?好像您躲着我,怕我似的。您坐近一点嘛!现在已经用不着害怕。……嘻嘻。……从前我确实是个狡猾的家伙,骗钱的能手……谁也不敢走到我跟前来,可是现在我却比水还要安静,比草还要低下。我老了,成了家……有儿女了。到死的时候了!"

两个朋友吃完东西,喝完酒,坐上一辆双套马的雪橇,到城外的墓园去。

"是啊,那时候可真有意思!"沙普金在雪橇上坐着,回忆道。"我回想起来,简直不能相信。您还记得您是怎样跟您太太离婚的吗?事情几乎已经过去二十年,恐怕您已经完全忘记了,可是我都记得,就像昨天才给你们办离婚手续似的。上帝啊,那时候我费过多少心血!当时我是个狡猾的家伙,强词夺理,故意刁难,坏透了。……那时候我一心想办个棘手的案子,特别是报酬丰厚的话,比方说,像您要我经办的那种案子。那时候您给过我多少钱?五六千!是啊,那怎么能不费点心血呢?当时您到彼得堡去了,把整个案子都丢给我:随你去办吧!您那位现在已经去世的太太索菲雅·米海洛芙娜,虽说出身于商人家庭,却性情高傲,自尊心强。要收买她,让她把罪名揽在自己身上,是困难的……困难极了!那时候我到她家谈判,她见到我就对使女嚷道:'玛霞,我可是吩咐过你,不准放坏蛋进来!'我就想出这个办法,想出那个办法……又给她写信,又极力找机会同她见面,可是都没用!我只好转托第三者出面办事。我跟她闹腾了很久,一直到您答应给她一万,她才让步。……她抵不住那一万,软下来了。……她哭起来,对着我的脸吐唾沫,可是她同意了,她承担罪名了!"

"好像她从我这儿拿去的不是一万,而是一万五。"乌节尔科夫说。

"是的,是的……一万五,我弄错了!"沙普金慌张地说,"不过,这都是过去的事,有罪过也不用隐瞒。我给了她一万,余下的五千就放到我的腰包里去了。我欺骗了你们两个人。……这是过去的事,也用不着害臊了。……况且,您想想看,包利斯·彼得罗维奇,我不赚您的钱还赚谁的钱?……您是个阔人,衣食饱足。……您吃饱了没事干而娶亲,后来又吃饱了没事干而离婚。

您发了大财。……我记得,您单是包下一项工程,就捞到两万。那么不挖您的腰包还挖谁的腰包呢?再者,老实说,我瞧着眼热。……您捞了油水,人家见到您倒要脱帽鞠躬,可是我呢,往往挣一个卢布就要挨打,而且在俱乐部里我常挨人家的耳光。……哎,何苦去回想这些!现在也该忘掉这些了。"

"劳驾,请您说说看,索菲雅·米海洛芙娜后来生活得怎样?"

"拿到一万以后吗?糟糕得很。……上帝才知道她是怎么回事,也许她昏了头,也许良心和自尊心折磨她,因为她贪财而出卖了自己,也许她爱您也未可知,总之,您要知道,她喝起酒来了。……她拿到钱,就跟军官们坐着三套马的马车在外面兜风。酗酒啊,玩乐啊,放荡啊。……她跟军官们一块儿到饭馆去,嫌波尔图①或者淡点的酒不过瘾,总要喝顶凶的白兰地,喝得浑身发烧,昏头昏脑才甘休。"

"是的,她脾气古怪。……我也受够了。有时候她为一件什么事怄了气,就闹起来。……那么后来怎样呢?"

"过了一个星期,两个星期……我正坐在家里写东西,忽然房门开了,她走进来……醉醺醺的。她说:'您把那些该死的钱收回去吧!'她说着就把一沓钞票往我脸上扔过来。可见她受不住了!我拾起钱来,点了点数目。……缺了五百。她玩玩乐乐一共才花掉了五百。"

"那么这笔钱您怎么处置了?"

"那是过去的事……也用不着隐瞒。……当然,都归我自己了!您干吗这样瞅着我?您等着听一听后来发生的事吧。……那是一篇地地道道的长篇小说,变态心理学!大约过了两个月,有一天晚上我喝醉酒回到家里,心情恶劣。……我点上灯,一看,不料

---

① 一种比较浓烈的葡萄酒。

索菲雅·米海洛芙娜在我房间里的长沙发上坐着,她也喝醉了,心绪烦乱,带点野气,好像是从贝德拉木①逃出来似的。……她说:'您把我的钱还给我,我改主意了。既是走下坡路,就索性放开步子往下走,走到底吧!快点,混蛋,把钱给我!'她那样儿真不像话!"

"那么您……给她了吗?"

"我记得我给了十卢布。……"

"嗨,怎么能这样呢?"乌节尔科夫皱起眉头说,"要是您自己不能给她,或者不愿意给她,您尽可以写信给我啊。……可我一点也不知道!啊?我一点也不知道!"

"我的好朋友,何必由我来写信呢?后来她住在医院里,她自己不是给您写过信吗?"

"不过当时我正为新的婚事忙碌不堪,晕头转向,没顾得上给她写信。……然而您是局外人,您对索菲雅没有恶感……为什么您不伸出手去帮助她呢?"

"您不能用现在的尺度来衡量那时候的事情,包利斯·彼得罗维奇。现在我们是这样想,可是当时的想法却完全不同。……现在,或许,我甚至能给她一千,可是那时候就连那十卢布……也不是白白给她的。那真是丑事!应该把它忘掉才对。……不过,喏,我们到了。……"

雪橇在墓园门口停下来。乌节尔科夫和沙普金下了雪橇,走进门,顺着一条漫长宽阔的林荫道往前走去。枝叶脱落的樱桃树和洋槐树,灰色的十字架和墓碑,都披着重霜而颜色银白。每颗小小的雪粒上都映着明亮晴朗的白昼。四下里弥漫着墓园里常有的气味:神香和新刨开的泥土味。……

---

① 伦敦的一个疯人院。

"我们的墓园很不错,"乌节尔科夫说,"完全是个花园!"

"是的,然而可惜,墓碑被贼偷走了。……喏,索菲雅·米海洛芙娜就埋在那边,在右面那个铁纪念像后边。您愿意去看一下吗?"

两个朋友就往右拐弯,踏着深深的积雪,往纪念像走去。

"就在这儿……"沙普金指着一块小小的白色大理石墓碑说。"有个准尉在她的坟上立下这块墓碑。"

乌节尔科夫慢慢地脱掉帽子,迎着太阳亮出他的秃顶。沙普金学他的样,也脱掉帽子,于是另一个秃顶迎着太阳发亮。四下里是坟墓般的寂静,好像空气也死了似的。两个朋友瞅着那块墓碑,默默不语,思索着。

"她沉睡了!"沙普金打破沉默说,"她承担过罪名也罢,喝过白兰地也罢,如今在她已经无所谓了。这您得承认,包利斯·彼得罗维奇!"

"承认什么?"乌节尔科夫阴郁地问道。

"承认……不管过去多么可憎,总比这个强。"

沙普金指指他的白头发。

"以前我甚至从没想到过死。……我心想,即使遇上死亡,它也奈何我不得,可是现在……哎,说这些有什么意思呢!"

乌节尔科夫满心的忧郁。他忽然想哭一场,热切地想哭,就像从前热切地渴望爱情一样……而且他觉得,他哭一场就会觉得轻松些,痛快些。他的眼睛湿润了,他的喉咙里已经哽着一块软东西,可是……沙普金在他身旁站着,乌节尔科夫不好意思让外人看见他软弱。他就猛的回转身,往教堂走去。

直到过了大约两个钟头,他同教堂主事接洽过而且查看过教堂以后,他才抓个空儿趁沙普金同司祭谈得起劲,想独自一人跑出来哭一场。……他悄悄溜到墓碑那边,像做贼似的,随时回头张望。那块小小的白色墓碑沉思而忧郁地瞧着他,显得那么纯朴,仿佛下面躺着的是个少女,而不是他那放荡的、离了婚的妻子。

"哭吧,哭吧!"乌节尔科夫暗想。

可是痛哭的时机已经错过。不管这个老人怎样眨巴眼睛,不管他怎样勾起要哭的心情,可是眼泪却没流出来,喉咙里也没哽着什么东西。……乌节尔科夫呆站了十分钟光景,摇一下手,走去找沙普金了。

哀　伤

旋工格利果利·彼得罗夫在整个加尔庆斯克乡很久以来就以优秀的工匠出名,同时又是人所共知的最没出息的农民,这时候他正赶着雪橇把他那生病的老太婆送到地方自治局医院去。他得走大约三十俄里远的路程,可是那条道路糟糕得很,官府的邮差尚且对付不了,更不要说像旋工格利果利这样的懒汉了。刺骨的寒风迎面吹来。不管你往哪儿看,空中到处都是云雾般的雪花在盘旋,因此谁也闹不清这雪是从天上落下来的,还是从地里钻出来的。他眼前只有白茫茫的雪片,既看不见旷野,也看不见电线杆子,更看不见树林,临到一股特别大的风向格利果利吹来,那就往往连车轭也看不见了。那匹衰老弱小的母马吃力地朝前走着。它的全部力气都耗费在把腿从很深的积雪里拔出来,同时把头探出去。旋工急着要赶路。他的身子不安地在赶车座位上颠动,一只手不时用鞭子抽马背。

"你,玛特辽娜,不要哭了……"他喃喃地说,"稍微忍一忍吧。上帝保佑,我们会到医院的,然后,一转眼的工夫你就得救了。……巴威尔·伊凡内奇会给你药水喝,或者吩咐人给你放血,要不然他老人家高兴了,就拿酒精什么的给你擦一擦,于是你那个病……那个……就从身上赶走了。巴威尔·伊凡内奇会尽力的。……他会哇哇地嚷,使劲地跺脚,可是他会尽力的。……他是个好老爷,为人和善,求上帝保佑他平安。……我们一到那儿,他马上就会从家里跳出来,开口骂街。'怎么回事?为什么这样?'他嚷道,'为什么你不在看病的时候来?难道我是条狗,要成天价为你们这些魔鬼忙碌?为什么你不早晨来?出去!你给我立刻滚开。明天再来!'那我就对他说:'大夫老爷!巴威尔·伊凡内奇!老爷!'可你倒是快点走啊,你真该死,魔鬼!驾,驾!"

旋工扬鞭打马,没有看他的老太婆,继续自言自语地唠叨说:

"'老爷!我要像在上帝面前那样说真话……我凭十字架起誓,天还没亮,我就出来了。既是上帝……圣母……动了怒,送来这么大的风雪,我还怎么能按时赶到呢?您老人家看得明白。……再好的马也到不了,何况我这匹马,您看得明白,算不得马,简直丢人现眼!'可是巴威尔·伊凡内奇会把眉头一皱,嚷起来:'我可知道你们这班人是怎么回事!你们老是找得出理由来!尤其是你,格利果利!我早就知道你!你大概一路上进过五家酒店!'我就对他说:'老爷!难道我是坏人,或者是邪教徒?我的老太婆就要把灵魂交给上帝,她要死了,我还有心思去跑酒店!您说的是什么呀,求上帝饶恕吧!叫那些酒店见鬼去吧!'那时候巴威尔·伊凡内奇就会吩咐人把你抬进医院去。我就朝他跪下。……'巴威尔·伊凡内奇!老爷!我们对您感激不尽!您原谅我们这些傻瓜和混蛋吧,您不要生我们这些庄稼汉的气!应该狠狠揍我们,把我们撵出去才是,可是您老人家反而为我们操心,您的脚都沾上雪了!'巴威尔·伊凡内奇会瞪我一眼,好像要打我,说:'你这个傻瓜现在不用扑通一声跪下,平时少喝点酒,多疼点老太婆就好了。应该拿鞭子抽你一顿才是!'我就说:'真的,应该抽一顿才对,巴威尔·伊凡诺维奇,我说了假话就叫上帝把我打死,是应该抽一顿!既然您是我们的恩人,亲爹,我们怎能不跪下?老爷!我说的是实话……就像当着上帝的面一样……要是我蒙哄您,您就朝我的眼睛吐唾沫好了：只要我的玛特辽娜,也就是这个老太婆,病好了,恢复了元气,不论您老人家吩咐我做什么,我都给您老人家做好！要是您乐意的话,我就用纹路极美的桦木给您做个烟盒……做些打槌球用的球也成,那种玩九柱戏用的柱子我也能旋出来,跟外国货一模一样……样样东西我都肯给您做！我一个小钱也不要您的！在莫斯科,您得花四卢布才买得着那样的烟盒,我呢,一个小钱也不要。'大夫就会笑起来说：'嗯,行啊,行啊。……我领你的情！只可惜你是个酒鬼。……'我,老伴,知道该怎么对付那些老爷。没有一个老爷我不能应付几句的。只是求上帝保佑,不要迷了路才好。看这风雪有多大呀！我的眼睛全给迷住了。"

这个旋工唠唠叨叨,讲个不停。他信口讲下去,只求稍稍减轻点他那沉重的心情就好。他舌头上的话很多,然而他脑子里的想法和疑问却更多。冷不防,哀伤出其不意地抓住他,如今他再也不能清醒过来,恢复常态,冷静地思考了。他本来一直无忧无虑地生活着,仿佛处在醉后半醒半睡的状态中,既不知道哀伤,也不知道欢欣,现在心里却忽然生出剧烈的痛苦。这个逍遥自在的懒汉和酒徒发觉自己一转眼间成了忙人,满腔忧虑,心慌意乱,甚至在同自然界做斗争了。

这个旋工记得他的哀伤是从昨天晚上开始的。昨天晚上他回到家里,照例带着酒意,按照他的老习惯,开始骂街,摇拳头,可是他的老太婆却用以前从来没用过的眼光瞧了他一眼。往常,她那对老眼照例现出殉教者痛苦而又温顺的神情,就跟一条常常挨打而且吃不饱肚子的狗一样,可是现在她的目光却严峻而呆板,好比圣像上的圣徒或者垂死的人了。自从这对眼睛里有了古怪而不祥的神情后,哀伤就开始了。旋工吓呆了,就向邻居借来一匹劣马,如今把老太婆送到医院去,指望巴威尔·伊凡内奇会用药粉和药膏恢复老太婆以往的那种眼神。

"你,玛特辽娜,那个……"他唠叨说,"如果巴威尔·伊凡内奇问你我打过你没有,你就说:压根儿就没打过!往后我也不再打你了。我凭十字架起誓。再者我往常打你,难道是出于歹心?我想也没想,就随手打了你。我疼你。换了别人就不肯这么费劲,可是我就送你去……尽我的力。风雪好大,好大呀!主啊,这是你的旨意!只求上帝别叫咱们迷了路才好。……怎么样,你腰痛吗?玛特辽娜,你干吗不说话?我在问你:你腰痛吗?"

他感到奇怪,因为老太婆脸上的雪没有溶化。奇怪的是那张脸本身显得特别长,现出灰白而浑浊的蜡色,变得严峻和庄重。

"哼,真是傻瓜!"旋工嘟哝说,"我就像在上帝面前一样,跟你讲良心话……可是你,那个……哼,真是傻瓜!我干脆不把你送到巴威尔·伊凡内奇那儿去了!"

旋工放松缰绳,沉思不语。他不敢回过头去看他的老太婆:他害怕!他问她话,却没听到她回答,这也叫人害怕。最后,为要解开这个疑团,他没有回过头去看他的老太婆,光是摸一摸她那冰凉的手。他拉上来的那只手像鞭子似的掉下去了。

"那么她死了。糟糕!"

旋工哭了。他固然难过,可是更多的是懊丧。他想:这世界上,一切事情都进行得多么快啊!他的哀伤才刚刚开始,不料结局就到了。他没有来得及跟老太婆一块儿好好生活,向她表明心迹,怜惜她,她就已经死了。他跟她共同生活了四十年,可是真的,这四十年就像在大雾里那样过去了。只有酗酒、打人、贫困,根本没有感觉到是在生活。事与愿违,恰恰在他觉得他怜惜老太婆,缺了她就没法生活,觉得他在她面前有很多不是的时候,她偏偏死了。

"是啊,她常常沿街要饭!"他回想往事,"那是我自己打发她去向人家要饭的,糟糕!她,这个傻瓜,应该再活十年才对,要不然,她也许认为我真是那样的人了。无上神圣的圣母啊,我这是把雪橇赶到什么鬼地方去了?现在用不着医病,却要下葬了。往回走吧!"

旋工拨转马头往回走,用尽力量抽马。这条道路一个钟头比一个钟头难走。现在已经完全看不见马轭了。这辆雪橇偶尔撞在小枞树上,一个黑乎乎的什么东西抓伤了旋工的手,在他眼前闪过去,于是他的视野里又只有旋转不停的白茫茫一片了。

"再从头生活一次就好了……"旋工暗自想道。

他回忆四十年前玛特辽娜年轻,漂亮,快活,出身于富裕人家。他们把她嫁给他,是因为看中他的手艺。好生活的一切条件都有了,然而不幸的是,他一行完婚礼,就喝醉了,一头倒在灶台上,从那以后似乎就没有醒过,直到现在。婚礼他是记得的,可是婚礼以后发生过什么事,就是打死他,他也记不起来了,也许只想得起喝酒,躺倒,打架。四十年就这么白白过去了。

白茫茫的雪雾渐渐变成灰白色。天黑下来了。

"我往哪儿走啊?"旋工突然醒悟过来,"应该去下葬,可是我却往医院走。……就像疯了似的!"

旋工又拨转马头往回走,又扬鞭打马。那匹小母马使出浑身力气,喷着鼻子,一路小跑起来。旋工接二连三地抽它的背脊。……他身后响起一种磕碰声,他虽然没有回过头去看,却知道那是去世的女人的头撞响雪橇。空中越来越黑,风越来越大,天气越来越凛冽。……

"再从头生活一次就好了……"旋工暗想,"那我就要置备新工具,接受订货……把钱交给老太婆……对了!"

随后他把缰绳弄掉了。他找它,想把它拾起来,可是怎么也拾不起来。他的手不听使唤了。……

"那也没关系……"他想,"这匹马会自己走到的,它认得路。现在该睡一会儿。在下葬或者举行安魂祭以前,歇一会儿才好。"

旋工闭上眼睛,打盹儿。过了不大工夫他听见他的马站住了。他睁开眼睛,看见他面前有个乌黑的东西,类似农民的小木房或者草垛。……

他应该从雪橇上下去,了解一下到底是怎么回事,可是他周身那么酸懒,与其动弹,还不如挨冻的好。……他就平静地睡熟了。

等到他醒过来,他看见自己待在一个大房间里,四壁都粉刷过。明亮的阳光从窗外涌进来。旋工看见他面前有许多人,他头一件事就是想表现他自己是个稳重而且明白事理的人。

"该给老太婆办安魂祭了,乡亲们!"他说,"应当跟神甫说一声。……"

"好,行了,行了!你躺着吧!"一个什么人的说话声打断了他的话。

"哎呀!巴威尔·伊凡内奇!"旋工看见医生站在他面前,就惊讶地说,"老爷!恩人!"

他想跳下床,扑通一声在医生面前跪下,可是他觉得他的胳膊和腿都不听使唤。

"老爷!我的腿上哪儿去了?我的胳膊上哪儿去了?"

"你跟你的胳膊和腿告别吧。……冻坏了!得了,得了……你哭什么?你已经活了一辈子,谢天谢地吧!恐怕你有六十岁了吧,那你也够了!"

"我伤心啊!……老爷,真是伤心!您宽宏大量地饶恕我吧!能再活五六年才好。……"

"为什么?"

"那是人家的马,该还给人家。……要给老太婆下葬才成。……这个世界上一切事情发生得多么快啊!老爷!巴威尔·伊凡内奇!顶好的密纹桦木的烟盒!我给您旋个球。……"

医生摆一下手,从病室里走出去。旋工完了!

唉，公众啊！

"够了，我再也不喝酒了！说什么……说什么也不喝了！现在总该明白过来了。应当工作，劳动才对。……你要领薪水，那你就该诚实而热心地工作，本着良心干，牺牲休息和睡眠。你不要无所事事。……你，老兄，已经习惯于白拿薪水，这是不好的……不好的啊。……"

列车长波德佳京对自己进行了一番训诫以后，开始感到一种无法克制的劳动愿望。这时候已经是夜里一点多钟，可是尽管这样，他还是叫醒列车员，跟他们一起到各个车厢里去查票。

"您的……车票！"他叫道，快活地把剪票的钳子捏得嘎吱嘎吱响。

那些睡熟的人笼罩在车厢的昏暗里，惊醒过来，晃着脑袋，拿出车票来。

"您的……车票！"波德佳京对二等客车里一个乘客说，那个人精瘦，露出青筋，身上盖着皮大衣和毯子，四周放着一些枕头。"您的……车票！"

那个青筋嶙嶙的人没有答话。他睡熟了。列车长碰碰他的肩膀，不耐烦地又说一遍：

"您的……车票！"

乘客打了个哆嗦，睁开眼睛，惊吓地瞧着波德佳京。

"什么？谁？啊？"

"我跟您说得明明白白！您的……车票！麻烦您一下！"

"我的上帝啊！"青筋嶙嶙的人做出一副哭丧相，呻吟道，"主啊，我的上帝啊！我害着风湿病……有三夜没睡觉了，刚才特意服了吗啡，想睡着觉，可是您……却向我要车票！要知道这是残忍，不通人情！要是您知道我多么难于睡着觉，您就不会为这种无聊的事来打搅我。……这是残忍，荒唐！而且您要我的车票干什么用？简直是愚蠢！"

波德佳京暗自思忖他该不该生气，后来决定应该生气。

"您不要在这儿嚷！这儿不是酒馆！"他说。

"酒馆里的人还通人情些……"乘客咳嗽着说，"多承关照，现在我得第二次睡了！说来奇怪，我在国外各处都坐过火车，在那儿谁也没跟我要过票，可是在这儿，仿佛有鬼捅他们的胳膊肘似的，一会儿来查票，一会儿来查票！……"

"哼，如果您喜欢国外，那您就到国外去坐火车好了！"

"这是愚蠢，先生！是的！你们不但用煤炭气、闷热、过堂风折磨人，而且，见鬼，还要用这套官样文章来折腾人。您要查票！嘿，真是热心公务！如果这是认真检查倒也罢了，其实乘客当中倒有一半是无票乘车的！"

"您听着，先生！"波德佳京愤愤地说，"要是您不停止叫嚷，惊动乘客们，那么到下一站我就不得不叫您下车，而且把这件事报官究办！"

"这真岂有此理！"公众愤慨地说，"跟一个病人纠缠不清！您听着，您总得有点同情心才对！"

"可他自己在骂人嘛！"波德佳京胆怯地说，"好吧，我不要票就是。……就照你们的意思办。……不过话说回来，你们知道，我的职务要求我这样做。……要不是职责所在，那么，当然……你们甚至可以去问站长。……随便问什么人都行。……"

波德佳京耸了耸肩膀,从病人身旁走开。他起初感到受了气,有点委屈,可是后来,走过两三个车厢后,他那列车长的胸膛里却开始感到有点不安,类似良心负疚的感觉。

"的确,本来也不必去叫醒病人,"他想,"不过这不能怪我。……他们以为我是闲得没事干,为了寻开心才去查票的,却不知道我的职务要求我这么做。……如果他们不相信,我不妨请站长对他们说明一下。"

车到站了。火车停靠五分钟。在敲第三遍钟以前,波德佳京走进上述的二等客车车厢里。有个头戴红色制帽的站长跟在他身后。

"喏,就是这位先生,"波德佳京开口说,"他说我没有充分的权利向他要票,而且……而且生气了。我请求您,站长先生,给他解释一下,我要求看票是职责所在还是无事生非。先生,"波德佳京对那个青筋嶙嶙的人说,"先生! 如果您不相信我的话,那您可以问站长先生。"

病人打了个哆嗦,仿佛被蛇咬了一口似的。他睁开眼睛,做出一脸的哭丧相,把身子靠在长沙发的背上。

"我的上帝啊! 我又服了药粉,刚刚睡着,他却又来了……又来了! 我求求您,您要有点同情心才是!"

"您可以跟这位站长先生谈谈。……弄清楚我有没有充分的权利查票。"

"这真叫人忍无可忍! 喏,给您票! 拿去! 我再买五张票都成,只求您让我安静地死掉! 难道您自己从来也没有生过病吗? 这种没心肝的人!"

"这纯粹是耍弄人!"一个穿军服的先生愤慨地说,"要不然,我就不明白你为什么这样纠缠不休!"

"算了吧……"站长拉拉波德佳京的衣袖,皱起眉头说。

波德佳京耸起肩膀,慢腾腾地跟着站长走出去。

"这种人真难伺候!"他大感不解地暗想,"我特意为他把站长请来,好让他明白这件事,放下心,不料他……张口骂人。"

车又到了一站。火车停靠十分钟。在敲第二遍钟以前,波德佳京站在小卖部里喝矿泉水,有两个先生走到他跟前来,一个穿着工程师的制服,一个穿着军大衣。

"您听着,列车长!"工程师对波德佳京说,"您对待那个有病的乘客的行为,引起一切目睹者的公愤。我是工程师普齐茨基,这位是……上校先生。如果您不对那个乘客道歉,我们就要告到交通局长那儿去,我们两个人都认识他。"

"两位先生,要知道我……要知道你们……"波德佳京慌张地说。

"您不必对我们做什么解释。不过我们要警告您,如果您不道歉,我们就要着手保护那个乘客。"

"好,我……我,也行,我道歉就是。……遵命。……"

过了半个钟头,波德佳京想妥道歉的话,既能使乘客满意,又不致降低自己的身份,于是他走到那个车厢里。

"先生!"他对病人说,"您听着,先生!"

病人打了个哆嗦,跳起来。

"什么?"

"我……那个……该怎么说呢?……您不要生气。……"

"哎呀……拿水来……"病人抓住自己的胸口,上气不接下气地说,"我已经第三次服了吗啡药粉,刚刚睡着,不料……又来了!上帝啊,这种磨难究竟什么时候才能了结啊?"

"我,那个……请您原谅我。……"

"您听我说。……到下一站您就叫我下车。……我再也受不住了。……我……我要死了。……"

"这是卑鄙,可恶!"公众愤慨地说,"请您出去!您这样耍弄人,是逃不脱报应的!出去!"

波德佳京不住地摇手,叹气,从车厢里走出去。他走进公务车,有气无力地挨着桌子坐下,诉苦说:

"唉,公众啊!他们可真难伺候!看你怎么服务,工作!不管你愿意不愿意,你只好把什么事都丢开,喝起酒来。……你什么事也不干,他们生气,等到你动手干起来,他们也还是生气。……喝吧!"

波德佳京一口气喝下一小瓶酒,再也不去考虑劳动、责任、诚实了。

孱 头

一 场 小 戏

那是傍晚。内地报纸《蠢鹅先驱报》秘书潘捷列·焦米德奇·柯金往工厂主兼商绅勃卢迪兴家走去,那天傍晚那儿要举行业余演出,散戏以后还有舞会和晚宴。

秘书心里快活,幸福,满足。未来在他心目中是光辉灿烂的。……他想象他怎样带着香水气味,昂起鬈发的头,潇洒地走进灯光明亮的大厅。他脸上要装出忧郁和淡漠的神情,一举步和一耸肩都要带着个人尊严感,讲起话来要显得心不在焉,不爱多开口,目光要极力带点厌倦而讥诮的表情,一句话,他一举一动都要像个报界代表人物!在他身边走过去的那些小姐和男伴就会互相看一眼,小声说:

"他是从编辑部来的。挺不坏呢!"

他在《蠢鹅先驱报》社仅仅是个秘书罢了。他的工作就是不要把订户住址写错,接受新订户,监视印刷厂的人不要把编辑部里的白糖偷走,如此而已,然而社会上的人又有谁知道他的活动范围呢?既然他在编辑部,那他就是文学工作者,深知编辑部的内幕。我的天,编辑部的内幕对女人的影响可是大极了!这天傍晚,柯金大约会遇见克拉芙季雅·瓦西里耶芙娜。他要设法走过她面前五次,而又装出没看见她的样子。等她忍不住,先开口招呼他,他就

会漫不经心地同她寒暄几句,微微打个哈欠,看一下怀表,说:

"多么没意思!但愿这种无聊的事早点结束才好。……现在已经十二点钟,我还要把明天的报纸发下去付印,把某些文章过一过目呢。……"

克拉芙季雅·瓦西里耶芙娜就会带着崇敬的神情瞅着他,她的目光自下而上,就像瞧着一尊塑像似的。很可能她会问他说:最近报上刊登一篇那么恶毒的诗,攻击女演员基希金娜-勃兰达赫雷茨卡雅,那是谁写的?他就会抬起眼睛来瞧着天花板,嘴里神秘地哼哼哈哈,说:"嗯,是啊。……"要叫她以为那就是他写的!随后是跳舞,吃晚饭,喝酒。……喝酒以后,心情舒畅,他会把克拉芙季雅·瓦西里耶芙娜送回家,头脑里生出各种幻想,各种幻想。……当然,所有这些都无谓,肤浅,不严肃,然而要知道,青春自有青春的权利啊,诸位先生!

这时候,在勃卢迪兴家灯火辉煌的门口,秘书看见两排马车。有个胖胖的看门人手里拿着锤形杖,一会儿把大门打开,一会儿又关上。一些身穿蓝色礼服和红色坎肩的听差接过客人的外衣。入口①富丽堂皇,摆着花卉,铺着地毯,放着镜子。秘书漫不经心地把他的皮大衣丢在听差手上,举起手来摩挲头发,尊严地昂起了头。……

"编辑部来的!"他走到两个听差跟前说,他们站在入口的下面梯级上,专管撕掉入场券的一角。……

"不行!不行!不准把他放进来!"这时候楼上响起一个尖厉清脆的说话声,"不准放进来!"

柯金抬头往上看。那边,在上面的梯级上,站着一个胖胖的人,穿着礼服,眼睛直看着他。秘书相信那个尖厉的声音不是对他

---

① 原文为法语。

而发的,就举步登上梯级,可是这时候使他大吃一惊的是,他发现那些听差做出拦住他去路的样子。

"不准放进来!"胖子又说一遍。

"可是……为什么不让我进去呢?"柯金说,愣住了,"我是编辑部来的!"

"就因为你是编辑部来的,才不放你进来!"胖子回答说,同时跟一个太太打招呼,"不行!"

秘书目瞪口呆,仿佛被马车的车杆打中了脑袋。首先,他窘得不得了。不管怎么样,反正帕玛紫罗兰①浓郁的香味、簇新的手套、烫拳的头发,总是跟屈辱的地位格格不入的,偏偏现在人家就是不准他进去,两个听差对他张开胳膊,而且是当着女人的面,当着仆役的面! 秘书除了羞臊、困惑、惊讶以外,还感到心头空虚,幻灭,仿佛有人一剪子把他近在眼前的欢乐的幻想剪破了似的。凡是本来等待"酬谢"②却没有等到,反而挨了一个脖儿拐的人,就准定会有这样的感觉。

"我不明白……我是编辑部来的!"柯金嘟哝说,"让我进去!"

"不准进去,先生!"听差说,"请您从楼梯这儿走开,您妨碍别人走路。"

"奇怪!"秘书嘟哝说,极力带着尊严的神情微笑,……"奇怪得很。……嗯。"

小姐们和太太们一个个走过他面前,快活地笑着,把时髦的衣衫弄得沙沙地响。……大门不时砰砰地开关,过堂风吹到门厅里来,一批新的客人登上楼梯了。……

"究竟为什么不准我进去呢?"秘书困惑地想,仍然没有从意

---

① 原文为法语,香水名。
② 指贿赂。

外的呵斥声中清醒过来,甚至不相信自己的眼睛,"那个胖子说,就因为我是编辑部来的才不准进去。……可是什么缘故呢?见他的鬼。……求上帝保佑,千万不要让熟人看见我在这儿挨冻,问我出了什么事才好……丢脸啊!"

柯金又试着登上楼梯,可是又给拦回来了。……他耸肩膀,擤鼻子,想了想,又往听差跟前走去……他又给拦回来了。楼上,乐队在奏乐。秘书心口底下发颤,屏住呼吸,一心想赶快走进大厅,高高地昂起头,戏弄克拉芙季雅·瓦西里耶芙娜的耐性。音乐一下子惊动了他来参加晚会的路上暗自神往的那些幻想,使它们又活跃起来。……

"您听着!"他对胖子嚷道,那个胖子时而在楼头出现,时而不见了,"为什么不让我进去?"

"什么,先生?编辑部的人一概不准进来!"

"可是……可是这是为什么?您至少解释一下嘛!"

"勃卢迪兴老爷不准!这不关我的事,先生!他对我吩咐过不准,我就不能放进来!……请您给那位太太让路!你要注意,安德烈,凡是从编辑部来的,一概挡驾!东家不准!"

柯金耸了耸肩膀。他一面感到这种耸肩多么愚蠢和不合时宜,一面从楼梯那儿走开。……该怎么办呢?当然,柯金在当前这个场合所能采取的最好办法,就是赶快跑回编辑部,告诉主笔说勃卢迪兴这个混蛋定下了这样的规矩。主笔就会惊讶,发笑,说:

"咦,这不是糊涂虫吗?他居然想出这么个办法来报复我们的评论!他,这头蠢驴,不明白:要是我们去参加他的晚会,那并不是他给我们面子,而是我们给他面子!哼,他也真是个蠢货,求上帝饶恕吧!好吧,你等着就是,我在明天报纸上给你安上颗小钉子!"

主笔会这样处理这件事的。……嗯,那么随后该怎样呢?随后秘书作为正派人,就应该待在家里,藐视勃卢迪兴。他的自尊心和编辑部的尊严都要求他这样做。可是,诸位先生,所有这些在理论上都挺好,然而在实际上,既然新手套已经买下,为了鬈发又给过理发师钱,既然那边,楼上,克拉芙季雅·瓦西里耶芙娜、冷荤菜、美酒在等他,这就根本说不上好了。……

"我已经有两个月等着这个傍晚,朝思暮想,准备好了!"柯金暗想,"足足有两个月我在城里走来走去,物色一件新的上衣……跟克拉芙季雅约定,不料……不,这不行!这儿必是发生了什么误会。……真的,误会!我也不必跑回编辑部,只要同管家谈一谈就成。……"

"您听着!"柯金对胖子说,"您至少让我到楼上去一趟。……我不到大厅里去,光是跟管家或者勃卢迪兴先生谈一谈!"

"您上来吧,不过您要知道,大厅里是说什么也不能进去的!"

"我的上帝啊!"柯金走上楼去,心里暗想,"那两个太太正上楼,听见他的话了。……丢脸!坍台啊!我该走掉才是,真的。……"

楼上,在大厅门口,有个红头发的管家站在那儿,上衣的翻领上扎了个花结。那儿还有个盛装的女人在小桌旁边坐着,她在卖节目单。

"劳驾,您说一说,"秘书带着哭音对他们说,"为什么定下这种规矩,凡是编辑部的人一概不准进去?这是为什么?"

"这都怪你们自己,先生!"红头发回答说,"我们素来给你们送优待券,请你们坐第一排座位,可是你们却写些骂人的东西。……"

"啊,要知道……您听我说。……"

这时候从房门里传来响亮的鼓掌声和公爵小姐罗日金娜唱

《我又来到你的面前……》的悦耳歌声。秘书心口底下发颤。他可经不住坦塔罗斯①的磨难啊。

"究竟是什么骂人的东西呢?"他对那个女人说,"姑且假定,小姐,报纸上确实登过骂人的东西,可是这怎么能怪我呢？这该怪主笔,怪写文章的人,这跟我有什么相干？我不过是个秘书罢了……跟会计员差不多。我根本不是作家。……真的,我不是作家！您听我说,我甚至可以赌咒发誓,我不是作家！"

"我们没法给您想出什么办法来,"那个女人叹道,"这是勃卢迪兴自己下的命令。……不过……您可以花钱买票！"

"见鬼,早先我怎么没有想起来呢？"柯金暗想,立刻记起他口袋里只有四十戈比,他带着这点钱原是准备雇马车送克拉芙季雅·瓦西里耶芙娜回家用的。

"既是这样,那我跟勃卢迪兴谈一谈。"他说。

"那您等到幕间休息时间吧。……"

柯金开始等候。……房门里边掌声雷动,熟悉的女人声音在歌唱,人们在欢笑。……那儿生活在沸腾！然而可怜的秘书却在房门口站着,现出忏悔的罪人的姿态,好比②卡诺萨的亨利③。他呆呆地瞧着房门,就像一匹马闻出附近有燕麦而又看不见它在哪儿似的。……他久久地等着休息的时间,最后房间里的椅子总算在移动,声音喧哗,人们互相谈话。房门打开了,人群涌到过道上来。

---

① 希腊神话中吕底亚的国王,因触犯主神宙斯而受罚,站在齐颈的水中,头上悬有果子,但他要喝水时,水就退去,他要吃果子时,果子就上升离去,因此永远又饥又渴。
② 原文为法语。
③ 德意志国王亨利四世(1050—1106)被罗马教皇革出教门后,到意大利北部卡诺萨的教皇城堡,穿着忏悔的罪人的服装在门口站立三天,以期得到宽恕。——俄文本编者注

"要知道,幸福是这样贴近,简直唾手可得!"秘书看一眼敞开的房门里边,暗自想道,"不,我甚至不能容忍不让我进去的想法。……"

勃卢迪兴本人不久就出现了,面色绯红,眉开眼笑。……柯金在他身边走来走去,很久下不了决心同他讲话,最后才算下了决心。……

"对不起,先生。……我打搅您一下。……您,阿尼辛·伊凡内奇①,吩咐过凡是编辑部的人一概不准进来。……"

"是的,那又怎么样?"

"喏,我已经来了。……可是我不明白!您自己会同意!我有什么错处呢?主笔或者写文章的人有错处,您可以不放他们进来,可是我……说老实话,并不是作家啊!……"

"哦哦……那么您是编辑部的?"勃卢迪兴问,劈开腿,立成A字形,把脑袋往后仰,"您,当然,有所不满吧?可是您听我说!让大家来做见证!诸位先生,你们来做法官!喏,这个记者先生对我不满意,因为,可以说……我……嗯嗯嗯……用某种方式表示了抗议。……我对报界的看法,我想,大家都知道。我素来拥护报界!可是,诸位先生,"勃卢迪兴说,做出恳求的脸相,"……诸位先生,总要有个限度嘛!你们可以骂演员、剧本、布景,可是为什么写些不成样子的东西?为什么?你们报纸上最近发表了一篇出色的文章……出色得很哩!那篇文章写到有我女儿参加的戏剧性场面②《尤季芙与奥罗费尔恩》③……上帝才知道是怎么回事!那篇文章说,尤季芙手里拿的剑太长,要用那把剑砍人,只能站得很远,或者

---

① 阿尼辛·伊凡诺维奇的简称。
② 此处指一种舞台造型,由活人扮演的静态画面、场面或历史场景。
③ 据古希伯来传说,尤季芙杀死了巴比伦统帅奥罗费尔恩,从而拯救了被围困的犹太人。——俄文本编者注

干脆爬到房顶上去。……这跟房顶有什么相干？我的女儿读到那儿就……哭了！这，诸位先生，不能算是批评！是啊，这不能算是批评！这是人身攻击！那个人挑剔这把剑，纯粹是为了跟我作对。……"

"我……我同意您的看法！"柯金结结巴巴地说，感到有千百只眼睛盯住他，"我自己素来反对谩骂。……不过，说真的，这跟我有什么关系呢？我，说老实话，不是作家！我是秘书。……我甚至还可以另外告诉您一件事，不过……当然，这话不要张扬出去。……那篇文章是主笔自己写的。……（'我这个畜生何必说出这件事来呢？'柯金暗想。）不过他是个好人……正直的人。如果他写出这类东西，那也是无意间……考虑不周而写出来的。……"

秘书绵羊般的口吻打动了勃卢迪兴的心。这个商绅摸着柯金的纽扣，又对他讲了一遍他自己对报界的看法。秘书的胸膛里一下子有千万种感情汹涌起伏。他受宠若惊，因为像勃卢迪兴这样的大人物居然跟他推心置腹。他感到他大概马上就可以走进大厅，误会已经结束，他那些幻想又可以驰骋起来……可是同时他又觉得自己非常羞愧，卑鄙，恶劣。……他感到他的卑怯性格使得他出卖了自己的主笔和《蠢鹅先驱报》，而且这是公开的，当着熟人的面，无异于最恶劣的犹大！他本来应该吐唾沫，应该痛骂，应该讪笑，可是他却不住地央求，低声下气，几乎哭出来。……唉！

勃卢迪兴说了又说。他不停地指手画脚，装腔作势，然后正要挽住秘书的胳膊，而且秘书也已经走到伊甸园①门口，不料远处传来一声喊叫：

"阿尼辛·伊凡诺维奇！将军来了！"

---

① 《旧约·创世记》中的乐园。

勃卢迪兴愣了一下,然后丢下柯金,赶紧跑下楼去。秘书呆站了一会儿,走动几步,整了整领结。他不再等什么,不再巴望什么。临到第二幕开始,他往门口走去,管家却不让他进去。

　　"勃卢迪兴没有对我们交代什么话。不行!"

　　过了十分钟,秘书慢腾腾地走着,他那双大套靴磨蹭着结冰的地面。他正走回家去,可是他还不如钻进冰窟窿里去好!他感到羞愧,厌恶。他的香水味也罢,他的新手套也罢,他那鬈发的头也罢,一概惹得他厌恶。他恨不得把他这个头揍一顿才好!

纯朴无瑕

故 事

某城圣三一教堂老态龙钟的住持萨瓦·热兹洛夫神甫的儿子亚历山大是莫斯科的名律师。这天,出人意外,亚历山大从莫斯科乘火车到他父亲家里来了。老人丧偶,孤身一人,自从把独生子送进大学以后,已经有十二年到十五年没见过他了,如今定睛瞧着他,脸色发白,周身发抖,呆若木鸡。他的欢乐和兴奋简直无边无际。

儿子到家的当天傍晚,父子两人谈起话来。律师吃菜,喝酒,而且感动。

"你这儿挺好,挺可爱!"他兴奋地说,在椅子上动个不停,"舒适,温暖,而且颇有古风。真的,挺好!"

萨瓦神甫把两手抄在背后,在桌旁走来走去,显然在向老厨娘炫耀他有这么个文质彬彬的成年儿子。他要使客人高兴而极力谈有关"学问"的事。

"事情就是这样,亲爱的……"他说,"现在这个局面恰好合乎我的心意:你和我总算都成了受过教育的人。你在大学毕了业,我呢,也是在基辅学院①毕了业的,对了。……可见我们走上一条路

---

① 指基辅神学院。

了。……我们互相了解。……只是我不知道现在学院里是什么情形。在我那个时候,古典教育是很强调的,甚至还要学古希伯来语。可是现在呢?"

"我不知道。不过,爸爸,你这儿的鲟鱼真了不起。我已经吃饱了,可是我还在吃。"

"吃吧,吃吧。你要多吃点才是,因为你的工作是脑力劳动而不是体力劳动……嗯……不是体力劳动。……你是大学毕业生,用脑子工作。你在此地会做客很久吗?"

"我不是来做客的。爸爸,我到你这儿来是出于偶然,类似意外的出现①。我是出差来的,为你们这个城市从前的市长出庭辩护。你知道,明天你们这儿大概要开庭审案。"

"原来是这样。……那么你是在司法界工作?是做律师吧?"

"对,我是律师。"

"哦。……上帝保佑。你是几等官?"

"说真的,我不知道,爸爸。"

"应该问一问他挣多少薪水,"萨瓦神甫暗想,"不过,按他们的看法,问这样的话是不得当的。……凭他的装束来判断,再考虑到他的金怀表,那就得认为他年薪不止一千。"

老人和律师沉默了一阵。

"我不知道你这儿有这样的鲟鱼,要不然我去年就到你这儿来了,"儿子说,"去年我到你们的省城来过,离这儿不远。你们这儿的城市都挺可笑!"

"确实,可笑……简直想吐口唾沫!"萨瓦神甫同意说,"有什么办法呢!这儿离文化中心远……冥顽不灵。文明还没有传播进来。……"

---

① 原文为拉丁语。

"问题不在这儿。……你听我说说我干过一件什么事。在你们省城,有一次我走进一家戏院,到售票处买票。他们对我说,今天不会公演了,因为连一张票也没卖出去! 我就问道:你们卖满座能有多大一笔钱? 他们说,三百卢布! 我就说,您去让他们上演,我来出这三百卢布。……我是因为烦闷无聊才出这三百卢布的,可是临到我看他们上演的那出惊心动魄的戏,反而越发烦闷无聊了。……哈哈。……"

萨瓦神甫不相信地瞧瞧儿子,瞧瞧厨娘,然后凑着空拳头咯咯地笑。……

"瞧,他胡说起来了!"他暗想。

"那么,舒连卡①,这三百卢布你是从哪儿来的?"他胆怯地问道。

"什么叫从哪儿来的? 当然是从我口袋里拿出来的。……"

"嗯。……那么,原谅我提出个唐突的问题:你挣多少钱薪水?"

"没准数。……有的时候一年挣三万上下,有的时候两万也挣不到。……每年都不一样。"

"他这不是在胡说吗? 哈哈哈! 他胡说起来了!"萨瓦神甫暗想,哈哈大笑,热爱地瞧着他儿子无精打采的脸,"青年人往往信口开河! 哈哈哈。……这是说大话:三万!"

"这不大可能吧,舒连卡!"他说,"对不起,不过……哈哈哈……三万! 有这些钱,可以造两所房子了。……"

"你不相信?"

"倒不是我不相信,而是……该怎么说好呢? 你未免太那个。……哈哈哈。……是啊,要是你挣那么多钱,那可怎么处

---

① 亚历山大的爱称。

置呢？"

"我都花掉了，爸爸。……京城的生活，老爷子，很费钱。这儿花一千就能过活的人家，到那儿就要花五千。我得自备马车，我打牌……有时候还要吃喝玩乐。"

"说的倒也是。……不过你应该攒钱才对！"

"不行。……我没有攒钱的那种毅力，"律师叹口气，"……我管不了自己。……去年我花六千在波梁卡买了一所房子。到老年好歹也有个依傍！可是你猜怎么着？买了以后还没过两个月，就只好抵押出去了。我把它抵押出去后，那笔钱却一下子就花光了！有的打牌输掉，有的喝酒喝掉了。"

"哈哈哈！他胡说起来了！"老人尖声叫道，"胡说得倒也有趣！"

"我没有胡说，爸爸。"

"可是难道能把房子输掉或者喝掉吗？"

"慢说是房子，就连地球也能喝掉哩。明天我会从你们市长那儿敲到五千，可是我心里觉得，不容我回到莫斯科，这笔钱就会花光。这就是我的命。"

"不是命，而是命运，"萨瓦神甫纠正道，咳嗽一声，尊严地瞧了瞧老厨娘，"对不起，舒连卡，我怀疑你的话。那么你是凭哪点挣到这么多钱的？"

"凭才能。……"

"嗯。……也许你一年能挣三千，至于什么三万，或者，比方说，买房之类的话，对不起……我怀疑。不过我们丢开这些争论吧。现在，你跟我说说你们莫斯科的情形。大概那儿很快活吧？你的熟人多吗？"

"很多。整个莫斯科都知道我。"

"哈哈哈！他胡说起来了！哈哈！你说的可真神，我的孩子。"

父子两人照这样又谈了很久。律师还讲起他那有四万陪嫁的婚事,描绘他到下诺夫戈罗德的旅行,叙述他的离婚经过,这使他破费了一万。老人听着,把两只手一拍,哈哈大笑。

"他胡说起来了!哈哈哈!舒连卡,我不知道你倒是个嚼舌根的能手呢!哈哈哈!我说这话不是责备你。我听你讲得蛮有趣呢。你讲吧,讲吧。"

"可是,哎,我只顾闲谈,却忘掉时间了,"律师结束道,从桌旁站起来,"明天就要开审,可是案卷我还没看呢。再会。"

萨瓦神甫把他儿子送到卧室去后,喜不自胜。

"如何,啊?你看到了吧?"他对厨娘小声说,"事情就是这样。……他是个大学生,有人道主义思想,是解放派,可是他来探望我这个老人并不觉得丢脸。他本来忘了他父亲,可是忽然想起来了。他心血来潮,想起来了。他暗自思忖:我来想想我那个糟老头子是什么样子!哈哈哈!好儿子!善良的儿子啊!而且你瞧出来没有?他对我就跟对身份相同的人一样……认为我跟他一样,也是个有学问的人。可见他是了解我的。可惜我们没把助祭叫来,他应该看看我儿子才对。"

萨瓦神甫对老太婆倾吐衷曲以后,就踮起脚往自己的卧室走去,顺便从钥匙眼里看一下他的儿子。律师在床上躺着,嘴里喷出雪茄的烟雾,读一本很厚的笔记簿。他身旁的小桌上放着一个酒瓶,这却是萨瓦神甫以前从没见过的。

"我进来一下就走……看一看这儿舒服不,"老人走进儿子的房间,喃喃地说,"舒服吗?软和吗?不过你应该脱掉衣服。"

律师哼哼哈哈地应着,皱起眉头。萨瓦神甫在他脚旁坐下,开始沉思。

"是这样……"他沉默片刻以后开口说,"我一直在琢磨你讲的话。从一方面来说,我感激你来探望我这个老人,不过从另一方面来说,我作为父亲和……和受过教育的人,又不能有了想法却不说。刚才吃晚饭的时候,我知道,你是说笑话,可是你知道,无论是信仰还是科学,甚至对我们说着玩的假话也是不赞成的。嗯。……我有点咳嗽。嗯。……请你原谅,不过我作为父亲,这话却不能不说。那么你这酒是从哪儿来的?"

"这是我随身带来的。你要喝一点吗?这葡萄酒挺好,八卢布一瓶。"

"八卢布?这可是胡说!"萨瓦神甫说,把两只手一拍,"哈哈哈!这哪里用得了八卢布?哈哈哈!就是最好的葡萄酒,我也只用一卢布就能给你买来。哈哈哈!"

"得了,你走吧,老爷子,你在碍我的事。……你去吧!"

老人格格地笑,把两只手一拍,走出去,轻轻地掩上身后的门。午夜,萨瓦神甫读完《箴言》①,向老太婆交代过明天做什么菜后,又一次到儿子房间里去看一眼。

儿子仍然在阅读,喝酒,喷烟。

"现在也该睡了……你脱掉衣服,灭了蜡烛吧……"老人把神香和烛油的气味带进儿子房间里来,说,"已经十二点钟了。……你这是喝第二瓶了吧?嘿!"

"不喝酒不行,爸爸。……要是不把精神提起来,正事就办不成。"

老人在床上坐下,沉默一会儿,开口说:

"有这样一件事,我的孩子。……嗯,是啊。……我不知道我会不会活得长,能不能再跟你见面,因此最好今天就把我的遗嘱告诉你。……你要知道……在我任职四十年间,我为你积蓄了一千

---

① 基督教经书《旧约》中的一卷。

五百卢布。等我死了,你就拿去,可是……"

萨瓦神甫庄严地擤了擤鼻子,继续说:

"可是你不要把这笔钱挥霍掉,要保存好。……而且,我要求你,我死后,你给外甥女瓦连卡寄一百卢布去。如果你不吝惜的话,那就给齐娜伊达也寄二十去。她们都是孤儿。"

"你把这一千五统统寄给她们吧。……我不需要,爸爸。……"

"你是胡说吧?"

"我是认真说的。……反正我也是把它挥霍掉了事。"

"嗯。……要知道这笔钱我是积攒起来的!"萨瓦不高兴地说,"我是一戈比一戈比为你积攒起来的。……"

"好吧,那我把你的钱放在玻璃板底下,作为父亲慈爱的纪念。不过话说回来,我不需要。……一千五,不经一花啊!"

"好,那也随你。……要是我早知道,我就不攒钱,不念着你了。……你睡吧!"

萨瓦神甫在律师胸前画了个十字,走出去。他有点不痛快。……他的儿子对他四十年的积蓄这样马马虎虎,满不在乎,使他难堪。不过这种不痛快和难堪的心情不久就烟消云散。……老人又一心想找儿子闲聊,"像有学问的人那样"谈一谈,回忆一下过去的事,可是他已经没有勇气去打搅忙碌的律师了。他在那些黑暗的房间里走来走去,走来走去,他想了又想,想了又想,后来就走到外间里去看他儿子的皮大衣。他控制不住他那做父亲的欢乐,伸出两条胳膊去搂住那件皮大衣,开始拥抱它,吻它,给它画十字,倒好像那不是一件皮大衣,而是他儿子本人,是那个"大学生"似的。……他没法睡觉了。

纸包不住火

彼得·巴甫洛维奇·波苏津按照最严格的微服出巡原则,搭乘一辆平民的三套马车,沿着乡间道路,赶到某县城去,他是因为接到一封匿名信才到那个小城去的。

"要冷不防抓住他们……像从天而降似的……"他把脸藏在衣领里,幻想着,"他们这些坏蛋专干坏事,而且洋洋得意,大概以为他们的罪迹都已经掩盖起来了。……哈哈。……我想得出来,正当他们踌躇满志的时候,忽然听得一声喊:'把佳普金-利亚普金带到这里来!'①他们会惊吓成什么样子呀!准会闹得天翻地覆!哈哈。……"

波苏津把他幻想中的局面着意渲染一番以后,开始同他的车夫攀谈。他是个求名心切的人,因此首先问到他自己:

"波苏津这个人你知道吗?"

"怎么会不知道!"车夫说,笑了,"我们知道他!"

"你干吗笑啊?"

"这话问得怪!我连每个起码的文书都知道,怎么会不知道波苏津!他到这儿来做官就是要大家都知道他嘛。"

---

① 引自俄国作家果戈理的喜剧《钦差大臣》第一幕第一场中市长的道白,应是"把利亚普金-佳普金带到这里来"。——俄文本编者注

"这话不错。……哦,怎么样?依你看来,他这个人怎么样?好吗?"

"还可以……"车夫说,打了个哈欠,"他是个好老爷,很能干。……他奉派到这儿来还没满两年,就已经办了不少事。"

"他办过些什么特别的事呢?"

"他干了许多好事,求上帝保佑他健康。他张罗过修铁路,把我们县里的霍赫留科夫免了官。……那个霍赫留科夫简直无法无天啊。……那个人是坏蛋,滑头,以前所有的大官都跟他一个鼻孔出气,可是波苏津一来,霍赫留科夫就呜呜地叫着滚到魔鬼那儿去了,好像这儿压根儿就没有过他这么个人似的。……您瞧瞧,老先生!波苏津那个人,老先生,可不是能用钱买通的,他不是那种人!哪怕你给他一百,甚至一千,他也不会让他的灵魂背上罪过。……办不到!"

"谢天谢地,他们至少从这一方面理解我了,"波苏津暗自高兴地想到,"这挺好。"

"他是个受过教育的老爷……"车夫继续说,"他不摆架子。……我们村里的人上他那儿去诉苦,他待承他们就像待承上等人一样,跟大家拉手,说:'您,请坐。……'他脾气暴,性子急。……他一句话还没说明白,鼻子里就呼哧呼哧地喷气!要叫他一步一步走路,那可办不到,他老是跑,老是跑!我们村里的人还没来得及把话跟他说完,他就嚷道:'套车!!'照直到这儿来了。……他一来,就把事全办好……一个小钱也不要你的。他比以前那个官强得多了!当然,以前那个官也挺好。生得仪表堂堂,威风凛凛,一嚷起来,嗓门比全省的人都高。……他一出门,你就是隔着十俄里远也听得见。不过讲到办里里外外各种事,眼下的那个官就高明得多!眼下的那个官会动脑筋,办法多极了。……只有一件事差劲。……这个人处处都好,就是有一件事

185

不对头:他是个酒鬼!"

"这真糟糕!"波苏津暗想。

"可你怎么知道我……他是酒鬼?"他问道。

"当然,老爷,我自己倒没看见他喝醉过,这我不想说谎,不过大家都这么说。其实大家也没见过他喝醉的样子,可是他这种名声传扬开了。……他当着外人的面,或者到别处去做客,或者参加舞会,或者在交际场所,从来也不喝酒。他是在家里喝。……他早晨起来,揉一揉眼睛,头一件事就是喝酒!他的听差给他端来一大杯白酒,他马上就要他再端一大杯来。……他就照这样喝它一天。说来也怪:他一个劲儿地喝,可就是一点也不醉!可见他能管住自己。从前我们的霍赫留科夫喝多了酒,那就慢说是别人受不了,连狗也会汪汪地叫起来。可是波苏津呢,连鼻子都不红一红!他关在书房里,拼命地喝。……他怕外人看见,就把酒瓶放在书桌抽屉里,安上一根小管子。抽屉里老是有酒。……他低下头凑近那根小管子,吸啊吸的,喝得可不少。……在马车里也一样,酒瓶就装在公文包里。……"

"他们是怎么知道的?"波苏津吓了一跳,想道,"我的上帝啊,连这种事都让人知道了!多么糟糕。……"

"喏,还有女人的事。……这个坏包!"车夫说,笑起来,摇了摇头,"简直是胡闹!那些……骚娘们儿他搞上了十来个。……有两个就住在他家里。……一个叫娜斯达霞·伊凡诺芙娜,算是他的女管家。另一个……叫什么名字来着?见她的鬼……叫柳德米拉·谢敏诺芙娜,算是他的女秘书。……最得势的是娜斯达霞。她要怎么样,他就怎么样。……她把他支使得团团转,就跟狐狸摆弄尾巴一样。他让她掌大权。结果,大家怕他倒不及怕她那么厉害。……哈哈。……还有个骚娘们儿住在卡恰尔纳亚街上。……丢脸啊!"

"他连名字都知道，"波苏津暗想，脸红了，"他是怎么知道的？他是个庄稼汉，赶车的……城里从来也没去过！多么恶劣……下流……庸俗！"

"这些事你是从哪儿知道的？"他生气地问。

"大家说的呗。……我自己没亲眼见过，可是我听人说过。再者，要知道这些事有什么难的？他的听差或者车夫有舌头，舌头是割不掉的。……再说，娜斯达霞本人就说不定常在各处巷子里走动，吹嘘她那种女人家的福气。这种事掩不住外人的耳目。……再拿波苏津喜欢悄悄地出外查访这件事来说。……从前的那个官想出外到什么地方去，总是一个月之前就传出话来，临到他动身，那种热闹，那种风光，那种叮当的铃声……简直别提了！他前头有马车，后头有马车，两旁也有马车。他到了某地，就睡上一觉，吃饱饭，喝足酒，扯开了嗓门办公事。他哇哇地嚷一阵，跺一阵脚，又睡觉，随后还是老一套。……可是眼下这个官，一听到出了什么事，就赶快悄悄地出外私访，不让人看见，也不让人知道。……这可真有意思！他神不知鬼不觉地从家里溜出来，不让那些文官瞧见他，随后就上了火车。……他来到他要去的那个火车站，可是车站外边的驿车或者上好的马车他一概不坐，偏要雇一辆庄稼汉的车。他把身上的衣服裹得严严实实，像个娘们儿似的，一路上哑着嗓子说话，活像一条老狗，生怕人家听出他的嗓音来。这种事经人一讲，你听着简直能笑断肚肠子。他这个傻瓜，坐着车赶路，当是谁也认不出他来。其实，要是有个懂事的人，想认出他就跟啐口痰那么容易。啐！……"

"那么，怎样才能认出他来呢？"

"很简单。从前我们的霍赫留科夫出外私访，我们只凭他那双特别有劲的手就能认出他来。要是坐车的客人动手打你嘴巴，不用说，这个人就是霍赫留科夫。哪怕波苏津，也能一下子就认出

187

来。……普通旅客遇事总是随随便便,波苏津却不是那种能够将就的人。比方说,他一到驿站,派头就来了!……他又嫌臭,又嫌闷,又嫌冷。……你得给他送童子鸡来,送水果来,送各式各样的果子酱来。……这样,驿站上的人全知道了:要是冬天有人要童子鸡和水果,这人就一定是波苏津。要是有人对驿站长称呼'我最亲爱的',打发人去干各种杂事,那就可以起誓,这人就是波苏津。他身上的气味也跟一般人不一样,他睡觉也有气派。……他在驿站的一张长沙发上躺下,在他周围洒上香水,吩咐人在他枕头旁边放上三支蜡烛。他就躺下来,看公文。……这样,慢说是驿站长,就连猫也认得出他是个什么人了。……"

"这是实话,实话……"波苏津暗想,"我以前怎么就不知道这些!"

"不过,要是有人想知道他的消息,用不着水果和童子鸡也能知道。一接到电报,大家就全清楚了。……尽管他把脸包严,尽管他躲躲闪闪,可是这儿的人已经知道他来了。大家都等着呢。……波苏津还没从家里出来,对不起,这儿就已经样样都准备好了。他来是要当场抓住他们,送交法院,或者撤换什么人,可是他们正在背地里笑他呢。他们会说:大人,即使您是悄悄来的,可是您瞧:我们这儿样样事情也都合乎规矩嘛!……他转来转去,转来转去,结果他怎么来的,又怎么回去了。……他还得夸一夸那些家伙,跟他们大家拉手,要他们原谅他来打搅。……事情就是这样!您觉得怎么样?哈哈,老爷!这儿的人滑得很,滑得不能再滑了!……看着可真开眼:这都是些什么魔鬼呀!喏,就拿今天的事来说。……今天早晨我赶着空车出来,迎面碰见一个犹太男人从车站里跑出来,他是车站食堂的老板。我就问:'犹太老爷,您到哪儿去啊?'他说:'我把葡萄酒和冷荤菜送到城里去。今天那儿的人都在等波苏津呢。'你看妙不妙?说不定波苏津刚刚准备动身,或者刚把脸包严,生怕人家认出他来。说不定他已经上路了,以为谁也不知道他上了路,其实,瞧瞧,人家已经为他准备下葡萄酒、鲑鱼、干酪、各式各样的冷荤菜了。……啊?他一边赶路,一边想:'你们算是完蛋了,小子!'其实那些小子满不在乎!让他来吧!他们早已把一切都遮盖好了!"

"往回走!"波苏津嗓音沙哑地说,"掉转车头往回走,畜生!"

吃惊的马车夫只好拨转马头往回走。

愤世嫉俗者

中午。"皮赫纳乌兄弟动物园"的管理员,退役的骑兵准尉叶果尔·秀辛,已经喝醉。他是个身材极高的汉子,面容枯瘦,皮肉松弛,里边穿着脏衬衫,外边套一件油渍斑斑的礼服。他在观众面前转来转去就跟晨祷前的魔鬼①一样:他奔跑,伛腰,呵呵地笑,转动眼珠,仿佛用各种笨拙的姿态和解开纽扣的动作卖俏似的。每逢他那剪短头发的大头冒出浓重的酒气,观众总是喜欢他。遇到那样的时候,他就不是简单地"讲解"动物,而要用一种只有他才能做到的新方式来"讲解"了。

"该怎样讲解呢?"他挤一挤眼睛,问观众道,"是要简单的讲解呢,还是要带点心理分析和倾向性?"

"要心理分析和倾向性!"

"好②!那就开始吧!这是非洲狮!"他说,身子摇晃着,讥诮地瞧着笼子里那头蹲在角落里温和地眯眼的狮子,"它是强大的同义语,这种强大结合着动物的优雅、美丽和骄傲!以前,在青春时代,它凭它的威力擒拿野兽,凭它的吼声威镇四邻,可是如今……哈哈哈……可是如今,它,这个蠢货,却在笼子里蹲着

---

① 按基督教教义,魔鬼在夜间活动后,在日出前,即晨祷前,必须赶紧躲起来。
② 原文为拉丁语。

了。……怎么样,狮子老兄?你蹲着吗?你在进行哲理的思考吧?当初你在树林里撒腿奔跑,大概不可一世!你认为再也没有比你强大的野兽,连魔鬼也抓不住你了,可是,没想到愚蠢的命运却比你强……它虽然愚蠢,却比你强哟。……哈哈哈!你瞧瞧,魔鬼把你从非洲弄到哪儿了!你多半做梦也没想到会到这儿来!我呢,老兄,也让魔鬼支使得四处乱跑!我做过中学教员,做过办公室职员,做过土地测量员,做过电报员,在军事机关里任过职,在通心粉工厂里做过事……鬼才知道我还有哪儿没去过!最后我却来到这个动物园里……来到这个膻臭的地方。……哈哈哈!"

观众为醉醺醺的秀辛的真诚笑声所感染,也扬声大笑。

"看样子,它是在希望自由!"有个人对狮子挤了挤眼睛说,那人身上有油漆气味,衣服上布满五颜六色的油漆斑点。

"哪儿的话!你就是放了它,它也还是会回来的。它认命了。哈哈哈。……狮子,你已经到死的时候了,就是这么回事!你,老兄,干吗还在这儿……拖日子?索性咽了气才好!反正也没什么可等的!你瞧什么?我说的是正理嘛!"

秀辛把观众领到下一个笼子跟前,那里面有一只野猫跑来跑去,撞笼子的铁栅栏。

"野猫!它是我们的瓦斯卡①和玛鲁斯卡②的祖宗!它被人捉住,关在笼子里,还没满三个月。它嘶嘶地叫,乱蹦乱跳,闪着两只眼睛,不容许别人走到它跟前去。它一天到晚用爪子抓铁栅栏:它在找出路!如今它情愿牺牲百万家财,半世生活以及它的子女,只求能回家去就成。哈哈哈。……喂,你干吗蹦蹦跳跳,傻瓜?你跑什么?反正你出不去!你死了也出不去!你早晚会住惯,认命!你不但会住惯,还会爬过来舔我们这些折磨你的人的手呢!哈哈

---

①② 家猫的名字。

191

哈。……这儿,老兄,也就是但丁的地狱①:您丢开一切希望吧!"

秀辛愤世嫉俗的论调渐渐惹得观众生气了。

"我不懂这有什么可笑的!"一个男低音说。

"他龇着牙笑,可是连他自己也不知道他有什么可高兴的……"那个油漆匠说。

"这是猴子!"秀辛走到下一个笼子跟前,继续说,"动物界的败类!我知道它恨我们,好像巴不得把我们撕碎才好,可是它偏偏做出笑脸,舔人的手!奴才的性格呀!哈哈哈。……它为了吃到一小块糖,情愿朝着折磨它的人跪下,表演丑角。我不喜欢这种东西!……还有这一个,我来介绍一下,是羚羊!"秀辛把观众领到另一个笼子跟前说,笼子里关着一只又小又瘦的羚羊,它的大眼睛带着泪痕,"它已经完了!它刚刚关进笼子里,结局就定了:痨病已经发展到末期了!哈哈哈。……请看,它那对眼睛完全像人一样,正在流泪呢!这倒是可以理解的。它年轻美丽……希望生活嘛!现在它很想到野外去跑跑,跟那些漂亮的公羊互相闻一闻,可是它偏偏待在这儿肮脏的干草上,闻着狗的臭气和马厩的臭气。说来奇怪:它就要死了,可是它眼睛里仍然含着希望!青春是非同小可的!啊?你们这些年轻的生物可真有意思!你算是白白地抱着希望了,亲爱的!你会白白抱着希望断气的。哈哈哈。……"

"你,老兄,那个……不要用话去糟蹋它……"油漆匠皱起眉头说,"这叫人不好受!"

观众不再笑了。只有秀辛一个人哈哈大笑,喷鼻息。观众变得越郁闷,他的笑声倒越响亮尖厉。大家不知什么缘故开始发现

---

① 指意大利诗人但丁(1265—1321)在长诗《神曲》中所描写的炼狱。——俄文本编者注

他很不像样,肮里肮脏,愤世嫉俗,大家的眼睛里都现出痛恨和气愤。

"这就是仙鹤!"秀辛不肯罢休,走到仙鹤跟前说,那只仙鹤靠近笼子站着,"它生在俄国,到寒冷季节常飞到尼罗河一带去,同鳄鱼和老虎一块儿谈天。它的过去很有光彩。……请看,它在沉思,精神集中得很!它只顾想心思,什么也没看见。……满脑子的幻想,幻想!哈哈哈。……它在寻思:'我要啄穿这些人的脑袋,从小窗口飞出去,一下子飞上碧空,投入蓝天!目前碧空如洗,一行行的仙鹤正飞到热带去,咯……咯……咯地叫。……'啊,请看,它的羽毛竖起来了!这是说,它在幻想驰骋的时候,却突然想起它的翅膀已经剪短……它不由得满心害怕和绝望。……哈哈哈。……它有一种不肯罢休的性格。这些羽毛会永远这么竖着,一直到死。这只不肯妥协的、高傲的仙鹤啊!可是你不妥协,我们却看不上眼!你高傲,不肯妥协,我倒偏要当着大家的面牵着你的鼻子走。哈哈哈。……"

秀辛揪住仙鹤的嘴,牵着它走。

"不要耍弄它!"有人说,"住手!鬼才知道这是怎么回事!老板在哪儿?怎么能容许这个醉汉……折磨动物!"

"哈哈哈。……我怎么折磨它了?……"

"喏……你说了各式各样的……挖苦话。……这不应该!"

"可是话说回来,你们自己要求我的讲解要带点心理学嘛!……哈哈哈。……"

观众想起他们本来就纯粹是要听"心理学"的讲解才到这个动物园来的,而且一直焦急地等候醉醺醺的秀辛从他的小屋里走出来,开始讲解。现在呢,观众为了给他们的愤恨好歹找出个理由,就开始吹毛求疵,指责饲养太差,指责笼子太小,等等。

"我们总是喂饱它们的,"秀辛说,讥诮地眯起眼睛瞧着观众,

"甚至马上就要喂了……求上帝饶恕吧!"

他耸起肩膀,爬到柜台底下,从一床暖和的被子里取出一条小蟒来。

"我们总是喂饱它们的。……不喂不行啊!它们跟演员一样:你不喂饱,它们可就伸腿瞪眼了!兔子先生,请到这边来①!请!"

一只红眼睛的白兔上场了。

"向您致敬,先生!"秀辛说,伸出手指在它脸前指指点点。"我荣幸地同您相识!我要介绍一下这位蟒先生,它想吃掉您!哈哈哈。……这是不愉快的,老兄!你皱起眉头了?哎,这是无法可想的事!这不能怪我呀!不是今天就是明天……不是我就是另一个……反正得照这么办。这是哲学,兔子老兄!现在你活着,耸起鼻子闻空气,脑子里想这想那,可是不出一分钟你就成了血肉模糊的一团!请吧!可是,生活,老兄,却这么美好啊!上帝,多么美好呀!"

"不要喂!"有人说,"够了!算了!"

"这真叫人不好受!"秀辛继续说,仿佛没听见观众的抱怨声,"你有品格,有个性,有活生生的一条命……有老婆,有子女……不料,忽然间,让人家一口吞掉了!请吧!不管这多么令人遗憾,可又有什么办法呢!"

秀辛抓住那只兔子,笑呵呵地把它送到蟒的嘴边。然而兔子还没来得及吓呆,就有几十只手抓住它了。观众纷纷说起动物保护协会,发出了惊叫声。他们嚷着,摇手,跺脚。秀辛笑着跑回自己小屋去了。

观众气愤地从动物园里走出去。他们想呕吐,就像把一只

---

① 原文为法语。

苍蝇吞下了肚似的。可是刚过了一两天,那些动物园的常客就已经心平气和,又开始想念秀辛,就跟想喝酒或者想吸烟一样。他们又巴望听他那种刻薄的、使他们背上冒凉气的愤世嫉俗的论调了。

她 的 丈 夫[①]

  一个空闲的夜晚。歌剧女演员娜达丽雅·安德烈耶芙娜·勃罗宁娜（若是随丈夫的姓，就是尼基特金娜）在她的卧室里躺着，全身心都在休息。她舒舒服服，半睡半醒，想念她的小女儿，如今女儿跟她奶奶或者姑母住在远方。……这个小女儿对她来说比观众、花束、评论、捧场人都宝贵……她倒乐于这样想念她，一直想到天明。她幸福，安宁，只巴望不要有人来打搅她这种心平气和的静卧，让她在睡意蒙眬中怀念她的小女儿。

  忽然，这位歌剧女演员打了个哆嗦，睁大眼睛，原来门厅响起了刺耳、急促的门铃声。没过十秒钟，第二次门铃声又响了，随后是第三次。大门哗啦一声打开，有人走进门厅来，像马似的跺脚，冷得不住喘气，喷鼻子。

  "见鬼！连皮大衣也没处挂！"女演员听见一个沙哑的男低音说，"她居然还是个名演员呢！一年有五千收入，可是连个像样的衣帽架都没有！"

  "这是我的丈夫……"女演员想，皱起了眉头，"他好像还带着一个朋友来过夜。……讨厌！"

  安宁消失了。等到响亮的擤鼻声和安放套靴的响声在门厅里

---

  ① 原文为法语，含有"夫以妻贵"的讽刺意味。

停下来,女演员就听见她的卧室里响起了小心翼翼的脚步声。……这是她的丈夫,她的丈夫,丹尼斯·彼得罗维奇·尼基特金,走进来了。他身上发散着寒气和白兰地的气味。他在卧室里走了很久,沉重地喘息,黑暗中撞在椅子上,寻找什么东西。……

"喂,你找什么呀?"女演员呻吟道,这种骚动惹得她心里腻烦了,"你把我闹醒了。"

"我,亲爱的,找火柴。你……那么你没睡着?有人要我向你问好。那个……他叫什么名字来着?……那个生着红头发而且常给你送花的人,问你好。哦,他姓扎格沃兹德金。……刚才我到他家去过。"

"你到他家去干什么?"

"没什么事。……我们坐了一会儿,谈谈话……喝了点酒。不管你怎么想,娜达丽①,反正我不喜欢这个家伙。非常不喜欢!这样的蠢货天下少有。他是个富人,资本家,你一点也看不出,他居然有六十万的家当呢。钱对他来说毫无用处,犹如萝卜于狗一样。他不但自己不吃,而且也不给人家吃。钱是应该拿来流通的,可是他抓住不放,生怕它跑掉。……有资金却闲放着,那有什么好处呢?闲置的资金跟杂草差不多。"

她的丈夫摸到床边,气喘吁吁的,在他妻子脚旁坐下。

"闲置的资金是有害的……"他继续说,"为什么俄国的企业江河日下?就是因为我们闲置的资金太多,怕借出去。……英国的情形就不一样。……在英国,伙计,就没有像扎格沃兹德金那样的蠢鹅。……在那儿每个小钱都在流通。……对了。……在那儿是不把钱锁在箱子里的。……"

"哦,很好。我要睡了。"

---

① 法国人名,相当于俄国人名娜达丽雅。

"我马上就说完。……我在说什么来着？对了。……在当前这个时代，就是把扎格沃兹德金绞死都嫌不解气。……他是个坏蛋，傻瓜。……简直是傻瓜。如果我向他借钱而没人作保，那连小孩子都看得出来，他丝毫也没有风险啊。他却不懂，这头蠢驴！他借出一万，就会收回十万。再过一年他会又得到十万！我央求他，跟他讲道理……可是他死也不借，蠢货！"

"我希望你不是用我的名义向他借钱！"

"哼。……这话可就怪了……"她的丈夫不高兴地说，"不管怎样，他宁可借给我一万，也不会借给你。你是女人，可我毕竟是个男人，办事的人啊。而且我对他提出的计划多么妙！那可不是一个气球，也不是什么空中楼阁，而是一桩事业，一本万利的事业！如果碰上个明白事理的人，单因为我出了这个主意就肯给我两万哩！要是给你讲一遍，就连你也能明白这个主意是怎么回事。只是你，那个……别张扬出去……千万千万。……不过，我好像已经对你讲过了。我对你讲过肠子的事吗？"

"嗯。……以后再谈吧。……"

"好像讲过了。……你明白是怎么回事吗？现在高级食品店和香肠店在当地买肠子，价钱贵。喏，肠子在高加索却不值钱，到处乱丢，要是把它运到这儿来，那么……你看会怎么样？那些香肠制造商会在哪儿买肠衣：在此地的屠宰场呢，还是在我这儿？当然是在我这儿！要知道我的卖价便宜九成！现在我们照这样来算一算吧：每年京城和别的大城市里都要买这种肠衣……就算是五十万副吧。这是最低限度了。好，如果……"

"你明天再讲。……以后再谈吧。……"

"对，这是实话。……你想睡了，对不起……我马上就走。……不管你怎么说，有了资金，无论你投放到哪儿去，到处都可以干一番事业。……有了资金，哪怕拿烟蒂做生意，也可以发一百万大财呢。……就拿你们的戏院事业来说吧。比方说,连托夫斯基①为什么会破产?很简单!他的事业从一开头就办得不对劲。资金没有,可是他不管三七二十一,硬要干。……应当先凑齐资金,然后再不慌不忙,一点一滴地干。……如今开办剧院,不论是私人经营或者合伙经营,都可以发大财。……如果上演好戏,票价又定得低,而且合乎观众的口味,那么头一年就能拿过十万来,塞进腰包去。……喏,你是不明白的,然而我说的是真话。……是啊,你也喜欢闲置资金,不见得比扎格沃兹德金那个小丑高明。……你自己也不知道为什么要攒钱。……你不听我的话,也不愿意听。……要是你把那些钱拿来流通一下,你就用不着跑码头了。……要知道,办个私人经营的剧院,一开头有五千也就够了。……当然,不能像连托夫斯基那么干,而要小规模地干,一点一滴地干。……剧院经理我倒已经物色了一个,我也看好了剧院的地点……就是没有钱。……要是你能明白,那你早就会拿出你那些年息五厘的各式各样证券和彩票了。……"

"不,谢谢②。……你搜刮我的钱已经很不少。……我受够了,我遭到过惩罚了。……"

"如果用女人的想法来论事,那当然……"尼基特金叹道,站起来,……"当然了!"

"我受够了。……好,你走吧,不要妨碍我睡觉。……你那些胡思乱想我已经听得腻烦了。"

"嗯。……是啊。……当然了!什么搜刮钱啦……什么打劫一空啦。……我们给人家的东西,我们倒记得住,我们拿到手的东西,我们可就记不住了。"

---

① 莫斯科的一个剧团经理兼导演,隐庐饭店的承租人。——俄文本编者注
② 原文为法语。

"我从来也没拿过你什么东西。"

"是这样吗?当初您还不是名演员的时候,是靠谁养活的?请容许我问您一句,是谁把您从贫困里拉出来,使您生活幸福的?这些您都不记得了吗?"

"得了,你去睡吧。快去,睡一觉就好了。"

"如果您觉得我喝醉了……如果在这样一个大人物心目中我卑不足道,那我可以干脆一走了事。"

"那你就走吧。这样才好。"

"我走就是。我已经够低声下气的了。我走就是。"

"哎呀,我的上帝!你倒是走啊!那我会高兴得很!"

"行。我们等着瞧吧。"

尼基特金暗自嘟哝了几句,一路撞在椅子上,走出卧室去了。随后从前厅里传来低语声、套鞋的沙沙声和开门声。她的丈夫认真怄了气,走了。

"谢天谢地,他总算走了……"歌唱演员暗想,"现在可以睡觉了。"她在昏昏睡去的时候,想着她的丈夫:他是个什么人呢?她这种苦恼是怎么来的?当初他住在切尔尼戈夫城,在那儿做一名会计。那时候他只是个普普通通的平民,而不是她的丈夫,人倒还本分:天天去上班,按时领薪俸,他的全部计划和奢望也只限于买个新的六弦琴,买条时髦的裤子,买个琥珀烟嘴而已。可是,自从做了"明星的丈夫"以后,他就完全变了。歌唱演员回想她初次告诉他,说她要登上舞台的时候,他很久都执意不肯,满腔愤慨,告到她父母那儿,把她从家里赶出去。她只好没征得他的同意就登上了舞台。后来他从报上和人们口中知道她有了大笔收入,才"原谅"她,丢下会计的职位,做了她的随从。女演员瞧着这个随从不由得纳闷:他是从什么时候起,在什么地方,养成了新的口味,学会了赶时髦,摆架子,装模作样?他是在什么地方养成了吃牡蛎①的胃口,喝各种勃艮第②葡萄酒的嗜好?是谁教会他装束入时,把头发梳得那么时髦,不叫她娜达霞而叫她娜达丽的?

"奇怪……"女歌唱家暗想,"以前他领到薪俸,往往藏起来,可是现在他一天花一百卢布还不够。以前他在中学生面前也不敢讲话,生怕讲得不得体,可是现在他甚至跟公爵们都混得很熟。……没出息的小人物!"

可是后来女歌唱家又打了个哆嗦:门铃声又在门厅刺耳地响起来。女仆嘴里骂着,气冲冲地趿拉着拖鞋,走去开门。又有人走进门来,像马似的跺脚。

"他回来了!"女歌唱家暗想,"到底什么时候才能让我安静呀?真可恶!"

女演员不由得冒火了。

"你等着就是。……我要叫你尝尝闹花样的味道!你给我走!我要叫你非走不可!"

勃罗宁娜跳起来,光着脚跑到小厅里,她的丈夫通常就在那儿一张长沙发上睡觉。她看见他在脱衣服,把衣服小心地放在一把圈椅上。

"你不是走了吗!"她说,用充满仇恨的亮晶晶的眼睛瞧着他。"那你为什么回来?"

尼基特金一言不发,光是呼哧呼哧地喘气。……

"你不是走了吗!请你马上就滚!马上!听见没有?"

她的丈夫不住地嗽喉咙,眼睛没有看着妻子,脱掉吊裤带。

"要是你这个厚皮鬼不走,我就走!"女歌唱家说,跺着光脚,

---

① 一种名贵的菜肴。
② 法国的省名,当地盛产名贵的葡萄酒。

两眼发亮,"我走!你听见没有?厚皮鬼……无赖,奴才!滚出去!"

"当着外人的面至少也该觉得难为情才是……"她的丈夫嘟哝说。

女歌唱家回头一看,这才瞧见一张她不认得的演员的脸。……那张脸见到女演员裸露的肩膀和光脚,窘得不得了,恨不得钻进地里去才好。……

"我来介绍一下……"尼基特金喃喃地说,"这位是内地的剧院经理别兹包日尼科夫。"

女歌唱家尖叫一声,跑回她的卧室去了。

"您瞧……"她的丈夫说,在长沙发上躺下来,"本来一切都太太平平。她满口亲爱的啦,乖乖啦,好人儿啦。……又是吻你,又是抱你。……只要事情一牵涉到钱,那么……您看得明白……钱可真是大事啊!……祝您晚安。"

过了一分钟,鼾声响起来了。

长沙发底下的剧团经理

后台的故事

有一出"演员不断换装的轻松喜剧"正在上演。克拉芙季雅·玛特威耶芙娜·多尔斯卡雅-卡乌楚科娃是个年轻可爱而又热烈地献身于神圣艺术的女演员,这时候跑进她的化装室,动手脱掉她身上的茨冈妇女的服装,打算一刹那间换上骠骑兵军服。这个颇有才华的女演员不愿军服上出现多余的皱褶,想让军服尽量平整美观,贴紧身子,就决定索性把身上原来的衣服脱光,然后在夏娃的装束①上穿那套军服。可是她正脱完衣服,感到轻微的寒意而缩起身子,动手把骠骑兵的马裤理平,忽然传来一个什么人的叹息声。她睁大眼睛,仔细倾听。那个人又叹了口气,甚至似乎在低声自言自语:

"我们那深重的罪孽啊。……哎哎。……"

大感不解的女演员往四下里瞅一眼,却没看到这个化装室有什么可疑之处,就决定往她唯一的家具,一张长沙发底下瞧一眼,以防万一。这一瞧不要紧,她看见长沙发底下藏着个人,身体很长。

"你是谁?!"她大叫一声,吓得从长沙发旁边跑开,拿过骠骑兵上衣盖住身子。

---

① 指赤身裸体。按照基督教传说,神创造的第一个女人夏娃原是不穿衣服的。

"是我……我……"长沙发底下响起一个颤抖的低语声,"您不要害怕,这是我。……嘘!"

那个带鼻音的低语声类似用煎锅炒菜发出的嘶嘶声,女演员不难听出他就是剧团经理英久科夫的说话声。

"是您?!"她愤慨地说,脸红得跟芍药似的,"怎么……您怎么敢干这种事?原来您这个老混蛋一直躺在这儿?这真岂有此理!"

"好姑娘……我的亲人!"英久科夫压低喉咙说,从长沙发底下探出秃头来,"您不要生气,亲爱的!您打死我吧,把我像蛇那样踩死吧,可就是别吵嚷!我刚才什么也没看见,现在也没看见,而且也没心思看。您甚至不必遮盖身子,亲爱的,我的无法形容的美人儿!您听我这个活不了几天的老头子几句话!我躺在这儿不为别的,只为救我自己!我要遭殃了!您瞧,我脑袋上的头发一根根竖起来了!我那格拉宪卡的丈夫普棱津,从莫斯科来了。眼下他正在剧院里走来走去,要把我弄死。可怕呀!要知道,除了格拉宪卡的事以外,我还欠着他这个坏蛋五千卢布!"

"这跟我什么相干?您马上滚出去,要不然我……我都不知道要拿您这个混蛋怎么办了!"

"嘘!好人儿,您别嚷!我跪下求您,爬着求您!要是我不到您这儿来躲着他,叫我到哪儿去躲呢?要知道,别处他都能找到我,只有这儿他才不敢进来!得了,我求求您!得了,我央告您!我是大约两个钟头以前瞧见他的!第一幕上演的时候,我正站在布景后边往外看,不料他从池座那儿走到舞台这边来了!"

"那么演戏的时候您就一直躺在这儿?"女演员说,大吃一惊,"那么……那么您全看见了?"

剧团经理哭起来。

"我在打哆嗦!我浑身发颤!亲爱的,我浑身发颤!那该死的坏蛋会打死我的！以前他在下城已经开枪打过我一次。……当时报上都刊登过！"

"哎……这简直叫人没法忍受！您出去，现在我该换衣服上台！滚出去，要不然我就……大喊大叫，放声大哭……我要抓起灯来砸您！"

"嘘嘘！……我的希望……我的救星啊！我给您加五十卢布薪水，只求您不要把我轰出去！加五十！"

女演员用一堆衣服遮住身子，往门口跑去，打算嚷叫。英久科夫在她后面跪着爬过来，一把抓住她一只脚的踝骨上边。

"加七十五卢布就是，只求您不要把我轰走！"他压低喉咙说，气喘吁吁，"另外再加半场纪念演出！"

"您说的是假话！"

"我说假话就叫上帝惩罚我！我赌咒！那就叫我不得好死。……加半场纪念演出和七十五卢布！"

多尔斯卡雅-卡乌楚科娃一时动摇了，从房门旁边走开。

"可您老是说假话……"她用哭泣的声调说。

"我说假话就叫我陷进地里去！叫我死了也不得升天堂！再者，难道我是那么个坏蛋？"

"好吧，您要记住……"女演员同意说，"哦，那您爬到长沙发底下去吧。"

英久科夫长叹一声，气喘吁吁地爬到长沙发底下去。多尔斯卡雅-卡乌楚科娃赶快穿衣服。她一想到化装室里那张长沙发底下躺着个外人，就感到害臊，甚至毛骨悚然。不过她转念想到她做出这种让步纯粹是为了神圣的艺术的利益，就精神振作起来，过了不久她脱掉身上骠骑兵服装的时候，不但没再骂人，甚至同情地说：

"您在那儿弄得一身脏，亲爱的库兹玛·阿列克塞伊奇！我在这张长沙发底下什么东西都放过！"

轻松喜剧演完了。女演员被观众叫幕十一次，观众还送给她一束花，上面系着一根丝带，丝带上写着："请永远同我们在一起。"热烈的场面过去以后，她往化装室走去，在布景后边遇到了英久科夫。剧团经理周身肮脏，衣服揉皱，头发蓬松，然而他眉开眼笑，高兴得直搓手。

"哈哈。……您想一想，好人儿！"他走到她跟前，开口说，"您嘲笑我这个糟老头子吧！您猜怎么着，原来普棱津压根儿就没来！哈哈。……见鬼，那把挺长的红胡子把我吓糊涂了。……普棱津也留着一把挺长的红胡子。……我认错人了，糟老头子！哈哈。……只是我白白打搅您了，美人儿。……"

"不过请您注意，您要记住您对我应许过的事。"多尔斯卡雅-卡乌楚科娃说。

"我记住，我记住，我的亲人，可是……我的好朋友，话说回来，那个人不是普棱津啊！我们刚才谈妥的完全是普棱津的事。既然那个人不是普棱津，我干吗要履行诺言呢？如果那个人是普棱津，嗯，那么，当然是另一回事，可是现在，要知道，您看得明白，我是认错人了。……我把个来历不明的怪人错看成普棱津了！"

"这多么下流！"女演员愤慨地说，"下流！卑鄙！"

"如果那个人是普棱津，当然，您就有充分的权利要求我履行诺言，可是现在，实际上，鬼才知道他是个什么人。也许他是个鞋匠，或者，对不起，是个裁缝，那我也得为他出钱？我是个老实人，宝贝儿。……我明白……"

他一面走开，一面不住地做着手势，说：

"如果那个人是普棱津，那么，当然，我就非履行诺言不可，可是现在，要知道，他是个陌生人啊……一个红胡子，鬼才知道他是谁，反正根本不是普棱津。"

梦　　境

圣诞节故事

有这样一种天气：冬季似乎愤恨人类的软弱，特意唤来严峻的秋季帮忙，同它串通一气，肆意逞威。雪花和雨水在乌黑而迷蒙的半空中飘飞。潮湿的寒风凛冽刺骨，带着狂暴的愤懑敲打窗户和房顶。风在烟囱里呼号，在通风小窗里哀哭。苦恼弥漫在像煤烟那么黑的空气里。……大自然似乎要呕吐。……天气潮湿，寒冷，可怕。……

一八八二年的圣诞节前夜就是这样的天气，那时候我还没有在监禁中做苦工①，而是在退役的陆军上尉土巴耶夫的当铺里做一名估价员。

那是十二点钟。我遵照老板的心意，夜间总是在仓库里住宿，充当警犬。这时候仓库里圣像前面点着一盏长明灯，冒出蓝色的小火苗，光线微弱。那是一个四方的大房间，里面放满包裹、箱子、架子。……四周是灰色的木墙，上面有些裂缝，露出乱蓬蓬的麻屑，墙上挂着兔皮大衣、长外衣、枪支、画片、墙灯座、六弦琴。……我奉命夜间看守这些财物，就在装着贵重物品的玻璃柜后面一口红色大箱子上躺着，沉思地瞅着长明灯的小火苗。……

---

① 暗示这个人已入狱三年，因为这篇小说发表在 1885 年。

不知什么缘故我心惊肉跳。这个当铺仓库里存放着的物品令人害怕。……夜间,在长明灯的昏光下,那些物品似乎活了。……这时候窗外的雨声凄凉地诉苦,风在炉子里和天花板上方悲戚地哭号,我觉得那些物品也发出了痛哭声。所有这些物品在放到此地以前,都要经过估价员,也就是我的手,所以其中每一样东西的来历我都知道得很清楚。……比方说,我知道那个六弦琴换了多少钱,而那笔钱是用来买药粉医治肺痨病人的咳嗽的。……我知道那支手枪是一个酒鬼用来自杀的,他妻子收起手枪,没让警察搜去,后来就把它当给我们,买了口棺材。玻璃柜里有一只手镯瞧着我,这是偷它的人拿来当掉的。……有两件花边女衬衫标着第一百七十八号,原是一个姑娘拿来当掉的,她需要一个卢布买"沙龙"①的门票,她要到那儿去挣几个钱②。……总之,我在每件物品上都读到了毫无出路的悲伤、疾病、犯罪、卖淫。……

在圣诞节的前夜,这些物品显得特别哀婉动人。

"放我们回家去!……"我觉得它们似乎跟风一起哭着说,"放了我们吧!"

然而不单是这些东西在我心里引起恐惧。每逢我从玻璃柜后面伸出头去,往淌着雨水的黑窗子外面胆怯地看一眼,我总觉得街上有些人的脸正在朝仓库里张望。

"简直是胡思乱想!"我想振作起来,"多么愚蠢的脆弱!"

问题在于我这个人不但天生有估价员的那种神经,而且在这个圣诞节的前夜正受到良心的折磨,这样的事难于令人相信,甚至是荒唐的。当铺的良心只能当作抵押品。在这里,良心是人们公认的一种可以买卖的东西,至于它的其他功能,人们却一概不承

---

① 莫斯科郊外的一个游艺场,那儿跳色情的康康舞。
② 指卖淫。

认。……可是,真奇怪,我的良心又是从哪儿来的呢?我在我的硬箱子上不住地翻身,由于长明灯的火苗摇曳不定而眯细眼睛,我用尽全力扑灭我心里那种突如其来的新感情。可是我的努力落空了。……

当然,这多多少少要归咎于这一整天的辛勤工作后身体和精神上的疲乏。每到圣诞节前一天,穷人们总是成群地拥进当铺里来。在隆重的节日,再加上恶劣的天气,贫穷虽然不是什么罪恶,却是一种可怕的灾难!临到这种时候,淹在水里的穷人就到当铺里来寻找一根小草,结果所得到的往往不是小草,却是石头。……圣诞节前整整一天,有那么多人到我们这儿来,结果我们收到的抵押品有四分之三仓库里装不下,只得由我们送到一个板棚里去。从清早到深夜,我一刻也不停,忙于跟那些衣衫褴褛的人讨价还价,从他们身上榨出一个个小钱来,看他们流泪,听他们徒劳地恳求着。……临到这一天结尾,我几乎站不住了,身心疲惫不堪。无怪乎现在我睡不着觉,不住地翻身,而且感到心惊胆战。……

有人轻轻地敲我的房门。……随着敲门声,我听见了老板的说话声:

"您睡了吗,彼得·杰米扬内奇?"

"还没有。有什么事吗?"

"您知道,我在想:明天我们要不要一大早就开门?这是大节期,天气又很坏。穷人纷纷跑来,就跟苍蝇见了蜜一样。那么明天您就不要去做晨祷,留在铺子里吧。……晚安!"

"我之所以害怕,"老板走后,我暗自解答说,"是因为那盏长明灯的火苗摇摇晃晃。……应当熄掉它才对。……"

我从床上起来,走到挂着长明灯的墙角。蓝色的小火苗老是突然微微亮一下,然后摇曳不停,显然在同死亡角斗。每次闪光,都照亮了圣像、墙壁、包裹、黑暗的窗子。……窗外有两张苍白的人脸贴着窗玻璃,往仓库里瞧。

"那儿没有人……"我思忖,……"这不过是我觉得有人罢了。"

我吹熄了灯,摸索着走回我的床边,不料这时候出了一个小小的岔子,对我后来的心情有不小的影响。……在我头顶上方,突然,出人意外,发出响亮而且尖厉刺耳的爆裂声,前后不过一秒钟。不知什么东西裂开了,仿佛它觉得疼痛难熬,就响亮地尖叫一声。

这是六弦琴上一根细弦断了。可是我吓得魂不附体,捂上耳朵,像发疯似的撞着那些箱子和包裹,跑到床跟前。……我把头钻到枕头底下,害怕得几乎透不出气来,一动也不动,开始倾听。

"放了我们吧!"风和那些物品哭号道,"看在节日分上放了我们吧!反正你自己也是穷人,你明白!你自己也挨过饿,受过冻!放了我们吧!"

是的,我自己原就是穷人,我知道什么叫饥寒交迫。贫穷把我推上了这个该死的估价员的职位,贫穷逼得我为糊口而无视别人的悲伤和眼泪。要不是贫穷,难道我会有足够的勇气把那些寄托着健康、温暖和节日欢乐的物品估成几个小钱?可是为什么风在指责我,为什么我的良心在折磨我?

然而不管我的心怎样怦怦地跳,不管恐惧和良心的痛苦怎样折磨我,疲乏到底占了上风。我睡着了。这种睡眠不安稳。……我听见老板又来敲我的门,听见教堂敲钟,召人去做晨祷。……我听见风在哭号,雨点抽打房顶。我的眼睛闭着,可是我看见那些物品、玻璃柜、乌黑的窗子、圣像。那些物品把我团团围住,眨巴眼睛,要求我放它们回家。六弦琴上的细弦一根连一根,带着尖厉的响声断了,而且无休无止地老在断。……窗外有些乞丐、老太婆、妓女往里看,等着我打开当铺的门,把他们的东西还给他们。

我在睡乡中听见老鼠抓东西般的声音。这声音响了很久,很单调。我不住地翻身,缩起身子,因为寒气和潮气猛扑到我这边来。我把身上的被子盖严,听见窸窸窣窣的声音和人的低语声。

"这个梦多么不好!"我想,"多么可怕!该醒来才好。"

一个玻璃器皿掉下地,摔碎了。一个小火苗在玻璃柜后面闪烁,亮光在天花板上移动。

"不要发出脚步声!"有个低语声响起来,"你会把那个希律①惊醒的。……你把皮靴脱掉!"

有人走到玻璃柜跟前来,看一看我,碰一下挂锁。他是个大胡子老人,面容苍白消瘦,穿着兵士的破上衣和一双破鞋。一个高身量的瘦小伙子走到他跟前,胳膊特别长,衬衫没有掖进裤腰里,坎肩破破烂烂。他俩交头接耳地说话,在玻璃柜旁边忙碌起来。

"他们在偷!"我头脑里闪过这个想法。

虽然我在睡觉,可是我想起我的枕头底下向来放着手枪。我就悄悄地摸到它,拿在手里。柜子上的玻璃叮当一响。

"小点声,你会吵醒他。那他就会把你弄死。"

后来我梦见我从胸膛里发出一声大叫,我被我的叫声吓坏了,一下子跳起来。老人和年轻小伙子张开胳膊,往我这边扑过来,可是见到手枪,又退回去。我记得过了一会儿他们站在我面前,脸色苍白,泪汪汪地眨着眼睛,央求我放了他们。风从破窗子里使劲刮进来,戏弄那些盗贼点燃的烛火。

"老爷,"有人在窗前用含泪的声音开口说,"您是我们的恩人!仁慈的恩人!"

我看一眼窗口,瞧见一张老太婆的脸,苍白,枯瘦,沾着雨水。

"你别难为他们!把他们放了吧!"她哭道,用恳求的眼神瞧

---

① 希律一世(大帝)(公元前73—前4)是罗马统治时期的犹太国王,是个暴君,根据基督教传说,是他处死了耶稣。

着我,"要知道,这是因为穷啊!"

"穷啊!"老人肯定道。

"穷啊!"风哭号道。

我的心痛得缩紧了。我想清醒过来,就在自己身上掐了一下。……然而我非但没清醒过来,反而在玻璃柜旁边站着,从柜子里取出物品,急忙把它们塞在老人和小伙子的口袋里。

"拿去,快点!"我气喘吁吁地说,"明天就是节日,可你们都是些乞丐!拿去!"

我把那些乞丐的口袋装满以后,把余下的珍贵物品放在一个包袱里,扎紧后,丢给老太婆。我又从窗口递给老太婆一件皮大衣、一包黑色衣裤、几件花边女衬衫,顺带把那个六弦琴也递给她了。居然会有这样奇怪的梦!随后,我记得,房门吱呀一声开了。老板、警官、警察在我面前站住,仿佛是从地里钻出来的。老板在我身旁站着,可是我似乎没看见,继续扎包袱。

"你在干什么,混蛋?"

"明天是节日,"我回答说,"他们要吃东西啊。"

这时候幕布降下来,随后又升上去,我看见了新的布景。我已经不是在仓库里,而是在另外一个什么地方。有个警察在我身旁走动,拿给我一杯清水,供我晚上喝,嘴里唠叨说:"看看你!看看你!临到节日前夜,你却起了歹心!"等到我清醒过来,天已经亮了。雨点不再抽打窗子,风也不再哭号。节日的阳光在墙上快活地闪动。头一个给我拜节的是一个老警察。

"祝你搬到新地方来住……"他补充说。

一个月后我受到了审问。这是为什么?我对法官们担保说那是一场梦,一个人因为做了噩梦就判罪,那不公平。您来评断一下吧,我能无缘无故把别人的物品送给盗贼和流氓吗?再者您在哪儿见过不收回赎金就发还东西的?可是法庭却把噩梦当作真事,把我判了罪。您瞧,如今我在监禁中做苦工了。那么,阁下,您能到什么地方去给我说一说情吗?真的,我没罪呀。

惊 叹 号

圣 诞 节 故 事

圣诞节前夜,十等文官叶菲木·佛米奇·彼烈克拉津一肚子闷气,甚至抱着委屈就上床睡觉了。

"不要啰唆,鬼东西!"他听见妻子问他为什么这样闷闷不乐,就恶狠狠地对她大喝一声。

事情是这样:他刚刚做客回来,在他做客的地方人们说了许多他认为不愉快的和可气的话。起初大家泛泛地议论教育的益处,后来却不知不觉讲到在职人员应该具备什么教育程度,同时,还针对低劣的水平说了许多遗憾、责难以至讥诮的话。这时候,依照俄国一切社交场合的惯例,人们从泛泛的话题转到个人问题上来了。

"比方,叶菲木·佛米奇,就拿您来说吧,"一个青年人转过身来对彼烈克拉津说,"您有很体面的职位……那么您受过什么样的教育呢?"

"什么教育也没受过,先生。再者我们也用不着有多大学问,"彼烈克拉津温和地回答说,"只要文字通顺就成了。……"

"那么您是在哪儿学会文字通顺的呢?"

"这是习惯养成的,先生。……干了四十年也就得心应手了。……当然,开头是困难的,常出错,不过后来就习惯……没什么了。……"

"那么标点符号呢?"

"标点符号也能应付。……我能把标点符号点对。"

"嗯!……"那个青年人发窘了,"可是习惯跟教育程度完全不一样。您能点对标点符号,那是不够的……那是不够的,先生!您点上标点符号,还得明白为什么要点它……对了,先生!可是您这种不假思索的……反射式的点法,却一个钱也不值。这无非是机械式的生产而已。"

彼烈克拉津没有答话,甚至温和地笑一笑(那个青年人是五等文官的儿子,他本人也有权利做十等文官),可是现在他躺下来睡觉,却生出了满腔愤怒和怨恨。

"我工作了四十年,"他想,"谁也没有骂过我傻瓜,可是现在,你看看,居然出来了这样的批评家!'不假思索!……翻(反)射式!机械式的生产。……'哼,你呀,见鬼去吧!别看我没进过你们那种大学,然而我也许比你懂得的还多哩!"

彼烈克拉津暗中把他知道的骂人话统统朝那个批评家发泄一番,接着在被子里睡暖和以后,开始心平气和了。

"我知道……我懂……"他一面昏昏睡去,一面暗想,"该用逗号的地方,我不会点冒号,可见我是领会到的,我是明白的。对了。……就是这样,年轻人。……先得生活,工作,然后再来批评老头子才成。……"

在昏昏睡去的彼烈克拉津闭紧的眼睛里,一个光芒四射的逗号像一颗流星似的穿过密密层层含着笑意的乌云。紧跟着,第二个,第三个飞过来,不久,在他的想象力前面展开的广漠无垠的幽暗布景上,就完全布满了飞翔的逗号,密密麻麻的。……

"就拿这些逗号来说……"彼烈克拉津暗想,这时候他睡意来临,感到四肢软绵绵的,挺舒服,"我很了解它们。……要是你高兴的话,我能给它们每个都找到合适的地方,而且……而且是有意识的,不是随随便便。……你考我吧,那你就会明白了。……逗号要摆在各种不同的地方,有的地方该放,有的地方就不该放。公文越写得复杂,逗号就越用得多。'凡是'和'例如'之前都加逗号。如果公文上列举文官的姓名,那么其中每个姓名都要用标点分开。……我知道!"

那些金色的逗号旋转不停,然后飞往一旁去了。紧跟着,又飞来一些光芒四射的句号。……

"公文的结尾总有句号。……凡是需要停顿得长一点,看看听的人有什么反应的地方,也要用句号。一切长段落后面都要加句号,好让秘书念公文的时候,不致淌出口涎来。此外就没有什么地方该用句号了。……"

逗号又飞过来。……它们同句号混在一起,转动不停,于是彼烈克拉津看见一大群分号和冒号。……

"这些我也知道……"他想,"凡是用逗号嫌不够而用句号又嫌过分的地方,就该用分号。'然而'和'故此'之前永远要加分号。……嗯,那么冒号呢?冒号是放在'做出决议','做出决定'之后的。……"

分号和冒号熄灭了。现在轮到问号出场。它们从云端里窜出来,跳着康康舞。……

"这有什么稀罕:问号嘛!哪怕它们有一千个,我也一概能给它们找到地方。每逢要提问题,或者,比方说,查问公事的时候,永远得用问号:'某某年度的账款结余已列在何处?……'或者:'警察局可否将该伊凡诺夫如此这般?……'"

那些问号赞许地动了动它们的弯钩,频频点头,然后仿佛听到一声号令似的,顿时伸直身体,变成惊叹号了。……

"嗯!……在私信上,这种标点符号倒是常用的。例如'阁下!'或者'大人,父亲和恩人!……'可是在公文上,什么时候才

216

用呢?"

那些惊叹号越发挺直身体,站在那儿等着。……

"在公文上它们是用在……那个……这个……该怎么说呢?嗯!……真的,在公文上到底什么时候才用呢?慢着……求上帝让我想起来才好。……嗯!……"

彼烈克拉津睁开眼睛,翻了个身。可是他还没来得及再闭上眼睛,那些惊叹号就又在黑暗的背景上出现了。

"见鬼!……可是什么时候才要用它们呢?"他暗想,极力要把这些不速之客从他的想象里赶出去,"莫非我忘了吗?要就是我忘了,要就是……根本就没用过它们。……"

彼烈克拉津开始回想他在职期间四十年来写过的各种公文内容,可是不管他怎么思索,不管他怎么皱起眉头,他在过去那些公文里却连一个惊叹号也找不出来。

"这可是意想不到!我写了四十年公文,却一次也没用过惊叹号。……嗯!……可是它,这个长魔鬼,什么时候才用得上呢?"

从那一排光芒四射的惊叹号后面,露出了青年批评家奸笑的嘴脸。那许多惊叹号本身也微微一笑,合成一个巨大的惊叹号。

彼烈克拉津摇一下头,睁开眼睛了。

"鬼才知道是怎么回事……"他想,"明天还要起床去做晨祷,可是这个鬼东西却不肯离开我的头脑。……呸!不过……什么时候才该用呢?我还说什么养成习惯,得心应手呢!四十年来却连一个惊叹号也没用过!啊?"

彼烈克拉津在胸前画了个十字,闭上眼睛,可是立时又睁开了。那个大惊叹号仍然在乌黑的背景上立着。……

"呸!照这个样子我一夜也没法睡觉了。"他暗想。

"玛尔富霞!"他对妻子说,她常常夸耀她是寄宿中学的毕业

217

生,"你可知道,宝贝儿,在公文上什么时候才该用惊叹号?"

"那还用问!我不是白在寄宿中学学了七年的。全部语法我都背得下来。这种符号用在称呼词和惊叹词后面,也用在表现喜怒哀乐之类感情的词句后面。"

"哦……"彼烈克拉津暗想,"喜怒哀乐之类的感情。……"

这个十等文官开始沉思。……他写了四十年公文,所写的何止一千件,一万件,可是表达喜怒哀乐和诸如此类的感情的文字,却连一行也想不起来。……

"喜怒哀乐之类的感情……可是,难道公文需要感情吗?就连没有感情的人也可以写公文。……"

青年批评家的嘴脸又从光芒四射的惊叹号后面露出来,奸险地微微一笑。彼烈克拉津爬起来,在床上坐着。他头痛,脑门上冒出冷汗。……墙角那边,圣像前面的长明灯射出亲切的微光,家具带着过节的样子,干干净净,一切东西都不住地发散着温暖的气息,露出经女人的手收拾过的痕迹,然而可怜的文官却感到阴冷,不舒服,仿佛得了伤寒症似的。惊叹号已经不是在他闭着的眼睛里立着,而是在房间里,他妻子的梳妆台旁边,他面前立着,讥诮地朝着他挤眼睛呢。……

"写字的机器!机器!"那个幽灵小声说着,往文官身上吹来一股干燥的冷气,"没有感情的木头!"

文官拉过被子来把头蒙上,然而就连在被子里他也还是看得见那个幽灵,他就把脸凑到妻子肩膀那儿去,不料在肩膀的那一边,幽灵又露出头来。……彼烈克拉津折腾了一夜,可是到白天,那个幽灵也还是不肯放过他。他到处都看见它,时而在平时穿的皮靴里看见它,时而在茶碟里看见它,时而又在斯坦尼斯拉夫勋章上看见它。……

"喜怒哀乐之类的感情……"他想,"这话不错:确实什么感情也没有。……我马上就要到我上司家里去签名①……可是难道这种事是带着感情去做的？其实是大笔一挥，敷衍了事。……无非是一架拜年的机器罢了。……"

等到彼烈克拉津走出去，到了街上，叫来一辆出租马车，他却觉得开过来的似乎不是出租马车，而是一个惊叹号。

他走进上司家的门厅，他看见的似乎也不是看门人，却仍然是一个惊叹号。……这一切都在向他述说喜怒哀乐。……那支鹅毛笔也像惊叹号。彼烈克拉津拿起笔来，蘸了蘸墨水，签上他的姓名：

"十等文官叶菲木·彼烈克拉津！！！"

他一边画这三个惊叹号，一边感到又是快乐，又是愤慨，又是高兴，又是震怒。

"这回你逃不脱了！这回你逃不脱了！"他按紧钢笔，嘴里嘟哝着。

那个光芒四射的惊叹号感到满意，就消失了。

---

① 在旧俄时代，下级官员要到上司家里拜年，但不必面见上司本人，只需在上司家里的一张纸上签名。

镜　　子

　　除夕之夜。涅丽是一个将军和地主的女儿，年轻俊俏，日日夜夜巴望着出嫁，这时候在她房间里坐着，疲倦的和半闭着的眼睛瞧着一面镜子。她脸色苍白，神经紧张，呆然不动，就像那面镜子一样。

　　她眼前现出一幅实际并不存在而又分明可以看见的幻景。它像是一条没有尽头的狭长走廊，那儿有一长排多得数不清的蜡烛，镜子里映出她的面容、胳膊、镜框——然而这些早已被迷雾遮住，化为一片无边无际的灰色海洋了。这个海洋汹涌起伏，光影闪烁，有的时候猛的燃起一片霞光。……

　　瞧着涅丽呆然不动的眼睛和张开的嘴巴，很难弄清楚她在睡觉还是醒着，其实她是在凝神细看。起初她只看见一个人的笑容以及柔和而充满魅力的眼神，后来在那浮动的灰色背景上渐渐出现一个头、一张脸、两道眉毛、一把胡子的轮廓。这就是他，她的未婚夫，她长久渴求和希望的对象。这个未婚夫对涅丽来说就是一切：生活的意义、个人的幸福、事业、命运。在他之外，犹如在那灰色背景上一样，全是阴暗、空虚、毫无意义。无怪乎她见到眼前这张英俊的、温柔地微笑着的脸，就感到陶醉，感到在做一场美得无法再美的梦，那梦无论是用话语还是用纸笔都无从表达的。随后她听见他的说话声，看见她自己和他在同一个房顶底下生活，她的生活渐渐同他的生活合而为一。在那灰色的背景上,岁月在流逝……于是涅丽一清二楚,详详细细地看见了她的未来。

在那灰色的背景上一个画面跟着一个画面闪过去。后来涅丽看见冬天一个寒冷的夜晚她去敲县里的医生斯捷潘·卢基奇的家门。门里有一条老狗懒洋洋地吠叫,声音沙哑。医生的窗子里一片漆黑。四下里静悄悄的。

"看在上帝面上……看在上帝面上吧!"涅丽小声说。

不过最后那扇旁门总算吱呀一声开了,涅丽看见医生家的厨娘站在她面前。

"大夫在家吗?"

"他睡了,太太……"厨娘用袖口蒙住嘴说,好像怕惊醒她的主人似的,"他刚从流行病人那儿回来。他盼咐我不要叫醒他,太太。"

可是涅丽没听见厨娘的话。她伸手推开厨娘,像疯子似的跑进医生的住宅。她跑过好几个阴暗而不通风的房间,一路上碰翻两三把椅子,终于找到了医生的卧室。斯捷潘·卢基奇正和衣躺在床上,不过他的上衣脱掉了。他撅起嘴唇,往手心里吹气。他旁边点着一盏小小的夜灯,光线微弱。涅丽一句话也没说,在椅子上坐下,开始痛哭。她哭得悲悲切切,浑身发抖。

"我的丈夫……我的丈夫病了!"她费力地说。

斯捷潘·卢基奇没有讲话。他慢腾腾地坐起来,用拳头支住脑袋,抬起带着睡意的、呆板的眼睛瞧着他的客人。

"我的丈夫病了!"涅丽忍住哭泣,继续说,"看在上帝面上,我们一起走吧。……快点……越快越好!"

"啊?"医生嘟哝一声,往手心里吹气。

"我们一起走吧!马上就去!要不然……要不然……说出来太可怕了。……看在上帝面上吧!"

221

脸色苍白、筋疲力尽的涅丽，吞着泪水，上气不接下气，开始对医生叙述她丈夫那突如其来的病症和她那难以形容的恐惧。她的痛苦能把石头感动，然而医生瞧着她，却不住地往手心上吹气，一动也没动。

"我明天去……"他喃喃地说。

"这不行！"涅丽吓坏了，"我知道我丈夫得的是……伤寒！现在……您马上就得去！"

"我……那个……刚刚回来……"医生喃喃地说，"我出外去治流行病已经有三天了。我不但很累，而且自己也病倒了。……我绝对不能去！绝对！我……我自己也传染上了。……瞧！"

医生把一个体温表送到涅丽的眼睛跟前。

"我的体温将近四十度。……我绝对不能去！我……我坐也坐不住。请您原谅，我要躺下了。……"

医生躺下去。

"可是我求求您，大夫！"涅丽绝望地哀叫道，"我恳求您！您帮帮我的忙，看在上帝面上吧。您打起精神来，我们走。……我会付给您钱，大夫。"

"我的上帝啊……可是我已经跟您说过！唉！"

涅丽跳起来，在卧室里烦躁地走来走去。她一心想对医生讲清楚，叫他明白。……她心想，要是他知道她丈夫在她是多么宝贵，而且她是多么悲惨，他就会忘却他的疲劳，也忘却他的疾病。可是她哪有这样的口才啊？

"您去找地方自治局的医生吧……"她听见斯捷潘·卢基奇说话了。

"那可不行！……他住的地方离这儿有二十五俄里远，而且时间宝贵。马也跑不动了：从我们家到您这儿就有四十俄里远，再从这儿到地方自治局的医生家几乎也有那么多路。……不，这不行！我们走吧,斯捷潘·卢基奇！我求您拿出英雄气概来。是啊,您拿出英雄气概来！您怜悯我吧！"

"鬼才知道是怎么回事。……我在发烧……脑子里昏昏沉沉,可是她就不明白。我不能去！请您走吧。"

"可是您有责任去！您不能不去！这是利己主义！人应当为别人牺牲自己的生命,可是您……您却不肯去！……我要到法院去告您！"

涅丽感到她在信口胡说又伤人又不公道的话了,然而为要救丈夫,她顾不得逻辑、分寸和对人的同情了。……医生没回答她的威胁,只贪婪地喝下一大杯凉水。涅丽就像最下贱的乞丐一样,又开始恳求他,唤起他的同情心。……最后医生让步了。他慢腾腾地坐起来,呼呼地喘气,哼哼唧唧,寻找他的上衣。

"喏,上衣在这儿！"涅丽帮他找到了,"请别见怪,我来给您穿上这件衣服。……这就行了。我们走吧。……我会付给您钱……我会一辈子感激您的。……"

可是真伤脑筋啊！医生穿好上衣,又躺下了。涅丽扶起他来,把他拉到门厅。……在门厅,他穿套鞋和皮大衣又费了不少周折,令人心焦。……他的帽子不见了。……不过最后涅丽总算坐上马车了。医生就在她身旁。现在只要走完四十俄里,她丈夫就可以得到医生的帮助了。黑暗笼罩着大地,伸手不见五指。……冬季的寒风刮过来。车轮碾过冰冻的土块。马车夫不时停下车,考虑该顺哪一条路走好。……

涅丽和医生一路上沉默不语。马车把他们颠得厉害,可是他们既没感到寒冷,也没感到颠簸。

"快点走！快点走！"涅丽要求马车夫说。

早晨五点钟光景,跑累的马走进院子。涅丽见到了熟悉的大门、安着吊杆的井、一长排马房、板棚。……她总算到家了。

"您等一下,我马上就来……"她扶着斯捷潘·卢基奇在饭厅里的长沙发上坐下,对他说,"您歇一歇,我去看一下他怎么样了。"

过了一会儿涅丽从她丈夫那边回来,发现医生躺下了。他在长沙发上躺着,嘴里嘟嘟哝哝。

"请吧,大夫。……大夫!"

"啊?您去问多木纳吧!……"斯捷潘·卢基奇嘟哝说。

"什么?"

"在大会上他们说……符拉索夫说……谁?什么?"

使得涅丽大为惊恐的是,她看见医生跟她丈夫一样说胡话。这可怎么办呀?

"去找地方自治局医生!"她决定。

随后又是黑暗,刺骨的寒风,冰冻的土块。她身心交困,痛苦得很,善于骗人的大自然却想不出什么办法,耍不出什么花样来弥补这种痛苦。……

后来她在灰色的背景上看见她丈夫每年春天急于筹措款项,以便向他抵押过庄园的那家银行缴清利息。他睡不着觉,她也睡不着觉,他俩绞尽脑汁盘算着怎样才能逃避法警的光临。①

她看见了儿女。她永远提心吊胆,生怕他们得感冒,得猩红热,得白喉,在学校里考试得一分,生怕同他们生离死别。那五六个小胖娃娃中多半总要死掉一个。

那灰色的背景避不开死亡。这也是很自然的。丈夫和妻子不可能同时死掉。不管怎样,这两个人总得有一个要埋葬另一个。于是涅丽看见她丈夫就要死了。这个可怕的灾难详尽无遗地在她

---

① 指利息若不能按期缴纳,银行就向法院起诉,法院派法警来查封庄园,拍卖后抵偿银行的抵押金和利息。

眼前出现。她看见棺材、蜡烛、教堂诵经士,甚至看见棺材匠在前厅留下的脚印。

"这是怎么回事?怎么回事呀?"她呆呆地瞧着死去的丈夫的脸,问道。

于是,她觉得,她同她丈夫以前一起度过的全部生活,无非是这种死亡的愚蠢而不必要的前奏而已。

一件东西从涅丽的手里掉下来,当的一声落在地板上。她全身一震,跳起来,睁大眼睛。她看见一面镜子躺在她脚旁,另一面镜子照原先那样立在桌子上。她照了照镜子,看见一张苍白的和泪痕斑斑的脸。那灰色的背景不见了。

"我刚才大概睡着了……"她想,轻松地吐出一口气。

一八八六年

新年的大苦大难[1]

街上的景象无异于镶在金边镜框里的一幅地狱图。要不是扫院子的仆人们和警察们脸上现出节日的神情,那么谁都可能认为敌人已经逼近这个京城了。体面的雪橇和马车川流不息,滑板吱吱地叫,车轮辘辘地响。……人行道上,拜年的人们不住地奔跑,吐出舌头,瞪大眼睛。他们跑得那么起劲,要是波提乏的妻子[2]拉住一个奔跑着的十四等文官的衣襟,那么,不光是衣襟,就连那个文官的整个半边身子以及他的肝脏和脾脏也会留在她手里的。……

忽然警察吹响了尖厉刺耳的哨声。出了什么事?扫院子的仆人纷纷离开原地,往发出哨声的地方跑去。……

"你们散开!各走各的路!用不着你们在这儿看热闹!莫非从来没见过死人还是怎么的?这班人啊。……"

人行道上,某人家的大门外,有个衣冠楚楚的人躺在那里,穿着海狸皮大衣和新的橡胶套靴。……他那张新刮过胡子而且死人般苍白的脸旁边,丢着一副打碎的眼镜。皮大衣的前胸已经解开,

---

[1] 原名是《新年的大殉教者》。
[2] 典出《旧约·创世记》:雅各的儿子约瑟被卖到埃及后,在护卫长波提乏家里为奴。波提乏的妻子对他眉目传情,有一天"拉住他的衣裳说:'你与我同寝吧!'约瑟把衣裳丢在妇人手里,跑到外边去了。"——俄文本编者注

聚在那儿的人群见到一角礼服和一枚斯坦尼斯拉夫三等勋章①。他的胸脯缓慢而沉重地起伏着,他的眼睛闭紧。……

"先生!"警察推那个文官说,"先生,不许在这儿躺着!老爷!"

可是那个先生一声也不响,大气也不出。……那些维持治安的人在他身边忙了五分钟光景,没能使他清醒过来,就把他放在一辆出租马车上,送到急诊室去了。……

"这条裤子倒挺好!"警察帮着医士给病人脱衣服,说,"大概要值六卢布!这件坎肩也不错。……要是凭这条裤子来判断,那么他是个贵族。……"

文官在急诊室里躺了大约一个半钟头,喝下满满一瓶缬草酊②,然后清醒过来。……大家这才知道他是九等文官盖拉西木·库兹米奇·辛克列捷耶夫。

"您哪儿不舒服?"警察局的医生问他说。

"祝你们新年新禧……"他喃喃地说,呆望着天花板,呼呼地喘气。

"也祝您新年好。……可是……您哪儿不舒服?为什么您倒在地下?您回想一下!您喝了酒吧?"

"不……没有。……"

"可是您怎么会晕倒的呢?"

"那是我一时头昏。……我……我在拜年。……"

"那么您到许多地方去拜过年?"

"不……没有,不多,先生。……我做完祷告回来……喝了茶,就动身到尼古拉·米海雷奇家去。……在那儿,当然,我签了

---

① 这种勋章中最低的一等。——俄文本编者注
② 一种镇静剂。

名。……从那儿出来,我到军官街……上卡恰尔金家去。……在那儿我也签了名。……在那儿门厅里,我记得,过堂风把我吹得着凉了。……从卡恰尔金家出来,我到维堡区伊凡·伊凡内奇家去。……我在那儿签了名。……"

"又送来一个文官!"警察报告道。

"从伊凡·伊凡内奇家出来,"辛克列捷耶夫继续说,"我就近到商人赫雷莫夫家去。……我顺便到他那儿拜年……祝他一家人新年新禧。……他们要我喝点过年的酒。……那怎能不喝呢?要是不喝,就会惹得他们不高兴。……好,我就喝下三小杯……吃了点香肠。……从那儿出来,我到彼得堡区①李霍杰耶夫家。……他是个好人。……"

"您一直是步行吗?"

"步行,先生。……我在李霍杰耶夫家里签了名。……从他那儿出来,我到彼拉盖雅·叶美里扬诺芙娜家去。……在那儿,他们叫我坐下吃早饭,请我喝咖啡。我喝下咖啡,出了身汗,想必咖啡的劲儿太厉害了。……从彼拉盖雅·叶美里扬诺芙娜家出来,我到奥勃列乌霍夫家去。……奥勃列乌霍夫的名字叫瓦西里,今天是他的命名日。……要是我不吃命名日馅饼,就会得罪他。……"

"又送来一个退役的军人和两个文官!"警察报告道。……

"我吃了一小块馅饼,喝了点花楸露酒,然后到花园街伊玖莫夫家去。……在伊玖莫夫家里我喝了点凉啤酒……喝得我嗓子很难受。……从伊玖莫夫家出来,我到柯希金家,后来还到卡尔·卡尔雷奇家去……从那儿出来我到我舅舅彼得·谢敏内奇家去。……我的外甥女娜斯嘉请我喝了点巧克力茶。……后来我顺

---

① 即彼得堡的北城区。

便到里亚普金家去……不，我说错了，不是到里亚普金家去，而是到达丽雅·尼科吉莫芙娜家去。我是从她家出来后才到里亚普金家去的。……是啊，我在各处都觉得很畅快。……后来我到伊凡诺夫、库尔玖科夫、希列尔家去，到波罗希科夫上校家去，在那儿也感到很畅快。……我到商人冬金家去了一趟。……他硬要我留下，要我喝白兰地，吃油煎小灌肠加白菜。……我就喝了三小杯……吃了两根小灌肠，结果觉得也挺好。……直到后来我从雷若夫家出来，才觉得脑袋有点不好受……眼睛发花。……我浑身没有力气。……我也不知道这是什么缘故。……"

"您累了。……您略微休息一会儿，我们就把您送回家去。……"

"我不能回家呀……"辛克列捷耶夫哀叫道，"我还要到我丈人库兹玛·瓦维雷奇家去……还有我们庶务官的家，娜达丽雅·叶果罗芙娜家，都得去。……我还有许多地方没去呢。……"

"不应当再去了。"

"那可不行。……不去拜年怎么能行？非去不可，先生。……娜达丽雅·叶果罗芙娜家要是不去，那我就别想活了。……您千万放我走，大夫，别强制我。……"

辛克列捷耶夫坐起来，伸出手去拿他的衣服。

"要是您愿意的话，您就坐车回家去吧，"医生说，"至于到各处去拜年，您想都不要想了。……"

"没关系，先生，上帝会保佑的……"辛克列捷耶夫叹道，"我慢慢走就是。……"

文官慢条斯理地穿上衣服，把皮大衣裹紧身子，一摇一晃地走到街上去了。

"又有五个文官送来了！"警察报告说，"请问，把他们放在哪儿呀？"

艺　术

冬季一个阴沉的早晨。

贝斯特良卡河上结了冰,平滑而明亮,这儿那儿点缀着白雪,河面上站着两个农民,一个是矮小难看的谢辽日卡,一个是教堂的看守人玛特威。谢辽日卡是个三十岁上下的汉子,两腿很短,衣服褴褛,一副邋遢相。他气愤地瞧着河上的冰。他那件穿破的皮袄上有一绺绺羊毛挂下来,像是一条脱毛的狗。他手里拿着两脚规,是用两根长辐条做成的。玛特威是个相貌端正的老人,穿一件新的皮袄子和一双毡靴,这时候抬起温和的浅蓝色眼睛往上看,瞧着坡度平缓的高岸上一个美丽如画的村子。他手里拿着一根沉重的铁棍。

"怎么样,我们就这样闲着两只手一直站到天黑吗?"谢辽日卡抬起气愤的眼睛瞧着玛特威,打破沉默说,"你这个老鬼,你是到这儿来站着的,还是来干活的?"

"那么你……那个……教一教我……"玛特威叽叽咕咕说,温和地眨巴眼睛。

"'教一教我'……样样事情都靠我:教也是我,干也是我。你们自己就没有脑筋!把两脚规拿去量一量,这才是该办的事!不先量好就没法凿冰。你来量!把两脚规拿过去!"

玛特威从谢辽日卡手里接过两脚规,两只脚在原地动个不停,胳膊肘往两旁死命张开,笨拙地动手在冰上画一个圆圈。谢辽日卡轻蔑地眯细眼睛,分明在欣赏他的狼狈和外行。

"哼哼!"他生气地说,"连这点活也不会干!怪不得人家说你是个笨庄稼汉,乡巴佬!你只配去养鹅,不配造约旦①!把两脚规拿过来!我叫你拿过来!"

谢辽日卡从冒汗的玛特威手里把两脚规夺过去,然后站稳一只脚,猛地往后一转,一刹那间就在冰上画出个圆圈。新的约旦已经画好轮廓,剩下来要做的就只有把冰凿开了。……

然而谢辽日卡在动手工作以前,装腔作势,延挨很久,不住地使性子,责怪玛特威说:

"我可没有义务给你们干活!你在教堂里当差,该你来干!"

他分明欣赏命运目前给他安排下的这种特殊地位:命运赐给他一种罕见的才能,使他一年一度能够用他的艺术震惊全世界。可怜而且温和的玛特威只好听他讲出许多刻薄轻蔑的话。谢辽日卡一动手干活就厌烦,生气。他懒。他还没画完圆圈,就一心想到岸上村子里去喝茶,逛荡,聊天了。

"我去一去就来……"他点上烟说,"你呢,就留在这儿,不过你与其站在这儿数那些乌鸦,还不如去搬个能坐的东西来,另外再把雪打扫一下。"

玛特威孤身一人留在这儿。空中阴沉,冰冷,然而静悄悄的。一座白色教堂从散布在岸上的那些小木房后面殷勤地探出头来。有些寒鸦绕着教堂上的金色十字架不停地盘旋。村边上,在河岸断裂而陡峭的地方,有匹马紧挨着悬崖站定,腿上拴着绊绳,一动也不动,像是一块石头,它多半睡着了,或者在想心思吧。

---

① "约旦"指基督教某些节日(在这篇小说里是1月18或19日的耶稣洗礼节)在河或湖的岸边举行"水被净"仪式的地方。按基督教传说,耶稣在约旦河里受过洗礼。

玛特威也站住不动,像是一尊塑像,有耐心地等着。那条河沉思昏睡的外貌、那些盘旋不已的寒鸦、那匹马,都给他带来了睡意。一个钟头过去,又一个钟头过去了,谢辽日卡却仍然没来。河面早已打扫干净,一个供人坐的木箱也已经搬来,可是那个酒徒却不见踪影。玛特威等着,光是打哈欠。他从来也不懂什么叫烦闷无聊。哪怕叫他在河上站一天,站一个月,站一年,他也会呆站着不动。

最后谢辽日卡总算从那些小木房后面走过来了。他脚步踌躇,几乎没往前移动。他懒得走远路,不肯顺着大道下坡,却抄近路,从上边顺着直线下坡,这样一来就常常陷在雪堆里,或者被灌木钩住,或者仰面朝天滑下坡来,所有这些都进行得很慢,不时停顿下来。

"你这是怎么了?"他骂玛特威说,"你怎么没事闲站着?什么时候才动手破冰?"

玛特威在胸前画了个十字,两只手拿起铁棍,严格循着刚才画好的圆圈,动手凿冰。谢辽日卡在木箱上坐下,注视着他的助手沉重笨拙的动作。

"边沿上要凿得轻点!轻点!"他下命令道,"你不会,就不要承担这个活;你既承担了,就得干好。你啊!"

一群人在坡上聚集起来。谢辽日卡见到观众,越发激动了。

"我索性不干了……"他说,点上一支臭烘烘的纸烟,不住地吐唾沫,"我倒要看看你们缺了我怎么干。去年在柯斯丘科沃村,斯乔普卡·古尔科夫就应承照我这样造约旦。结果怎么样?只不过闹了场笑话罢了。柯斯丘科沃村的人都到我们这儿来了,多得数不清!各村的人都聚到这儿来了。"

"这是因为除了我们这儿以外再也没有一个地方有像样的约旦。……"

"你干活,没有工夫容你闲扯。……是啊,老头儿。……像这样的约旦在全省都找不到第二个。那些大兵说,你去找找看,甚至城里都不如这儿。轻点,轻点!"

玛特威哼哧哼哧地用劲,呼呼地喘气。这个工作不轻。冰又硬又厚。先得把冰凿开来,然后马上把冰块运到远处去,免得堵塞这块空地。

然而不管这个工作多么艰苦,不管谢辽日卡的命令多么混乱,可是到下午三点钟,贝斯特良卡河上已经有个满是黑水的大圆圈了。

"去年干得比这个强……"谢辽日卡气愤地说,"你连这点活都不会干!哼,笨蛋!上帝的殿堂①里养着这样的笨货!你去拿块木板来,做小木橛子用!你把那个圆环扛来,乌鸦!还有……那个……你到什么地方去弄点面包来……再弄点黄瓜什么的。"

玛特威走了,不久就肩上扛着一个巨大的木环来了,那木环上历年漆了五颜六色的花纹。木环中央有个红色十字架,木环的周边有许多小孔,以便把小木橛子插进去。谢辽日卡拿过木环来,把它盖在冰窟窿上。

"刚好合适……能用。……我们只要再刷上油漆,它就成了头等货色。……咦,你站着干什么?做读经台啊!要不然,那个……你去把木头扛来,做十字架用。……"

玛特威从一大早起就什么也没吃过,什么也没喝过,这时候却又爬上坡去。不管谢辽日卡多么懒,然而小木橛子却要由他亲手做成。他知道那些小木橛子有神通广大的力量:做完圣水祭后,谁能得着一根小木橛子,谁就会交上一年好运。这样的工作不是很值得干吗?

然而最关键的工作到第二天才开始。这一天谢辽日卡在外行

---

① 指教堂。

的玛特威面前表现出他全部出众的才华。同时,他的唠叨、斥责、任性、刁难简直没完没了。玛特威用两根大木头做成很高的十字架,可是谢辽日卡不满意,命令他重做。玛特威站在那儿,谢辽日卡就生气,怪他为什么不走开。他走开了,谢辽日卡却又叫住他,不许他走,要他干活。他不满意工具,不满意天气,不满意自己的才能。样样事情都惹得他不痛快。

玛特威锯下一大块冰做读经台用。

"为什么你锯坏了这个角?"谢辽日卡叫道,恶狠狠地对他瞪起眼睛,"为什么你锯坏了这个角,我问你?"

"看在基督分上,饶恕我吧。"

"重做!"

玛特威就又锯起来……他的苦难没有尽头了!冰窟窿上盖着油漆过的木环,旁边要放读经台。读经台上得雕出一个十字架和一本摊开的福音书。然而这还没有完。读经台后面要立一个很高的十字架,让观众都能看见,迎着阳光闪闪发亮,就像镶满了钻石和宝石似的。十字架上要有一只用冰雕成的鸽子。从教堂到约旦,一路上要撒满云杉和桧树的枝子。全部任务就是这样。

谢辽日卡先动手做读经台。他工作起来又用锉刀,又用凿子,又用锥子。读经台上的十字架、福音书以及从读经台上垂下来的飘带,他都圆满地做成了。后来他着手做鸽子。他极力在鸽子脸上刻出温柔、谦逊、聪明的神情,这时候玛特威摇摇晃晃,像一头熊似的,正给那个用木头钉成的十字架加工。他拿着十字架,在冰窟窿里浸一浸。等到水在十字架上凝结成冰,他就再把它在水里浸一下,照这样一直到木头上结了很厚的一层冰为止。……这个工作并不轻松,要求极大的体力和耐性。

可是后来,这个细致的工作总算做完了。谢辽日卡发疯似的满村子跑来跑去。他磕磕绊绊,不住地骂街,赌咒说他马上就下河去,把全部工程捣毁。他是在找合适的颜料。

他的衣袋里装满赭石、群青、铅丹、铜绿。他一个钱也不付,急急忙忙从这家商店跑到那家商店。有一家酒馆紧挨着商店。他在那儿喝了点酒,摆一摆手,没有付钱,又跑到别处去了。他在这个农民家里拿点红甜菜,在那个农民家里拿点葱皮,用来做黄色颜料。他骂街,推人,威胁,可是……没有一个人还敬他一句!大家都对他微笑,同情他,称呼他谢尔盖①·尼基契奇,大家都感到这种艺术不是他的私事,而是一件共同有关、为民众办的事。一个人创作,余下的人都来帮他的忙。谢辽日卡本人是个微不足道的人,懒汉,酒鬼,手里一有钱就花光,然而一旦他手里拿着铅丹或者两脚规,他就成了个高尚的人物,上帝的仆人了。

耶稣受洗节的早晨来了。教堂四周和那条河两岸,远远近近挤满了人。约旦本身已经用新的蒲席仔细盖严。谢辽日卡在蒲席周围温顺地走来走去,极力克制他的激动。他见到成千上万的人,其中甚至有许多是从别的教区来的。所有这些人都是在严寒中,踏着雪地,步行不少俄里来的,目的仅仅在于观赏他那著名的约旦。玛特威已经做完笨重的粗活,这时候重又回到教堂去,已经见不到他的人影,听不到他的声音,大家已经忘掉他了。……天气晴朗。……天空没有一丝云。阳光明亮耀眼。

教堂的钟声在岸上响起来。……成千的人头脱掉帽子,成千只手在活动,一时间画了成千个十字!

谢辽日卡焦急得不知道该怎么办才好。可是最后教堂敲钟,要唱赞美诗《应当》了。后来,过了半个钟头,可以看出钟楼上和人群里发生轻微的骚动。人们高举着一面面神幡从教堂里走出来,大钟活泼而急促地当当响。谢辽日卡举起一只颤抖的手来,揭

---

① 这是他的本名,谢辽日卡是昵称。以本名和父名相称,是表示尊敬。

掉了蒲席……于是人们见到一种不同寻常的景象。那个读经台、那个木环、那些小木橛子、那个结了冰的十字架,闪着千百种颜色。十字架和鸽子光芒四射,看得人眼睛发酸。……仁慈的上帝,这多么好啊!又惊又喜的赞叹声在人群里响起来,钟声越发响亮,白昼越发明朗。神幡在人群上方飘扬,向前移动,犹如在波浪上起伏。这个宗教行列夹杂着圣像和教士的圣衣,五光十色,缓缓地沿着大路走下坡来,往约旦走去。许多只手向钟楼摇动,要那边的人停止鸣钟,圣水祭开始了。祭礼做得冗长,缓慢,分明极力要延长民众共同祈祷的那种庄严和欢乐。四下里一片肃静。

不过,后来,人们把十字架浸进水里,空中响彻了异乎寻常的闹声。枪声齐鸣,钟声叮当,人们发出高亢的欢呼声,叫喊声,一拥而上,纷纷去拿小木橛子。谢辽日卡听着这种闹声,看见千百只眼睛瞧着他,这个懒汉的灵魂充满了光荣和得意的感情。

墓园之夜

圣诞节故事

"您,伊凡·伊凡内奇,讲一件什么可怕的事吧!"

伊凡·伊凡内奇就捻着唇髭,啾一下喉咙,吧嗒一下嘴唇,往小姐们那边靠拢点,开口说:

"我这个故事是像俄国所有最动人的故事那样开头的:当时我,老实说,已经有了醉意。……我在一个老朋友家里迎接新年,喝的酒真不少。为了替我自己辩白,我得说明,我根本不是出于欢乐才喝酒的。为新年这样的无聊事而高兴,依我看来,是荒唐的,跟人类的理性不相称。新的一年跟旧的一年同样糟糕,差别仅仅在于旧的一年固然不好,新的一年却往往更差。……依我看来,迎接新年不应当高兴,倒应当痛苦,哭泣,起意自杀才对。不要忘记,新年越来得多,离死亡就越近,秃顶就越宽,皱纹就越深,妻子就越老,孩子就越多,钱却越少了。……

"因此,我是出于悲伤才灌酒的。……我从朋友家里出来,大教堂的钟敲响,那正是两点钟。街上,天气坏透了。……鬼也闹不清这究竟算是冬天还是秋天。四下里那么黑,简直伸手不见五指:你瞧啊瞧的,却什么也看不见,好像给关在一个黑鞋油的铁盒里似的。雨点不住地抽打着。……凛冽刺骨的寒风唱出可怕的曲调,呼号,悲哭,哀鸣,尖叫,仿佛大自然的乐队由一个女巫指挥着。泥浆在人脚下凄凉地啜泣。路灯暗淡无光,活像泪汪汪的寡妇。……可怜的大自然正在呕吐①。……总而言之,这样的天气只有窃贼和强盗才会高兴,我这样一个温和而带酒意的居民是不会高兴的。这种天气使得我心情郁闷。……

"'生活是无聊的事……'我踩着泥地,摇摇晃晃,暗自进行着哲理的思考。'这不过是空虚而没有意义的鬼混……空中楼阁罢了。……日子一天天过去,一年年过去,你却依然故我,仍然是个畜生。……再过若干年,你也还是原来的样子,好酒贪杯,混吃混睡。……最后人家就把你这个蠢货埋在坟墓里,用你的钱举办丧宴,吃着油饼说:'他是个好人,只可惜,这个混蛋留下来的钱太少了!……'

"我从美善斯卡亚街往普列斯尼亚街走去,这段距离对醉汉来说相当可观。……我在乌黑的小巷里穿来穿去,一个活人也没遇到,一个活的声音也没听见。起初我怕套靴里灌进泥浆,就在人行道上走,可是后来,尽管我小心戒备,套靴里还是开始凄凉地啜泣,我就索性转到马路上,在那儿,撞着道旁小石柱或者摔进沟里的机会毕竟少一点。……

"我走的这条路淹没在寒冷的漆黑中:起初我在马路上倒还能碰到光线昏暗的路灯,可是等到我穿过两三条巷子,连这种设备也不见了。我只好摸黑往前走。……我瞧着眼前的黑暗,听着上边凄凉的风声,加紧步子往前走。……我的灵魂渐渐充满一种说不出的恐惧。……等到我发现迷失方向,走岔了路,这种恐惧就变成心惊胆战了。

"'马车!'我叫道。

"没有人应声。……于是我决定照直往前走,眼睛看到哪儿就往哪儿走,不顾一切地乱闯,指望我迟早会走到有路灯和出租马

---

① 原文为德语。

车的大街上。我头都不回,也不敢往两旁看,只顾往前跑。……迎面刮来凛冽刺骨的寒风,大颗雨点不停地抽打我的眼睛。……我时而在人行道上,时而在马路上奔跑。我的额头屡次撞在道旁的小石柱和路灯柱上,我简直不明白我的额头怎么会没有撞破。"

伊凡·伊凡内奇喝下一小杯白酒,捻一下另一边的唇髭,继续说:

"我记不得我跑了多久。……我只记得最后我的脚绊了一下,猛地撞在一个奇怪的东西上。……我的眼睛看不见它,我就伸手去摸,得到的印象是那个东西冷冰冰,湿漉漉,磨得很光滑。……我就在那个东西上坐下,想歇一下。……我不打算折磨你们的耐性,我只想说,过一会儿我划亮一根火柴,想点上一支纸烟,却看见我坐在一块墓石上。……

"那时候在我周围除了黑暗以外我什么也看不见,活人的声音一点也听不到,因此我见到那块墓石后,吓得闭上眼睛,跳起来。……我从墓石那儿迈出一步,不料撞在另一个东西上。……你们想象一下我的惊恐吧!原来那是一个木头十字架。……

"'我的上帝啊,我跑进墓园里来了!'我暗想,用手蒙上脸,一下子在墓石上坐下。'我没走到普列斯尼亚街,却摸索到瓦冈科沃村来了!'

"我既不怕墓园,也不怕死人。……我已经摆脱迷信,早就不相信保姆的神话了,可是在乌黑的夜间,处在无言的坟墓当中,听着风声哀叫,脑子里的思想一个比一个阴暗,我就觉得自己的头发一根根竖起来,背上一阵阵发冷。……

"'这不可能!'我安慰自己说,'这是眼花,这是幻觉。……我所以看见这些东西,是因为德普莱、巴乌艾尔、阿拉巴热[①]上了我

---

① 都是法国葡萄酒的商标。——俄文本编者注

的头。……胆小鬼!'

"我正照这样鼓舞自己,不料听见了轻微的脚步声。……不知什么人在慢腾腾地走动,可是……那不是人的脚步声……对人来说,那种脚步声太轻,太细碎。……

"'这是死人啊。'我想。

"最后,这个神秘的'不知什么人'走到我跟前,碰一碰我的膝头,叹口气,……随后我听见了号叫声。……这声嗥叫吓人,有坟墓的味道,弄得人心惊肉跳。……你们听保姆讲号叫的死人尚且害怕,那么真听到了这种号叫声又会怎样啊!我吓得呆若木鸡,四肢僵住。……什么德普莱啦,巴乌艾尔啦,阿拉巴热啦,统统从我头脑里跳出去,我的醉意连影子也没有了。……我觉得要是我睁开眼睛,冒险往黑暗里瞧一眼,那就会看见一张白里透黄、皮包骨头的脸,看见一身已经快要烂完的寿衣。……

"'上帝啊,只求早晨快点来才好。'我祈求道。……

"可是在早晨来临之前,我不得不经历一种难于形容、无法描写的恐怖。我正在墓石上坐着,听坟墓的住客的号叫声,忽然听见了新的脚步声。……一个什么人沉重而匀称地迈着步子,照直往我这边走过来。……这个新来的墓中人走到我面前,叹口气,过了一会儿伸出一只冰凉而露出骨头的手,沉重地放在我的肩膀上。……我顿时失去了知觉。"

伊凡·伊凡内奇喝下一小杯白酒,嗽了嗽喉咙。

"后来呢?"那些小姐问他说。

"我是在一个四方的小房间里醒过来的。……曙光微弱地射进装着铁格子的独扇窗子。……'得,'我想,'这是那些死人把我硬拖到墓穴里来了。……'可是后来我高兴极了,因为我听见隔壁有人在说话:

"'你是在哪儿把他抓来的?'一个男低音问道。

"'在别洛勃雷索夫墓碑店附近,官长,'另一个男低音回答说,'也就是在存放墓碑和十字架的地方。我一看,他正坐在那儿,搂着那块墓碑,身旁有一条不知谁家的狗在嗥叫。……大概他喝醉了。……'

"早晨我醒过来,他们就把我放了。……"

功 败 垂 成

伊里亚·谢尔盖伊奇·彼普洛夫和他的妻子克列奥巴特拉·彼得罗芙娜正站在房门外边贪婪地偷听。房门里边,在小小的客厅里,看来在进行一场爱情的表白,当事人是他们的女儿娜达宪卡和县立学校教师舒普金。

"有希望了!"彼普洛夫小声说,焦急得浑身发抖,不住搓手。"你要注意,彼得罗芙娜,等他们一谈到感情,你就马上从墙上取下圣像来,我们就走进去给他们祝福。……我们要当场抓住他不放。……举着圣像祝福,是神圣不可侵犯的事。……到那时候,哪怕他到法院里去打官司,也赖不掉。"

房门里边正在进行这样的谈话:

"您别耍小性子了,"舒普金说,在他那条方格花裤上划亮一根火柴,"我压根儿就没给您写过信!"

"嗯,是啊!倒好像我认不出您的笔迹似的!"姑娘咯咯地笑着说,装腔作势地逼尖喉咙,不时照一照镜子。"我一眼就认出来了!您这人多么奇怪呀!您是书法教师,可是您写的字却像蜘蛛爬!要是您自己写不好,那怎么教别人写呢?"

"哦!……这倒无关紧要。上书法课,主要的不在于字写得好坏,主要的是管住学生不要胡闹。用戒尺敲这个学生的脑袋,打发那个学生去罚跪就行了。……再者,字写得好有什么了不得的!

无关紧要！涅克拉索夫是个作家,可是他写的字却叫人看着害臊。在他的集子里就印着他的笔迹。"

"那是涅克拉索夫,而这是您……"她说,叹口气,"我倒乐意嫁给一个作家。那他就会经常给我写些诗留作纪念!"

"要是您愿意的话,我也能给您写诗哟。"

"可是您能写些什么呢?"

"写爱情啦……写感情啦……写您的眼睛啦。……您读了就会神魂飘荡。……您会感动得掉泪!不过要是我给您写一首富于感情的诗,您能让我吻一吻您的小手吗?"

"那有什么大不了的!……就是现在您也可以吻嘛!"

舒普金就跳起来,瞪大眼睛,低下头去凑近她胖乎乎的、冒出香皂气味的小手。

"快把圣像取下来,"彼普洛夫急忙说道,用胳膊肘碰一下他的妻子,激动得脸色苍白,扣好衣服上的纽扣,"我们走进去!快!"

彼普洛夫一秒钟也没耽搁就推开了房门。

"孩子们……"他喃喃地说,举起双手,泪汪汪地眨巴眼睛。"上帝祝福你们,我的孩子们。……祝你们生活如意……养儿养女……多子多孙。……"

"我……我也祝福你们……"妈妈说,幸福得哭起来,"祝你们幸福,亲爱的!啊,您把我唯一的宝贝儿夺去了!"他对舒普金说,"那么您要爱我的女儿……疼她。……"

舒普金惊讶得张开嘴,吓坏了。这两位父母的进攻那么突兀,那么大胆,弄得他一句话也说不出来。

"我中了圈套!他们是硬逼我成亲!"他暗想,吓得呆住了。"现在你算完蛋了,老兄!你逃不脱了!"

他就乖乖地低下头去,仿佛想说:"你们把我抓去吧,我被征服了!"

"我……我祝福你们……"爸爸继续说,也哭起来,"娜达宪卡,我的女儿……你跟他并排站好。……彼得罗芙娜,把圣像拿过来。……"

可是这时候父母两人突然止住哭泣,父亲气愤得脸色大变。

"笨货!"他生气地对妻子说,"你这个糊涂虫!难道这是圣像吗?"

"哎呀,圣徒啊!"

出了什么事?书法教师胆怯地抬起眼睛,这才看见他得救了:原来妈妈仓促中从墙上取下来的并不是圣像,而是作家拉热奇尼科夫①的相片。老人彼普洛夫和他的妻子克列奥巴特拉·彼得罗芙娜手里举着那张相片,站在那儿发窘,不知道该怎么办,该说什么好。书法教师趁着他们心慌意乱,就逃之夭夭了。

---

① 拉热奇尼科夫(1792—1869),俄国作家。

初 出 茅 庐

故　　事

律师的帮办彼亚捷尔金到某县城为一个被控犯纵火罪的商店老板做完辩护工作后,乘坐一辆普通的农民大车回去。他的心绪从来也没这样恶劣过。他感到自己受了侮辱,遭到挫折,挨人唾骂。他觉得过去这一天,他初次出庭的这一天,原是他渴盼已久而且使他抱着很大希望的,现在却似乎把他的前程一笔勾销,彻底推翻了他对人的信心和他对世界的看法。第一,被告无耻而残酷地欺骗了他。在开庭以前,那个商店老板总是那么诚恳地眨巴眼睛,总是那么于心无愧、老老实实地叙述他的冤屈,因此所有那些经人搜集起来将他定罪的罪证,在一个心理学家兼相面家(这个年轻的辩护人就是以这种人自居的)的眼睛里,就都成了肆无忌惮的牵强附会、吹毛求疵、先入为主的成见。可是在法庭上,商店老板却原形毕露,他其实是个老奸巨猾的坏蛋,于是辩护人那点可怜的心理学就遭了殃。

第二,彼亚捷尔金觉得自己在法庭上的一举一动很不像样;讲起话来结结巴巴,提出来的问题颠三倒四,在证人面前起立,愚蠢地涨红了脸。他的舌头根本不听使唤,连简单的话也说不清楚,就跟念绕口令似的。临到他发言,他讲得疲沓无力,仿佛笼罩在雾里,他的眼睛不敢看那些陪审员,却越过他们的头顶望着后面。他虽然在讲话,然而随时都觉得那些陪审员讥诮而轻蔑地瞅着他。

第三,最糟的是,副检察官和民事申诉人,一个有经验的老律师,对待他却没有一点同行的情分。依他看来,他们似乎串通好,不把辩护人放在眼里,即使抬起眼睛看他,也无非是要对他表现一下他们的放肆态度,嘲弄他,用哗众取宠的言辞反驳他而已。从他们的发言里可以听出讥刺和倨傲的口吻。他们滔滔不绝地讲着,好像在要求大家原谅这个辩护人是地道的傻瓜和羔羊似的。彼亚捷尔金最后忍不住了。在休息时间,他跑到民事申诉人跟前,浑身发抖,说了一大堆顶撞的话。后来审讯结束,他在楼梯上追到副检察官,也对他说了些很不入耳的话。

第四……可是,如果一一列举那些目前使得我那主人公痛苦和烦恼的原因,那就得举出第五点,第六点……直至第一百点了。……

"丢脸……糟透了!"他坐在大车上,把耳朵藏在衣领里,痛苦地想道,"全完了!律师的事业算是完蛋了!我索性到一个什么偏僻的地方去,闭门隐居……躲开那些先生……躲开那些纷扰才好。"

"你倒是快点走啊,见你的鬼!"他骂车夫说,"你是在怎么赶车?倒像是送死人去结婚似的!快点走!"

"快点走……快点走……"车夫反唇相讥道,"难道你没看见这是什么天气吗?你就是赶着魔鬼走,魔鬼也会累得要命哟。这不能算是天气,只能说是上帝的惩罚。"

天气坏极了。天气似乎跟彼亚捷尔金一起愤慨,憎恨,痛苦。四周一团漆黑,刮起潮湿的寒风,用各种调门尖叫着。雨不停地下。车轮底下的雪同胶泥混在一起,发出咕叽咕叽的悲泣声。到处都是水洼、泥塘、冲毁的小桥。

"黑得什么也看不见……"车夫继续说,"照这样,明天早晨我们也到不了。只好在卢卡家里过夜。"

"哪一个卢卡?"

"这儿,大道边上,树林子里,住着这么个老头。他给人家看守林子。喏,那就是他的小木房。"

远处传来沙哑的狗吠声,光秃的树枝中间有个昏暗的灯火在闪烁。不管您多么厌恶人类,只要您在风雨交加的深夜见到树林里有个小小的灯火,您就一定会渴望同人们相处。彼亚捷尔金的心情也正是这样。临到那辆大车在小木房门前停住,从那独扇小窗里胆怯而殷勤地射出亮光来,他的心头就轻松多了。

"你好,老人家!"他亲切地对卢卡说,卢卡正在门道里站着,用两只手搔肚皮,"可以在你这儿过夜吗?"

"可……可以,"卢卡嘟哝说,"屋里已经有两个人了。……请您到那个明亮的房间里去。……"

彼亚捷尔金低下头,走进明亮的小房间,于是……他那憎恶人类的情绪又强有力地抬起头来。原来已经有两个人在一张小桌旁边,在一支油烛的光照下坐着,而且今天正是这两个人极其强烈地影响了他的心境,他们就是副检察官冯·巴赫和民事申诉人谢美奇金。他们像彼亚捷尔金一样,也是从县城回去,也在卢卡家里歇脚。他们两人看见辩护人走进门来,都感到又惊又喜,跳起来。

"同事!是什么风把您吹来的?"他们开口说,"您也是让这种阴雨天逼到这儿来的?欢迎!请坐。"

彼亚捷尔金本以为他们见到他,就会扭过脸去,感到别扭,一言不发,因此眼前这种友好的迎接在他看来至少也是不顾羞耻。

"我不明白……"他喃喃地说,尊严地耸动肩膀,"既然我们之间已经发生过那样的事,我……我甚至感到惊讶!"

冯·巴赫惊讶地瞧着彼亚捷尔金,耸耸肩膀,然后扭过脸去对

着谢美奇金,把刚才被打断的话继续讲下去:

"喏,我就读那个调查报告。……可是在调查报告里,老兄,自相矛盾的地方却一个连一个。……比方说,区警察局长写道,那个死去的农妇伊凡诺娃做客回来的时候,已经喝得烂醉,步行三俄里而死掉了。要是她已经喝得烂醉,那她怎么能步行三俄里呢?喏,这岂不是自相矛盾吗?啊?"

当冯·巴赫照这样侃侃而谈的时候,彼亚捷尔金在一条长凳上坐下,开始观察他的临时住处。……树林里的灯火只有远看才富于诗意,临到在近处看,它却成为可怜的散文了。……在这儿,它照亮一个小小的灰色斗室,四壁倾斜,天花板被烟熏黑。右边墙角上挂着个乌黑的圣像。左边有个难看的炉子,看上去像是阴森的洞穴。天花板上沿着房梁横着一根长竿,当初是用来挂摇篮的。一张陈旧的小桌加上两条狭窄而不稳的长凳,就算是全套家具了。屋里又黑又闷,而且阴冷。空中弥漫着腐烂和油烟的气味。

"这些蠢猪……"彼亚捷尔金斜起眼睛看着他的仇人,心里暗想,"他们侮辱了人,把人踩在烂泥里,如今倒在高谈阔论,仿佛什么事也没发生似的。"

"你听着,"他对卢卡说,"你这儿另外还有房间吗?我不能待在这儿。"

"有个穿堂,不过那儿很冷,先生。"

"冷得很啊……"谢美奇金嘟哝说,"要是我早知道的话,我就把酒和纸牌带来了。喝点茶吧,怎么样?老大爷,你给烧个茶炊吧!"

过了半个钟头卢卡端来一个肮脏的茶炊、一把缺嘴的茶壶和三个茶杯。

"茶叶我倒有……"冯·巴赫说,"现在只缺糖了。……老大爷,你给点糖吧!"

"嘿!要糖……"卢卡在穿堂里笑道,"在树林里要找糖!这儿可不是城里呀。"

"有什么办法呢?那我们就喝清茶,不用糖了。"冯·巴赫决定道。

谢美奇金沏上茶,倒满三杯。

"他居然给我倒茶……"彼亚捷尔金暗想,"我才不稀罕呢!他们吐了你一脸的唾沫,然后又请你喝茶。这些人简直没皮没脸。我要向卢卡另要一个茶杯,单喝开水好了。正巧我倒带着糖呢。"

偏偏卢卡没有第四个茶杯。彼亚捷尔金就把第三个茶杯里的茶倒掉,斟上开水,啃着糖块喝起来。他的仇人们听见啃糖块的响声,面面相觑,扑哧一声笑了。

"说真的,这可真妙!"冯·巴赫开始小声说,"我们没有糖,他没有茶叶。……哈哈。……有趣!嘿,他简直还是个小孩子!这么大的一个人,可还是那么孩子气,专会撅起嘴来怄气,倒像是贵族女子中学的女学生。……同事!"他转过脸来对彼亚捷尔金说,"您不该嫌弃我们的茶叶。……这不是那种便宜的茶叶。……不过,要是您爱面子而不肯喝,那您总可以给我们点糖,算是抵偿茶叶嘛!"

彼亚捷尔金一言不发。

"厚皮鬼……"他暗想,"他们侮辱了你,吐了你唾沫,现在还有脸来啰唆!这班人就是这样!可见,先前我在法院对他们说的那些顶撞话,他们听了满不在乎。……我不理睬他们。……我躺下睡我的觉。……"

炉子旁边地板上铺着一件皮袄。……放头的那一边有个塞满干草的枕头。……彼亚捷尔金就在皮袄上躺下,把发热的头放在枕头上,拿他的皮大衣盖在身上。

"多么烦闷无聊!"谢美奇金打个哈欠说,"要看书的话,这儿太冷,太黑;要睡觉呢,又没有地方。……真糟!……您告诉我,奥西普·奥西佩奇,比方说,要是卢卡在饭馆里吃了饭,却没给钱,那么这算是犯了什么罪:盗窃罪呢,还是诈骗罪?"

"两样都不是。……这仅仅构成民事诉讼的理由而已。……"

接着他们就争论起来,延续了一个半钟头。彼亚捷尔金听着,气得发抖。……他有五次打算跳起来,参加这场争论。

"简直是胡说!"他听着他们的争吵,痛苦地想道,"这些话多么落后,多么不合逻辑!"

这场争论直到冯·巴赫在彼亚捷尔金的身旁躺下来才算结束,他把皮大衣盖在身上,说:

"得了,别吵了。……我们吵得这位辩护人先生没法睡觉了。您躺下吧。……"

"他似乎已经睡着了……"谢美奇金在彼亚捷尔金另一边躺下,说,"同事,您睡着了?"

"他们又来纠缠了……"彼亚捷尔金暗想,"这些蠢猪。……"

"他不说话,可见睡着了……"冯·巴赫喃喃地说,"他倒真有本事,在这个猪圈里也睡得着觉。……人家说司法工作者的生活是书斋里的生活。……其实这不是书斋里的生活,而是猪的生活。……你瞧,魔鬼把我们支使到哪儿来了!您猜怎么着,我倒挺喜欢我们这个邻居……他姓什么来着?……是姓谢斯捷尔金吧?他激烈,一团火似的。"

"嗯,是啊。……不出五年,他就会成为一个出色的律师。……这个孩子很有风度。……他嘴巴上的奶还没干,可是讲起话来已经头头是道,喜欢一针见血了。……只是他在发言里不该拉扯上哈姆雷特①。……"

仇人们近在眼前,再加上他们讲话的口气那么冷漠高傲,这都压得彼亚捷尔金透不过气来。他又害羞又冒火,肺都要气炸了。

"还有糖的事……"冯·巴赫说,冷冷一笑,"他纯粹是个女学生!他为什么生我们的气?您知道吗?"

"鬼才知道他是怎么回事。……"

彼亚捷尔金忍不住了。他跳起来,张开嘴,想要说一句什么话,然而过去这一天的痛苦过于强烈,因而从他胸中涌出来的不是话,却是歇斯底里的哭泣。

"他怎么了?"冯·巴赫说,吓了一跳,"好朋友,您怎么了?"

"您……您生病了吗?"谢美奇金说,跳起来,"您怎么了?您缺钱用吗?到底是怎么回事?"

"这真卑鄙……可恶!这整整的一天……整整的一天啊!"

"我亲爱的,什么事卑鄙而可恶?奥西普·奥西佩奇,您拿水来!我的天使,出了什么事?为什么您今天生这么大的气?多半,您今天是头一回做辩护工作吧?对吗?哦,那就难怪了!那您哭吧,亲爱的。……当初我甚至想上吊呢,哭总比上吊好多了。您哭吧,那会轻松点!"

"可恶……卑鄙!"

"其实根本就没有发生什么可恶的事!样样事情都很正常。您自己讲得挺好,大家也认真地听您讲。这是多疑,老弟!我至今记得我头一次做辩护工作的情形。我借了一条褪色的裤子和一件音乐师的礼服。我坐在那儿,却觉得大家似乎都笑我的裤子。在我看来,被告欺骗了我,检察官耍弄我,我自己也笨头笨脑。恐怕您已经决定从此再也不干律师工作了吧?这样的情形人人都经历

---

① 英国剧作家莎士比亚的同名悲剧中的男主人公。

过！您不是头一个,也不是最后一个。初出茅庐,老弟,那是要付出不小代价的!"

"那么是谁嘲笑我？是谁……耍弄我？"

"谁也没有这样干过！不过是您自己觉得如此而已！您不是还认为陪审员们公然轻蔑地瞧着您吗？对吗？嗯,就是这样。您喝点水,好朋友。把您的皮大衣盖一盖好。"

两个仇人拿过皮大衣来给彼亚捷尔金盖好,把他当作小孩子似的照应了一夜。过去这一天的痛苦却原来是一场虚惊。

孩　子　们

　　爸爸、妈妈和姑姑娜嘉都不在家。他们到那个常骑着一头灰色小马的老军官家里去参加婴儿受洗的宴会了。为要等他们回来,格利沙、安尼雅、阿辽沙、索尼雅和厨娘的儿子安德烈坐在饭厅里饭桌旁边玩"罗多"①。凭良心说,现在已经到他们该睡觉的时候了,可是没有听到妈妈讲一讲那个受洗的婴儿生得怎么样,他们晚饭吃了些什么菜,怎么睡得着呢?饭桌由一盏吊灯照亮,桌面上杂七杂八地放着一些有数字的纸板、核桃壳、小纸片、小玻璃片。每个赌客面前都有两张纸牌和一堆用来凑出数字的小玻璃片。桌子正中放着一个白色茶碟,上面摆着五枚一戈比铜钱。茶碟旁边有一个没有吃完的苹果、一把剪刀和一个盘子,那个盘子是经大人叮嘱用来放核桃壳的。孩子们在赌钱。赌注是一戈比。他们定下一条规矩:谁要是作弊,就把谁立时轰走。饭厅里除了那些赌客以外,一个外人也没有。保姆阿加菲雅·伊凡诺芙娜在楼下厨房里坐着,在那儿教厨娘裁衣服。他们的哥哥瓦夏是五年级学生,在客厅里长沙发上躺着,感到烦闷无聊。

　　他们赌得很起劲。格利沙脸上带着最起劲的神情。这个男孩

---

　①　一种牌戏,亦称盖牌游戏,参加游戏者用与主持人喊叫的号码(或图画)相同的数字(或图画)盖在自己的牌上,以先盖完一列数字(或图画)者为胜。

才九岁,身材矮小,头发剃光,露出头皮,脸蛋胖乎乎的,嘴唇厚得像黑人。他已经在读预备班,因而算是大孩子,而且是极其聪明的孩子了。他赌博纯粹是为赢钱。要不是茶碟里放着些小钱,他早就去睡了。他那对褐色的小眼睛不安而嫉妒地瞟着赌伴们的纸牌。他生怕赢不到钱,又嫉妒别人,再加上他那剃光的脑袋里充满钱财方面的考虑,这就使他不能安静地坐着,不能集中精神。他不住地扭动身子,就跟坐在针毡上似的。一旦赌赢,他就贪婪地把钱抓过来,马上放进他的口袋。他的妹妹安尼雅是个八岁的女孩,生着尖下巴和亮晶晶的聪明眼睛,她也怕别人赌赢。她脸上红一阵白一阵,眼睛尖利地盯住那些赌客。她倒不是对小钱发生兴趣。赌运,对她来说,是个面子问题。另一个妹妹索尼雅是个六岁的女孩,头发拳曲,她的脸色只有极其健康的孩子、贵重的洋娃娃以及糖果盒上画着的儿童才会有。她是为赌博而赌博。她脸上洋溢着感动的神情。不管谁赢,她一概放声大笑,连连拍手。阿辽沙是个丰满圆润的小胖子,气喘吁吁,鼻子里呼呼地响,瞪大眼睛看着纸板。他既不贪财,也不爱面子。只要不把他从桌子旁边赶走,不打发他睡觉,他就感激不尽了。从表面上看,他是无所谓的,可是论他的心肠,他却是个十足的小坏包。他坐在这儿与其说是为了玩"罗多",倒不如说是为了欣赏赌博的时候难免发生的纠纷。要是有谁动手打人,或者开口骂人,他总是高兴得非同小可。他早就该出去一会儿①,然而他一分钟也没离开过那张桌子,生怕别人趁他不在,偷他的碎玻璃片和戈比。由于他只了解一位的数字和以零结尾的数字,安尼雅就替他计算。第五个赌伴是厨娘的儿子安德烈,他是个皮肤黝黑而且带着病容的男孩,穿着花布衬衫,胸前戴着铜十字架,站在那儿不动,呆呆地瞧着那些数字。他对赌赢,对

———————

① 指到厕所去。

别人的成功,一概漠不关心,因为他把全部心思都用在这种赌博的数字上,用在这种赌博的毫不复杂的哲学上:这个世界上有多少各不相同的数字啊,而且那么多的数字怎么就会不弄乱呢!

所有的孩子,除了索尼雅和阿辽沙以外,都依次喊出数字。由于数字过于单调,他们就在赌博中造出许多专门用语和令人发笑的外号。比方说,那些赌客把七叫作拨火棍,十一叫作两根小棒槌,七十七叫作谢敏·谢敏内奇,九十叫作老爷爷,等等。赌博进行得很活跃。

"三十二!"格利沙从他父亲的帽子里取出一个个黄色圆纸筒,喊道,"二十七!拨火棍!二十八,满地爬!"

安尼雅看出安德烈错过了二十八。换了旁的时候,她就会对他指出来,可是现在她的虚荣心跟碟子里的小钱混在一起了,她反而洋洋得意。

"二十三!"格利沙继续喊道,"谢敏·谢敏内奇!九!"

"茶婆虫!茶婆虫!"索尼雅指着爬过桌面的一个茶婆虫叫道,"哎呀!"

"别打死它,"阿辽沙用男低音说,"也许它有孩子。……"

索尼雅目送茶婆虫爬走,心里想着它的孩子们:那些茶婆虫的子女一定小得很!

"四十三!一!"格利沙继续喊道,想到安尼雅快要赢了而感到痛苦,"六!"

"赢了!这一盘我赢了!"索尼雅叫道,卖俏地转动着眼珠,扬声大笑。

赌伴们都拉长了脸。

"要查对一下!"格利沙说,带着憎恨的神情瞧着索尼雅。

格利沙凭着身为大孩子和最聪明的孩子的权利,担任了发号施令的角色。他要怎么办,大家就怎么办。他们把索尼雅的纸牌仔细查对很久,可是使得她的赌伴们大为扫兴的是,她并没有作弊。下一盘开始了。

"昨天我看见一件什么事啊!"安尼雅仿佛自言自语地说,"菲里普·菲里培奇不知怎么一来把眼皮翻出来了,他的眼睛就变得又红又吓人,像个魔鬼似的。"

"我也看见了,"格利沙说,"八!我们那儿有个学生,他的耳朵会动。二十七!"

安德烈抬起眼睛来看着格利沙,想一想,说:

"我的耳朵也会动。……"

"好,你动一下!"

安德烈就动眼睛,动嘴唇,动手指头,自以为耳朵也动起来了。这就引起了哄堂大笑。

"这个菲里普·菲里培奇不是好人,"索尼雅叹道,"昨天他到我们儿童室来,可我当时光穿着衬衫。……我觉得这太不像话了!"

"我赢了!"格利沙忽然叫道,一把抓住茶碟里的钱,"要是你们高兴的话,你们就查对!"

厨娘的儿子抬起眼睛来,脸色变白。

"那么,我不能再玩了。"他小声说。

"为什么?"

"因为……因为我已经没有钱了。"

"没有钱就不能玩!"格利沙说。

安德烈不死心,再把手伸进口袋里摸一摸。他在口袋里什么也没有摸到,只找到些面包渣和一小截咬过的铅笔,他就撇着嘴,难过得眨巴眼睛。他马上就要哭出来了。……

"我替你出钱!"索尼雅受不了他那痛苦的目光,说,"不过要注意,你以后得还给我。"

钱凑齐了,赌博又继续进行。

"好像什么地方在打钟。"安尼雅瞪大眼睛说。

大家都停止赌博,张开嘴,瞧着黑暗的窗子。黑暗的窗外闪着那盏灯的映影。

"听起来像在打钟。"

"夜间只有墓园里才打钟……"安德烈说。

"那儿为什么要打钟呢?"

"好叫强盗不要溜进教堂去。他们怕钟声。"

"可是强盗溜进教堂去干什么?"索尼雅问。

"谁都知道他们干什么:他们要杀死看守人呗!"

在沉默中过了一分钟。大家面面相觑,打了个冷战,继续赌博。这一回是安德烈赢了。

"他作弊。"阿辽沙平白无故地用男低音说。

"你胡说,我没作弊!"

安德烈脸色苍白,撇着嘴,接着朝阿辽沙的脑袋啪的打了一下!阿辽沙气得瞪圆眼睛,跳起来,跪在桌子上,这回轮到他打人了,就啪的一声打了安德烈一个嘴巴!这两个人又互相打一记耳光,大声哭叫起来。索尼雅受不了这样可怕的局面,也哭起来,紧跟着饭厅里响彻了各种调门的哭声。然而您不要以为这样一来,赌博就结束了。五分钟还没过去,那些孩子却又扬声大笑,和和气气地互相谈话了。他们的脸上带着泪痕,可是这并没妨碍他们微笑。阿辽沙甚至很快乐:果然起了纠纷!

五年级学生瓦夏走进饭厅里来。他带着睡意,显出心灰意懒的样子。

"这真岂有此理!"他想,眼睛瞧着格利沙,格利沙正摸索他的口袋,口袋里的戈比叮当作响,"难道能给孩子钱吗?难道能容许孩子狂赌吗?不用说,这种教育可太妙了!岂有此理!"

可是孩子们玩得那么津津有味,连他自己也想插一手,试一试运气了。

"等一等,我也坐下来一块儿玩。"他说。

"那你下一戈比的赌注!"

"我马上就下,"他说着,把手伸进口袋里去摸,"我没有戈比,不过,喏,我有一个卢布。我下这个卢布好了。"

"不,不,不……要下一戈比!"

"你们真傻。要知道,无论如何卢布总比戈比值钱啊,"中学生解释说,"谁赢了,谁就找给我零钱!"

"不行,对不起!你走开!"

五年级学生耸起肩膀,走到厨房里去向仆人们要零钱。偏偏厨房里也一个戈比都没有。

"既是这样,你换给我一点零钱吧,"他从厨房里回来,缠住格利沙说,"以后我会把你换的钱还给你。你不愿意?那好,你花十戈比把这个卢布买去吧。"

格利沙斜起眼睛怀疑地瞧着瓦夏:莫非这里头有诈,莫非这是个圈套?

"我不干。"他说,护住他的口袋。

瓦夏开始发脾气,骂人,说这些赌客是蠢货,脑筋是铁打的。

"瓦夏,我来替你下赌注!"索尼雅说,"你坐下。"

中学生就坐下来,在自己面前放两张纸牌。安尼雅开始喊数。

"我把一戈比掉在地下了!"格利沙忽然用激动的声调声明说,"等一等!"

他们把灯取下来,爬到桌子底下去找那个戈比。他们的手抓到痰和核桃壳,他们的头互相碰撞,然而戈比却没有找到。他们重新再找,一直到瓦夏从格利沙手里夺过那盏灯来,把它放回原处才算罢休。格利沙继续摸着黑找。

261

不过最后那个戈比总算找到了。赌客们就围着桌子坐下,打算继续赌博。

"索尼雅睡着了!"阿辽沙声明说。

索尼雅把生着鬈发的头枕在胳膊上,睡得舒服,踏实,酣畅,仿佛一个钟头以前就睡熟了似的。她是在别人找戈比的时候无意中睡着的。

"你到妈妈床上去躺着吧!"安尼雅说着,扶她走出饭厅。"走!"

大家一齐送她出去,大约五分钟后,妈妈的床上就出现了一副有趣的景象。索尼雅睡着了。阿辽沙在她身旁打起鼾来。格利沙和安尼雅把头枕在他们的腿上,睡着了。厨娘的儿子安德烈顺便也在这儿挤着躺下。那些戈比丢在他们身旁,已经失去原来的威力,要等下一次赌博才会有用了。晚安!

发　现

> 公鸡扒开一个粪堆，
> 找到了一颗珍珠。……
>
> 　　　　　　　　克雷洛夫[①]

　　五等文官工程师巴赫罗木金在他的写字台旁边坐着，因为闲得没事做而心情郁悒。正好今天傍晚，在熟人家里的舞会上，他无意中遇到了他在二十年以至二十五年前爱上过的一个女人。这个太太当初是出色的美人，对她钟情是很容易的，就像揭邻人的短处一样容易。巴赫罗木金记得特别清楚的是她那对天蓝色的大眼睛，仿佛她的眼底铺着柔和的天蓝色丝绒。他还记得她一头金黄而又带点栗色的长发，类似田野上成熟的黑麦，在雷雨前迎着大风起伏不定。……当初那个美人高不可攀，神态严峻，难得微笑，不过，一旦她微笑，"她就能用笑容把一支正在熄灭的蜡烛重又点燃。……"然而现在，她却成了一个干瘦、虚弱和唠叨不休的老太婆，两眼无神，牙齿发黄了。……唉！

　　"这真是岂有此理！"巴赫罗木金暗想，信手用铅笔在纸上画着，"任什么凶恶的意志也不能像大自然这样糟踢人。要是这个

[①] 引自俄国作家克雷洛夫的寓言诗《公鸡与珍珠》。——俄文本编者注

美人当初就知道日后会变得这么猥琐不堪,她会吓死的。……"

巴赫罗木金照这样思考很久,可是随后又突然跳起来,像被蛇咬了一口似的。……

"耶稣上帝啊!"他吃了一惊,"这可是件稀罕事!我居然会画画?!"

在他信笔涂抹的那张纸上,在粗糙的线条和笔触当中,出现了一个美丽的女人头像,恰好就是以前他爱过的那个女人。总的来说,这幅画画得很不到家,然而那慵困而又严峻的目光、那柔和的面部轮廓、那蓬松起伏的浓发,却十分传神。……

"多么出人意外!"巴赫罗木金继续惊讶地想,"我居然会画画!我在世界上活了五十二年,从没想到过我有什么才能,可是到了老年,突然,谢天谢地,万万没有料到,才华出现了!简直不能想象!"

巴赫罗木金不相信自己了,就拿起铅笔,在美丽的头像旁边画了个老太婆的头像。……这一次,犹如画那个年轻的女人一样,又画得很像。……

"奇怪!"他耸了耸肩膀,"很不错嘛,见鬼!如何?可见我是个画家!可见我很有天赋!从前我怎么会不知道呢?这才是怪事!"

巴赫罗木金即使在旧坎肩里找到一笔钱,即使得到消息说他升了四等文官,也不会像现在发现自己有创造能力那样又惊又喜。他伏在桌上足足忙了一个钟头,画头像,画树木,画大火,画马。……

"好得很!了不起!"他赞叹道,"只要再学会技巧,就十全十美了。"

这时候,他不能再画下去而且连声赞叹了,因为一个听差走进书房来,端着一张小桌,上面放着晚餐。他吃下一只松鸡,喝下两

264

大杯勃艮第后,浑身软绵绵的,开始沉思。……他回想这五十二年甚至一次也没想到过他自己会有什么才能。不错,对艺术的美,他一生都是倾心的。他年轻的时候在业余演出的舞台上露过身手,演奏过乐器,唱过歌,画过布景。……而且,直到老年,他都在不断看书,喜爱戏剧,把好诗抄录下来留作纪念。……他素来善于说俏皮话,谈吐不凡,批评中肯。……显然,天才之火是有的,然而被各种俗务埋没了。……

"什么事情都可能发生,"巴赫罗木金想,"说不定我还能写诗,写小说呢!真的,如果我在青年时代,趁时机还不算迟,发现自己的才能,当了画家或者诗人,那会是什么样的局面?啊?"

于是他的想象力为他描出另外一种生活,跟其他千百万人的生活截然不同。它同一般俗人的生活根本不能相比。

"人们不给他们官阶和勋章,这做得对……"他暗想,"他们是不受一切官阶和勋章的约束的。……而且只有出类拔萃的人物才能评断他们的活动。……"

这时候巴赫罗木金顺带想起遥远的过去的一件事。……他母亲是个神经质而且性情乖僻的女人,有一次她跟他一块儿走路,在楼梯上遇到一个醉醺醺、不像样子的男人,她竟然吻一下他的手。"妈妈,为什么你要这样做?"他惊讶地说,"这是个诗人!"她回答说。按照他的看法,她是做得对的。……如果她吻将军或者枢密官的手,那就会是谄媚逢迎,自甘卑贱,对一个有教养的女人来说,再也不能想象比这更糟的事了,可是吻诗人、画家或者作曲家的手,那却是理所当然的。……

"那是一种不寻常的自由生活啊……"巴赫罗木金暗想,往他的床跟前走去,"还有他们的荣誉和名望呢?不管我在机关里的工作多么出人头地,也不管我爬到什么官阶,可是我的名望越不出这个蚂蚁窝。……他们可就完全不同了。……诗人或者画家,心平气和地睡觉也罢,喝得酩酊大醉也罢,反正连他们自己也不知道,在城里和乡下,总有人背诵他们的诗,或者观赏他们的画。……谁不知道他们的姓名,谁就会被人认为缺乏教养,无知……无教养的人①。……"

巴赫罗木金浑身软得一点力气也没有,就往床上一坐,对听差点一下头。……听差就走到他跟前,动手小心地脱掉他身上的一件件衣服。

"嗯,是啊……那真是一种不平凡的生活。……铁路②是人们早晚会忘掉的,然而菲狄亚斯③和荷马,人们却会永远记住。……特烈基亚科夫斯基④写得糟透了,可是就连他也被人们记住了。……唉唉!……好冷啊!……倘或我现在是个画家,那会怎么样?那我会有什么样的感觉呢?"

听差正给他脱掉白昼穿的衬衫,换上睡衣,他就趁此机会暗自在脑子里描绘出一幅画面。……这时候他,画家或者诗人,正在黑夜里一步步走回家去。……有才能的人往往没有马车,那么不管你愿意不愿意,只好步行。……他,这个可怜的人,就一步步走着,身上穿着褪成红褐色的大衣,说不定脚上连套靴也没得穿。……公寓门口有个看门人在打盹,这个粗鲁的畜生开了门,看也没看他一眼。……在那边,在社会人士当中,诗人或者画家的名字受到尊崇,然而那种尊崇却没给他带来什么好处:看门人并没有因而客气些,仆人们也没有和气些,家里人更没有宽容些。……他的名字固然受到尊崇,可是他本人却遭到白眼。……如今他筋疲

---

① 原文为法文。
② 这个男主人公是工程师,他的工作大约是修铁路。
③ 菲狄亚斯(前490/485—前432),古希腊雕刻家。——俄文本编者注
④ 特烈基亚科夫斯基(1703—1768),俄国诗人,语文学家。他写的诗古奥难懂。——俄文本编者注

力尽,饥肠辘辘,终于走进他又黑又闷的房间里。……他想吃点什么,喝点什么,可是,呜呼!松鸡和勃艮第却没有。……他困倦极了,连眼皮都合上,脑袋都耷拉到胸口上了,可是他的床又硬又凉,大有旅馆的味道。……他得亲手给自己倒水,亲手给自己脱衣服……光着脚在冰凉的地板上走来走去。……最后他不住地颤抖,昏昏睡去,知道他没有雪茄,没有马车……知道他书桌的中间抽屉里没有安娜勋章和斯坦尼斯拉夫勋章,下边抽屉里也没有支票簿。……

巴赫罗木金摇一下头,在弹簧床垫上躺下,赶紧盖上鸭绒被子。

"去他的!"他想着,躺得舒舒服服,快要睡着了,"去他……的吧。……幸好我年轻的时候没有那个……没有发现我的才能。……"

听差吹熄灯火,踮起脚走出去了。

苦　恼

　　我向谁去诉说我的悲伤？[①] ……

　　暮色昏暗。大片的湿雪绕着刚点亮的街灯懒洋洋地飘飞，落在房顶、马背、肩膀、帽子上，积成又软又薄的一层。车夫约纳·波塔波夫周身雪白，像是一个幽灵。他在赶车座位上坐着，一动也不动，身子往前伛着，伛到了活人的身子所能伛到的最大限度。即使有一个大雪堆倒在他的身上，仿佛他也会觉得不必把身上的雪抖掉似的……他那匹小马也是一身白，也是一动都不动。它那呆呆不动的姿态、它那瘦骨嶙峋的身架、它那棍子般直挺挺的腿，使它活像那种花一个戈比就能买到的马形蜜糖饼干。它多半在想心思。不论是谁，只要被人从犁头上硬拉开，从熟悉的灰色景致里硬拉开，硬给丢到这儿来，丢到这个充满古怪的亮光、不停的喧嚣、熙攘的行人的漩涡当中来，那他就不会不想心事……

　　约纳和他的瘦马已经有很久停在那个地方没动了。他们还在午饭以前就从大车店里出来，至今还没拉到一趟生意。可是现在傍晚的暗影已经笼罩全城。街灯的黯淡的光已经变得明亮生动，街上也变得热闹起来了。

[①] 引自宗教诗《约瑟夫的哭泣和往事》。——俄文本编者注

"赶车的,到维堡区①去!"约纳听见了喊声,"赶车的!"

约纳猛地哆嗦一下,从沾着雪花的睫毛里望出去,看见一个军人,穿一件带风帽的军大衣。

"到维堡区去!"军人又喊了一遍,"你睡着了还是怎么的?到维堡区去!"

为了表示同意,约纳就抖动一下缰绳,于是从马背上和他肩膀上就有大片的雪撒下来……那个军人坐上了雪橇。车夫吧哒着嘴唇叫马往前走,然后像天鹅似的伸长了脖子,微微欠起身子,与其说是由于必要,不如说是出于习惯地挥动一下鞭子。那匹瘦马也伸长脖子,弯起它那像棍子一样的腿,迟疑地离开原地走动起来了……

"你往哪儿闯,鬼东西!"约纳立刻听见那一团团川流不息的黑影当中发出了喊叫声,"鬼把你支使到哪儿去啊?靠右走!"

"你连赶车都不会!靠右走!"军人生气地说。

一个赶轿式马车的车夫破口大骂。一个行人恶狠狠地瞪他一眼,抖掉自己衣袖上的雪,行人刚刚穿过马路,肩膀撞在那匹瘦马的脸上。约纳在赶车座位上局促不安,像是坐在针尖上似的,往两旁撑开胳膊肘,不住转动眼珠,就跟有鬼附了体一样,仿佛他不明白自己是在什么地方,也不知道为什么在那儿似的。

"这些家伙真是混蛋!"那个军人打趣地说,"他们简直是故意来撞你,或者故意要扑到马蹄底下去。他们这是互相串通好的。"

约纳回过头去瞧着乘客,努动他的嘴唇……他分明想要说话,然而从他的喉咙里却没有吐出一个字来,只发出咝咝的声音。

"什么?"军人问。

约纳撇着嘴苦笑一下,嗓子眼用一下劲,这才沙哑地说出口:

---

① 地名,在彼得堡。

"老爷,那个,我的儿子……这个星期死了。"

"哦!……他是害什么病死的?"

约纳掉转整个身子朝着乘客说:

"谁知道呢!多半是得了热病吧……他在医院里躺了三天就死了……这是上帝的旨意哟。"

"你拐弯啊,魔鬼!"黑地里发出了喊叫声,"你瞎了眼还是怎么的,老狗!用眼睛瞧着!"

"赶你的车吧,赶你的车吧……"乘客说,"照这样走下去,明天也到不了。快点走!"

车夫就又伸长脖子,微微欠起身子,用一种稳重的优雅姿势挥动他的鞭子。后来他有好几次回过头去看他的乘客,可是乘客闭上眼睛,分明不愿意再听了。他把乘客拉到维堡区以后,就把雪橇赶到一家饭馆旁边停下来,坐在赶车座位上伛下腰,又不动了……湿雪又把他和他的瘦马涂得满身是白。一个钟头过去,又一个钟头过去了……

人行道上有三个年轻人路过,把套靴踩得很响,互相诟骂,其中两个人又高又瘦,第三个却矮而驼背。

"赶车的,到警察桥去!"那个驼子用破锣般的声音说,"一共三个人……二十戈比!"

约纳抖动缰绳,吧哒嘴唇。二十戈比的价钱是不公道的,然而他顾不上讲价了……一个卢布也罢,五戈比也罢,如今在他都是一样,只要有乘客就行……那几个青年人就互相推搡着,嘴里骂声不绝,走到雪橇跟前,三个人一齐抢到座位上去。这就有一个问题需要解决:该哪两个坐着,哪一个站着呢?经过长久的吵骂、变卦、责难以后,他们总算做出了决定:应该让驼子站着,因为他最矮。

"好,走吧!"驼子站在那儿,用破锣般的嗓音说,对着约纳的后脑壳喷气,"快点跑!嘿,老兄,瞧瞧你的这顶帽子!全彼得堡也找不出比这更糟的了……"

"嘻嘻,……嘻嘻……"约纳笑着说,"凑合着戴吧……"

"喂,你少废话,赶车!莫非你要照这样走一路?是吗?要给你一个脖儿拐吗?……"

"我的脑袋痛得要炸开了……"一个高个子说,"昨天在杜克马索夫家里,我跟瓦西卡一块儿喝了四瓶白兰地。"

"我不明白,你何必胡说呢?"另一个高个子愤愤地说,"他胡说八道,就跟畜生似的。"

"要是我说了假话,就叫上帝惩罚我!我说的是实情……"

"要说这是实情,那么,虱子能咳嗽也是实情了。"

"嘻嘻!"约纳笑道,"这些老爷真快活!"

"呸,见你的鬼!……"驼子愤慨地说,"你到底赶不赶车,老不死的?难道就这样赶车?你抽它一鞭子!唷,魔鬼!唷!使劲抽它!"

约纳感到他背后驼子的扭动的身子和颤动的声音。他听见那些骂他的话,看到这几个人,孤单的感觉就逐渐从他的胸中消散了。驼子骂个不停,诌出一长串稀奇古怪的骂人话,直骂得透不过气来,连连咳嗽。那两个高个子讲起一个叫娜杰日达·彼得罗夫娜的女人。约纳不住地回过头去看他们。正好他们的谈话短暂地停顿一下,他就再次回过头去,嘟嘟哝哝说:

"我的……那个……我的儿子这个星期死了!"

"大家都要死的……"驼子咳了一阵,擦擦嘴唇,叹口气说,"得了,你赶车吧,你赶车吧!诸位先生,照这样的走法我再也受不住了!他什么时候才会把我们拉到呢?"

"那你就稍微鼓励他一下……给他一个脖儿拐!"

"老不死的,你听见没有?真的,我要揍你的脖子了!……跟

271

你们这班人讲客气,那还不如索性走路的好!……你听见没有,老龙①?莫非你根本就不把我们的话放在心上?"

约纳与其说是感到,不如说是听到他的后脑勺上啪的一响。

"嘻嘻……"他笑道,"这些快活的老爷……愿上帝保佑你们!"

"赶车的,你有老婆吗?"高个子问。

"我?嘻嘻……这些快活的老爷!我的老婆现在成了烂泥地罗……哈哈哈!……在坟墓里!……现在我的儿子也死了,可我还活着……这真是怪事,死神认错门了……它原本应该来找我,却去找了我的儿子……"

约纳回转身,想讲一讲他儿子是怎样死的,可是这时候驼子轻松地呼出一口气,声明说,谢天谢地,他们终于到了。约纳收下二十戈比以后,久久地看着那几个游荡的人的背影,后来他们走进一个黑暗的大门口,不见了。他又孤身一人,寂寞又向他侵袭过来……他的苦恼刚淡忘了不久,如今重又出现,更有力地撕扯他的胸膛。约纳的眼睛不安而痛苦地打量街道两旁川流不息的人群:在这成千上万的人当中有没有一个人愿意听他倾诉衷曲呢?然而人群奔走不停,谁都没有注意到他,更没有注意到他的苦恼……那种苦恼是广大无垠的。如果约纳的胸膛裂开,那种苦恼滚滚地涌出来,那它仿佛就会淹没全世界,可是话虽如此,它却是人们看不见的。这种苦恼竟包藏在这么一个渺小的躯壳里,就连白天打着火把也看不见……

约纳瞧见一个扫院子的仆人拿着一个小蒲包,就决定跟他攀谈一下。

"老哥,现在几点钟了?"他问。

---

① 原文是"高雷内奇龙",俄国神话中的一条怪龙。在此用做骂人的话。

"九点多钟……你停在这儿干什么？把你的雪橇赶开！"

约纳把雪橇赶到几步以外去,伛下腰,听凭苦恼来折磨他……他觉得向别人诉说也没有用了……可是五分钟还没过完,他就挺直身子,摇着头,仿佛感到一阵剧烈的疼痛似的;他拉了拉缰绳……他受不住了。

"回大车店去，"他想，"回大车店去！"

那匹瘦马仿佛领会了他的想法，就小跑起来。大约过了一个半钟头,约纳已经在一个肮脏的大火炉旁边坐着了。炉台上,地板上,长凳上,人们鼾声四起。空气又臭又闷。约纳瞧着那些睡熟的人,搔了搔自己的身子,后悔不该这么早就回来……

"连买燕麦①的钱都还没挣到呢,"他想,"这就是我会这么苦恼的缘故了。一个人要是会料理自己的事……让自己吃得饱饱的,自己的马也吃得饱饱的,那他就会永远心平气和……"

墙角上有一个年轻的车夫站起来,带着睡意噢一噢喉咙,往水桶那边走去。

"你是想喝水吧？"约纳问。

"是啊,想喝水！"

"那就痛痛快快地喝吧……我呢,老弟,我的儿子死了……你听说了吗？这个星期在医院里死掉的……竟有这样的事！"

约纳看一下他的话产生了什么影响,可是一点影响也没看见。那个青年人已经盖好被子,连头蒙上,睡着了。老人就叹气,搔他的身子……如同那个青年人渴望喝水一样,他渴望说话。他的儿子去世快满一个星期了,他却至今还没有跟任何人好好地谈一下这件事……应当有条有理,详详细细地讲一讲才是……应当讲一讲他的儿子怎样生病,怎样痛苦,临终说过些什么话,怎样死

---

① 马的饲料。

掉……应当描摹一下怎样下葬,后来他怎样到医院里去取死人的衣服。他有个女儿阿尼西娅住在乡下……关于她也得讲一讲……是啊,他现在可以讲的还会少吗? 听的人应当惊叫,叹息,掉泪……要是能跟娘们儿谈一谈,那就更好。她们虽然都是蠢货,可是听不上两句就会哭起来。

"去看一看马吧,"约纳想,"要睡觉,有的是时间……不用担心,总能睡够的。"

他穿上衣服,走到马房里,他的马就站在那儿。他想起燕麦、草料、天气……关于他的儿子,他独自一人的时候是不能想的……跟别人谈一谈倒还可以,至于想他,描摹他的模样,那太可怕,他受不了……

"你在吃草吗?"约纳问他的马说,看见了它的发亮的眼睛,"好,吃吧,吃吧……既然买燕麦的钱没有挣到,那咱们就吃草好了……是啊……我已经太老,不能赶车了……该由我的儿子来赶车才对,我不行了……他才是个地道的马车夫……只要他活着就好了……"

约纳沉默了一会儿,继续说:

"就是这样嘛,我的小母马……库兹马·约内奇不在了……他下世了……他无缘无故死了……比方说,你现在有个小驹子,你就是这个小驹子的亲娘……忽然,比方说,这个小驹子下世了……你不是要伤心吗?"

那匹瘦马嚼着草料,听着,向它主人的手上呵气。

约纳讲得入了迷,就把他心里的话统统对它讲了……

审 判 前 夜

被告的故事

"要有灾难临头了,老爷!"马车夫用鞭子指着一只横穿过我们道路的兔子,转过身来对我说。

就是没有兔子,我也已经知道我的未来凶多吉少。我正坐着马车到某城地方法院去,我要坐在被告席上为重婚罪受审。天气糟透了。我深夜到达驿站的时候,我的模样像是一个身上沾着雪、浇过水、又挨了一顿痛打的人。我冻得发僵,周身湿透,一路上单调的颠簸弄得我晕头转向。驿站长在驿站上迎接我,他是个高身量的男人,穿一条蓝色花条的内裤,头顶光秃,带着睡意,唇髭似乎是从鼻孔里生出来的,妨碍他闻东西。

老实说,这里的气味也真够人闻的了。临到驿站长嘴里嘟嘟哝哝,呼呼地喘气,搔他衣领里的脖子,推开驿站"客房"的门,一言不发地用胳膊肘向我指一下我安歇的地方,就有一股浓重的酸臭气、火漆味、被人捻死的臭虫的气味向我扑来,呛得我几乎透不过气来。有一盏铁皮的小灯放在桌上,照亮难看的木墙,这盏小灯像松明那样冒着浓烟。

"您这儿臭得很,先生!"我说着,走进去,把我的皮箱放在桌上。

驿站长闻闻空气,不相信地摇了摇头。

"这儿的气味跟平时一样,"他说,搔一搔身子,"这是因为您刚从冷处来。马车夫素来跟马一块儿睡觉,坐车的老爷们呢,身上没有什么气味。"

我打发驿站长走掉,开始观察我的临时住处。那儿有一张长沙发,我过一会儿就要睡上去,像双人床那么宽,蒙着漆布,凉得跟冰一样。这个房间里除了长沙发以外,还有一个很大的铁炉子、一张放着上述小灯的桌子、一双不知什么人的毡靴、一个不知什么人的手提旅行皮包。有一架屏风挡住一个墙角,屏风后面有人在安静地睡觉。我观察一番后,在长沙发上给自己铺好被褥,开始脱衣服。我的鼻子不久就闻惯了臭气。我脱掉上衣、长裤、皮靴,不住地伸懒腰,微笑,缩起脖子,绕着那个铁炉子蹦蹦跳跳,把我的光腿抬得很高。……这一阵跳跃使我暖和多了。这以后剩下来要做的,就是在长沙发上躺下睡觉,然而这当儿却发生了一件小小的意想不到的事。我的目光无意中落在那架屏风上……您再也想不出我多么惊恐!原来屏风里边有个女人的小脑袋正瞧着我。她头发蓬松,睁着一对黑眼睛,露出牙齿。她的两道黑眉毛在动弹,脸上现出两个好看的小酒窝,可见她在笑。我发窘了。小脑袋发现我在看她,也发窘,躲开了。我仿佛有罪似的,低下眼睛,温顺地走到长沙发跟前,躺下去,盖上我的皮大衣。

"多么意想不到!"我想,"那么她瞧见我怎样蹦跳了!这可不好。……"

我回想那张俊俏的小脸的轮廓,不由自主地胡思乱想起来。许多画面在我脑海里涌现,一个比一个美丽,一个比一个诱人,后来……后来,仿佛为了惩罚我那些有罪的思想似的,我忽然感到右脸上一阵热辣辣的剧痛。我就抓住脸颊,结果什么也没捉到,不过我已经猜出是怎么回事:我闻到被捻死的臭虫的气味了。

"鬼才知道是怎么回事!"我同时听见一个女人的说话声。

"这些该死的臭虫,大概要把我活活咬死!"

嗯!……我想起了我的好习惯:我上路总是带着波斯粉的。这一次我也没有违反这种习惯。不出一秒钟,一个装着波斯粉的铁盒就从我的皮箱里取出来了。现在只要问一问那个俊俏的小脑袋要不要用这种驱除"百科全书"①的药,那我就能跟她认识了。可是怎样开口呢?

"这真要命!"

"太太,"我用尽量悦耳的声调说,"您刚才喊了一声,根据我的理解,大概是臭虫在咬您吧。我倒有波斯粉。要是您乐意的话,那么……"

"啊,劳驾!"

"既是这样,那我马上……只要穿上皮大衣,就给您送去……"我高兴地说。

"不,不。……您隔着屏风递给我,不用走到这边来!"

"我自己也知道隔着屏风递给您。您不要害怕,我不是什么杀人不眨眼的强盗。……"

"谁知道您呢!您是过路的人。……"

"嗯!……其实我送到屏风后面去也成。……这没什么了不得的……何况我又是个医生,"我撒谎道,"医生、警官、妇女的理发师,是有权利闯进别人的私生活的。"

"您说您是医生,这是真的吗?您是认真说的吗?"

"真话。那么您容许我把这药粉给您送过去?"

"哦,既然您是医生,那就行了。……不过,何必麻烦您呢?我可以打发我的丈夫到您那边去。……费佳!"黑发女人压低喉咙说,"费佳!你倒是醒一醒啊,蠢货!你起来,到屏风外边去。

---

① 指臭虫。

277

那位大夫心眼真好,要我们用一下他的波斯粉。"

屏风后边居然有个"费佳",这成了使我目瞪口呆的新闻。我仿佛当头挨了一斧子似的。……我心里充满了一种像枪支的扳机卡壳那样的感觉:又是害臊,又是烦恼,又是遗憾。……我的心绪那么恶劣,临到费佳从屏风后边走出来,我觉得他简直是坏蛋,我差点喊救命。费佳是个高身量的人,体格强壮,年纪五十上下,留着花白的络腮胡子,抿紧他那张文官的嘴,鼻子和两鬓爬满纠结的青筋。他身上穿着睡衣,脚上趿拉着拖鞋。

"您很客气,大夫……"他说着,从我手里接过波斯粉,随后就扭转身回到屏风后边去了。"谢谢①。……您也遇上暴风雪了吗?"

"是啊!"我嘟哝着,在长沙发上躺下,没好气地拉过我的皮大衣来,盖在身上,"是啊!"

"哦。……齐诺琪卡,有个小臭虫在你的小鼻子上爬来爬去!让我来拿掉它!"

"行啊,"齐诺琪卡说,笑起来,"你没把它捉住!堂堂一个五等文官,人人见了都害怕,可是连个臭虫也对付不了!"

"齐诺琪卡,当着外人的面……"他叹口气,"你老是这样。……真是的。……"

"这些可恶的东西,简直不让人睡觉!"我嘟哝道,自己也不知道为什么生那么大的气。

不过这对夫妇不久就安静下来。我闭上眼睛,什么也不去想,一心睡觉。可是半个钟头过去,一个钟头过去了……我仍然没有睡着。最后我的邻人也不住地翻身,小声骂起来。

"奇怪,连波斯粉也无济于事!"费佳叽叽咕咕说,"多得不得

---

① 原文为法语。

了,这些臭虫!……大夫!齐诺琪卡要我问一问您:为什么臭虫的气味这么难闻?"

我们攀谈起来。我们讲臭虫、天气、俄国的冬天,讲医学,而我对医学如同对天文学那样一窍不通。我们还谈到爱迪生①。……

"你,齐诺琪卡,不用拘礼了。……要知道他是个大夫嘛!"在谈完爱迪生后我听见窃窃私语声,"你不必拘礼,管自问吧。……用不着害怕。谢尔威佐夫不灵,可是这位大夫也许灵。"

"你问吧!"齐诺琪卡小声说。

"大夫,"费佳就对我说,"为什么我的妻子胸口常常憋闷?您知道,她有点咳嗽……她觉得憋闷,您知道,仿佛胸口有个什么东西凝成了硬块似的。……"

"这就说来话长了,一下子是说不完的……"我有意避而不谈。

"哦,其实说得长一点又有什么关系?有的是时间……反正我们也睡不着。……您给她看看病吧,好人!应当跟您说一声,谢尔威佐夫常给她治病。……他是个好人,不过……谁知道他的医道怎样呢?我不相信他!不相信!我看得出您不打算插手,不过请您费心吧!您给她看看病,我趁这个时候到驿站长那儿去,吩咐他烧茶炊。"

费佳趿拉着拖鞋,走出去。我就走到屏风后边。齐诺琪卡在一张宽阔的长沙发上坐着,周围有许多枕头。她抓住她的花边领口。

"请您伸出舌头!"我皱起眉头,在她身旁坐下,开口说。

她就伸出舌头,而且笑起来。那是一条平常的红舌头。我开始按她的脉搏。

---

① 爱迪生(1847—1931),美国发明家、企业家。

"嗯……"我哼哼哈哈说,却找不到她的脉搏在哪儿。

现在我已经记不得我瞅着她的笑脸都问过些什么话,我只记得诊断快要结束的时候,我已经成了傻瓜和呆子,根本顾不上问话了。

最后我由费佳和齐诺琪卡陪着在茶炊旁边坐下。这时候必须开药方才行,我就按照医学的全部规格写道:

> Rp. Sic transit 0.05
> Gloria mundi 1.0
> Aquae destillatae 0.1①
> 每隔两小时服一汤匙。
> 谢洛娃太太　　　　　　　医生扎依采夫。

早晨,临到我完全准备好动身,手里提着皮箱,同我的新相识告别,准备永久分手的时候,费佳却摸着我的纽扣,递给我一张十卢布钞票,劝我说:

"不,您一定得收下!我已经养成习惯,对一切诚实的劳动,素来付给报酬!您学习过,出过力!您的学识是您用血汗得来的!我了解这一点!"

我没有办法,只得收下那张十卢布钞票。

我在受审的前夜大体上就是这样度过的。我不打算描写后来法庭的门在我面前打开,法警对我指一下被告席的时候,我心里生出什么样的感触。我只想说,临到我回过头去看一眼,瞧见成千只眼睛瞅着我,我就脸色煞白,心慌意乱了。我看一眼那些陪审员严

---

①　拉丁语:处方。就是这样过去 0.05
　　　尘世的荣华 1.0
　　　蒸馏水 0.1
　（前两种药名是由拉丁语的格言"尘世的荣华就是这样过去"拆成的。）

肃庄重的外貌,就感到我在劫难逃了。……

然而我没法描写,而且您也不能想象,等我抬起眼睛看那张铺着红呢面的桌子,瞧见检察官的位子上坐着……您猜是谁?……原来就是费佳的时候,我是多么惊恐呀!他正坐在那儿,写什么东西。我瞧着他,想起了臭虫、齐诺琪卡、我的诊断,于是,不光是一股冷气,而是整个北冰洋,顺着我的脊梁流下去。……他写完后,抬起眼睛瞧着我。起初他没认出我来,可是随后他的瞳孔放大,下巴无力地垂下来……他的手开始颤抖。他慢腾腾地站起来,用死鱼般的眼睛盯住我。我也站起来,自己也不知道为什么,眼睛直直地瞧着他。……

"被告,请您向法庭说明您的姓名等等。"审判长开口说。

检察官坐下去,喝下一大杯清水。他的额头上冒出了冷汗。

"得,我要遭殃了!"我暗想。

从一切迹象来看,检察官决定要惩治我。他一直生气,翻阅证人的供词,使性子,抱怨。……

不过,现在应该结束这篇东西了。我是趁午饭的休息时间在法院里写的。……检察官马上就要发言了。

结局会怎样呢?

风　　波

　　玛申卡·帕夫列茨卡娅是个非常年轻的姑娘,刚刚在贵族女子中学毕业,这一天她在外面散步后,回到库什金家,她是在那儿做家庭教师的。不料她正碰上一场非同小可的风波。给她开门的看门人米哈伊洛神情激动,脸红得跟大虾一样。

　　楼上传来一片嘈杂声。

　　"多半是女主人发病了……"玛申卡暗想,"要不然就是她跟丈夫吵架……"

　　她在前厅和过道里都遇见了使女。有个使女在哭。随后玛申卡瞧见从她自己的房间里跑出一个人来,正是男主人尼古拉·谢尔盖伊奇。他是个身材矮小的男人,年纪还不算老,脸上却已经皮肉松弛,头顶秃了一大块。他脸色通红,浑身发抖……他没看见这个女家庭教师,径自从她身旁走过去,举起双手,叫道:

　　"啊,糟透了!多么鲁莽!多么愚蠢,野蛮!太可恶了!"

　　玛申卡走进她的房间,在这儿,她有生以来第一次极其尖锐地体验到凡是寄人篱下、听人摆布、靠富贵人家的面包过活的人所熟悉的那种心情。原来她的房间正遭到搜查。女主人费多西娅·瓦西里耶夫娜在她桌子旁边站着,把她的毛线球、布块、纸片……放回她的针线袋里。那女人是个体态丰满、肩膀很宽的太太,没戴头巾,生着两道乌黑的浓眉,颧骨突出,嘴唇上生着隐约可见的唇髭。

她那两只通红的手、她那张脸和她那姿态,都像是一个普通的村妇和厨娘……女家庭教师的出现分明出乎她的意外,因为她回头一看,见到女家庭教师苍白而惊讶的脸容,就有点慌了手脚,支支吾吾地说:

"Pardon①。我……无意中弄撒了这些东西……是我的袖子碰翻的……"

库什金娜太太又说了几句别的话,就把她的长衣裙弄得沙沙地响,走出去了。玛申卡用惊愕的眼睛扫一眼她的房间,一点也不明白这是怎么回事,也不知道该怎样想才好,只是耸起肩膀,害怕得浑身发凉……费多西娅·瓦西里耶夫娜在她的袋子里找什么呢?如果确实像她说的那样,她是一不小心让衣袖碰翻了袋子,把东西弄撒的,那么尼古拉·谢尔盖伊奇为什么从她房间里跑出去,脸那么红,神情那么激动呢?为什么书桌上的一个抽屉略微拉开了一点?女家庭教师有个贮钱盒,原是用来收藏十戈比银币和旧邮票的,现在却打开了。人家把它打开后,虽然想关上,而且把锁抓得满是指痕,却还是关不上。书架、桌面、床铺都带着新搜查过的痕迹。装内衣的筐子也是如此。本来那些内衣叠得整整齐齐,然而现在却不像玛申卡出门的时候那么井然有序了。可见这次搜查是认真的,极其认真的,然而这是什么意思,什么缘故呢?出了什么事呢?玛申卡回想看门人的激动,回想目前还在延续的纷乱,回想泪痕斑斑的使女,莫非这一切都同刚才在她房间里进行的搜查有关?莫非她牵连到一件可怕的事情里去了?玛申卡脸色煞白,周身发凉,身不由己地往那个装内衣的筐子上坐下。

有个使女走进房间来。

"丽莎,您知道他们为什么……搜查我的东西吗?"女家庭教

---

① 法语:对不起。

师问她说。

"太太丢了一个值两千卢布的胸针……"丽莎说。

"哦,可是为什么搜查我呢?"

"他们,小姐,把所有的人都搜查遍了。我的东西也统统搜查过……他们把我们身上的衣服剥得精光,搜我们……上帝作证,小姐,我……从来也没有到她的梳妆台跟前去过,更别说拿她的胸针了。就是到了警察局我也要这么说。"

"可是……为什么要搜我的东西呢?"女家庭教师仍然大感不解。

"我跟您说过,有个胸针让人偷去了……太太亲手把所有的东西都翻遍。就连看门人米哈伊洛她都搜过。简直是丢脸!尼古拉·谢尔盖伊奇光是瞧着,呱呱地叫一通,就跟母鸡似的。不过您,小姐,用不着这么发抖。在您这儿什么也没找着!要是您没拿那个胸针,就用不着害怕。"

"可是要知道,丽莎,这是卑鄙……欺负人,"玛申卡说,愤懑得上气不接下气,"要知道这是下流,卑鄙!她有什么权利怀疑我,翻我的东西?"

"您是住在别人家里,小姐,"丽莎叹道,"虽然您是位小姐,不过也还是……跟仆人差不多……这跟在爹娘家里住着可不一样……"

玛申卡扑在床上,伤心地放声痛哭。她从来没有遭到过这样的迫害,也从来没有受过像现在这样深重的侮辱……她是个有良好教养而且敏感的姑娘,又是教师的女儿,可是现在人家居然怀疑她偷东西,搜查她,把她当做街头女人一样!比这再厉害的侮辱似乎都没法想象了。而且除了这种受屈的感觉以外,还有沉重的恐惧:今后还会怎样?!种种荒谬的想法钻进她的头脑里。既然人家能够怀疑她偷东西,那他们现在也可能拘禁她,把她的衣服脱光,把她里里外外搜查一番,然后派人押着她走过大街,把她关进又黑又冷而且满是耗子和甲虫的牢房里,就跟幽禁塔拉卡诺娃郡主的牢房①一样。谁会来给她作主呢?她父母住在遥远的外省,他们没有钱乘火车到她这儿来。她在这个京城孤身一人,就跟住在荒野上似的,既没有亲人,也没有朋友。人家要怎样处置她就能怎样处置她。

"我要跑到所有的法官和辩护人那儿去……"玛申卡想,不住地发抖,"我要向他们解释清楚,我要起誓……他们会相信我不可能是贼!"

玛申卡想起她衣筐里被单底下放着一些甜食,这是她按照在贵族女子中学里养成的老习惯,吃饭时候藏在衣袋里,带回自己房间里来的。她想到她这个小小的秘密已经被女主人识破,就不由得周身发热,害臊起来。由于这一切,由于恐惧和羞臊,由于受屈,她的心猛烈地跳起来,弄得她的两鬓、双手、肚子深处也猛烈地跳动不已。

"请您去吃饭!"仆人来请玛申卡。

"去不去呢?"她想。

玛申卡整理一下头发,用湿手巾擦一把脸,走进饭厅。那儿已经开始吃饭……饭桌的一头坐着费多西娅·瓦西里耶夫娜,大模大样,脸容死板而严肃。饭桌的另一头坐着尼古拉·谢尔盖伊奇。饭桌两旁坐着客人和孩子们。伺候吃饭的是两个听差,身穿礼服,手上戴着白手套。大家都知道这个家庭起了风波,都知道女主人闷闷不乐,就都沉默不语。只有嚼东西的声音和汤匙碰响盆子的

---

① 塔拉卡诺娃郡主是一个年轻貌美的女人,在俄国女皇叶卡捷琳娜二世时期,自称是故女皇伊丽莎白的女儿,后被捕,死在牢房里。俄国画家弗拉维茨基在一八六四年完成的画《塔拉卡诺娃公主》描绘了她被关在牢房里的情景。——俄文本编者注

声音。

谈话是由女主人自己开的头。

"我们的第三道菜是什么?"她用懒洋洋的痛苦声调问听差说。

"De l'esturgeon à la russe,"①听差回答说。

"这道菜是我点的,费尼娅②……"尼古拉·谢尔盖伊奇赶紧说,"我想吃鱼。要是你,ma chère③,不喜欢吃,那就叫他们不用端上来了。反正我也是随便点的……一时高兴罢了……"

费多西娅·瓦西里耶夫娜不喜欢吃不是由她本人点的菜,这时候眼睛里就含满了泪水。

"得了,您不要激动,"她的家庭医师马米科夫用甜蜜蜜的声调说,轻轻碰一下她的手,而且同样甜蜜蜜地微笑着,"就是没有这件事,我们也已经够烦恼的了。我们忘掉那个胸针吧!健康总比两千卢布贵重!"

"我倒不是心疼那两千卢布!"女主人回答说,大颗的泪珠顺着脸颊流下来,"惹我气愤的是这件事本身!我不能容忍我家里有贼。钱我倒不心疼,一点也不心疼,可是偷我的东西,未免太忘恩负义!我待人好心好意,人家却这么报答我……"

人人都瞧着自己的菜碟,然而玛申卡却觉得女主人说完那些话后,大家似乎都瞧着她。她忽然觉得喉头堵得慌,就哭起来,用手绢蒙上脸。

"Pardon,"她喃喃地说,"我受不住了。我头痛。我要走了。"

她从桌旁站起来,笨手笨脚地碰响自己的椅子,越发心慌意乱,赶紧走出去了。

---

① 法语:俄式鲫鱼。
② 费多西娅的爱称。
③ 法语:我亲爱的。

"上帝才知道是怎么回事!"尼古拉·谢尔盖伊奇忍不住说,皱起眉头,"何必去搜查她的房间!这件事,真的,……办得多么不得当。"

"我并没有说她拿了那个胸针,"费多西娅·瓦西里耶夫娜说,"不过你能替她担保吗?我,老实说,对这些念过书的穷人是不大相信的。"

"真的,费尼娅,这件事不得当……对不起,费尼娅,根据法律,你没有任何权利进行搜查。"

"我不懂你们那些法律。我只知道我的胸针丢了,就是这么的。而且我要把那个胸针找到!"她说着,把叉子当的一响摔在她的菜碟上,气愤得两眼放光,"您吃您的饭,不要管我的事!"

尼古拉·谢尔盖伊奇顺从地低下眼睛,叹口气。这时候玛申卡已经回到她的房间里,扑在床上了。现在她已经不再感到恐惧,也不再觉得羞臊,只有一种强烈的愿望折磨着她,就是恨不得走到那边去,给那个冷酷、傲慢、愚蠢、有福的女人一个清脆的耳光才好。

她躺在床上,鼻子对着枕头呼吸,幻想着如果现在她能出去买来一个最贵重的胸针,朝着那个任性胡为的女人脸上扔过去,那才痛快呢。只求上帝大显神通,叫费多西娅·瓦西里耶夫娜倾家荡产,沿街乞讨,领略一下贫困和不能自主的地位的种种惨痛,然后再让受了侮辱的玛申卡给她一点施舍才好。啊,但愿能得到一大笔遗产,买上一辆四轮马车,坐着它辘辘响地经过她的窗前,惹得她看着眼红才好!

然而所有这些都是幻想,在现实生活里她只有一件事可做,就是赶快走掉,再也不在这儿多待一个钟头。不错,丢掉这个职位,又回到一贫如洗的父母身边去是可怕的,可是有什么办法呢?玛申卡再也不愿意看见女主人,再也不愿意看见自己的小房间,她觉得这儿又气闷又可怕。费多西娅·瓦西里耶夫娜总爱谈她的病,总爱装出贵族的气派,简直着了魔,惹得玛申卡讨厌透了,似乎人间万物都因为有这个女人活着而变得粗俗可恶了。玛申卡跳下床来,动手收拾行李。

"可以进来吗?"尼古拉·谢尔盖伊奇在门外问道。他悄悄地走到房门跟前,用轻柔的声调说,"可以吗?"

"请进。"

他走进来,在房门近旁站住。他的眼睛黯淡无光,小红鼻子发亮。饭后他喝了啤酒,这可以从他的步态和软弱无力的双手看出来。

"这是怎么了?"他指一指衣筐问道。

"我在收拾行李。对不起,尼古拉·谢尔盖伊奇,我不能再在您家里住下去了。这种搜查深深地侮辱了我!"

"我明白……只是您不该这样……何必呢?您遭到了搜查,可是您……那个……这于您有什么妨碍呢?您又不会因此吃什么亏。"

玛申卡没有说话,继续收拾行李。尼古拉·谢尔盖伊奇捻着唇髭,仿佛在盘算还应该说些什么,然后用讨好的口气继续说:

"我,当然,是明白的,不过您应当体谅她才对。您知道,我的妻子脾气躁,任性,对她不能太认真……"

玛申卡一言不发。

"既是您感到这么委屈,"尼古拉·谢尔盖伊奇继续说,"那好吧,我来向您道歉。请您原谅。"

玛申卡什么话也没回答,光是把腰弯得更低,凑近皮箱。这个形容憔悴、优柔寡断的人在这个家庭里丝毫也不起作用。他无异于一个可怜的食客和多余的人,甚至在仆人们眼里也是如此。他的道歉也是毫无意义的。

"嗯……您不说话?您觉得这还不够?既是这样,我就替我的妻子道歉。用我妻子的名义……我以贵族的身分承认,她办事鲁莽……"

尼古拉·谢尔盖伊奇走来走去,叹口气,继续说:

"这样看来,您还要我这儿,喏,我的心底里痛苦……您是要我的良心折磨我……"

"我知道,尼古拉·谢尔盖伊奇,这不能怪您,"玛申卡说,用沾着泪痕的大眼睛直直地瞧着他的脸,"您何必自寻烦恼呢?"

"当然……不过您还是……那个……不要走吧……我求求您。"

玛申卡否定地摇一下头。尼古拉·谢尔盖伊奇在窗旁站住,用手指头轻叩着窗上的玻璃。

"对我来说,这类误会简直就是苦刑,"他费力地说,"怎么样,您要我在您面前跪下还是怎么的?您的自尊心受了伤害,于是您就哭着,准备走了,可是要知道,我也有自尊心啊,这您就不顾了。或者您是要我对您说出我在举行忏悔礼的时候也不愿说出口的话?您是要这样吗?您听着,您是要我说穿连我在临终忏悔的时候对神甫也不肯说穿的事吗?"

玛申卡没有答话。

"我妻子的胸针是我拿的!"尼古拉·谢尔盖伊奇很快地说,"现在您称心了吧?您满意了吧?对,就是我……拿的……不过,当然,我希望您保守秘密……看在上帝份上,您对外人一句话也别说,半点口风也不要漏出去!"

玛申卡又惊又怕,继续收拾行李。她抓住她的衣物,揉成一团,胡乱塞进皮箱和衣筐里。现在,经尼古拉·谢尔盖伊奇坦率地说穿以后,她在这儿就连一分钟也待不下去了,甚至不明白以前她怎能在这个人家住下来。

"这没有什么可奇怪的……"尼古拉·谢尔盖伊奇沉默了一

289

会儿,继续说,"这件事很平常! 我缺钱用,她呢……不给。要知道,这所房子和这一切都是我父亲挣下的,玛丽亚①·安德烈耶夫娜! 要知道这一切都是我的,就连那个胸针也是我母亲的……全是我的! 可是她都拿去了,霸占了一切东西……您会承认,我没法跟她打官司啊……我恳切地请求您,请您原谅,而且……而且留下来吧。Tout comprendre, tout pardonner②。您肯留下来吗?"

"不!"玛申卡坚决地说,开始发抖,"请您躲开我,我求求您。"

"哎,求上帝跟您同在,"尼古拉·谢尔盖伊奇叹道,在皮箱旁边一个凳子上坐下,"我,老实说,喜欢那些还能有受侮辱、蔑视人等等感情的人。我情愿一辈子坐在这儿瞧着您愤慨的脸……这样说来,您不肯留下了? 我明白……事情也不能不是这样……是啊,当然……您这样一走,倒挺自在,却苦了我,唉唉! ……这个地牢我连一步也迈不出去。我原想到我们一个庄园上去,可是那儿也到处都是我妻子的爪牙……什么总管啦,农艺师啦,叫他们见鬼去吧。他们把田产抵押了又抵押……于是你就钓不得鱼,踩不得草,砍不得树。"

"尼古拉·谢尔盖伊奇!"从大厅里传来费多西娅·瓦西里耶夫娜的说话声,"阿格尼娅,去把老爷叫来!"

"那么您不肯留下来了?"尼古拉·谢尔盖伊奇很快地问道,站起来,往门口走去,"其实您应该留下来,真的。每到傍晚我也好到您这儿来……谈一谈心。啊? 您留下来吧! 您一走,整个这所房子里就连一张人脸也看不到了。这岂不可怕!"

尼古拉·谢尔盖伊奇苍白而憔悴的脸上露出恳求的神情,可是玛申卡否定地摇一下头。他就挥一挥手,走出去了。

过了半个钟头,她已经上路了。

---

① 女家庭教师的本名,玛申卡是爱称。
② 法语:了解一切就原谅一切。

醉汉同清醒的魔鬼的谈话

前军需署官员,退休十等文官拉赫玛托夫,在家里桌子旁边坐着,一面喝第十六杯酒,一面思考博爱、平等和自由。忽然,一个魔鬼在桌灯后面出现,瞅着他。……可是,女读者,请您不要害怕。您可知道魔鬼是什么模样?他是个相貌好看的青年人,脸色黑得像皮靴一样,两只红眼睛富于表情。……虽然他没结婚,可是他头上却生着犄角①。……他梳的是卡普尔发型。他周身生满绿毛,发散出狗的气味。他背脊底下有根尾巴摆动,尾巴顶端像是一支箭。他没有生手指头而生着爪子,没有生脚而生着马一般的蹄子。拉赫玛托夫看见魔鬼,有点心慌意乱,可是后来想起绿色的魔鬼有一种愚蠢的习惯,常去看望一切带醉意的人②,于是他很快就放心了。

"请问尊驾是什么人?"他对不速之客说。

魔鬼发窘,低下眼睛。

"您不要拘礼……"拉赫玛托夫继续说,"您走过来点。……我是个没有成见的人,您管自诚诚恳恳跟我谈话……心里有什么就说什么。……您是什么人?"

---

① 按神话传说,魔鬼头上有角。同时,在俄国俗谚中,说男人头上有角,意思就是"戴绿头巾"。

② 在俄语中,形容大醉常说"醉得见到了绿色的魔鬼"。

魔鬼迟疑地往拉赫玛托夫跟前走去,夹住尾巴,彬彬有礼地鞠躬。

"我是魔鬼,或者叫鬼怪……"他自我介绍说,"我是地狱办公厅主任撒旦①先生阁下的特任官!"

"我听说过,听说过。……很高兴。请坐!要喝点白酒吗?很高兴。……那么您做什么工作呢?"

魔鬼更加窘了。……

"确切地说,我没有固定的工作……"他回答说,心慌得连连咳嗽,用《谜》②擤鼻涕。"以前我们倒确实有工作要做。……我们诱惑人……把他们从正路引到邪路上去。……可是现在,让我们背地里说一句③,这种工作毫无意义了。……正路已经没有,因而也就不用去引。再者人变得比我们狡猾了。……既然人家在大学里学过各种学问,什么样的事情都经历过,哪还用得着外人来引诱!如果您不用我帮忙就已经捞到了成千的卢布,我何必再来教您如何贪污一卢布呢?"

"这话不错。……不过话说回来,您总得干点什么吧?"

"是的。……我们以前的职务,现在仅仅是空有其名,不过我们仍然有工作可做。……什么诱惑女学监啦,怂恿青年们写诗啦,调唆喝醉的商人们去打破镜子啦。……至于政治、文学、科学方面,我们早已不再过问了。我们对这些事简直一窍不通。……我们倒有许多位常给《谜》写稿子,甚至还有些人干脆脱离地狱,到人间来了。……这些退休的魔鬼来到人间,同有钱的商人女儿结了婚,如今生活得倒蛮好呢。其中有些干律师的行当,另外一些办

---

① 基督教经书中的恶魔。
② 在彼得堡发行的一种"有关招魂术、心理学、扶箕等问题的通俗科学周刊"。——俄文本编者注
③ 原文为法语。

报纸,大体来说都成了精明强干、颇受尊敬的人!"

"请您原谅我冒昧提出一个问题:您挣多少薪金?"

"我们的情况跟从前一样……"魔鬼回答说,"我们的体制丝毫也没有改变。……公家照旧供给我们宿舍、照明、取暖设备等等。……讲到薪金,我们是没有的,因为我们都算是编外人员,而且因为魔鬼是荣誉职位。……总之,说实话,我们生活得很差,简直要沿街乞讨了。……幸亏人类教会我们受贿,要不然我们早就呜呼哀哉了。……我们完全靠这种收入生活。……既然有人供我们这些有罪的人吃喝,那就……捞一把吧。……撒旦已经老了,经常去看祖基的戏,如今已经顾不上听取我们的报告了。……"

拉赫玛托夫给魔鬼斟上一杯白酒。魔鬼就喝下去,畅谈起来。他叙述地狱的种种内幕,吐露衷曲,哭了一场。拉赫玛托夫非常喜欢他,甚至留他在自己家里过夜。魔鬼就睡在炉子里,通宵说梦话。快到天亮,他不见了。

演 员 之 死

　　专演高贵的父亲和忠厚人角色的演员希普佐夫是个又高又壮的老人,与其说以演剧的才能著称,还不如说以非凡的体力出名。有一天,剧院在演戏,他却同剧团经理"破口大骂"起来。他们正骂得不可开交,忽然他感到胸膛里有个什么东西断成两截了。剧团经理茹科夫每次跟外人激烈争吵后,总要歇斯底里地大笑,昏倒在地,可是这回希普佐夫却没等闹到这样的结局,就匆匆忙忙回家去了。这场相骂以及他胸膛里断裂的感觉,闹得他心情极其激动,他竟然忘记洗掉脸上的油彩,光是扯掉假胡子就走出剧院了。

　　希普佐夫回到旅馆房间里,从这个墙角走到那个墙角,来来回回走了很久,后来在床上坐下,用拳头支着脑袋,开始沉思。他一动也不动,一点声音也不出,就这样一直坐到第二天下午两点钟,这时候喜剧演员西加耶夫走进房间来。

　　"你这是怎么了,呆子伊凡诺维奇,为什么没去排戏?"喜剧演员抑制着喘息,开口指责他,弄得满房间都是酒气,"你上哪儿去了?"

　　希普佐夫一句话也没回答,光是抬起四周抹着油彩的浑浊的眼睛瞧着喜剧演员。

　　"你至少也该把你这副嘴脸洗干净!"西加耶夫继续说,"瞧着都叫人害臊!你必是喝多了酒,或者……莫非你生病了?你怎么不说话呀？我问你：你病了吗？"

希普佐夫没有开口。尽管他脸上涂抹得不像样子，然而喜剧演员凝神细看，却不能不发觉他脸色异常苍白，不住地出汗，嘴唇发抖。他的手脚也颤抖，而且这个高大的忠厚人的整个魁梧身躯也好像经谁践踏过、踩扁了似的。喜剧演员匆匆地把这个房间扫了一眼，可是既没看见大酒罐，也没看见酒瓶，更没看见别的什么可疑的器皿。

"你知道，米舒特卡，真的，你生病了！"他着急地说，"我说了假话就叫上帝惩罚我，你生病了！你脸色变了！"

希普佐夫没有开口，无精打采地瞧着地板。

"你这是着凉了！"西加耶夫继续说，拿起他的手来，"瞧，你这手好烫！你哪儿不舒服？"

"我想回……回家。"希普佐夫喃喃地说。

"难道你现在不是在家里？"

"不……我要回维亚济马城。……"

"嘿，你怎么会想到要上那儿去！你坐上车即使走三年也到不了你那个维亚济马城。……怎么，你要去找你的爹娘？恐怕他们早已烂掉，连他们的坟也找不着了。……"

"那儿有我的家……家乡。……"

"得了，用不着这么闷闷不乐，用不着。这种变态的感情，老兄，再糟也没有了。……你快点恢复健康吧，明天你还得在《谢列勃良内公爵》①里演米特卡②呢。要知道，这个角色没有别人能演。你喝点什么热东西，吃点蓖麻子油③吧。你有钱买蓖麻子油

---

① 根据俄国剧作家阿·康·托尔斯泰(1817—1875)的同名历史长篇小说改编成的话剧。——俄文本编者注
② 上述剧本中的一个人物，是一个忠厚、笨拙的大力士。
③ 一种轻泻剂。

吗？要不然你等一下,我去跑一趟,给你买来。"

喜剧演员摸一下衣袋,找到一枚十五戈比硬币,就往药房跑去。过了一刻钟他回来了。

"喏,喝吧!"他把药瓶送到高贵的父亲嘴边,说,"你就凑着瓶嘴喝。……一口喝下去!这就对了。……喏,现在你吃点丁香,免得你的灵魂沾上这种脏东西的臭气。"

喜剧演员在病人身旁又坐了一会儿,然后温柔地吻他一下,走掉了。将近傍晚男一号①勃拉玛-格林斯基跑到希普佐夫这儿来了。这个有才华的演员穿一双蒙着绒面的中筒皮靴,左手戴着手套,嘴里叼着雪茄,甚至身上带着葵花香精的气味,可是他仍然极像是一个漂泊到没有澡堂、没有洗衣坊、没有裁缝的地方的旅客。……

"我听说你病了?"他转一下靴后跟,扭过身来,对希普佐夫说,"你怎么了?真的,你怎么了?……"

希普佐夫没说话,也不动弹。

"你怎么不说话呀?头昏还是怎么的?哦,那你就别开口,我不来纠缠你……你别开口了。……"

勃拉玛-格林斯基(这是他在剧团里所用的姓,在他的身份证上他姓古斯科夫)走到窗跟前,把两只手插在衣袋里,开始瞧着街上。他的眼睛前面展开一块广大的荒地,围着一道灰白的墙,沿墙有一片去年的牛蒡,密密麻麻。过了那片荒地就是黑乎乎的一个工厂,不知是什么人办的,已经弃置不用,窗户完全封闭了。有一只迟归的寒鸦绕着工厂的烟囱盘旋。整个这幅枯燥无味、缺乏生气的画面已经开始蒙上薄薄的一层暮霭。

"我要回家!"男一号听见了说话声。

---

① 原文为法语。

"回哪儿的家?"

"回维亚济马城……回家乡。……"

"这儿离维亚济马城,老兄,有一千五百俄里远呢……"勃拉玛-格林斯基叹道,用手指头轻轻叩着窗玻璃,"你为什么要到维亚济马城去呢?"

"我要在那儿死。……"

"哼,这是怎么说的,胡思乱想!什么死不死的。……他生平第一次得病,就已经认为死期到了。……不,老兄,像你这样的水牛是任什么霍乱也降伏不了的。你会活到一百岁呢。……你哪儿不舒服?"

"没有什么地方不舒服,可是我……觉得……"

"你什么也没觉得,这都是因为你身子太结实了。你的体力在闹腾。你现在该好好喝一通,要喝到,你知道,你整个身子里天翻地覆为止。喝它一醉是很能提神的。……你记得你在罗斯托夫城里闹成什么样子吗?主啊,想起来都可怕!我跟萨希卡两个人抬回一桶葡萄酒来,你一个人就把它喝光,后来还打发人去买朗姆酒①来。……你醉得用口袋去捉魔鬼,把街灯的柱子连根拔起来。你记得吗?那时候你还打过希腊人呢。……"

在这种愉快的回忆影响下,希普佐夫的脸才有点开朗起来,他的眼睛放光。

"那么你记得我怎样把剧团经理萨沃依金打了一顿吗?"他抬起头来喃喃地说,"其实这有什么可说的!我这辈子打过三十三个剧团经理,至于小一点的人物,那更不用提了。而且我打过的都是些多么了不起的剧团经理!他们神气得很,连风也不准刮到他们身上来!我打过两个有名的作家,一个画家!"

---

① 一种用甘蔗汁发酵和蒸馏酿成的烈性酒。

"可是你哭什么?"

"在赫尔松城我用拳头打死过一匹马。在塔甘罗格城,有一天夜里,一群坏蛋,约莫有十五个人,扑到我身上来。我呢,把他们的帽子一概抢走了。他们就跟在我身后央求我说:'大叔,把帽子还给我们吧!'真有过这样的事。"

"可是傻瓜,你为什么哭呀?"

"现在全完了……我觉得。我要到维亚济马城去!"

随后是停顿。沉默了一阵以后,希普佐夫忽然跳起来,拿起帽子。他神色慌张。

"再见!我到维亚济马城去!"他说,身子摇摇晃晃。

"那么一路的盘费呢?"

"嗯!……我走着去!"

"你发疯了。……"

两个人互相瞧着,大概因为两个人脑子里都闪过同样的思想,都想起了一望无际的原野、无穷无尽的森林、沼泽地带。

"不,我看,你鬼迷心窍了!"男一号断定道,"你听我说,老兄。……头一件事是你躺下来,然后就着茶喝白兰地,为的是出一身汗。嗯,当然,还得喝蓖麻子油。等一下,上哪儿去拿白兰地呢?"

勃拉玛-格林斯基想一想,决定到女商人齐特陵尼科娃那儿去,设法要她答应赊账:说不定那个女人心软,肯答应赊账的!男一号就走了,过了半个钟头拿着一瓶白兰地和蓖麻子油回来。希普佐夫照旧在床上坐着不动,沉默不语,瞅着地板。他的朋友要他喝蓖麻子油,他就随口喝下去,像一架自动机似的,自己并不觉得自己在喝。随后,又像一架自动机似的,他挨着桌子坐下,就着茶喝白兰地。他心不在焉地把整瓶酒喝完,听任他的朋友扶着他在床上睡下。男一号给他盖上被子和大衣,劝他发一发汗,就走了。

夜晚来了。白兰地喝了很多,可是希普佐夫没有睡着。他在被子里躺着不动,眼睛望着乌黑的天花板,后来他看见月亮从窗口照进来,就把目光从天花板移到地球的伴侣那边去,就这样睁着眼睛躺在那儿直到天明。早晨九点钟光景,剧团经理茹科夫跑来了。

"您,天使,怎么异想天开,生起病来了?"他哇哇地叫着,皱起鼻子,"哎,哎!难道有您这样的体质,也能得病?丢脸,丢脸啊!我,您知道,吓坏了!得,我心想,莫非是我们的谈话对他发生了影响?我的好人,我希望您不是因为我才得病的!要知道,您也对我……那个来着。再说,同事之间总免不了那个。那一天您也骂过我,甚至……举着拳头要打我,可是我爱您!真的,我爱您!我尊敬您,爱您!是啊,您说说看,天使,为什么我这么爱您呢?您又不是我的亲戚,又不是我的亲家,又不是我的老婆,可是我一听说您生病,就仿佛有人扎了我一刀子似的。"

茹科夫把他的热爱表白了很久,后来又凑过去吻他,最后大动感情,开始歇斯底里地大笑,甚至打算昏倒在地,可是大概想起来这不是在他自己家里,也不是在剧院里,就决定把这种昏厥推迟到将来比较方便的时候再说,然后他就走了。

他走后不久,悲剧演员阿达巴谢夫来了,他是个毫无生气的人,眼睛近视,说话带鼻音。……他久久地看着希普佐夫,久久地思索,忽然有了发现:

"你猜怎么着,米发?"他问,由于鼻音过重而把米沙①说成米发,脸上现出神秘的表情。"你猜怎么着?!你得喝点蓖麻子油!!"

希普佐夫一言不发。过了一会儿,悲剧演员往他嘴里倒进那种气味难闻的油,他也还是一言不发。阿达巴谢夫走后大约过了两个钟头,剧院理发师叶甫拉木比,或者按演员们不知什么缘故给

---

① 米沙和上文的米舒特卡均为米哈依尔的爱称。

他起的名字,利哥莱托①,来到这个房间。他也像悲剧演员那样久久地看着希普佐夫,叹了口气,声音响得像火车头喷气似的,然后慢手慢脚,从容不迫地动手解开他带来的包袱。包袱里大约有二十个吸血杯和几个小药瓶。

"您应该打发人来叫我才是,那我早就来给您放血了!"他温柔地说着,解开希普佐夫胸前的衣服,"病是很容易耽误的!"

这以后,利哥莱托就用手心摩挲高贵的父亲的宽胸脯,然后把所有的吸血杯都放在胸脯上。

"是啊……"他做完手术,一面把那些被希普佐夫的血染红的工具包扎起来,一面说,"您应该打发人来叫我,那我早就来了。……关于钱,您不必操心。……我是因为怜惜您才来的。……既然那个蠢材不肯给您钱,您上哪儿去弄钱呢?现在,喏,您费心把这药水喝下去。这药水挺好喝的!那么现在,您费心把这油喝下去。这是顶好的蓖麻子油。这就对了!您的病会好起来的!好,现在再见。……"

利哥莱托拿起包袱,由于帮助人而感到满意,走掉了。

第二天早晨喜剧演员西加耶夫来到希普佐夫的房间里,发觉他的情形极其可怕。他在大衣下面躺着,呼呼地喘气,眼睛望着天花板,转动不定。他的手使劲揉搓着已经皱成一团的被子。

"到维亚济马城去!"他瞧见喜剧演员后,小声说,"到维亚济马城去!"

"喏,这话,老兄,我听了可不喜欢!"喜剧演员摊开手说,"喏……喏……老兄,这不好!说句不怕你见怪的话……老兄,这甚至愚蠢。……"

---

① 意大利作曲家威尔第(1813—1901)根据法国作家雨果的剧本《逍遥王》改编的歌剧《利哥莱托》(一译《弄臣》)中的一个宫廷丑角。——俄文本编者注

"我要到维亚济马城去！真的,到维亚济马城去！"

"我……我没料到你会这样！……"喜剧演员嘟哝说,慌了手脚,"鬼才知道这是怎么回事！怎么一下子就垮了！嗯……嗯……嗯……这不好！挺大的个子,有火警瞭望台那么高,可是哭了。难道一个做演员的可以哭吗？"

"又没有老婆,又没有孩子,"希普佐夫喃喃地说,"我不应该当演员,应该在维亚济马城生活才是！谢敏,我这辈子算是白活了！啊,应该在维亚济马城生活才是！"

"嗯……嗯……嗯……这不好。这简直愚蠢……很糟！"

西加耶夫定下心来,让自己的感情恢复正常以后,就开始安慰希普佐夫,对他撒谎说,同事们已经决定把他送到克里米亚去,费用由大家分摊,等等,然而希普佐夫没有听他讲话,嘴里不住念叨维亚济马城。……最后喜剧演员摆一下手,为了安慰病人,他自己也讲起维亚济马城来了。

"那个城很不错！"他安慰道,"那个城,老兄,好得很！那儿的蜜糖饼干出名。蜜糖饼干做得精巧,不过,我们背地里说一句,其实有点那个……不大行。我吃过那种蜜糖饼干后,整整有一个星期有点那个。……不过那儿最好的,要算是商人！个个商人都像样子！要是他请你吃饭,那就有个请客的排场！"

喜剧演员讲个不停,希普佐夫不开口,听着,赞许地点头。

傍晚,他死了。

安　灵　祭

　　在上坝村的奥季吉特利耶夫圣母教堂里,祷告刚刚做完。人们纷纷走动,从教堂里涌出去。只有上坝村的老住户和知识分子,小铺老板安德烈·安德烈伊奇没有动弹。他把胳膊肘倚在右边唱诗班席位的栏杆上等着。他那胡子刮光的胖脸过去生过丘疹而凹凸不平,此刻,这张脸上表现出两种相反的心情:一方面,对不可知的命运抱着温顺的态度,另一方面,对那些从他面前走过去的穿厚呢长外衣或戴五颜六色的头巾的人们①又显出呆板的、无限高傲的神情。这天是星期日,他装束考究。他穿着呢大衣,上面钉着黄色骨制纽扣,下身穿一条蓝色长裤,裤腿没有掖在靴腰里,脚上穿一双结实的套靴,像那样笨重的大套靴是只有精明强干、老成持重而且笃信宗教的人才会穿的。

　　他那对嵌在肥肉当中的迟钝的眼睛瞅着圣像壁。他看见圣徒们那些他早已熟悉的脸,看见教堂看守玛特威鼓起脸颊吹熄蜡烛,看见发黑的烛台,看见破地毯,看见诵经士洛普霍夫从祭坛上急忙跑下来,给长老送圣饼去。……所有这些他早已见过,而且见过许多次,就跟对自己的五个手指头那样熟悉了。……不过只有一件事奇怪,不同于往常:格利果利神甫在北边门口站着,还没脱掉圣

---

①　指男女农民。

衣,气冲冲地皱起两道浓眉。

"上帝保佑,他这是在对谁皱眉头啊?"小铺老板暗想,"啊,他还伸出手指头指指点点呢!而且他在跺脚,可了不得。……这不是怪事吗,圣母?他这是在对谁发脾气呀?"

安德烈·安德烈伊奇往四下里看一眼,瞧见教堂里的人已经走光了。大门那边有十来个人聚集着,不过他们都是背对着祭坛站在那儿。

"叫你来,你就过来!你为什么站住不动,像一座雕像似的?"他听见格利果利神甫气愤的说话声,"我在叫你!"

小铺老板瞧着格利果利神甫勃然大怒的红脸,直到这时候才想到神甫皱起眉头,伸出手来指指点点,可能就是针对着他。他打了个冷战,离开唱诗班席位,迟疑不定地向祭坛走去,把他那双套靴踩得很响。

"安德烈·安德烈伊奇,是你要求为玛丽雅灵魂的安息做奉献祈祷吗?"神甫问道,生气地抬起眼睛瞧着他那张冒出汗珠的肥脸。

"是的。"

"那么,这就是你写的?你?"

格利果利神甫气愤地把他的字条一直送到他的眼睛跟前。安德烈·安德烈伊奇这张要求为亡魂做奉献祈祷并领圣餐的字条,是用粗大的而且仿佛摇摇晃晃的笔迹写成的:

"请为上帝的奴隶和淫妇玛丽雅的亡魂祈祷安息。"

"是……这是我写的……"小铺老板回答说。

"你怎么敢这么写?"神甫拖着长音小声说,在他沙哑的声音中可以听出愤怒和惊恐。

小铺老板带着茫然的惊讶神情瞧着他,心里纳闷,自己也吓坏了:格利果利神甫还从来没用过这样的口吻同上坝村的知识分子谈话哩!两个人沉默了一会儿,四目相视。小铺老板简直摸不着头脑,他的肥脸向四面八方摊开,像一块摊开来的生面团似的。

"你怎么敢这样?"神甫又说一遍。

"什……什么?"安德烈·安德烈伊奇困惑地说。

"你不明白?!"格利果利神甫小声说着,惊讶得退后一步,把两只手一拍,"你两个肩膀上长的是什么:是脑袋还是别的什么东西?你把字条送到祭坛上来,字条上却写了那样两个字,即使在街上说出口都不成体统!你瞪大眼睛干什么?难道你不知道这两个字是什么含意?"

"您说的是淫妇那两个字吧?"小铺老板嘟哝说,涨红了脸,眨巴眼睛,"不过要知道,主出于仁慈,那个……宽恕了这种人,也就是宽恕过淫妇①……给了她地位,再者从圣徒埃及的马利亚的传记里也可以看出这两个字是什么意思,请您原谅。……"

小铺老板原想再提出别的论据来为自己辩白,然而他的思路乱了,他就用衣袖擦嘴唇。

"原来你是这么理解的!"格利果利神甫说,把两只手一拍,"可是要知道,主宽恕她了,你明白吗?宽恕她了。可是你责难她,痛骂她,用不堪入耳的字眼称呼她。再者你骂的是什么人!骂你自己去世的亲生女儿!这样的罪过,慢说是在圣书里,甚至在世俗的著作里也看不到!我要对你再说一遍,安德烈:不要自作聪明!是的,兄弟,不要自作聪明!如果上帝赐给你一副喜欢追根究底的头脑,而你又不能驾驭它,那你最好不要钻牛角尖。……不要钻牛角尖,要少开口!"

"可是要知道,她,那个……请您原谅,她做过戏子!"安德烈·安德烈伊奇吓呆了,费力地说。

---

① 参见《新约·约翰福音》。

"戏子！然而不管她是什么人,她现在死了,你就应该把一切都忘记,不该写在字条上！"

"这话是实在的……"小铺老板同意说。

"应当给你一点教会的惩罚才行,"助祭在祭坛的深处用男低音说,轻蔑地瞧着安德烈·安德烈伊奇发窘的脸,"那你就不会再自作聪明了！你的女儿是个著名的女演员。她去世,就连报纸上都登过消息。你这个哲学家呀！"

"这,当然……是确实的……"小铺老板嘟哝说,"我那两个字不恰当,可是我那样写不是要责难她,而是打算按宗教的规矩写……好让您看清楚点,知道是为谁祈祷。平时大家在追荐亡者的名单上就写出各种称呼,例如婴儿姚纳、溺死者彼拉盖雅、战士叶果尔、遇害者巴威尔等等,各式各样。我也想那样办。"

"这不近情理,安德烈！上帝会宽恕你,可是你下次要当心。主要的是不要自作聪明,要照别人的方式想事情。你去鞠十次躬,就走吧。"

"是,"小铺老板说,看到这顿教训总算已经结束而暗暗高兴,脸上就又现出尊严而庄重的表情,"鞠十次躬？很好,我明白。不过现在,神甫,请您允许我求您一件事。……您知道,我毕竟是她的父亲……而她,不管是个什么样的人,也毕竟是我的女儿,所以我那个……请您原谅,我打算要求您今天做一次安灵祭。而且,助祭神甫,请您也允许我向您提出这个请求！"

"这才对！"格利果利神甫一面脱法衣,一面说,"我要为此称赞你。这可以同意。……好,你去吧！我们过一会儿就来。"

安德烈·安德烈伊奇就庄重地从祭坛那儿走开,在教堂中央站住,他那通红的脸上现出悼念亡魂的庄严神情。看守玛特威在他的面前放一张小桌,桌上摆着祭食。过了一会儿,安灵祭开始了。

教堂里寂静无声。只能听见手提香炉的磕碰声和拖着长音的歌唱声。……安德烈·安德烈伊奇身旁站着看守玛特威、接生婆玛卡烈芙娜以及她那独臂的小儿子米特卡。此外什么人也没有了。诵经士用低沉而难听的男低音唱着，虽然唱得很糟，然而歌调和歌词都很悲凉，小铺老板脸上的庄严神情渐渐消失，他沉浸在忧伤的心情中了。他想起他的玛淑特卡①。……他想起她诞生的时候，他还在上坝村地主家里做听差。听差的活儿忙碌，他就没注意到他的闺女是怎样长大的。她经过一段漫长的时期长成一个优雅的姑娘，小小的脑袋上长着淡黄色的头发，两只眼睛像铜钱那么大，总是露出若有所思的神情，可是那段时期他没有留意就过去了。她如同一切得宠的听差的子女一样，是在安乐的环境中，在地主小姐们身旁养大的。地主家的人闲着没事做，就教她看书，写字，跳舞，他对她的教育问题从不过问。也许他只有偶尔在大门旁或者楼梯口看见她，才想起她是他的女儿，碰到有空，他就教她祈祷，给她讲圣书上的故事。啊，就连那时候他也已经以熟悉教规和圣书闻名了！尽管父亲脸色阴沉，庄重，姑娘却乐于听他讲。她打着哈欠，学着他的样子念祷词，不过另一方面，每逢他结结巴巴地对她讲那些故事，极力要讲得动听的时候，她倒总是全神贯注地听下去。以扫的红豆汤②、所多玛的劫运③、小男孩约瑟的灾难④，都使她脸色发白，睁大浅蓝色的眼睛。

后来他辞掉听差的活儿，用他积攒下来的钱在村子里开了一家小铺，玛淑特卡却跟地主家的人一起动身到莫斯科去了。……

---

① 他的女儿玛丽雅的小名。
② 据基督教传说，以扫因为要喝红豆汤而把长兄的名分让给孪生兄弟雅各，见《旧约·创世记》。
③ 据基督教传说，所多玛城被神降火焚毁，见《旧约·创世记》。
④ 据基督教传说，雅各的儿子约瑟因得父特宠，遭兄长嫉妒，被他们卖掉，见《旧约·创世记》。

她在去世的三年前到她父亲这儿来过。他几乎认不得她了。她成了个年轻苗条的女人,带着贵妇的风度,装束上流。她讲话文雅,就跟背书似的。她吸烟,睡到中午才起床。临到安德烈·安德烈伊奇问她做什么工作,她就大胆地照直看着他的眼睛,声明说:"我是演员!"依那个旧日的听差看来,这样的坦率简直是恬不知耻。玛淑特卡开始夸耀她的成就和她的演员生活,可是看见父亲光是涨红脸,摊开了手,就没再讲下去。他们就这样沉默着,谁也不看谁,度过了两个星期,一直到她动身那天为止。临行之前她请求她的父亲跟她一块儿到河边去散步。尽管他觉得大天白日,当着一切正派人的面,同他那个做演员的女儿一起散步是一件痛苦的事,然而他还是对她的请求让步了。……

"你们这个地方可真美!"她一面散步一面赞叹说,"什么样的山沟,什么样的沼泽啊!上帝呀,我的家乡多么好!"

她哭起来。

"这种地方无非是荒地罢了……"安德烈·安德烈伊奇想,茫然看着那些山沟,不懂他的女儿为什么兴奋,"从这个地方是得不到油水的,就跟从公羊身上挤不出奶水一样。"

她哭了又哭,用整个胸膛贪婪地呼吸着,仿佛已经感到她呼吸的日子所余无几了。……

安德烈·安德烈伊奇摇摇头,就跟一匹马被蚊子叮了一口似的。他要扑灭沉痛的回忆,就开始很快地在胸前画十字。……

"主啊,"他喃喃地说,"宽恕你的奴隶和淫妇玛丽雅,宽恕她那些有意和无意的罪过吧。……"

那两个不成体统的字眼又从他嘴里吐出来,可是他自己没有发觉。看来,凡是在思想里扎下根的东西,不要说格利果利神甫的教诲,就连钉子也没法把它挖出来!玛卡烈芙娜不住地叹气,小声念叨着,用力吸气,独臂米特卡在想心思。……

"……在那没有疾病、悲伤、叹息的地方……"诵经士拖着长音唱道,用一只手托住右边的脸颊。

浅蓝色的细烟从手提香炉里袅袅上升,在一道斜射进来的宽阔阳光里浮游,那道阳光穿透了教堂里阴郁而毫无生气的空间。似乎那个去世的女人的灵魂也跟细烟一起在阳光里飞舞。一缕缕细烟好像小孩的鬈发,盘旋飞舞,朝上边一个窗口飘去,仿佛要躲开这个可怜的灵魂的满腔郁闷和哀伤似的。

愚蠢的法国人

亨茨兄弟马戏团的丑角亨利·普尔库阿,走进莫斯科的捷斯托夫饭馆吃早饭。

"给我一客清肉汤!"他吩咐侍者说。

"请问,要不要加半熟的鸡蛋?"

"不,加鸡蛋吃了太饱。……这样吧,来两三块烤面包片就行了。……"

普尔库阿一面等着清肉汤端上来,一面开始观察别人。首先扑进他的眼帘的,是坐在邻桌的一位胖胖的、仪表堂堂的先生,他正准备吃油煎薄饼。

"嘿,俄国饭馆里的吃食,给的可真多!"法国人[1]一面看着他的邻人把热油浇在油煎薄饼上,一面暗想,"五张薄饼呀!莫非一个人吃得下那么多的面食?"

这当儿那个邻人在薄饼上抹鱼子酱,把饼切成两半,不出五分钟就全吞进肚里去了。……

"跑堂的!"他扭过脸去招呼侍者说,"再来一客!一客的分量怎么这样少!你一气给我端来十张或者十五张!再端来咸鲟鱼……咸鲑鱼什么的!"

---

[1] 即上文的普尔库阿(这是法国人的姓)。

"奇怪……"普尔库阿瞧着他的邻人暗想,"他已经吃了五张薄饼,不料还要吃!可是这样的现象不算稀奇。……我的舅舅弗朗苏阿住在我们国家的布列塔尼①,就跟人家打过赌,一次喝下两盘菜汤,吃掉五个羊肉饼。……听说还有一种病,就是吃得多。……"

侍者在他的邻人面前放了一大堆薄饼,另外还端来咸鲟鱼和咸鲑鱼两碟菜。那个仪表堂堂的先生喝下一杯白酒,吃了咸鲑鱼,然后开始吃薄饼。使得普尔库阿大吃一惊的是他吃得很急,几乎嚼都没嚼,就像饿汉似的。……

"他分明有病……"法国人想,"难道他这个怪人,认为他吃得完这一大堆东西?三张饼还没吃完,他的肚子就会胀得满满登登,可是这一大堆都要由他付钱呢!"

"再来点鱼子!"他的邻人叫道,用餐巾擦擦他油亮的嘴唇,"不要忘记拿生葱来!"

"可是……嘿,这一大堆东西已经吃掉一半了!"丑角大吃一惊,"我的上帝啊,他把所有的鲑鱼都吃了?这简直反常。……难道人的胃有那么大的伸缩余地?不可能!不论胃有多么大的伸缩余地,它总不能超出胃的限度啊。……要是这位先生是在我们法国,就会有人把他弄去展览,收门票钱哩。……上帝啊,这一大堆东西全吃完了!"

"拿一瓶纽依来……"他的邻人从侍者手里接过鱼子和生葱,说,"不过你把酒烫一烫热。……另外还要什么呢?也罢,再拿一客油煎薄饼来。……只是要快点。……"

"是。……那么请问,薄饼之后,您还要什么?"

"那就要点清淡的了。……你去要一客俄式鲟鱼杂拌汤,还

---

① 法国地名。

有……还有……我来想一想,你去吧!"

"也许我这是在做梦?"丑角吃惊地暗想,把身子往椅背上一靠,"这个人要找死。吃下这么一大堆东西不可能不出事。对,对,他是要找死!这从他忧郁的脸色就可以看出来。难道这些侍者见到他吃那么多的东西不觉得可疑?不可能!"

普尔库阿把伺候邻座客人的侍者叫过来,小声问道:

"您听我说,为什么您给他那么多东西吃?"

"那是,呃……呃……他自己要的!怎么能不给他端来呢?"侍者诧异地说。

"奇怪,不过要知道,他可能照这样一直坐到傍晚,一个劲儿地叫菜呢!要是您自己没有勇气拒绝他,那就该去报告领班,请警察来!"

侍者微微一笑,耸耸肩膀,走开了。

"野蛮人!"法国人愤慨地自言自语道,"哪怕有个疯子或者打算自杀的人来到桌旁坐下,只要能多吃一卢布的菜,他们就会高兴!死一个人无所谓,只要有钱赚就成!"

"不用说,这种章法糟透了!"邻人扭过头来对法国人说,"这种长时间的等待惹得我一肚子的火!两道菜中间,对不起,要等半个钟头!这样一来,胃口就倒光,而且耽误了时间。……现在是三点钟,可是五点钟我要去参加一个纪念性的午宴。"

"对不起,先生①,"普尔库阿脸色发白,说,"您这不是在吃午饭吗!""不,不。……这怎么算是午饭呢?这是早饭……薄饼嘛。……"

这时候邻人要的杂拌汤端来了。他给自己舀了满满一盘,撒

---

① 原文为法语。

上卡宴胡椒粉①,喝起来。……

"可怜的人啊……"法国人继续惊恐地暗想,"要就是他有病而没有注意他的危险症状,要就是他故意这样做……抱着自杀的目的。……我的上帝啊,要是我知道会在这儿碰上这样的事,我无论如何也不会到这儿来!我的神经受不了这种场面!"

法国人带着怜悯的心情开始打量他邻人的脸,时刻担心那人马上就要浑身抽搐,他的舅舅弗朗苏阿在那次危险的打赌以后就总是浑身抽搐的。……

"看起来,这是个年轻而有知识的人……精力充沛……"他瞧着他的邻人暗想,"说不定日后他会为他的祖国做出贡献……很可能他有年轻的妻子和儿女。……从他的装束来判断,他一定富裕,满足……那么,是什么缘故促使他下定决心走这一步呢?……莫非他就不能另选一种寻死的办法吗?鬼才知道他把生命看得多不值钱!不过我在这儿坐着,不走到他那儿去帮助他,这多么卑鄙,不近人情!也许,他还可以挽救!也许这个人还可以挽救过来!"

普尔库阿坚决地从桌旁站起来,往他邻人那边走去。

"您听我说,先生,"他用低微而婉转的声调对他说,"可惜我跟您不认识,然而,请您相信,我却是您的朋友。……我能在哪方面帮您的忙吗?您要记住,您还年轻……您有妻子儿女。……"

"我不懂您这话是什么意思!"邻人瞪大眼睛瞧着法国人,摇着头说。

"唉,您何必瞒着不说呢,先生?要知道我看得很清楚!您吃得这么多,因此……很难令人不起疑心。……"

"我吃得多?!"邻人诧异地说,"我?!得了吧。……我一清早

---

① 一种极辣的胡椒粉。

起就没吃过东西,我怎能不吃呢?"

"可是您吃得太多了!"

"不过这又不用您出钱!要您操什么心?而且我吃得根本不多!您看一下,我跟大家吃的一样嘛!"

普尔库阿往四下里看一眼,不由得大吃一惊。许多侍者拥挤着,互相碰撞,都端着一大堆油煎薄饼。……那些桌子旁边都有人坐着,都在吃大堆的薄饼、鲑鱼、鱼子……他们的胃口和无所畏惧的精神都跟那个仪表堂堂的先生一样。

"啊,充满奇迹的国家!"普尔库阿从饭馆里走出来,暗想,"在他们这儿,不光是气候,就连人的胃也创造奇迹!啊,这个国家,神奇的国家呀!"

安 纽 达

在"里斯本"公寓一个租金最低的房间里,医学系三年级大学生斯捷潘·克洛奇科夫从这个墙角走到那个墙角,用心背诵他的医学课文。这种一刻也不停的紧张背诵使得他口干舌燥,额头冒出汗来。

和他同居的女人安纽达在靠窗一个凳子上坐着,窗玻璃的四边蒙上了冰花。安纽达是个矮小消瘦的黑发女人,年纪二十五岁上下,脸色十分苍白,灰色的眼睛带着温和的神色。她伛着腰,用红线绣一件男衬衫的衣领。她在赶着做。……过道里的挂钟沙沙地响,敲了两下,这是下午两点钟,可是这个小房间还没打扫过。被子揉成一团,枕头、书本、女衣丢得到处都是,一只肮脏的大盆里装满肥皂水,水面上漂着烟蒂,地板上有些垃圾,一切东西都像是堆在一个地方,故意弄得凌乱不堪、揉成一团似的。……

"右肺共分三部分……"克洛奇科夫背诵着,"分界!上部在胸腔前壁,自上而下直至第四根或第五根肋骨为止,在侧面则是自上而下直至第四根肋骨为止……在背部则是自上而下直至肩胛骨[①]为止。……"

克洛奇科夫抬起眼睛望着天花板,极力想象刚才读过的那些

---

① 原文为拉丁语。

部位。他没有得到清楚的概念，就动手隔着坎肩摸索他上边的肋骨。

"这些肋骨好像钢琴的琴键，"他说，"为了不致出错，就必须把它们摸熟。那就要在人体模型上和活人身上研究清楚。……喂，安纽达，让我来把部位确定一下！"

安纽达就放下活计，脱掉上衣，挺直身子。克洛奇科夫在她对面坐下，皱起眉头，开始数她的肋骨。

"嗯。……头一根肋骨摸不到。……它是在锁骨后面。……这一定是第二根肋骨。……哦。……这是第三根。……这是第四根。……嗯。……对。……你为什么把身子缩起来？"

"您的手指头冰凉！"

"得了，得了……你死不了。你不要扭动嘛。那么，这是第三根肋骨，这是第四根。……你看起来这么瘦，可是你的肋骨却几乎摸不出来。……这是第二根……这是第三根。……不行，这样要数乱，概念也不清楚。……这得画一下。……我那支炭笔在哪儿？"

克洛奇科夫拿过那支炭笔来，在安纽达的胸膛上，根据肋骨的部位，画出几条平行线。

"好得很。这就了如指掌了。……好，现在甚至可以敲几下，练习听诊。那你站起来！"

安纽达就站起来，扬起下巴。克洛奇科夫动手在她的胸脯上轻轻叩打，而且把这个工作干得那么专心，完全没有留意到安纽达已经冻得嘴唇、鼻子、手指头都发青了。安纽达不住地发抖，同时又担心医学生发现她在发抖，不再用炭笔描画，不再叩打，于是临到考试的时候就会考得很差。

"现在一切都清楚了，"克洛奇科夫停住叩打说，"你就照这样坐着，不要擦掉炭笔画出来的线，我趁这工夫再略微背一背

315

课文。"

医学生就又走来走去,不住地背诵。安纽达像是个文了身的野蛮人,胸脯上画着黑线,冻得缩起身子,坐在那儿想心思。她素来很少讲话,老是沉默不语,总在想这想那。……

这六七年来,她在这些公寓房间里迁来迁去,像克洛奇科夫这样的人她已经认识过五个。现在他们都已经在大学毕业,在社会上有了地位,而且当然,跟上流人一样,早已把她忘记了。其中有一个如今在巴黎住着,两个做了医生,还有一个成了画家,最后一个据说甚至当教授了。克洛奇科夫是第六个。……不久就连这一个也要毕业,到社会上去了。毫无疑问,他的前途是美好的,克洛奇科夫多半会成为一个大人物,然而他目前的景况却糟透了:克洛奇科夫没有烟草,没有茶叶,白糖也只剩下四小块了。她必须赶快做完活计,把它送到订货的女顾主那儿去,领到二十五戈比的工钱,然后再去买茶叶和烟草。

"可以进来吗?"房门外响起一个人的说话声。

安纽达赶紧把一条毛线披巾披在肩膀上。画家费契索夫走进来了。

"我有一件事求您,"他对克洛奇科夫开口说,他的眼睛像野兽似的从额头上披散下来的头发底下向外张望,"请您帮个忙,把您那美丽的姑娘借给我两个钟头!您可知道,我在画一幅画,没有模特儿就怎么也画不成!"

"啊,遵命!"克洛奇科夫同意道,"你去吧,安纽达!"

"我才不去受那个罪呢!"安纽达轻声说了一句。

"哎,得了吧!人家是为艺术才提出这个要求的,又不是为了什么无聊的事。既然你能帮忙,又何不帮一帮呢?"

安纽达动手穿衣服。

"那么您在画什么?"克洛奇科夫问。

"我在画普诸刻①。这是个好题材,可是不知怎么总也画不好,只好老是找各式各样的模特儿来画。昨天我照着一个模特儿画起来,她的腿是蓝色的。我就问,你的腿为什么是蓝色的?她说,这是她的长袜褪了色。您倒一直在背书!走运的人,您挺有耐心呢。"

"医学这门学问,不背可万万不行。"

"嗯。……请您原谅我说句不中听的话,克洛奇科夫,您生活得乱糟糟的!鬼才知道您在怎么生活!"

"这话怎么讲?不这样生活不行啊。……我每个月从我老子那儿只领到十二个卢布,靠这点钱要过像样的日子就难了。"

"话是不错的……"画家说,厌恶地皱起眉头,"不过仍然可以过得好一点。……一个有教养的人一定得是个美学家。这话不对吗?可是您这儿,鬼才知道是怎么回事!床也没铺,污水啦,垃圾啦……昨天的粥还剩在盘子里……呸!"

"这是实在的……"医学生说,发窘了,"不过安纽达今天没有工夫打扫。她一直很忙。"

等到画家和安纽达走出去,克洛奇科夫就在长沙发上躺下,开始躺着背书,后来不知不觉睡着了。过了一个钟头他醒过来,用拳头支着脑袋,开始闷闷不乐地沉思。他不由得想起画家所说的有教养的人必然是美学家那句话,而他的环境,现在依他看来,也确实讨厌,令人憎恶。他仿佛借助于心灵的眼睛看到了他的未来,那时候他会在书房里接待病人,在宽敞的饭厅里喝茶,由他的妻子陪着,而她是个上流女人。于是现在那个装着污水而且漂浮着烟蒂的盆,就显得格外不像样子。安纽达也显得相貌丑陋,样子邋遢、寒碜了。……他就下定决心,不管怎样马上就得跟她分手。

---

① 希腊神话中人类灵魂的化身,以少女的形象出现,与爱神厄洛斯相恋。

等到她从画家那儿回来,脱掉皮大衣,他就从长沙发上起来,郑重地对她说:

"你听我说,我亲爱的。……你坐下,听着。我们得分手了!一句话,我不愿意再跟你一块儿生活下去了。"

安纽达从画家那儿回来,已经十分劳累,简直是筋疲力尽了。她做模特儿呆站了很久,这使她的脸变得消瘦憔悴,她的下巴变得更尖了。对于医学生所说的那些话,她一句话也没有回答,只是嘴唇颤抖起来。

"你会同意,反正我们早晚总得分手,"医学生说,"你为人好,心地善良,你不愚蠢,你会懂得的。……"

安纽达又穿上皮大衣,默默无言地用一张纸把她的活计包起来,把线和针收在一起。在窗台上她找到一个小纸包,那里面包着四小块糖,她就把它放在桌子上,书本旁边。

"这是您的……糖……"她轻声说,回转身去,想遮掩她的眼泪。

"咦,你哭什么?"克洛奇科夫问。

他心慌地在房间里走来走去,说:

"你是个奇怪的女人,真的。……你自己也明明知道我们非分手不可。我们又不能一辈子待在一起。"

她拿起她仅有的一个小包袱,已经转过身来要同他告别,可是他怜惜她了。

"就让她再在这儿住一个星期吧?"他暗想,"真的,让她再住几天,一个星期以后我再叫她走。"

他懊恼自己的软弱,就严厉地对她嚷道:

"咦,你站着干什么!要走就走,不愿意走就脱掉皮大衣留下!你留下好了!"

安纽达默默无言,慢腾腾地脱掉皮大衣,然后同样慢腾腾地擤鼻涕。她叹了口气,不出声地往她素常的座位那边,往窗子旁边的凳子那儿走去。

大学生拿过教科书来,又开始在两个墙角之间走来走去。

"右肺共分三部分……"他背诵道,"上部在胸腔前壁,自上而下直至第四根或第五根肋骨为止……"

过道上有个什么人扯开了嗓门叫道:

"格利果利,拿茶炊来!"

祸 福 无 常

谢肉节①的布道题材

七等文官谢敏·彼得罗维奇·波德狄金挨着饭桌坐下,把餐巾铺在胸前,心急火燎地等着油煎薄饼端上来。……在他面前,如同在视察战场的统帅面前一样,展开一幅洋洋大观的画面。……饭桌中央端端正正地放着一排酒瓶,好像摆出立正的架势。那儿有三种白酒,有基辅露酒,有沙托拉罗兹②,有莱茵葡萄酒,甚至有个大肚罐,装着本笃会③修道院的产品④。那些酒瓶四周,按照富于艺术趣味的凌乱格局,密密麻麻地摆着青鱼加芥末酱、小鲱鱼、酸奶油、大鱼子(每俄斤值三卢布四十戈比)、鲜鲑鱼等。波德狄金瞧着这一切,馋得直咽口水。……他的眼睛蒙上一层油亮的光,他的脸变了样子,露出一副馋相。……

"咦,怎么可以叫人等这么久呢?"他皱起眉头,扭过脸对他妻子说,"快点嘛,卡嘉!"

不过最后厨娘总算端着油煎薄饼来了。……谢敏·彼得罗维奇冒着把手指头烫坏的风险,伸出手拿过最上面两张极烫的薄饼

---

① 基督教节日,在大斋前的一个星期。
② 一种法国上等葡萄酒。
③ 天主教隐修院修会。公元529年由意大利人本笃创立。
④ 一种法国蜜酒。

来,馋涎欲滴地把它们往自己的碟子上一扔。薄饼煎得焦黄,酥而且软,好比商人女儿的肩膀。……波德狄金愉快地微微一笑,兴奋得打个嗝,赶紧把滚烫的油浇上去。随后,仿佛要挑逗自己的胃口,预先琢磨一下滋味似的,他慢慢腾腾、不慌不忙地在饼上抹鱼子酱。凡是鱼子酱没有抹到的地方,他一概倒上酸奶油。……现在只要吃下去就成了,不是吗?可是,不!……波德狄金看一眼他亲手做的工作,还不满意。……他略一沉吟,又在那些薄饼上放一块最肥的鲑鱼、一块小鲱鱼、一块沙丁鱼,然后眼睛发直,呼呼地喘气,把两张薄饼卷成一个圆筒,津津有味地喝下一杯白酒,嗽了嗽喉咙,张开嘴巴。……

不料这当儿,他突然中风了。

大　人　物

广告：税务督察官办公室需用文书一名，年薪二百五十卢布，至少须在县立学校毕业，或在中学三年级结业。应征者务须写申请书一份，并附个人生活经历一份，寄交古西纳亚街波德席尔金娜太太房屋内税务督察官先生收。

这个广告米沙·纳巴尔达希尼科夫读过二十遍了。他是个青年男子，额头上生着粉刺，鼻子由于患慢性鼻炎而发红，下身穿一条咖啡色长裤。他读完广告，走来走去，想了一阵，转过脸去对他妈妈说：

"我不是在中学三年级结业，而是在四年级结业的。我的书法好得很，哪怕当作家或者做大臣都成。嗯，薪水呢，您看得明白，也不错：每个月有二十卢布呢！我们家穷，即使只挣五卢布我也愿意去！不管您怎么说，这个职位合适极了，再好也没有。……只是有一件事糟糕，妈妈，要写一份生活经历！"

"哦，那又怎么样？你写它一篇就是了。……"

"说说倒容易：写它一篇！要写生活经历就得有才华，没有才华怎么写得出来？随便写一下，马马虎虎，杂乱无章，您明白，那可不妥当。要知道，这比不得写一篇作文交给老师，这是要附在申请书上，连同证件一起交到办公室去的！光是预备一张好纸，写得清清楚楚,那可不够,还得写出一篇好文章来才成。……当然了！不过您是怎样想的呢？如果漫不经心,从旁看一眼税务督察官伊凡·安德烈伊奇,那他就算不得什么大人物。……区区一个十二等文官①罢了,又赋闲过六年,在各处小铺里欠下账,可要是往深里一看,那就不对,妈妈,他可就算是个大人物,了不起的人物了。您看见广告里是怎么说的？要递一份申请书上去。……申请书啊！要知道,申请书是只递给要人的！人家不会把申请书递给我和您,也不会递给我舅舅尼尔·库兹米奇！"

"话是不错的……"妈妈同意说,"可是他要你的生活经历干什么用？"

"这我就没法跟您说了。……一定是有用呗！"

米沙把广告再读一次,开始在房间里从这个墙角走到那个墙角,沉湎于幻想。……不论是谁,只要一生当中哪怕只失业过一次,由于赋闲而苦恼不堪,就一定能体会像上述那样的广告怎样激动人心。米沙自从上中学的那天起就没有一次吃饭不挨骂,人家总是把他说成寄生虫。他为了装阔而穿着舅舅尼尔·库兹米奇的旧裤子,只有到傍晚才上街,免得人家看见他的破皮靴和褪了色的上衣,一有机会可以谋到工作,就精神抖擞。一个月挣二十卢布,这笔钱不算少呀。固然,用这笔钱买不了马车,也办不成婚事,可是另一方面,有了这样的收入,就足以使米沙如愿以偿,头一个月就给自己买一条新裤子、一双皮靴、一顶帽子、一架手风琴,而且给他的母亲五六个卢布做伙食费了。不管怎样,薪水虽少,总比老是缺钱强得多。然而使米沙神往的,与其说是二十卢布,倒不如说是这以后的幸福时光,到那时候他母亲就不会再骂他吃白饭而羞得他无地自容,放声大哭了,他的舅舅尼尔·库兹米奇也不会再教训

---

① 旧俄时代文官共分十四等,第十二等是很低的。

他,赌咒发誓说要痛打这个过寄生生活的外甥了。

"你与其从这个墙角走到那个墙角,"他妈妈打断他的幻想说,"还不如坐下来写的好。……"

"我写不好,妈妈,"米沙叹道,"老实说,我已经坐下写过五次了,可是连鬼影子也没写出来。我想写得文绉绉的,结果却写得很简单,就像给住在克列缅丘格的姑母写的信。……"

"写得简单也没什么。……督察官不会见怪的。……凭我这个做母亲的祷告和耐性,上帝会叫他的心软下来:就算写得不怎么样,他也不会生气。……恐怕他自己在你这种年纪也不见得怎么有学问!"

"也行,我再试一下,不过我知道又会毫无结果的。……好,我试一试。……"

米沙挨着桌子坐下,在面前铺开一张纸,沉思不语。他瞪起眼睛朝着天花板瞧了很久,拿起钢笔来,照那些欣赏自己书法的人的做法,摇了摇手腕,开始写道:"阁下!我在一八六七年生于某城,我的父亲叫基利尔·尼康诺罗维奇·纳巴尔达希尼科夫,我的母亲叫娜达丽雅·伊凡诺芙娜。我父亲在商人波德果依斯基的糖厂里做办事员,一年挣六百卢布。后来他被解雇,失业很久。后来……"

后来他父亲成了酒徒,死于酗酒,不过这已经是家庭秘密,米沙不打算告诉"阁下"了。米沙略一沉吟,就把写好的统统涂掉,稍稍思考一阵,又把原来的话重新写出来。……

"后来他在贫困中去世,"他继续写道,"他的妻子和他那满腔热爱的儿子深为悲痛,而他只有一个儿子,也就是我米哈依尔①。我满九岁那年,被送进预备班读书,由波德果依斯基给我付学费,

---

① 上文的米沙是米哈依尔的爱称。

可是自从我父亲被他解雇以后,他就不再给我付学费,我读到四年级就退学了。我的学习成绩平常,一年级和三年级都读了两年,然而在书法和操行方面素来得五分……"等等。

米沙写满了整整一张纸。他写得诚恳,然而没有条理,也没有通盘的布局,而且不按照年代的顺序,因而常常重复,写得很乱。结果他写出了一篇烦琐、冗长而幼稚的东西。……米沙是这样结束的:"现在我靠我母亲养活,而她却没有任何维持生计的方法,所以我极其恭顺地请求阁下赐给我这个职位,以便我能生活,并奉养我有病的母亲,她也请求您应允。冒昧上陈,谨祈鉴原为荷。"(署名)

第二天,经过长久的踌躇和腼腆的迟疑以后,这篇生活经历总算誊清,而且按照指定的地点,连同证件一起寄出去了。过了两个星期,米沙等得心都焦了,就走进税务督察官的门厅,在那儿站住,浑身发抖,期待着他的著作的酬劳。

"请容许我打听一下:办公室在什么地方?"他在门厅往一个陈设简陋的大房间里瞧一眼,看见那儿的长沙发上躺着个头发棕红色的人,脚上穿一双拖鞋,身上穿着夏季的斗篷算是睡衣,就问道。

"您有什么事?"生着棕红色头发的人问。

"我……两个星期以前递过一份申请书……是关于文书职位的事。……我可以见见督察官先生吗?"

"这简直是岂有此理……"红头发嘟哝说,脸上做出一副苦不堪言的神情,把身上的斗篷裹一裹紧,"居然一天来一百个人!不断地来,不断地来!可是,诸位先生,难道你们就没有别的事干,专门来给我捣乱吗?"

红头发从长沙发上跳下地,劈开两条腿,咬清每个字的字音说:

"我已经对大家说过一千次:我有文书了!有了,有了,有了!现在你们也该别再来了!我已经有文书了!请您转告所有的人吧!"

"对不起,先生……"米沙喃喃地说,"我不知道,先生。……"

米沙尴尬地鞠躬,走出去。……至于酬劳,呜呼哀哉!

伊凡·玛特威伊奇

傍晚五点多钟。有个相当著名的俄国学者(我们以后就简单地称他为学者)在书房里坐着,烦躁地咬手指甲。

"这简直是岂有此理!"他说,不时看一下他的怀表,"这是毫不尊重别人的时间和工作。这样的人在英国一个钱也挣不到,会活活饿死!好吧,等着就是,等你来了……"

学者感到有必要向别人发泄一下他的盛怒和焦躁,就走到他妻子的房间跟前,敲了敲房门。

"听我说,卡嘉,"他用愤懑的声调说,"要是你见到彼得·丹尼雷奇,你就转告他说,正人君子是不这样办事的!这是胡闹!他推荐了一个缮写员,可又不知道他推荐的是个什么人!那个调皮的孩子每天总要迟到两三个钟头。哼,难道这也算是缮写员?对我来说,两三个钟头比别人的两三年还要宝贵呢!等他来了,我要像对付狗似的把他痛骂一顿,一个钱也不给他,把他轰出去!跟这样的人不能讲客气!"

"你天天都说这种话,可是他仍然不断地来。"

"不过今天我下定决心了。我为他受到的损失已经够多的了。请你原谅,我一定要骂他一通,学马车夫的样子骂他一通!"

不过最后,门铃声响了。学者就摆出严肃的面孔,挺直腰板,把头往后一仰,走到门厅去。在那儿,他的缮写员伊凡·玛特威伊奇已经在衣帽架旁边站住,那是个青年人,年纪十八岁左右,脸像鹅蛋那么椭圆,唇髭还没生出来,身上穿一件褪色的旧大衣,脚上没穿套靴。他呼呼地喘气,仔细在垫子上擦净他那双笨重的大皮靴,同时极力不让女仆看见皮靴上的窟窿,因为窟窿里已经露出白袜子了。他见到学者,就露出笑容,久久不散,畅快得很,带点傻气,那样的笑容是只有小孩和颇为憨厚的人的脸上才会有的。

"啊,您好,"他说,伸出一只汗湿的大手,"怎么样,您嗓子痛已经好了吧?"

"伊凡·玛特威伊奇!"学者用颤抖的声调说,退后一步,把两只手的手指交叉在一起,"伊凡·玛特威伊奇!"

随后他跳到缮写员跟前,抓住他的肩膀,动手轻轻地摇几下。

"您这是在怎样对待我呀?!"他气急败坏地说,"您这个可怕而又可恶的人,您在怎样对待我呀!您要嘲笑我,耍弄我?是吗?"

从伊凡·玛特威伊奇的脸上仍旧荡漾着的笑容来判断,他本来是期待着另一种截然不同的接待的,因此他看见学者怒容满面,他自己那张椭圆脸就越发拉长,他的嘴巴惊愕地张开了。

"怎么……怎么回事?"他问。

"您还要问!"学者说,把两只手一拍,"您知道光阴在我是多么宝贵,可是您偏偏来得这么迟!您晚来了两个钟头!……您真是不敬畏上帝!"

"要知道我现在不是从家里来,"伊凡·玛特威伊奇支吾道,迟疑地解开围巾。"我到姑姑家去参加命名日宴会来着,我姑姑住得离这儿大约有六俄里远呢。……要是我直接从家里来,那就是另一回事了。"

"哎,您想想看,伊凡·玛特威伊奇,您这种行为合乎情理吗?这儿有工作要做,而且是急着要赶出来的工作,可是您反而到处去参加命名日宴会,到您什么姑姑家里去逛荡! 唉,您倒是快点解掉您的围巾啊! 这真叫人受不了!"

学者又跳到缮写员跟前,帮他解开围巾。

"您简直像个娘们儿。……喏,走吧! 快点,劳驾!"

伊凡·玛特威伊奇拿出一块揉皱的脏手绢擤了擤鼻子,理一下瘦小的灰色上衣,穿过大厅和客厅,走进书房。那里早就为他准备下座位,纸张,以至纸烟了。

"您坐下,您坐下,"学者催促道,着急地搓手,"您这个人真讨厌。……您明知这个工作要赶出来,可是又来得这么晚。这逼得人不能不骂街。好,您写吧。……我们上一回写到哪儿了?"

伊凡·玛特威伊奇抚一下粗硬的、剪得不齐的头发,拿起钢笔来。学者不断地从这个墙角走到那个墙角,集中注意力,开始念道:

"关键在于……逗点……某些所谓基本形式……您写完了吗? ……基本形式全然为一些原则的实质所制约……逗点……而那些原则就是在那些形式中表现出来,并且也只能体现为那些形式。……另起一行。……那儿,当然,该加个句点。……最富于独立性的乃是……乃是……其社会性大于政治性的那些形式。……"

"现在中学生穿另一种制服①了……灰色的……"伊凡·玛特威伊奇说,"当初我上学的时候,那要好得多:大家都穿军服。……"

"哎,您快写吧,劳驾!"学者生气地说,"那些形式。……您写完了吗? ……讲到国家职能……体制方面的改变,而不是人民生活的调节方面的改变……逗点……那就不能说它们的特点是它们

---

① 在俄语中"形式"和"制服"是同一个词,因而缮写员联想到"制服"。

的形式的民族性……最后这九个字要加上引号。……嗯……嗯……那个……刚才您讲起中学校,想说什么来着?"

"我说当初我上学的时候,穿的制服跟现在不同。"

"啊……是的。……那么您离开中学很久了吗?"

"这我昨天就已经跟您说过了!我休学已经三年。……我是念到四年级才退学的。"

"那您为什么不上学了呢?"学者问,同时看一下伊凡·玛特威伊奇写的字。

"家庭环境不容许啊。"

"又要跟您说一遍了,伊凡·玛特威伊奇!您到底什么时候才能改掉把一行字写得太稀的习惯?每一行字不能少于四十个字母!"

"怎么,您认为我是故意这样吗?"伊凡·玛特威伊奇不高兴地说,"可是另外那些行的字母都不止四十个。……您数嘛。要是您觉得我写得太稀,您扣我的工钱好了。"

"哎,问题不在这儿。您这个人太俗气了,真的。……一点点小事,您就提到钱。要紧的是一丝不苟。伊凡·玛特威伊奇,一丝不苟最要紧!您得学会一丝不苟才成。"

一个使女走进书房来,手里端着一个托盘,上面放着两杯茶和一小筐面包干。伊凡·玛特威伊奇笨拙地伸出两只手,接过他那杯茶,立刻喝起来。茶太烫。伊凡·玛特威伊奇怕烫嘴,就极力一小口一小口地喝。他吃完一块面包干,又吃一块,再吃第三块,然后不好意思地斜起眼睛看了看学者,又胆怯地伸出手去拿第四块。他那很响的喝茶声、津津有味的咂嘴声、又饿又馋而扬起眉毛的神情,都惹得学者心里不痛快。

"您快点吃完吧。……时间是宝贵的。"

"您念好了。我可以一面喝茶一面写。……我,老实说,肚子饿了。"

"当然,走了那么多的路!"

"是啊。……而且天气多么不好!在我们家乡,这时候已经有春天的气息了。……到处都是水洼,雪融化了。……"

"真的,您好像是南方人吧?"

"顿河区域的人。……到三月间,我们那儿就完全是春天了。这儿天气严寒,大家都穿着皮大衣,那儿却已经有青草……到处的土地都干燥,甚至可以捉毒蜘蛛了。"

"为什么要捉毒蜘蛛呢?"

"不为什么……闲着没事做罢了……"伊凡·玛特威伊奇说,叹气,"那种东西捉起来倒蛮好玩的。你拿一根细线,拴上一小块树脂,把树脂送进小树洞里去,用那块树脂敲毒蜘蛛的脊背,它呢,该死的东西,生气了,就伸出爪子抓树脂,于是就沾上,跑不脱了。……我们玩得可起劲呢!我们常常把它们放在一个小盆里,满满的,再把一个比霍尔卡放进去。"

"什么叫比霍尔卡?"

"这也是一种蜘蛛,长得很像毒蜘蛛。打起架来,它一个就能咬死一百个毒蜘蛛呢。"

"嗯,是啊。……不过我们还是来写。……刚才我们写到哪儿了?"

学者又念了大约二十行,然后坐下来,开始沉思。

伊凡·玛特威伊奇等着学者打腹稿,他坐在那儿,伸直脖子,极力把衬衫衣领理好。他的领结总是系得不稳,领扣从扣眼里脱落,领口常常散开。

"嗯,是啊……"学者说,"嗯。……怎么样,找到差事了吗,伊凡·玛特威伊奇?"

"没有。可是叫我到哪儿去找呢?我,您知道,决意做志愿军人。可是我父亲主张我到药房去工作。"

"嗯,是啊。……要是能上大学就更好了。入学考试是困难的,然而只要有毅力,埋头用功,就能够考取。您要用功,多读点书。……您读的书多吗?"

"老实说,很少……"伊凡·玛特威伊奇说,点上一支烟。

"您读过屠格涅夫的书吗?"

"没,没有。……"

"那么果戈理呢?"

"果戈理?嗯!……果戈理。……不,没有读过!"

"伊凡·玛特威伊奇!您不害臊吗?唉唉!您是个挺好的人,很有点才气,可是想不到……连果戈理的作品都没读过!您务必要读一下!我给您书。您一定要读一读!要不然我们可就会吵得不可开交了!"

紧跟着又是沉默。学者在一张躺椅上半躺半坐,思索着。这时候伊凡·玛特威伊奇已经不管衣领,而把全部注意力移到他的皮靴上。他一直没有发现皮靴上的雪已经融化,脚底下有两大摊水。他不由得害臊了。

"今天有点不顺利……"学者嘟哝说,"伊凡·玛特威伊奇,您大概也喜欢捉鸟吧?"

"那是秋天才干的事。……在这儿我没有捉过,可是在那儿,在家乡,我常常捉鸟呢。"

"哦……很好。不过我们还是得写。"

学者坚决地站起来,开始念下去,可是念了十行,又在躺椅上坐下。

"不行了,多半,我们要推迟到明天上午再写,"他说,"您明天上午来吧,不过要早一点,九点钟以前赶到。求上帝保佑,千万不要来迟。"

伊凡·玛特威伊奇放下钢笔,从桌子那儿站起来,在另一把椅子上坐下。在沉默中过了五分钟,他开始感到现在应该走了,他已经成了多余的人,然而学者的书房里那么舒适、明亮、暖和,而且那些奶油面包干和甜茶留下的印象还那么新鲜,弄得他一想到自己的家,心就不由得收紧了。他家里是贫穷、饥饿、寒冷、怨天尤人的父亲、斥责,这儿却那么太平、安静,就连他那些毒蜘蛛和鸟雀都能引起人家的兴趣呢。

学者看了看怀表,伸出手去拿过一本书来。

"那么您给我果戈理的书吗?"伊凡·玛特威伊奇站起来,问道。

"我给您,我给您。可是您何必这么忙呢,好朋友?您再坐一会儿,讲点什么吧。……"

伊凡·玛特威伊奇就坐下来,畅快地微笑。几乎每天傍晚他都在这个书房里坐着,每一次都感到学者的声调和目光里有一种异常柔和、亲切而又吸引人的东西。甚至有些时候他觉得学者似乎依恋他,跟他处熟了,即使骂他来得迟,也只是因为盼望他来谈一谈毒蜘蛛,谈一谈他怎样在顿河地区捕捉金翅雀而已。

巫　　婆

　　时间临近深夜。教堂诵经士萨韦利·盖金在教堂看守人的小屋里一张大床上躺着。虽然他养成习惯,素来跟鸡同一个时辰睡觉,可是今天他却没睡着。他那条被子是用五颜六色的花布片缝成的,已经很脏。他那红褐色的硬头发从被子的这一头钻出来,被子的另一头呢,伸出他那双很久没有洗过的大脚。他在听……他的小屋嵌在教堂围墙当中,只有一扇窗子对着旷野。旷野上正在进行一场真正的厮杀。谁都难于听明白这是谁要结果谁的性命,究竟为了消灭谁才闹得天翻地覆,不过根据那种险恶而又经久不息的喧嚣声来判断,必是有谁打了很大的败仗。得胜的一方正在旷野上穷追敌人,咆哮着冲进树林,窜上教堂的房顶,举起拳头凶狠地敲打窗子,大发雷霆,败北的那一方却在哀号,痛哭……凄厉的哭声时而就在窗外响,时而升高,到房顶上去了,时而又钻进火炉里。那哭声不是求救的呼喊,而是悲悲切切,知道大势已去、无法挽救的哀号。雪堆蒙上薄薄的一层冰壳,雪堆上,树木上都有泪珠颤抖,大路和小径上泛滥着由泥土和溶化的雪水合成的黑色泥浆。一句话,大地正在解冻,可是夜色太黑,天空看不清这一点,却用尽全力把大片的新雪撒在解冻的大地上。风在空中游荡,像醉汉似的……它不让雪落在地面上,却在黑暗里由着性儿把它卷来卷去。

盖金倾听着这种音乐,皱起眉头。问题在于他知道,或者至少已经猜出窗外这场动乱会闹出什么事来,而且是谁在操纵这场动乱。

"我知道!"他嘟哝说,在被子里举起手指威胁着一个什么人,"我全知道!"

诵经士的妻子赖萨·尼洛夫娜在窗旁的凳子上坐着。一盏铁皮小灯放在另一个凳子上,仿佛胆怯而且不相信自己的力量似的,洒下微弱而闪烁的亮光,照在她宽阔的肩膀上,照在她美丽诱人的身体轮廓上,照在她那根垂到地面的粗辫子上。她正在用粗麻布缝麻袋。她的双手很快地活动着,然而她的整个身体、眼神、眉毛、厚嘴唇、白净的脖子,却一动也不动,专心干那种单调而机械的工作,仿佛睡着了似的。她只偶尔抬起头来,让她那疲乏的脖子休息一下,瞟一眼窗外,看看风雪怎样在那儿逞威,然后又对着那块粗麻布低下头去。她美丽的脸上生着一个狮子鼻,两边有两个酒窝,然而那张脸却一无表情,既没有愿望,也没有忧伤,更没有欢乐。美丽的喷泉在不喷水的时候,也总是这样一无表情的。

不过后来她总算做完一个麻袋,把它丢在一旁,舒畅地伸懒腰,把昏花呆板的目光停在窗子上……窗玻璃上淌着水珠,粘着些白色的、短命的雪花。那些雪花落在玻璃上,看一眼诵经士的妻子,就溶化了……

"你过来睡吧!"诵经士嘟哝说。

诵经士的妻子一声不响。可是突然,她的睫毛动弹一下,眼睛里流露出注意的神色。萨韦利本来一直躺在被子里观察她脸上的表情,这时候就伸出头来,问道:

"怎么了?"

"没什么……好像有人来了……"诵经士的妻子轻声回答说。

诵经士就用胳膊和腿撩开被子,爬起来,在床上跪着,呆瞪瞪地瞧着他的妻子。小灯那胆怯的亮光照亮他满是胡子的麻脸,从他蓬松的硬发上滑过去。

"你听见了吗?"他的妻子问。

在风雪单调的呼啸声中,他隐约听见玎玲玲的尖细的哀叫声,像是一只蚊子想要落到人的脸上来,却受到阻挠,于是生气了,就嗡嗡地叫起来似的。

"那是邮车……"萨韦利蹲在自己的脚后跟上,叽咕说。

离教堂三俄里远有一条驿道。遇到刮风的天气,如果风从大路刮到教堂来,那么在这小屋里住着的人就能听见车铃声。

"主啊,这样的天气还有这种兴致赶着车出来!"诵经士的妻子叹道。

"这是公事。你高兴也罢,不高兴也罢,反正得赶着车上路……"

哀叫声在空中响了一阵,停了。

"车子过去了!"萨韦利躺下去,说。

可是他还没来得及盖上被子,清楚的车铃声却又传到他耳朵里来。诵经士不安地看一眼妻子,从床上跳下地,摇晃着身子,在火炉旁边走来走去。小铃铛略微响了一会儿,又停了,仿佛破裂了似的。

"听不见了……"诵经士叽咕一句,站住,眯细了眼睛瞧着妻子。

可是就在这时候,风敲打窗子,又把尖细清脆的哀叫声送来了……萨韦利脸色煞白,喉咙里干咳一声,又光着脚在地板上走来走去。

"有人在叫那辆邮车兜圈子!"他声音沙哑地说,恶狠狠地斜起眼睛瞧着妻子,"你听见吗?邮车给摆布得不住兜圈子!我……我知道!我怎么会不……不明白?"他叽叽咕咕说,"我全知道,你这该死的!"

"你知道什么?"诵经士的妻子轻声问道,眼睛没离开窗子。

"我知道这都是你干出来的,女妖魔!都是你干出来的,你这该死的!不管是这场风雪还是那辆邮车兜圈子……一概都是你干出来的好事!都是你!"

"你发疯了,糊涂虫……"诵经士的妻子平静地说。

"我早就看穿你这一手了!当初结婚的时候,我头一天就看出你身子里流着母狗的血!"

"呸!"赖萨惊愕地说,耸了耸肩膀,在胸前画个十字,"你快点在胸前画个十字,傻瓜!"

"巫婆就是巫婆,"萨韦利继续用一种要哭出来的低沉声调说,撩起衬衫的底襟匆匆地擤一下鼻子,"虽然你是我的老婆,虽然你是教会里的人,然而就是到了举行忏悔礼那天,我也还是要照直说出你是个什么东西……没错儿!主啊,保佑我,宽恕我吧!去年,先知但以理与三少年①节的前夜,起过一场暴风雪,结果怎么样呢?那个工匠跑到我们这儿来取暖了。后来,到阿历克塞圣徒节,河上的冰刚裂开,那个乡村警察突然跑到这儿来了……他跟你这个该死的聊了个通宵,早晨他走的时候,我瞧他一眼:嘿,他的眼睛周围起了黑眼圈,连两个腮帮子都凹下去了!啊?八月斋期当中有过两次暴风雨,每一回都有个猎人到我们家里来过夜。我什么都看见了,他这该死的!我全看见了!啊,她的脸涨得比大虾都红了!啊哈!"

"你什么也没看见……"

"哼,是啊!去年冬天圣诞节前,在克利特十殉教徒节那天,暴风雪闹了一天一夜……你记得吗?首席贵族的文书迷了路,跑

---

① "但以理与三少年"为《圣经》中人物,参阅《旧约·但以理书》。

337

到我们这儿来了,那条狗……你贪图他什么呀!呸,区区一个文书罢了!为他也值得闹出这么样的天气来!一个臭文人,老是擤鼻涕,身材矮极了,满脸的粉刺,歪着个脖子……要是他长得漂亮倒也罢了,可是,呸,一副鬼相哟。"

诵经士歇口气,擦了擦嘴唇,仔细听着。铃声已经听不见了,然而房顶上猛然刮来一阵风,窗外的黑暗里就又响起了铃声。

"现在那一套又来了!"萨韦利继续说,"邮车不是平白无故转圈子的!要是邮车不是找你,你就朝着我的眼睛吐唾沫好了!啊,魔鬼真会办事,倒是个好帮手呢!他让邮车转来转去,临了就领到这儿来了。我知道!我看得出来!你瞒不了我,你这魔鬼的玩具,邪心思的骚娘们儿!这场暴风雪刚一开头,我马上就明白你安的什么心。"

"好一个蠢货!"诵经士的妻子冷笑说,"怎么,按你那糊涂想法,这种坏天气都是我搞出来的?"

"嗯……你笑吧!是你搞出来的也罢,不是你搞出来的也罢,反正我看得出来:你身上的血一沸腾,天气就变了,天气一变,就准有个疯子跑到这儿来。每一次都这样!可见就是你在作怪!"

诵经士要说得动听些,就把一个手指按住额头,闭上左眼,用唱歌般的声调说:

"啊,疯魔!犹大的罪恶呀!如果你真是人而不是巫婆,你就该用你的脑筋好好想一想:倘或来人不是工匠,不是猎人,不是文书,而是个化了装的魔鬼,那怎么得了!啊?你该好好想一想呀!"

"你也真是糊涂,萨韦利!"诵经士的妻子叹道,怜悯地瞧着她的丈夫,"当初我爸爸在世,住在这儿的时候,有很多人来求他治热病,那些人各式各样,有从乡村里来的,有从移民村来的,有从亚美尼亚人的田庄上来的。差不多每天都有人来,谁也没有把他们说成魔鬼。可是现在,一年当中,遇上坏天气,有个把人到我们这儿来取暖,你这个蠢货就大惊小怪,马上生出各式各样的想法来了。"

妻子的道理打动了萨韦利的心。他劈开两只光脚,低下头,沉思了。他还没有坚定地相信自己的揣测,他妻子那种诚恳冷静的声调使他茫然失措,不过话虽如此,他稍稍沉吟一下,又摇着头说:

"来人可不是老头子或者罗圈腿,到这儿来要求过夜的都是年轻人嘛……这是为什么?光是取暖,倒还罢了,可是实际上他们是来找乐子的。不,娘们儿,天下再也没有一种活物比你们娘们儿更狡猾的了!讲到真正的头脑,你们一丁点也没有,比椋鸟都不如,可是讲到魔鬼的狡猾,哎呀呀!圣母啊,保佑我们吧!喏,邮车的铃响了!这场暴风雪刚一开头,我就知道你的满肚子坏水!你在施展你的巫术,母蜘蛛!"

"你干什么跟我过不去,该死的?"诵经士的妻子失去耐性,发脾气说,"你干什么跟我过不去,粘焦油?"

"我揪住你不放,是因为今天晚上如果出了什么事……求上帝保佑别出事才好……你听着!……如果出了什么事,那么明天天一亮我就到佳科沃村去找尼科季姆神甫,把事情全说穿。我一五一十告诉他:'尼科季姆神甫,请您宽宏大量,原谅我说这种话,不过她真是巫婆。'他就问:'怎么见得?'我说:'嗯……您想知道这里头的缘故吗?行……'我就原原本本讲出来。那你就要遭殃,娘们儿!慢说到世界末日审判那天,就是在现世生活中你也要受到惩罚!《圣礼书》上那些咒你们这种人的祷告辞,可不是白写的!"

忽然,有人敲窗子,声音那么响,那么蹊跷,萨韦利吓得脸色发白,蹲下去。诵经士的妻子跳起来,也脸色惨白。

"看在上帝面上,放我们进去吧!"一个颤抖而粗重的男低音说,"谁住在这儿呐?行行好吧!我们迷路了!"

"你们是什么人?"诵经士的妻子问,不敢看窗子。

"邮车!"另一个声音说。

"你那套鬼招数灵验了!"萨韦利说,摆一下手,"果然如此!我说得千真万确……哼,你给我小心点!"

诵经士三蹿两跳上了床,在褥垫上躺下,愤懑地喘着气,翻过身去,脸对着墙。不久他的背上吹来一股冷气。房门吱呀一声开了,门口出现一个高大的人影,从头到脚沾满了雪。他身后闪出另一个人影,也那么白……

"要把邮包抬进来吗?"第二个人用沙哑的男低音问。

"丢在那儿不管可不行!"

说完这话,第一个人就动手解开风帽,可是没等解完,就把它连同制帽一齐从脑袋上扯下,气呼呼地往火炉那边一扔。随后他脱下身上的大衣,也往那边一丢。他也没有打一声招呼,就开始在小屋里走来走去。

这人是个年轻的邮差,生着淡黄色头发,上身穿一件旧的制服上衣,脚上穿一双沾着泥的红褐色皮靴。他走了一阵,身子暖和过来,就靠着桌子坐下,把两只沾着泥的靴子往口袋那边伸过去,用拳头支着脑袋。他那张泛起红晕的白脸仍然带着刚才经历过的痛苦和恐惧的痕迹。尽管他的脸气愤得变了样子,带着不久以前生理方面和精神方面的痛苦所留下的鲜明痕迹,而且眉毛上,唇髭上,圆形的胡子上都挂着正在溶化的雪,然而那张脸还是很漂亮。

"狗一般的生活!"邮差抱怨说,抬起眼睛望着四壁,仿佛不相信他已经到了暖和的地方似的,"我们差点完蛋!要不是你们的灯光,我真不知道会出什么事……鬼才知道这样的日子什么时候才能了结!这种狗一般的生活简直没完没了!我们这是来到什么地方了?"他压低喉咙问道,抬起眼睛看着诵经士的妻子。

"这儿是古里亚耶夫斯基山岗,归卡利诺夫斯基将军的庄园管。"诵经士的妻子打个冷战,回答说,脸涨红了。

"你听见没有,斯捷潘?"邮差转过身去对马车夫说,马车夫正背着一个大皮袋,卡在房门口,"我们跑到古里亚耶夫斯基山岗上来了!"

"是啊……真远!"

马车夫用若断若续的沙哑叹息声吐出这几个字,走出去,过一会儿背来一个小一点的袋子,然后又走出去,这一回拿来一把邮差用的长刀,是系在宽皮带上的,刀的样子颇像民间木板画《奥罗费尔恩床边的尤季芙》①上画的那把又长又薄的利剑。他把皮袋子堆在墙边,走出去,在前堂坐下,点上他的烟斗。

"跑了这么多路,也许您想喝点茶吧?"诵经士的妻子问。

"眼下哪有心思喝茶!"邮差皱起眉头说,"我们得赶快暖和一下就动身上路,要不然就会误了邮务列车。我们坐上十来分钟就走。不过,求你们行行好,给我们领路吧……"

"上帝用这种天气惩罚人啊!"诵经士的妻子叹道。

"嗯,是啊……请问你们是什么人?"

"我们吗?我们是本地人,在教堂里作事……我们是教会里的人……喏,我的丈夫就躺在那儿!萨韦利,你快起来,跟人家打个招呼嘛!从前这儿是教区,一年半以前这个教区取消了。当然,从前地主们住在这儿的时候,人很多,也就值得立一个教区,如今呢,地主们不在这儿了,那么您想想看,教会里的人靠什么生活?离这儿最近的一个村子叫马尔科夫卡,可是就连它也在五俄里以外哟!现在萨韦利成了编制以外的人员……改当看守了。他奉命

---

① 即古希伯来传说,尤季芙杀死了巴比伦统帅奥罗费尔恩,从而拯救了被围困的犹太人。——俄文本编者注

看管这个教堂……"

邮差马上又听到那个女人说,假使萨韦利肯到将军夫人那边去一趟,求她给主教写一封信,他就会得到好差事,可是他没有到将军夫人那儿去,因为他懒,而且怕见人。

"不过我们仍旧算是教会里的人……"诵经士的妻子补充了一句。

"那你们靠什么生活呢?"邮差问。

"教堂有一片草场和一个菜园。不过我们从这两块地里得到的收入却很少……"诵经士的妻子叹道,"佳科沃村的尼科季姆神甫,那个贪心的人,每到夏天的尼古拉节和冬天的尼古拉节都要到这儿来主持礼拜,顺便把收成几乎全拿走了。没有人给我们做主!"

"你胡说!"萨韦利声音沙哑地说,"尼科季姆神甫是个圣者,是教会的明星。如果他拿走什么,那也是按规章该拿的。"

"你那口子脾气倒不小!"邮差含笑说,"你结婚很久了吗?"

"到今年大斋前最后一个星期日,已经满三年了。从前我爸爸就在这儿当诵经士,后来,他老人家临死以前,到正教管区监督局去,求他们派一个没结过婚的诵经士到这儿来接替,好让我就地成家。我就嫁给他了。"

"啊哈,这样说来,你倒一个拍子打死了两只苍蝇呢!"邮差瞧着萨韦利的后背说。"既得了差事,又得了老婆。"

萨韦利没好气地扭了一下大腿,越发往墙那边挨过去。邮差从桌子旁边站起来,伸个懒腰,在邮袋上坐下。他沉吟一下,就伸出手去揉揉邮袋,把他的长刀放在另一个地方,平躺下去,一条腿碰到了地面。

"狗一般的生活……"他嘟哝一句,把两只手垫在脑袋底下,闭上眼睛,"我甚至不希望凶恶的鞑靼人过这样的生活。"

不久就万籁俱寂。这儿只能听见萨韦利的喘息声和睡熟的邮差平匀缓慢的呼吸声,他每呼一口气都要发出低沉而拖长的呼噜呼噜声。偶尔,他的喉咙里,像车轮似的发出吱咂一声,他的腿就抽动,碰得邮袋沙沙地响。

萨韦利在被子里翻个身,慢腾腾地回过头来看一眼。诵经士的妻子正坐在凳子上,两个手心托着脸颊,瞅着邮差的脸。她的目光呆呆不动,就跟满心惊恐的人一样。

"喂,你干吗盯住他?"萨韦利生气地小声说。

"这关你什么事?你睡你的!"诵经士的妻子回答说,眼睛没有离开生着淡黄色头发的脑袋。

萨韦利生气地吐出他胸中的气,猛地翻回身,脸对着墙。过了三分钟光景,他又不安地翻个身,爬起来,在床上跪着,把两只手撑在枕头上,斜起眼睛看他的妻子。他妻子仍然不动,瞧着客人。她的脸颊苍白失色,目光里燃着一种奇怪的火。诵经士干咳了一声,肚皮朝下,从床上爬下来,走到邮差跟前,用一块手绢蒙上他的脸。

"你这是干什么?"诵经士的妻子问。

"免得灯光照他的眼睛。"

"那你索性把灯吹灭!"

萨韦利狐疑地看了看他的妻子,努出嘴唇凑到小灯上去,可是立刻醒悟过来,把两只手一拍。

"哼,这不就是魔鬼的花招吗?"他叫起来,"啊?哼,难道还有什么活物比女人更狡猾?"

"啊,长衣襟的恶魔①!"诵经士的妻子咬住牙,嘶嘶响地说,恼恨得皱起眉头,"你等着就是!"

然后她舒舒服服地坐好,又定睛瞧着邮差。

---

① 俄国教士的法衣是长衣襟的。

邮差的脸给蒙上了,这倒没什么关系。引起她兴趣的,与其说是他的脸,倒不如说是他的整个身体,这个男子的新奇之处。他的胸膛宽阔,有力,他的手瘦长,好看,他那两条筋肉饱满而匀称的腿比萨韦利的那两条"矮墩子"好看得多,挺拔得多。这两个人甚至不能相比。

"就算我是长衣襟的魔鬼吧,"萨韦利呆站了一会儿,说,"他们也不该在这儿睡觉呀……是啊……他们在办公事,我们却把他们留在这儿,我们就要负责。既是运邮件,那就去运,不该睡觉嘛……喂,你!"萨韦利朝前堂喊了一声,"你,赶车的……你叫什么名字来着?要我送你们一程还是怎么的?起来,带着邮袋可不能睡觉!"

动了肝火的萨韦利跑到邮差跟前,拉一下他的衣袖。

"喂,先生!要赶路就去赶路。再不走,那可就不对头了……睡觉是不行的。"

邮差跳起来,又坐下,用茫然的目光扫了一眼小屋,又躺下去。

"你到底什么时候才去赶路?"萨韦利喋喋不休地说,拉他的衣袖,"要知道,办邮务就是要把邮件按时送到,听见没有?我来送你们一程。"

邮差睁开眼睛。他已经暖和过来,刚才酣畅地睡过一觉,正浑身发软,还没有完全清醒过来,像在迷雾中似的看见诵经士妻子的白脖子和她那凝然不动的、油亮的目光,就闭上眼睛,微微一笑,仿佛在做梦似的。

"哎,这样的天气怎么能赶路!"他听见一个柔和的女人声音说,"自管睡吧,踏踏实实地睡吧!"

"那么邮件呢?"萨韦利不安地说,"谁来运邮件呢?莫非你去运?你?"

邮差又睁开眼睛,看一眼诵经士妻子脸上两个活动的酒窝,想起他是在什么地方,明白了萨韦利的话。他想到他马上就要到寒冷的黑暗当中去赶路,就不由得从头到脚,周身起鸡皮疙瘩,身子蜷缩起来。

"还可以再睡个五分钟……"他打着呵欠说,"反正也是误了……"

"也许我们还赶得上!"前堂里有个说话声响起来,"瞧着吧,说不定我们走运,火车也误了点呢。"

邮差站起来,舒服地伸了个懒腰,开始穿大衣。

萨韦利看见客人们准备动身,简直高兴得像马嘶似的笑起来。

"你倒是帮一帮忙啊!"马车夫正从地板上抬起邮袋,对他嚷道。

诵经士就跑到他跟前,跟他一块儿把邮袋抬到外边去。邮差动手解开风帽上的结子。诵经士的妻子凝神看着他的眼睛,仿佛要钻进他的灵魂里去似的。

"应该喝点茶才对……"她说。

"我倒无所谓……可是他们已经打点着动身了!"他同意说,"反正也已经误了。"

"那您就留下吧!"她小声说,低下眼睛,碰碰他的衣袖。

邮差终于解开结子,迟疑不决地把风帽搭在胳膊肘上。他站在诵经士的妻子身旁,觉得很温暖。

"你的脖子……多么好看……"

他伸出两个手指碰了碰她的脖子。他看见她并不抗拒,就伸手摩挲她的脖子和肩膀……

"嘿,真好看……"

"您就留下吧……喝点茶。"

"你这是往哪儿放?你这加了糖浆的蜜粥①!"外边传来马车

---

① 骂教士的话,因为教士在出丧人家主持宗教仪式的时候总喝到蜜粥。

夫的说话声,"要横着放。"

"您就留下吧……瞧,风刮得多么厉害!"

邮差还没醒透,还没来得及抖掉青春恼人的睡意,这时候突然被一种欲望抓住,为这种欲望他忘了邮包,忘了邮务列车……忘了人间万物。他惊慌地看一眼门口,仿佛打算逃跑或者藏起来似的,一把搂住诵经士妻子的腰,正低下头去凑近那盏小灯,想吹灭,不料前堂里响起了皮靴声,马车夫在门口出现了……萨韦利在他肩膀后面往里看。邮差赶快松开手,站住不动,仿佛在沉思似的。

"都准备好了!"马车夫说。

邮差呆站了一会儿,猛地摇一下头,好像终于醒过来了,跟着马车夫走出去。屋里只剩下诵经士的妻子一个人了。

"好,你坐上车,给我们领路吧!"她听见外边有人说。

一个小铃铛懒洋洋地响起来,随后另一个小铃铛又响了,接着一长串细碎的铃声从小屋这儿飘走了。

等到铃声渐渐消失,诵经士的妻子就猛一转身,离开原来的地方,烦躁地从这个墙角走到那个墙角。她先是脸色苍白,后来又满脸通红。她的脸由于仇恨而变了样,呼吸发抖,眼睛闪出疯狂凶暴的怒火。她走来走去,仿佛关在笼子里似的,活像一头雌老虎,受到烧红的烙铁的威胁。她停住一会儿,看一眼她的住处。那张床差不多占据半个房间,有整个后墙那么长,床上铺着肮脏的褥垫,有灰色的硬枕头,有被子,有各式各样叫不出名字来的破烂。那张床成了乱糟糟一团难看的废物,几乎跟萨韦利脑袋上的那堆头发一样,哪怕他特意用油抹平,却仍然竖起来。有个乌黑的炉子,从那张床一直伸到通往寒冷的前堂的门口,上面放些盆盆罐罐,挂着破衣烂衫。一切东西,包括刚刚出外的萨韦利在内,都出奇地肮脏,油污,漆黑,在这样的环境里见到女人的白脖子和细嫩的皮肤是会感到奇怪的。诵经士的妻子跑到床跟前,伸出手,仿佛打算把那些东西统统丢掉,踩坏,撕得粉碎,可是后来,她一碰到那些脏东西,却像吓坏了似的,倒退回来,又开始走来走去……

过了两个钟头,萨韦利走回来,身上满是雪,筋疲力尽了。可是她已经脱掉衣服,躺在床上。她的眼睛闭着,然而从她脸上肌肉的细微颤动来看,他猜出她没睡着。他在归途中本来已经打定主意一言不发直到明天,也不碰她,可是这时候他忍不住要挖苦她几句。

"你那套巫术算是白搭:他走了!"他说,幸灾乐祸地笑着。

诵经士的妻子没有说话,只是她的下巴在颤抖。萨韦利慢腾腾地脱掉衣服,从他妻子身上爬过去,贴着墙躺下。

"瞧着吧,明天我就去对尼科季姆神甫讲明,你这个老婆是个什么东西!"他唠叨着,把身子缩成一团。

诵经士的妻子很快地朝他转过脸来,两眼炯炯有光地瞧着他。

"你有这么个差事就心满意足了,"她说,"那你该到树林里去找老婆才是!我算是你的什么老婆?巴不得你断了气才好!你这个糊涂虫,懒骨头,你把我磨得好苦,求主饶恕我吧!"

"得了,得了……你睡吧!"

"我好命苦啊!"诵经士的妻子哭着说,"要不是你,说不定我会嫁给一个商人或者贵族!要不是你,现在我就会爱我的丈夫!你怎么就没让雪埋掉,怎么就没在那边大路上冻死,你这个希律①!"

诵经士的妻子哭了很久。最后她深深地叹口气,止住哭泣。风雪仍然在窗外肆虐。不知什么东西在火炉里哭,在烟囱里哭,在墙外哭。萨韦利觉得这个东西就在他身子里哭,就在他耳朵里哭。今天晚上他才彻底相信他对他妻子的揣测。他本来就认为他妻子

---

① 根据基督教传说,希律是个暴君,处死了耶稣。

由魔鬼帮忙,操纵风雪和邮车,现在关于这一点他已经毫不怀疑了。然而使他非常痛苦的是,这种神秘,这种超出常情的神通,反而给他身旁躺着的女人添上一种特殊的和不可理解的魅力,这却是他以前从没感到过的。他那种糊涂想法不知不觉把她美化,她好像变得更白净,更光润,更难于接近了……

"巫婆!"他愤愤地说,"呸,真叫人恶心!"

可是话虽如此,等到她止住哭声,开始均匀地呼吸,他就伸出手指去摸一下她的后脑壳……把她的粗辫子放在手里握一会儿。她没觉得……于是他大起胆子,摩挲她的脖子。

"躲开我!"她叫道,使劲用胳膊肘推开他,不料正巧戳在他的鼻梁上,弄得他的眼睛里迸出了金星。

他鼻梁上的疼痛不久就过去,然而他精神上的痛苦却绵延不断了。

毒

在这个世界上,整个人类……等等。
　　　　　　　摘自梅菲斯特咏叹调①

彼得·彼得罗维奇·雷索夫虽然在孔斯特公司的银行业务办事处任职,却是个彻头彻尾的唯心主义者。他用尖细的男高音唱歌,弹六弦琴,头上抹发蜡,穿淡色的长裤,这些都是唯心主义者有别于唯物主义者②的特征,在十俄里开外就能看清楚的。他是怀着极为热烈的爱情同退役的上尉卡迪金的女儿柳包琪卡结婚的。……信不信由您,他对他的未婚妻爱得那么深,如果有人要他在一百万卢布和柳包琪卡之间做个选择,他就会不假思索地选中后者。……魔鬼,当然,是不喜欢这种唯心主义者的,于是他赶紧来出头干涉了。

办喜事的前一天(魔鬼就是从这时候起暗中捣鬼的),卡迪金上尉把雷索夫叫到他的书房里,亲热地摸着他的衣扣,说:

---

① 指法国作曲家古诺(1818—1893)于1858年所写并于1864年在俄国上演的歌剧《浮士德》剧中人物梅菲斯特的咏叹调,其主旨是金钱的毁灭力量,表现在"人们为金钱身败名裂"这句话中,其中有一段是"在这个世界上,整个人类供奉着一尊神圣的偶像,它统治着整个宇宙,名叫金牛"。——俄文本编者注
② 在此指实利主义者。

"应当向你说明一下,亲爱的朋友彼佳,我在某种程度上那个……俗语说得好:协议比金钱还要宝贵。……认真说来,为了以后不致发生误会起见,我们应当事先说妥。……你知道,真的,我为柳包琪卡那个……我为柳包琪卡一个钱也拿不出来!①"

"哎,这有什么关系?"唯心主义者说,脸红了,"您把我看成什么人了?我娶的不是钱,是姑娘!"

"说的就是嘛。……话说回来,我为什么跟你讲这些呢?那缘故你其实也明白。……我,当然,不是穷人,有财产,不过,你知道,除了柳包琪卡以外,我还有五个女儿呢。……事情就是这样,亲爱的朋友彼佳。……唉唉……"上尉叹道,"当然,你日后会有困难的,可是有什么办法呢!你设法撑一下吧。……万一日后有什么问题……比方生儿育女,或者别的什么事情,那我可以帮忙。……略微帮点小忙。……甚至现在我也可以给你一点。……"

"您想到哪儿去了,真是的!"雷索夫摇一下手说。

"现在我就能送给你四百卢布。……请你原谅,我倒有心多给一点,可是杀了我也拿不出来了!"

卡迪金拉开书桌抽屉,从里面取出一张纸来,交给雷索夫。

"喏,拿去!"他说,"四百整!我本来想自己拿着这张执行书②去要钱,可是,你知道,我没有工夫奔走,你什么时候要用钱,就什么时候去拿一趟好了。……你照直到克里亚包夫医生家去,用不着讲什么客气,向他要钱。……要是他不认账,你就去找法警。……"

不管雷索夫怎样推辞,不管他怎样证明他娶的不是钱而是姑

---

① 意谓他给不出陪嫁钱。
② 由司法机关所发的凭证,持证人凭证向欠债人索取债款。

娘,最后他还是把那张执行书叠成四折,放在他的口袋里了。第二天在教堂里举行婚礼以后,雷索夫同柳包琪卡坐上马车回家,他搂住她的腰,对她说:

"前天你哭着说,我们的新居缺一架钢琴。……你高兴起来吧,柳包琪卡!我要花四百卢布给你买一架钢琴呢。……"

婚礼的晚宴举行过后,客人走散,只剩下新婚夫妇两个人,雷索夫就长久地从这个墙角踱到那个墙角,然后兴致勃勃地摇一下头,对妻子说:

"你猜怎么着,柳包琪卡!买钢琴的事是不是推迟一步?啊,你觉得怎样?我们先买家具!四百卢布可以买一套出色的家具呢!我们要把这些房间装饰一新,连魔鬼见了都张口结舌哟!瞧,在这个房间里,我们要放一个长沙发和一把缎面的安乐椅。……长沙发的前面呢,当然,要放一张圆桌,桌上,见它的鬼,摆它一盏新奇别致的灯。……喏,我们在这儿放一个大理石脸盆。您明白吗①哈哈。……这块空地方我们塞进一个衣橱去,或者放上带梳妆台的柜子。……总之,鬼才知道这儿会布置得多么漂亮!"

"窗子上还要挂上窗帘。"

"对,还要窗帘!明天我就去找那个大夫!只是我要正好赶上他在家才行,魔鬼。……这些医生都是贪财的人,养成习惯天一亮就出门给人治病。……你一定要原谅我,柳包琪卡,我明天得早起。……"

第二天早晨八点钟,雷索夫悄悄起床,穿好衣服,步行到克里亚包夫医师家去。八点三刻,他已经在医生的门厅里站着了。

"大夫在家吗?"他问使女说。

---

① 原文为法语。

"在家,先生,不过他老人家在睡觉,不会很快就起床。"

听到这样的回答,雷索夫顿时愁眉苦脸,显得那么灰心,倒把使女吓了一跳,她就说:

"要是您那么需要见他,我可以去叫醒他。请您到诊疗室去吧!"

雷索夫脱掉皮大衣,走进诊疗室。……

"这个坏蛋倒生活得挺好!"他在圈椅上坐下,看一下四周的陈设,暗想,"单是那沙发恐怕就值四百卢布呢。……"

过了十分钟光景,响起了遥远的咳嗽声,随后是脚步声,接着克里亚包夫医生走进诊疗室来,没有漱洗,带着睡意。

"您有什么病?"他在雷索夫对面坐下,问道。

"我,大夫先生,认真说来,没有生病,"唯心主义者开口说,亲切地微笑,"我是有事来找您。……您知道,我昨天结了婚……急需钱用。……要是您今天可以按这张执行书付钱,我对您就感激不尽了。……"

"什么执行书?"医生瞪大眼睛说。

"喏,就是这一张。……我是雷索夫,同卡迪金的女儿结了婚。我是他的女婿。他,也就是我的岳父,把这张凭证给了我。那就是说,是卡迪金给我的!"

"上帝才知道是怎么回事!"克里亚包夫摇一下手说,站起来,做出要哭的脸相,"我原以为您有病,不料您是为一件无聊的事来的。……您真该害臊才对!我今天六点多钟才睡下,您却为一件鬼才知道的事把我叫醒了!正派人尊重别人的休息。……我简直替您害臊!"

"对不起,我本来以为……"雷索夫发窘地说,"我不知道,先生……"

他看见医生要走掉,就站起来,喃喃地说:

"那么请问,我什么时候来才能取到这笔钱?"

"什么时候来都没用。……我已经对那个卡迪金说过一千次,叫他不要再来缠我!他惹得我讨厌了!"

医生的口气和态度使得雷索夫发窘,而且也把他惹恼了。

"既是这样,"他说,"那么请您原谅,我只得去找法警……请他来查封您的财产!……"

"随您的便!您那个扎迪金……他姓什么来着?……卡迪金,他知道这财产不是我的,而是我妻子的。……"

雷索夫从医生家里走出来,气得满脸通红,浑身发抖。

"这个粗人!"他想,"这个畜生!他生活得那么阔气,业务又忙,欠下的债却不肯还!好,你等着就是。……"

晚上,雷索夫没有躺下睡觉,却坐下给医生写信。……在信上,他一面抬出法警来威胁他,一面坚决要求医生通知他何日何时可以在医生家里会到他。第二天他没收到回信,就又寄去一封信。……最后,白糟蹋六张本市邮票以后,他怒不可遏,去找法警。……

他照这样又是写信,又是去拜访法警,日子一天天过去,人类的天性起作用了。……雷索夫不久就觉得这四百卢布在他极其必要,缺少不得,以前他没有这笔钱居然过下来,倒是怪事了。家具可以推迟到以后再买,这且不提,可是以前的债务、裁缝的工钱、在小铺里欠的账,却非用这笔钱偿还不可。……婚后大约过了十天,柳包琪卡向雷索夫索取五个卢布付给他们家的厨娘,雷索夫说:

"我打算用医生的钱来付给她,目前我没钱。……你猜怎么着?我今天就到医生那里走一趟!我要求他哪怕分期还清也好。这一点他多半会同意!……"

他走到医生家,发现候诊室里有很多病人。他只好按次序等

353

着。他把桌子上放着的报纸统统读完,心焦得喉咙发干,心口发痛,最后才算走进医生的诊疗室。

"您又来了!"克里亚包夫皱起眉头说。

雷索夫坐下,直率地对医生说明卡迪金怎样把那张执行书送给他,他怎样缺钱用。

"您可以一次给十个卢布……"他结束他的话说,"这样办我也同意!"

"您,对不起,简直是个疯子……"克里亚包夫笑着说,"劳驾,您说说看,如今谁还肯接受执行书作为赠礼?"

"我所以接受它,是因为我想您会那个……您会本着良心归还的!"

"原来是这么回事!您不配谈良心不良心,先生!您知道这笔债是怎么来的吗?当初我做大学生的时候,在您岳父手里只借过五十卢布,余下的都算是利息!我不能付这笔钱。……我根据原则不能付!一个小钱也不能付!"

雷索夫从医生家走出来,回到家里,筋疲力尽,愤愤不平。

"我不明白你父亲是怎么回事!"他对柳包琪卡说,"要知道,这是卑鄙,下流!倒好像他那儿没有四百现款付给我似的!我不要陪嫁钱,不过我这是原则上不要!从今以后我都不愿意再跟你父亲讲话了。……这个守财奴,一钱如命!我偏要跟他捣一下乱,你不妨去一趟,叫他把这张荒唐的执行书收回去,另外给我四百卢布。……听见没有?你去吧,你就这么说。……"

"可是我怎么能对他说这种话呢?我说不出口,彼佳。"

"啊啊……这样说来,他在你心目中比你的丈夫还宝贵!依你的看法,他倒做得对?我一个陪嫁钱也没向他要,他反而对了!"

柳包琪卡开始眨巴眼睛,哭起来。

"女人家的那套玩意儿开始了……"雷索夫嘟哝说,"岂有此理!喂,劳驾,亲爱的,别来这一套!在我这儿不要这个样子!你,太太,用这一套说服不了我……打动不了我的心!我不喜欢这样!你尽可以到你爸爸那儿去哭,在我这儿可不是地方!听见了吗?"

雷索夫就举起一本书的书脊敲打桌子。……随着敲打声,新婚的蜜月也就告终了。……

没有结局的故事

一 场 小 戏

很久以前,一天晚上,时钟刚敲过两点钟不久,突然,我的厨娘出人意外地跑进我的书房,脸色苍白,神情激动,报告我说隔壁那幢小房子的房东,米留契哈老太婆,在她厨房里坐着。

"老爷,她请您到她房子里去一趟……"厨娘气喘吁吁地说,"她的房客出事了。……他开枪自杀了,要不然就是上吊了。……"

"我能有什么办法呢?"我说,"让她去找大夫或者警察吧。……"

"她哪能去找大夫!她上气不接下气,吓得躲到大灶底下去了。……您就去一趟吧,老爷!"

我穿上外衣,往米留契哈的房子走去。我走到房子的旁门跟前,看见旁门开着。我在那儿迟疑不决地站了一会儿,没有摸到扫院人的门铃,索性走进了院子。那里的台阶乌黑,歪歪斜斜,门也没拴上。我推开门,走进穿堂。那儿伸手不见五指,一团漆黑,另外还有扑鼻而来的神香气味。我摸索穿堂的出口,胳膊肘碰到一个铁器,在黑地里撞着一块木板,几乎把它撞倒在地。最后我总算找到一扇门,上面蒙着破烂的毡子,于是我走进一个小小的门厅。

此刻我写的不是一篇圣诞节故事,我也完全无意于吓唬读者,然而我在穿堂里看见的那幅画面却是离奇的,只有死神才画得出来。我面前是一道门,门里边是一个小小的客厅。那儿墙上糊着黑的壁纸,已经褪了色,有三支廉价的蜡烛并排立在那里,微弱的光照着四壁。客厅中央的两张桌子上,放着一口棺材。这三支蜡烛,刚能照亮一张黄中发黑的脸、一张半开半闭的嘴、一个尖鼻子。从那张脸到两只皮鞋的鞋尖上,乱七八糟地盖着一些纱布和薄纱,像是起伏不定的波浪。波浪里露出两只苍白不动的手,手里握着蜡制的小十字架。客厅的幽暗阴森的墙角、棺材外边的圣像、棺材本身,总之,除了微微闪烁的烛火以外,一切都纹丝不动,死气沉沉,就跟在坟墓里一样。

"这岂不是奇迹?"我看见这种出人意外的死亡图景,不由得呆住,暗自想道,"哪能这样快呢?房客刚刚上吊或者开枪自杀,就已经装在棺材里了!"

我往四下里看。左边有一道门,上半部镶着玻璃。右边有一个瘸腿的衣帽架,上面挂着一件旧皮大衣。……

"给我水……"我听见哀叫声。

哀叫声是从那扇上半部镶着玻璃的房门里传出来的。我推开房门,走进一个小小的房间,那儿一片漆黑,只有一个窗子,窗上胆怯地滑过街灯的微弱亮光。

"这儿有人吗?"我问。

我没等回答,就划火柴。火柴一亮,我看见了如下一幅画面:我的脚旁,在血污的地板上,坐着一个人。刚才要是我把步子迈大点,我就会踩在这个人身上了。他把两条腿向前平伸出去,两只手按着地板,使劲扬起他那英俊而死白的脸,脸上长着像墨汁那么黑的胡子。他抬起一对大眼睛瞧着我,我在那对眼睛里看到了无法形容的恐怖、痛苦、祈求。冷汗大颗大颗地顺着他的脸淌下来。他的汗,他脸上的表情,他那硬撑着的胳膊的颤抖,他那气喘吁吁的呼吸,他咬紧的牙关,都说明他痛苦得难忍难熬。他右手旁边一摊血里丢着一支手枪。

"您别走……"等到火柴熄灭,我就听见一个衰弱的声音说,"桌上有蜡烛。"

我点上蜡烛,在房中央站住,不知道该干什么好。我站在那儿,瞧着坐在地板上的人,觉得以前好像在什么地方见过他似的。

"我痛得受不住,"他小声说,"我没有力量再对我自己开枪了。不可理解的优柔寡断啊!"

我脱掉身上的大衣,动手照料病人。我把他像小孩似的从地板上抱起来,放在蒙着漆布的长沙发上,小心地解开他的衣服。等到我把他的衣服脱下来,他就发抖,觉得冷。不过我看见的伤口,却跟病人的颤抖和脸上的表情不相称。伤势很轻。一颗子弹在他左胸第五条肋骨和第六条肋骨之间擦过,只擦破皮和细胞组织,如此而已。我在他上衣的里边口袋附近,在衬里的夹层中找到了那颗子弹。我尽力止住血,拿一个枕头套、一条毛巾和两块手绢做成临时绷带,然后给病人喝水,把门厅里挂着的旧皮大衣拿来盖在他身上。扎绷带的时候我们始终没说一句话。我工作,他躺在那儿不动,眯细眼睛瞧着我,仿佛为他不顺利的自杀和他给我招来的麻烦害臊似的。

"现在请您务必安静地躺着,"我扎完绷带后说,"我到药房去一趟,买点药来。"

"不用!"他喃喃地说,抓住我的衣袖,把眼睛睁得老大。

我在他的眼睛里看出了惊恐。他生怕我走掉。

"不用!请您再待五分钟……十分钟。要是您不嫌弃,就请您坐下别走,我求求您。"

他一面要求,一面发抖,牙齿打战。我听从他的话,在长沙发边上坐下。我们在沉默中过了十分钟。我没开口,光是观看命运出人意外地把我打发来的这个房间。好穷啊！这个人生着英俊秀气的脸,留着修剪整齐的大胡子,可是他的环境连一个普通的工人也不会羡慕。蒙着长沙发的漆布已经斑驳,上面有许多破洞,一把普通的椅子肮里肮脏,一张桌子上放着些废纸,墙上挂着的石印画难看极了,而这就是我看见的一切。潮湿,阴暗,灰色。

"好大的风！"病人说,没有睁开眼睛,"刮得好响！"

"是的……"我说,"您听着,我觉得我似乎认得您。您去年在鲁哈切夫将军的别墅里参加过业余演出吧？"

"那又怎么样？"他很快地睁开眼睛问。

他脸上掠过了乌云。

"似乎我在那儿见到过您。您是姓瓦西里耶夫吧？"

"就算是这样,那又怎么样？就算您认识我,我也不会因此轻松点。"

"当然不会轻松点,不过我也只是顺便问一句……随口问问罢了。"

瓦西里耶夫闭上眼睛,仿佛怄气似的,扭过脸去对着长沙发的靠背。

"我不理解这种好奇心！"他嘟哝说,"您只差没开口问我是什么原因促使我自杀了！"

一分钟还没过去,他就又扭过脸来对着我,睁开眼睛,用要哭的声调对我说：

"请您原谅我用这种口气说话,不过您会同意,我是对的！问一个囚犯为什么关在监牢里,问一个自杀者为什么向自己开枪,那未免不厚道,而且……不礼貌。这是利用别人的烦恼满足自己无聊的好奇心！"

"您不该激动。……我根本不想问您自杀的原因。"

"您本来会这么问的。……这已经成了人们的习惯。其实何

359

必问呢?就是我对您说了,您也会要么不理解,要么不相信。……老实说,我自己也不理解。……警察局的公文和报纸上常有这样的用语,例如'绝望的爱情'和'毫无出路的贫穷',可是原因是什么,还是不明白。……不论是我,还是您,或是你们那些敢于写《自杀者日记摘录》的编辑部人员,一概不明白原因何在。一个人夺去自己的生命,他的心理状态只有上帝才理解,普通人是不会懂的。"

"这些话讲得很动听,"我说,"不过您不应该多讲话。……"

然而那位自杀者却讲得兴致勃勃。他伸出拳头支着脑袋,继续用害病的哲学家的口吻说:

"人永远也不会明白自杀心理的奥秘!自杀的原因在哪儿?今天这个原因使人拿起手枪来,明天同一个原因却似乎一文不值了。……这大概要看一个人在特定时间的特定情况。……比方拿我来说。半个钟头以前我热切地巴望死,可是现在,蜡烛点起来,又有您坐在我身旁,我就把死丢在脑后了。请您把这种转变解释一下吧!是我变得有钱了呢,还是我妻子复活了?莫非这种亮光,或者有外人在场,就对我发生了影响?"

"亮光确实会影响人……"我不得不说话,就敷衍道,"亮光对人的肌体的影响……"

"亮光的影响。……我们姑且承认这一点吧!不过话说回来,也有在烛光下开枪自杀的!至于在您写的小说里,如果像蜡烛之类的小东西竟然一下子改变了整个戏剧进程,那对您的主人公来说却不大光彩!这些荒唐事也许自有解释,然而我们解释不了。凡是我们不理解的事,那就无须多问,也无须解释。……"

"对不起……"我说,"不过……从您脸上的神情来判断,我觉得目前您似乎在……装腔作势。"

"是吗?"瓦西里耶夫醒悟过来说,"很可能!我天生虚荣心重,又爱面子。好,要是您相信您的察言观色的本领的话,那您就来解释一下!半个钟头以前我开枪自杀,如今却又在装腔作势。……您来解释吧!"

瓦西里耶夫最后那几句话是用衰弱无力的声调说的。他累了,不再说话。随后是沉寂。我开始观察他的脸。他面色苍白,像是死人。他的生机似乎在熄灭,只有这个"虚荣心重又爱面子"的人所受的痛苦的征象才说明他还活着。看着那张脸,真叫人不寒而栗,然而瓦西里耶夫却还有力量大谈哲理,而且,如果我没看错的话,还有力量装腔作势,那么,要是他自己看见这张脸,真不知会怎样!

"您在这儿没走吧?"他忽然用胳膊肘撑起身子,问道,"我的上帝啊!您听听那声音吧!"

我开始听。乌黑的窗外,雨点愤怒地抽打着,一刻也不停。风在凄厉愁惨地呼号。

"'我就要变得比雪更白,我的耳朵就要听见快乐和欢欣。'"米留契哈已经回来,正在客厅里用懒散、疲倦的声音念着,她那单调乏味的声音既不提高,也不放低。

"那倒真是快乐的,不是吗?"瓦西里耶夫把惊恐的脸转过来对着我,小声说,"我的上帝啊,人是什么事都会看见,什么话都会听见的!应该把这种混乱谱成乐曲才对!按哈姆雷特的说法,'它就会把无知的人弄得张皇失措,使得耳朵和眼睛丧失功能。'到那时候我会多么了解那种音乐!我的体会会多么深!……现在几点钟了?"

"两点五十五分。"

"离天亮还远得很呢。明天早晨就要出殡。那情景会多么美妙!冒着大雨,踏着泥地,跟在棺材后面一步步地走着。走啊走的,除了阴云密布的天空和满目凄凉的风景以外,什么也看不见。

无非是些满身沾满污泥的送丧人、小酒馆、木柴场。……裤子湿到膝部。街道长得没有尽头,时间拖拖拉拉,好比过了一万年,人们态度粗鲁。……心上呢,压着石头,石头!"

他沉默了一会儿,忽然问道:

"您很久没见鲁哈切夫将军了吧?"

"从去年夏天以后就没见过他。"

"他喜欢发脾气,不过他是个可爱的小老头。那么您还在写东西吗?"

"是的,写一点。"

"哦。……您可记得当初我追求齐娜的时候,我怎样跟傻瓜一样,就像一头兴奋的小牛似的在业余演出当中蹦蹦跳跳?那是愚蠢的,不过真好,很快活。……甚至回想起来都能感到一种春天的气息呢。……可是现在!舞台的布景发生了多么急剧的变化!这倒成了您写作的题材!只是您不要异想天开,写什么《自杀者日记》。那已经庸俗,成了陈词滥调。您写一篇幽默的东西吧。"

"您又……装腔作势了,"我说,"您这种处境可没有一点幽默的地方。"

"一点可笑的地方也没有?您是说一点可笑的地方也没有?"

瓦西里耶夫坐起来,他的眼睛里闪着泪光。他那苍白的脸上洋溢着沉痛的委屈神情,下巴开始发抖。

"您嘲笑银行出纳员和负心的妻子怎样骗人,"他说,"可是讲到欺骗,那么,不论哪个银行出纳员,哪个负心的妻子,也及不上我的命运那么厉害地欺骗我!我受到的那种欺骗还没有一个银行存款人受到过,也没有一个戴绿头巾的丈夫受到过!别的都不说,您只体会一下我现在成了多么可笑的傻瓜!去年您亲眼看见,我幸福得不知道该怎么办才好,现在您却亲眼看到……"

瓦西里耶夫的头倒在枕头上,他笑了。

"比这再荒唐可笑的转折,想都没法想了。头一章:春天,爱情,蜜月……一句话,完全是蜜。第二章:谋差事,进当铺,受穷,跑药房,而且……明天要踩着烂泥走到墓园去。"

他又笑起来。我感到毛骨悚然,就决定走了。

"您听着,"我说,"您在这儿躺着,我到药房去一趟。"

他没回答。我穿上大衣,从他的房间里走出去。我走过穿堂,看一眼棺材和正在念经的米留契哈。不管我怎样注意地看,我也认不出那张黄中带黑的脸就是齐娜,就是鲁哈切夫剧团里活泼而俊俏的少女角色。

"就这样过去了"①,我想。

我走出去,没有忘记随身带走那支手枪,然后我上药房去了。可是我不应该走掉。等到我从药房回来,瓦西里耶夫躺在沙发上已经昏厥过去。绷带给粗鲁地扯掉了,伤口受到触动,淌出了血。我一直忙到天明才使他清醒过来。他发着高烧,说胡话,浑身发抖,转动着什么也没看见的眼睛望着房间各处,直到清晨来临,教士开始做安灵祭,响起诵读经文的声音,他才清醒过来。

等到瓦西里耶夫的住宅里挤满老太婆和送丧人,棺材抬走,从院子里运出去,我就劝瓦西里耶夫留在家里。可是尽管他伤口疼痛,早晨又阴雨连绵,他却不肯听我的话。他没戴帽子,跟在棺材后面走到墓园去。他一言不发,两条腿勉强迈动,偶尔猛一下抓住他受伤的胸部。他脸上现出极度的冷漠。只有一次,我问他一句无关紧要的话,才使他从麻木的状态中醒过来,他转动眼睛看着马路和灰色的围墙,一刹那间他的眼睛里闪出阴沉的愤恨光芒。

"'车论作坊',"他念着一块招牌上的字说,"文墨不通的大老粗,见他的鬼!"

---

① 原文为拉丁语,全句是"俗世的荣华就这样过去了"。

从墓园里出来,我把他送回家去了。

———————

从那天晚上起到现在才过了一年,瓦西里耶夫穿在脚上、踩着烂泥送他妻子去下葬的皮靴还没完全穿坏。

目前我要结束这个短篇小说了,他呢,正在我家客厅里坐着弹钢琴,给女客人表演内地小姐们怎样唱哀感缠绵的抒情歌曲。女客人们哈哈大笑,他自己也哈哈大笑。他正兴高采烈哩。

我把他叫到我的书房里来。他显然不满意,因为我害得他离开了愉快的女伴们。他走进我的房间,在我面前站住,摆出没有工夫的姿态。我把这篇小说递给他,要求他读一遍。他因为我是作家,素来抱着迁就的态度,这时候就压下一声叹息,那是懒惰的读者的叹息。然后他在圈椅上坐下,开始阅读。

"见鬼,多么吓人啊。"他微笑着,嘟哝说。

然而他越往下读,脸色也就变得越严肃。最后,在沉重的回忆的压力下,他脸色煞白,站起来,就这么站着继续读下去。他读完,就从这个墙角走到那个墙角。

"这篇小说该怎样结束呢?"我问他说。

"怎样结束?嗯。……"

他打量一下房间,打量一下我,打量一下自己。……他看到自己身上时髦的新衣服,听见女人的笑声,就……往圈椅上一坐,笑起来,就像那天晚上一样。

"是啊,当初我对你说这件事可笑,岂不是说对了?我的上帝啊!那时候我的两肩负着那样的重担,就连象的背也承受不住,我的痛苦鬼才知道有多么深,似乎天下再也没有更深的痛苦了,可是现在痛苦的影踪都到哪儿去了?怪事!看上去,苦难给人留下的烙印似乎一定会永世长存,不可磨灭,无法更改。可是结果怎么样呢?那种烙印如同便宜的鞋掌一样,很容易就磨损了!它一点也没留下来,一丝一毫也没留下来!仿佛那时候我不是受苦,而是在跳玛祖卡舞。人间万物变化无常啊,而这种变化无常真可笑!这倒为幽默作品提供了广阔的园地呢!……那你,老兄,就给他安上一个幽默的结局吧!"

"彼得·尼古拉耶维奇,您很快就来吗?"那些着急的女人招呼我的男主人公说。

"马上就来!"这个"虚荣心重又爱面子"的人说,理着他的领结,"这种事,老兄,可笑而又可怜,可怜而又可笑,可是有什么办法呢?我是人①。……不过我仍然要称赞大自然的这种新陈代谢作用。如果我们的牙痛,我们每个人都有机会经历到的种种惨事,总之各种痛苦的回忆,都在我们心中保留下来,如果所有这些回忆都永世长存,那我们这班俗人在这个世界上的日子可就不好过了!"

我瞧着他笑吟吟的脸,不由得想起一年前他瞧着乌黑的窗子的时候,他眼睛里充满那样的绝望和恐怖。我看出他在扮演他平素那种学识渊博的空谈家的角色,打算在我面前卖弄他那些新陈代谢之类的空洞理论,同时我又不由得想起他当初坐在地板上那一摊血里,睁着他那对病态和祈求的眼睛的模样。

"这篇小说该怎样结束呢?"我大声问我自己说。

瓦西里耶夫嘴里吹着口哨,整理着他的领结,往客厅走去。我瞧着他的背影,心里感到懊恼。不知什么缘故我为他过去的痛苦难过,我想起在那个不祥之夜我自己曾经为这个人百感交集,也感到难过。仿佛我失去了什么似的。……

---

① 原文为拉丁语,全句是"我是人,凡是人的习性我都有"。

捉　　弄

　　冬天一个晴朗的中午。……天气严寒,树木冻得噼啪地响。娜坚卡①挽住我的胳膊。她两鬓的鬈发上,上嘴唇的茸毛上,都覆盖着一层银白的霜。我们站在一座高山上。从我们站的地方到下边平地中间,伸展着一道平滑的斜坡,太阳照着它就跟照着镜子似的。我们旁边有一辆小小的雪橇,上面蒙着猩红色的呢子套。

　　"我们一块儿坐着雪橇滑下去吧,娜杰日达·彼得罗芙娜!"我央求说,"就滑这一次!我向您担保,我们会平平安安,不会有什么危险的。"

　　可是娜坚卡害怕。在她心目中,从她那双小小的套靴站着的地方到这座冰山脚下,无异于可怕的无底深渊。我只是约她坐上小雪橇滑下去罢了,可她往下一看,却已经吓得魂飞天外,仿佛停住了呼吸。要是她真冒险飞到那个深渊里去,那不知会怎样呢!说不定她就会活活吓死,就会发疯。

　　"我求求您!"我说,"不用怕!您要明白,这是胆小,懦弱!"

　　娜坚卡终于让步了,不过我从她的脸色看出来,她是冒着生命危险让步的。我把她,这个面色苍白和浑身发抖的姑娘,扶上小雪橇,伸出一条胳膊搂住她,随后就跟她一块儿冲到那个无底洞

---

① 即下文娜杰日达的爱称。

里去。

小雪橇像子弹那样飞出去。空气被我们冲破,迎面扑来,咆哮着,在我们耳朵里尖叫,撕扯我们,愤愤地用力拧我们,打算把我们的脑袋从肩膀上揪下来。在风的压力下,我们几乎没法呼吸。仿佛有个魔鬼伸出爪子抓紧我们,咆哮着把我们拖到地狱里去。四周的东西合成一条不住飞奔的长带子。……似乎再过一会儿我们就要粉身碎骨了!

"我爱您,娜坚卡!"我小声说。

小雪橇开始越跑越慢,风的咆哮声和雪橇的滑木的沙沙声不再那么可怕,我们的呼吸也比较容易,我们终于滑到底下了。娜坚卡已经半死不活。她脸色苍白,几乎透不过气来。……我扶着她从雪橇上下来。

"无论如何我再也不坐雪橇了,"她说,睁大了充满恐怖的眼睛瞧着我,"我说什么也不干了!我差点死掉!"

过了一会儿她才清醒过来,带着疑问的神情瞅着我的眼睛:那句话究竟是我说的呢,还是在急骤的风声中她一时听错了?我呢,站在她身旁,吸着纸烟,专心致志地瞧着我的手套。

她挽住我的胳膊,我们在山坡旁边散步很久。看来,这个谜搅得她心神不定。那句话是不是我说的?说了还是没说?到底说了没有?这是有关她的自尊心、荣誉、生活、幸福的问题,要算是世界上很重大的、甚至最重大的问题了。娜坚卡用尖利的目光焦急而忧郁地瞧着我的脸,胡乱地回答我的话,等着看我会不会再说那句话。啊,在那张可爱的脸上,表情千变万化,千变万化呀!我看出她举棋不定,一心要说句什么话,提个什么问题,可是找不出适当的字眼,觉得不便说出口。她害怕,再者她心里高兴,反而妨碍她开口说话了。……

"您猜怎么着?"她说,眼睛没有看着我。

367

"什么?"我问。

"我们再……滑一次雪橇吧。"

我们顺着一道阶梯爬到山上。我又扶着面色苍白、浑身发抖的娜坚卡坐上小雪橇,我们又朝着可怕的深渊飞下去,风又咆哮,滑木又沙沙地响。正在小雪橇飞得最快、声音最响的时候,我又低声说:

"我爱您,娜坚卡!"

等到小雪橇停住,娜坚卡就打量一下我们刚刚滑下来的山坡,然后久久地打量我的脸,留心听我冷静淡漠的声音,于是她的全身,上上下下,甚至包括她的皮手笼和风帽在内,都现出极度的困惑。她脸上流露出这样的意思:

"这是怎么回事?是谁对我说了那句话?是他呢,还是我听错了?"

这个疑团闹得她六神不安,失去了耐性。这个可怜的姑娘不回答我问的话,皱起眉头,眼看就要哭出来了。

"我们要不要回家去?"我问。

"可是我……我喜欢滑雪橇,"她说,脸红了,"我们要不要再滑一次?"

她"喜欢"这种游戏,可是话虽如此,她一坐上小雪橇,又跟上两次一样面色苍白,浑身发抖,吓得透不过气来。

我们第三次滑下坡去。我看见她瞧着我的脸,盯住我的嘴唇。可是我拿出手绢来捂住我的嘴,咳嗽,等小雪橇滑到半山腰,我仍然说了一句:

"我爱您,娜坚卡!"

于是这个谜仍然是个谜!娜坚卡默默不语,心事重重。……滑完雪橇,我把她送回家去,她缓缓地走着,极力放慢脚步,一直等着,看我会不会对她说那句话。我看出她的内心很痛苦,她尽力克

制自己,免得说出这样的话:

"这句话不可能是风说的!我也不希望是风说的!"

第二天早晨我收到一封短信:"如果您今天去滑冰,就请您来一趟,带我一块儿去。娜。"从这天起我天天跟娜坚卡一块儿去滑冰,坐着小雪橇滑下坡,我每次都低声说着那句话:

"我爱您,娜坚卡!"

不久娜坚卡就对这句话听上了瘾,如同喝酒或者服吗啡上了瘾一样。缺了那句话,她就活不下去。固然,从山顶上飞驰而下,仍然可怕,可是现在恐怖和危险却给那句诉说爱情的话增添了特殊的魅力,那句话却照旧是个谜,搅和着她的心。她仍然怀疑这两者:我和风。……这两者究竟是谁在同她谈情说爱,她不知道,不过到后来她好像也不在乎了:不管用哪一个杯子喝酒反正都没关系,只要能喝醉就成。

一天中午,我独自一个人动身去滑冰。我混在人群当中,看见娜坚卡往山上走去,眼睛往四处张望,她在找我。……后来她胆怯地顺着台阶往上走。……一个人坐雪橇是可怕的,啊,多么可怕!她脸色白得像雪一样,浑身发抖。她走啊走的,仿佛上法场似的,可是她仍然往上走,头也不回,态度坚决。她分明下了决心,试一试我不在的时候,她能不能听见那句惊人而又甜蜜的话。我看见她脸色发白,害怕得张开了嘴,在小雪橇上坐下,闭上眼睛,向人世告别,滑下去。……"沙沙沙"……滑木响着。那句话娜坚卡听见没有,我不知道。……我只看见她从雪橇上下来的时候,周身软绵绵的,有气无力。从她的脸色可以看出来,她自己也不知道她听见什么话没有。她滑下坡的时候,恐惧已经夺去她听话、辨别声音、理解事物的能力了。……

可是后来,春天的三月来了。……太阳变得比较和煦亲切。我们那座冰山颜色发黑,失去原有的光泽,终于融化。我们不再去滑冰了。可怜的娜坚卡再也没有一个地方去听那句话,况且也没有人来说那句话了,因为这时候已经听不见刮大风的声音,而我也准备到彼得堡去,要去很久,多半从此不回来了。

有一回,大约是我动身的前两天,在苍茫的暮色里,我在小花园里坐着,这个小花园同娜坚卡居住的院子是用一道钉着钉子的高板墙隔开的。……天气还相当冷,粪堆边上还有雪,树木死气沉沉,不过空中已经有春天的气息,白嘴鸦在聒噪,准备安顿下来过夜了。我走到板墙跟前,从板缝里望过去,看了很久。我瞧见娜坚卡从房里走出来,站在门廊上,举起悲哀忧伤的目光眺望天空。……春风吹到她那苍白愁闷的脸上。……这使她想起当初在山坡上她听见那句话的时候向我们咆哮的大风,她的面容就变得越来越幽忧,眼泪顺着她的脸颊淌下来。……可怜的姑娘伸出双手,仿佛要求风再一次给她送来那句话似的。我就等着一阵风刮过去的时候,低声说:

"我爱您,娜坚卡!"

我的上帝啊,娜坚卡起了什么样的变化呀!她叫起来,满脸微笑,迎着风伸出两只手,又高兴又幸福,显得那么美丽。

我走开,收拾行李去了。……

那是很久以前的事。如今娜坚卡已经结婚了。究竟她是由父母定的亲,还是自己做主出嫁的,这都没有关系,总之她嫁给贵族监护会的秘书,现在已经有三个孩子了。至于我们以前一块儿滑过冰,风把"我爱您,娜坚卡"这句话送到她的耳朵里,这些她都没有忘记,如今这成了她一生当中最幸福、最动人、最美好的回忆了。……

我呢,如今年纪大了,我已经不明白当初为什么说那句话,为什么要捉弄她了。……

阿 加 菲 娅

我住在某县的时候,常有机会到杜博沃村的菜园,在守园人那儿做客,他名叫萨瓦·斯图卡奇,或者简单点,叫萨夫卡。那些菜园是我在所谓"专诚"钓鱼的时候最喜欢去的地方,每逢那种时候,我一走出家门就不知道何日何时才会回来,总是把各种钓鱼工具统统带在身边,一样也不少,还随身准备下干粮。认真说来,使我发生兴趣的与其说是钓鱼,还不如说是那种逍遥自在的游逛、不定时的进餐、同萨夫卡的闲谈、在宁静的夏夜里的久坐。萨夫卡是个小伙子,年纪二十五岁上下,身材魁梧,相貌漂亮,结实得像是打火石。大家都称道他是个通情达理、头脑清醒的人,他能读会写,很少喝酒,然而讲到做一个工人,这个年轻强壮的人却连一个铜钱也不值。在他那粗绳般结实的筋肉里,有一种沉重而无法克制的怠惰跟他强大的体力同时并存。他在村子里住着,像大家一样有自己的小木房,分到一块份地,可是他不耕田,不播种,任什么手艺也不学。他的老母亲沿街乞讨,他自己却像天上的鸟那样生活:早晨还不知道中午吃什么。这倒不是说他缺乏意志、精力或者对他母亲的怜悯,而不过是他没有劳动的兴致,也感觉不到劳动的益处罢了……他周身散发出逍遥自在的气息,从来不卷起袖子干活,对闲散的生活抱着一种先天的、几乎是艺术家的爱好。每逢萨夫卡年轻健康的身体在生理上渴望活动一下筋肉,这个小伙子就暂时专心干一件随意做做而又毫无意义的事情,例如把一根没有丝毫用处的木橛子削一削尖,或者同村妇们互相追逐。他最喜爱的姿态就是呆然不动。他能够一连几个小时站在一个地方纹丝不动,眼睛看着一个东西出神。他一时心血来潮,也会活动一下,然而那也只是在需要他做出急骤而突兀的动作的时候,例如揪住一只正在奔跑的狗的尾巴,扯下一个村妇的头巾,跳过一个宽阔的深坑。不消说,由于这样不爱活动,萨夫卡就一贫如洗,生活比任何一个孤苦赤贫的农民都不如。随着时光的流逝,他欠交的税款势必愈积愈多,于是他,这个年轻力壮的人,就由村社派去干老年人的活儿,做村社菜园的看守人和茅草人了①。尽管别人嘲笑他过早地成了老年人,他却毫不在乎。这个差使清静,适合于沉思默想,倒恰好投合他的脾胃。

有一次,那是五月间一个天气晴和的傍晚,我正巧在萨夫卡的菜园里做客。我记得,我在破旧的车毯上躺着,那是在一个窝棚旁边,窝棚里冒出浓重的干草气味,使得人透不出气来。我把两只手垫在脑袋底下,眼睛望着前方。我的脚旁放着一把木制的干草叉。干草叉的那一边站着萨夫卡的小狗库特卡,像一块黑斑似的映入我的眼帘。离库特卡不远,大约两俄丈开外,平地急转直下,成为一条小河的陡岸。我躺在那儿,看不见那条河。我只能看见岸边丛生的柳林的树梢,以及对岸那仿佛经谁啃过而弯弯曲曲的边沿。对岸的远处,在乌黑的山丘上,就是我的萨夫卡居住的村子,村子里那许多小木房像受惊的小山鹑似的彼此挤紧。山丘后边是满天的晚霞,正在渐渐暗下去。目前只剩下一条暗红色的长带了,就连它也开始蒙上薄薄的一层碎云,犹如快要烧完的煤块蒙上一层灰烬似的。

----

① 指放在菜园中用以惊吓鸟雀的草人。

菜园右边是一片小小的赤杨林,颜色发黑,正在低声细语,偶尔刮过去一阵风,它就战栗一阵。左边伸展着一片广漠无垠的田野。那边,在目力不能从黑暗中分清哪是田野和哪是天空的地方,有个灯火在明亮地闪烁。萨夫卡在离我不远的地方坐着。他像土耳其人似的盘腿坐定,低下头,呆呆地瞧着库特卡。我们的钓钩挂着活饵,早已放进河水,我们没有别的事可做,只能静静地养神,从没劳累过、一直在休息的萨夫卡极其喜爱这种养神。晚霞还没完全消退,夏夜却已经带着温存而催人入睡的抚爱拥抱大自然了。

一切东西都静止不动,沉进第一阵酣睡,只有一只我不熟悉的夜鸟在赤杨林里懒洋洋地拖着长音发出抑扬顿挫的长声,像是在问一句话:"你见到尼基达了?"然后又立刻回答自己说:"见到了!见到了!见到了!"

"为什么今天晚上夜莺不歌唱呢?"我问萨夫卡说。

那个人慢腾腾地转过脸来对着我。他脸庞很大,然而脸容开朗,富于表情,神色柔和,就跟女人一样。随后他抬起温和而沉思的眼睛看一下赤杨林,看一下柳丛,慢腾腾地从口袋里取出小笛子,放在嘴上,悠扬地吹出雌夜莺的叫声。立刻,仿佛回答他的悠扬的笛声似的,一只秧鸡在对岸嗞啦嗞啦地叫起来了。

"这也叫夜莺啊……"萨夫卡笑着说,"嗞啦!嗞啦!倒好像它在拉钓钩似的。不过话说回来,它大概也认为它是在唱歌呢。"

"我倒喜欢这种鸟……"我说,"你知道吗?候鸟南飞的时候,秧鸡不是飞,而是在陆地上跑。只有遇到河和海,它才飞过去,否则就一直在陆地上走。"

"好家伙,跟狗一样……"萨夫卡咕哝了一句,带着敬意向正在叫唤的秧鸡那边望去。

我知道萨夫卡非常喜欢听人讲话,就把我从狩猎书上看到的有关秧鸡的事一五一十讲给他听。我不知不觉从秧鸡讲到候鸟南飞。萨夫卡专心听我讲下去,连眼睛也不眨一下,自始至终愉快地微笑。

"这种鸟觉得哪儿亲一些呢?"他问,"是我们这边呢,还是那边?"

"当然是我们这边。这种鸟本身就是在这儿出生的,又在这儿孵出小鸟,这儿就是它的故乡嘛。至于它飞到那边去,那也只是为了免得冻死罢了。"

"有意思!"萨夫卡说,伸个懒腰,"不管讲什么,都满有意思。拿鸟儿来说,或者拿人来说,……再不然,拿这块小石头来说,样样东西都有它的道理!……唉,老爷,要是我早知道您来,我就不会叫那个娘们儿今天到这儿来了……有个娘们儿要求今天晚上到这儿来……"

"哎,你请便,我不会打搅你们!"我说,"我可以到小树林里去躺着……"

"得了吧,这是什么话!她要是明天来,也死不了……如果她能坐在这儿,听人讲话倒也罢了,可她老是要胡说八道。有她在,就不能正正经经地谈话了。"

"你是在等达里娅吧?"我沉默了一会儿,问道。

"不……今天是另一个女人要来……铁路扳道工的老婆阿加菲娅……"

萨夫卡是用平素那种冷漠的、有点低沉的声调说这些话的,仿佛他讲的是烟草或者麦粥似的,可是我听了却吃一惊,猛然欠起身来。我认得扳道工的妻子阿加菲娅……她是个还十分年轻的少妇,年纪不过十九岁或者二十岁,去年刚刚嫁给铁路的扳道工,一个威武的年轻小伙子。她在村里住着,她的丈夫每天晚上从铁路线回到她那儿去过夜。

"老弟,你跟那些女人来往早晚会惹出祸事来的!"我叹道。

"随她们去吧……"

萨夫卡沉吟了一下又补充说:

"我对那些娘们儿也这么说过,她们就是不听嘛……她们那些傻娘们儿简直满不在乎!"

紧跟着是沉默……这当儿天色越来越黑,样样东西都失去原有的轮廓了。山丘后面的一长条晚霞已经完全消散,天上的繁星变得越来越明亮,越灿烂……草螽忧郁、单调的鸣声,秧鸡的嗞啦嗞啦的啼叫和鹌鹑咕咕的叫声都没有破坏夜晚的寂静,反而给它增添了单调。似乎那些轻柔悦耳的叫声不是来自飞禽,也不是来自昆虫,而是来自天上俯视着我们的繁星……

首先打破沉默的是萨夫卡。他慢腾腾地把眼睛从乌黑的库特卡移到我身上,说:

"我看,老爷,您觉得烦闷了。那就吃晚饭吧。"

他没有等我同意,就肚皮朝下,爬进窝棚,在那儿摸索着,这时候整个窝棚就开始像树叶似的战栗起来,随后他爬回来,把我的白酒放在我面前,另外还放了个土碗。碗里有几个烧硬的鸡蛋、几块荤油黑麦饼和几块黑面包,另外还有点别的东西……我们用一只弯腿的、站不稳的杯子喝酒,然后吃起那些东西来……盐粒很大,而且是灰色的,麦饼油腻而肮脏,鸡蛋老得跟橡胶似的,可是另一方面,这些东西吃起来又是多么香!

"你孤苦伶仃,可是你这儿的吃食倒不少呢,"我指着土碗说,"你是从哪儿拿来的?"

"那些娘们儿送来的……"萨夫卡嘟嘟哝哝地说。

"她们为什么给你送这些来呢?"

"不为什么……怜惜我呗……"

不单是萨夫卡的吃食,就连他的衣服也带着女人"怜惜"的痕迹。例如这天傍晚,我发现他腰上系着一条新的绒线带,他肮脏的脖子上套着一根猩红色丝带,丝带上挂着一个小小的铜十字架。我知道女性对萨夫卡的钟爱,也知道他不乐意谈女人,所以我没有继续问下去。况且也没有时间谈话……库特卡本来在我们跟前转来转去,着急地等我们丢给它食物,这时候忽然竖起耳朵,汪汪地叫起来。远处响起了断断续续的溅水声。

"有人蹚着水来了……"萨夫卡说。

过了三分钟光景,库特卡又汪汪地叫起来,而且发出一种咳嗽似的声音。

"嘘!"主人吆喝它说。

在黑暗中低沉地响起了胆怯的脚步声,从小树林里露出一个女人的身影。尽管天色很黑,我却认出她来,她就是扳道工的妻子阿加菲娅。她胆怯地走到我们跟前,站住,气喘吁吁。她透不过气来,多半不是由于走累了,而可能是由于她心里害怕,再者,她有一种不愉快的感觉,大凡夜间蹚着水过河的人都会有那种感觉的。她看见窝棚旁边不是一个人而是两个人,就轻微地惊叫一声,倒退一步。

"哦,……是你啊!"萨夫卡说,把一块饼塞进自己嘴里。

"我……是我,"她支吾道,手里拿着的一包东西掉在地下,斜起眼睛来瞟我,"雅科夫问您好,吩咐我交给您……喏,这点东西……"

"算了,你干吗撒谎?什么雅科夫不雅科夫的!"萨夫卡笑着说,"用不着撒谎,老爷知道你是干什么来的!你坐下,做我们的客人吧。"

阿加菲娅斜起眼睛瞟我,犹疑不决地坐下。

"我还当是你今天晚上不来了……"萨夫卡经过长久的沉默后说,"你呆坐着干什么?吃嘛!莫非要我给你点白酒喝?"

"你想到哪儿去了!"阿加菲娅说,"你把我当成酒鬼了……"

"你就喝吧……喝了心里热乎一点……喏!"

萨夫卡把那只弯腿的杯子递给阿加菲娅。她就慢慢地把酒喝下去,却没吃下酒的菜,光是长吁了一口气。

"你带东西来了……"萨夫卡解开那个包袱,带着满不在意、开玩笑的口气接着说,"娘们儿总不能不带点东西。啊,馅饼和土豆……他们的日子过得挺不错呢!"他转过脸来对着我,叹口气说,"全村子只有他们家里才有去年冬天留下的土豆!"

在黑地里我看不清阿加菲娅的脸,不过从她肩膀和头部的动作来看,我觉得她的目光一刻也没离开过萨夫卡的脸。我不愿意在这场幽会中做第三者,就决定到别处去溜达一下,于是我站起来。可是这时候,小树林里有一只夜莺突然发出两声女低音般的啼鸣。过了半分钟它又发出一串尖细的颤音,它照这样试了试歌喉后,就开始歌唱。萨夫卡跳起来,听着。

"这就是昨天的那一只!"他说,"你等着!……"

他猛地离开原来的地方,不出声地跑到小树林里去了。

"喂,你去找它干什么?"我对着他的背影喊道,"算了吧!"

萨夫卡摇一下手,意思是说别嚷嚷,然后就消失在黑暗里了。萨夫卡遇到高兴的时候,无论是打猎还是钓鱼,都很擅长,然而就连在这类事情上,他的才能也像他的力气那样白白糟蹋了。他懒得照规矩办事,却把他对猎捕的全部热情用在无益的花招上。比方说,他捉夜莺一定要空手去捉,他捕梭鱼是用鸟枪打,他往往在河边一连呆站几个钟头,用尽全力拿大鱼钩钓小鱼。

剩下来只有我和阿加菲娅两个人了。她嗽一下喉咙,好几次举起手掌摩挲她的额头……她喝过酒后,已经有点醉意了。

"你生活得怎样,阿加霞①?"我问她说。已经沉默了很久,再

---

① 阿加菲娅的爱称。

377

沉默下去就要觉得别扭了。

"谢天谢地,挺好……您可别对外人说,老爷……"她忽然小声补充了一句。

"好,你别担心,"我安慰她说,"不过你也真大胆,阿加霞……万一雅科夫知道了呢?"

"他不会知道……"

"哼,这可说不定!"

"不……我会比他先到家。眼下他在铁路线上,要把邮务列车送走才会回来。那班列车什么时候经过,这儿听得见……"

阿加菲娅又把手伸到额头上,往萨夫卡走去的方向看了一阵。那只夜莺在歌唱。一只夜鸟低低地挨着地面飞过去,它一发现我们,就吃一惊,把翅膀扇得呼呼的响,往河对岸飞去。

夜莺不久就不出声了,可是萨夫卡没有回来。阿加菲娅站起身子,不安地迈出几步,又坐下。

"他这是在干什么?"她忍不住说,"那班列车又不是明天才来!我一会儿就得走了!"

"萨夫卡!"我叫道,"萨夫卡!"

我的叫声甚至没有引起回声。阿加菲娅不安地扭动身子,又站起来。

"我该走了!"她用激动的声调说,"火车马上就要来!我知道火车什么时候经过!"

可怜的少妇说得不错。还没过一刻钟,就远远地响起了轰隆声。

阿加菲娅久久地凝神望着小树林,着急地活动两只手。

"咦,他到哪儿去了?"她开口说,烦躁地笑着,"魔鬼把他支使到哪儿去了?我要走了!真的,我要走了!"

这时候,轰隆声越来越清楚,已经可以听清车轮的滚转声和火车头沉重的喘息声了。后来汽笛鸣叫,火车轰轰响地经过大桥……再过一分钟,一切又归于沉寂。

"我再等一分钟吧……"阿加菲娅叹道,毅然决然地坐下来,"就这样吧,我等着!"

最后萨夫卡总算在黑暗里出现了。他光着脚,不出声地踩着菜园的松软地面,嘴里轻声哼着曲子。

"真倒运,不知怎么搞的!"他快活地笑着说,"喏,我刚刚走到矮树丛跟前,刚刚对准它伸出手去,它就不唱了!嘿,这条脱了毛的狗!我等啊,等啊,等着它再唱,可是后来只好吐口唾沫,算了……"

萨夫卡在阿加菲娅身旁笨拙地一屁股坐下去,为了稳住身子而伸出两条胳膊去搂住她的腰。

"你干吗愁眉苦脸的,倒好像你是你舅母生的?"他问。

萨夫卡尽管心肠软,又厚道,却看不起女人。他对待她们随随便便,态度傲慢,甚至不顾自己的体面,鄙夷地讪笑她们对他本人的感情。上帝才知道,也许这种随随便便的鄙夷态度正是村子里的杜尔西内娅[①]们心目中认为他有强大而不可抗拒的魔力的一个原因吧。他生得漂亮匀称,他的眼睛即使在看他藐视的女人的时候,也总是闪着平静的爱意,然而单凭外貌还不足以说明他的魔力。除了他那招人喜爱的外貌和独特的待人态度以外,萨夫卡既是一个大家公认的失意者,一个不幸从自家的小木房里被放逐到菜园里来的流亡者,那么,必须认为,他扮演的这种动人角色对女人也自有影响。

"那你对老爷讲一讲你是干什么来的!"萨夫卡仍然搂住阿加

---

① 西班牙作家塞万提斯的《堂吉诃德》中男主人公的理想的情人。在此借喻"情人"。

菲娅的腰,继续说,"喂,快点说呀!你这个有夫之妇!哈哈……那么,我的好妹子阿加霞,咱们再喝点白酒?"

我站起来,往菜畦中间走去,在菜园子里到处转悠。乌黑的菜畦像压扁的大坟堆。那儿散发出掘松的土地的气味,农作物新沾了露水而冒出细腻的潮香……左边那个红色的亮光仍然在闪烁。它亲切地眨眼,似乎在微笑。

我听见快乐的笑声。那是阿加菲娅在笑。

"可是那班列车呢?"我想起来,"那班列车可是早就来了。"

我等了一阵,又走回窝棚。萨夫卡像土耳其人那样盘腿坐着不动,嘴里轻轻地哼着一首歌,声音低得几乎听不见,歌词却很简短,类似"你滚开,去你的……我和你……"阿加菲娅刚喝过酒,又受到萨夫卡轻蔑的爱抚,再加上夜晚的闷热,已经陶醉了。她在他旁边土地上躺着,把脸紧紧贴着他的膝盖。她完全沉湎在她的感情里,一点也没有留意到我走过去。

"阿加霞,要知道那班列车早就来了!"我说。

"你该走了,该走了,"萨夫卡附和我的想法说,摇头,"你躺在这儿干什么?你这个不要脸的!"

阿加菲娅打了个冷战,把头从他的膝盖那儿移开,看了我一眼,又依偎着他躺下去。

"早就该走了!"我说。

阿加菲娅翻个身,坐起来,屈着一条腿跪在地上……她心里痛苦……我在黑暗中看出她全身有半分钟之久表现出挣扎和动摇。有那么一瞬间,她似乎清醒过来,挺直身子要站起来了,然而这时候却似乎有一种不可战胜和不肯让步的力量在推动她的整个身子,她就又倒下去,依偎着萨夫卡。

"去他的!"她说着,发出一阵来自内心深处的狂笑。在这种笑声里,可以听出不顾一切的果断、软弱、痛苦。

我悄悄往小树林里走去,在那儿走下坡来到河边,我们的钓鱼工具都放在那儿。那条河在安睡。有一朵柔软的双瓣花长在高高的茎上,温柔地摸一下我的脸,就像一个小孩要叫人知道他没睡着似的。我闲着没事做,摸到一根钓丝,把它拉上来。它没有绷紧,松松地垂着,可见什么东西也没有钓到……对岸和村子一概看不见。有所小木房里闪着灯火,可是不久就熄了。我在岸上摸索着走去,找到我白天看好的一块洼地,在那里坐下,就跟坐在安乐椅上似的。我坐了很久……我看见繁星渐渐暗淡,失去原有的光芒,一股凉气像轻微的叹息似的在地面上吹拂过去,抚摸着正在醒来的柳树的叶子……

"阿加菲娅!……"一个低沉的声音在村里响起来,"阿加菲娅!"

这是那个丈夫,他回到家里,心慌意乱,正在村里找他的妻子。这时候菜园里传来了抑制不住的笑声:他的妻子已经忘掉一切,心醉神迷,极力用几个钟头的幸福来抵补明天等着她的苦难。

我睡着了……

等到我醒过来,萨夫卡正在我身旁坐着,轻轻地摇我的肩膀。那条小河、小树林、绿油油的像冲洗过的两岸、树木、田野,都浸沉在明亮的晨光里。太阳刚刚升起,它的光芒穿过细长的树干,直照着我的背脊。

"您就是这样钓鱼啊?"萨夫卡笑着说,"得了,您起来吧!"

我就站起来,舒服地伸了个懒腰,我那苏醒过来的胸脯贪婪地吸着润湿清香的空气。

"阿加霞走了?"我问。

"她就在那儿。"萨夫卡对我指一下河边的浅滩,说。

我凝神细看,瞧见了阿加菲娅。她撩起衣裙,正在渡河,头巾已经从她头上滑下来,头发披散着。她的腿几乎没怎么移动……

381

"这只猫知道它偷吃了谁的肉!"萨夫卡嘟哝说,眯细眼睛看着她,"她夹着尾巴走路了……这些娘们儿淘气得像猫,胆怯得像兔子……这个傻娘们儿,昨天晚上叫她走,她却不走!现在她可要倒霉了,连带着我也会给拉到乡公所去……又要为这些娘们儿挨一顿打了……"

阿加菲娅已经走到对岸,穿过旷野往村子走去。起初她相当大胆地走着,然而不久,着急和恐惧就占了上风:她战战兢兢地回转身来看一下,站住,歇一歇气。

"这不,她害怕了!"萨夫卡苦笑一下说,瞧着阿加菲娅在带着露水的草地上走过去后留下的碧绿的小径,"她还不想去呢!她的丈夫已经在那儿站了整整一个钟头,等着她……您看见他了吗?"

萨夫卡是笑吟吟地说出最后那句话的,然而我的心口却发凉。雅科夫正在村子尽头一所小木房附近的大道上站着,定睛瞧着他那归来的妻子。他一动也不动,呆呆地立在那儿,像是一根柱子。他眼睛瞧着她,心里在怎样想呢?他会说些什么话来迎接她呢?阿加菲娅站了一会儿,又回过头来看一眼,仿佛期望我们帮忙似的,然后又往前走去。像她那样的步伐,我不论是在醉汉身上还是在清醒的人身上都从来也没见到过。丈夫的眼光似乎弄得阿加菲娅周身不自在。她时而歪歪斜斜地走去,时而在原地踏步,两个膝盖软得往下弯,两只手摊开,时而又往后倒退。她再走一百步光景,又回过头来看一眼,索性坐下了。

"你至少也该躲在灌木丛后面呀……"我对萨夫卡说,"千万不要让她的丈夫看见你才好……"

"他就是没看见我,也还是知道阿加霞从谁那儿回去的……娘们家不会三更半夜到菜园里来摘白菜,这是大家心里都明白的。"

我看一眼萨夫卡的脸。他脸色苍白,露出又厌恶又怜悯的神情,就跟人们看见受折磨的动物一样。

"猫的笑声就是老鼠的眼泪啊……"他叹道。

阿加菲娅忽然跳起来,摇一下头,迈开大胆的步子往她丈夫那边走去。显然,她鼓足力量,下定决心了。

我同邮政局长的谈话

"您说说看,劳驾,谢敏·阿历克塞伊奇,"我在邮政局长那儿领到装着一卢布的汇款邮件后,对他说,"为什么汇款邮件上要打五个火漆印?"

"不这样不行……"谢敏·阿历克塞伊奇回答说,含有深意地扬起眉毛。

"那是为什么?"

"因为……不这样不行啊!"

"您知道,按我的理解,这些火漆印弄得市民也罢,政府也罢,都得受到损失。它们给汇款信增加重量,为此要叫市民们多破费钱。它们又害得官员们为打火漆印多耗费时间,因而给国库带来损失。如果它们给什么人带来明显的好处的话,那也许只有火漆制造商了。……"

"火漆制造商也总得想法活下去嘛……"谢敏·阿历克塞伊奇用意深刻地说。

"话是不错的,不过要知道,火漆制造商尽可以在别的方面为祖国带来益处。……不,说真的,谢敏·阿历克塞伊奇,这五个火漆印究竟有什么意义呢?总不能认为这些火漆印是白打的吧!它们有什么象征的意义,暗藏着什么神机妙算,或者含有别的什么意义?如果这不是国家机密的话,那就请您解释一下,好朋友!"

谢敏·阿历克塞伊奇想一想,叹了口气,说:

"嗯,是啊。……既然打了火漆印,那就可见不打是不行的!"

"究竟为什么呢?从前封套是没法粘起来的,那么火漆印也许有点意义,算是一种安全措施,防备别人侵占,可是现在……"

"这您就明白了!"邮政局长高兴地说,"莫非现在就没有侵占的人了?"

"不过现在,"我继续说,"封套可以用树胶做成的胶水粘起来,那比任什么火漆印都要牢固。再者你们又用那么好的纸张和包皮来装汇款,慢说是贼,就连小小的纤毛虫也很难钻进去。打火漆印究竟是为了防什么人,我就不懂了!外人是偷不到你们邮件的,如果你们的低级官员有谁起意侵占,他才不来管什么火漆印呢。您自己也知道,揭掉火漆印,然后再把它贴上去,不费吹灰之力!"

"这倒是实话……"谢敏·阿历克塞伊奇说,叹口气,"家贼难防啊。……"

"喏,这您就明白了!那么火漆印到底有什么用处呢?"

"如果对样样事情都追根究底……"邮政局长拖着长音说,"对样样事情都考虑一个怎么样,为什么,目的何在,那太费脑筋了。最好还是按规定办事。……真的!"

"这话不错……"我同意道,"不过请容许我再提一个问题。……您是邮政专家,因此劳驾,请您说一下,为什么一个人诞生或者结婚,反倒没有汇出款项或者领取汇款的那一大套手续?就拿我妈妈来说,这一个卢布就是她寄给我的。您以为她办这件事轻而易举吗?不对,先生,要叫她再生五个孩子也比要她寄出一个卢布容易得多呢。……您自己设身处地想一想吧。……首先她得走三俄里远的路到邮局去。到了邮局,她得站很久,才能轮到她。要知道,我们的文明还没发展到在邮局里设置椅子和凳子!

385

老太婆就呆站着,而且少不了挨骂:'等着!不要挤!请你别把胳膊肘支在柜台上!'"

"不这样不行啊。……"

"哦,不这样不行,可是请您容许我说下去。……最后轮到她了。收信员立刻把她的汇款邮件接过去,皱起眉头,又丢给她,说:'您忘了写上"汇款"两个字。'……我那老母亲就走出邮局,来到一家小铺,好找人写上'汇款'两字。然后她走出小铺,再回到邮局去排队。好,收信员又接过那个邮件,数一数钱,说:'您的火漆呢?'可是我妈妈脑子里压根儿就没想到过什么火漆。她家里根本就没有这种东西。如果到小铺里去买,那么您知道,一根火漆要花十戈比。当然,收信员不高兴了,然后就用公家的火漆给那个邮件打上印。火漆印大极了,不能按洛特①算,而要按贝尔科维次②算才行。他又说了:'您的图章呢?'可是我的妈妈除了顶针和钢边眼镜以外什么东西也没有。……"

"没有图章也可以将就。……"

"可是请您容许我说下去。……随后她就交重量费,交保险费,交火漆费,交回条费……弄得人头昏脑涨!为了寄出一个卢布,身边务必要带两个卢布,以防万一。……好,这个卢布就登记在二十个本子上,终于寄出去了。……现在,你们在这儿,在你们的邮局里收到了这笔钱。你们头一件事就是把它登记在二十个本子上,把它编成五种号码,然后把它藏起来,加上十把锁,倒好像它是个强盗或者专偷教堂圣物的贼似的。这以后邮差把你们的通知单送到我这儿来,我就签字,写上某月某日收到通知单。邮差走了,我就开始从这个墙角走到那个墙角,嘴里抱怨说:'哎呀,妈

---

① 旧俄重量单位,1 洛特合 12.8 克。
② 旧俄重量单位,1 贝尔科维次合 163.8 公斤。

妈,妈妈！您为什么对我生这么大的气？我究竟犯了什么过错,才弄得您寄给我这一个卢布？要知道,这一下子我可就要活活忙死了！'"

"抱怨父母是有罪的！"谢敏·阿历克塞伊奇叹口气,说。

"说得对！这是有罪的,可是怎么能不抱怨呢？本来工作就忙得不得了,如今又要到警察局去,要求发给证件,证明我的身份和签字。……幸好只要花十个到十五个戈比就能取得证件,可万一要花五个卢布,那可怎么办？再者,请问,何必去弄证件呢？您,谢敏·阿历克塞伊奇,本来就跟我很熟。……我常跟您一块儿到澡堂去洗澡,又常跟您一块儿喝茶,还常跟您一块儿文雅地谈话。……那么我的身份证件于您有什么用呢？"

"不行啊,这是手续！……手续,先生,是这么一种东西……最好您别跟它沾上边……一句话,公事公办！"

"可是您本来就认得我嘛！"

"那怎么成！我知道是您,嗯……可万一不是您呢？谁知道您是谁！也许,您是个化了名的人！"

"那您该考虑一下:如果我伪造别人的签字来盗取钱财,于我有什么好处呢？要知道这是犯了伪造罪,先生！……要是我干脆跑到你们这儿来,把箱子里的所有汇款邮件统统拿走,我受的惩罚反而轻得多。……不,谢敏·阿历克塞伊奇,在国外办这种事简单得多。在那边,邮差走到您家里来,说:'您是某某人吗？您把钱收下吧！'"

"这不可能……"邮政局长摇着头说。

"这有什么不可能的！在那边,一切都建立在相互信任上。我相信您,您相信我。……前几天警察分局一个警官到我家里来收诉讼费。……要知道,我并没要求他拿出表明身份的证件来,就把钱爽快地交给他了！我们这些市民没有要求你们证明你们的身份,可是你们……"

"要是对样样事情都追根究底,"谢敏·阿历克塞伊奇打断我的话,苦笑着说,"要是对样样事情都要断定怎么样,是什么,为什么,目的何在,那么依我看来,最好是……"

邮政局长没把话说完,摇一下手,然后沉吟一下,说:

"这种事不是我们的脑筋解决得了的!"

狼

地主尼洛夫是个健壮结实的男人,在全省以非凡的体力闻名。有一天傍晚他同法院侦讯官库普梁诺夫一起打猎归来,顺便到磨坊去看望老人玛克辛。那儿离尼洛夫的庄园只有两俄里远,然而两个猎人已经疲倦得很,不愿意再往前走,就决定在磨坊里多歇一会儿。这个决定倒也大有好处,因为玛克辛那儿有茶叶和糖,两个猎人又随身带来相当多的白酒、白兰地和家里做的各种吃食。

吃完东西,两个猎人开始喝茶,闲谈起来。

"有什么新闻吗,老大爷?"尼洛夫对玛克辛说。

"有什么新闻?"老人笑着说,"倒是有个新闻,那就是我想求您给我一支枪。"

"你要枪干什么用?"

"干什么用?或许也没有什么用。要知道我只是随便问一声,想要一支枪摆摆威风罢了。……反正我眼力不济,不能使枪了。鬼才知道那条发疯的狼是从哪儿来的。它已经来过两天。……昨天傍晚它在村子附近咬死一只小驹子和两条狗。今天天刚亮,我走出去,正巧它,该死的东西,在一棵白柳树底下坐着,伸出爪子打自己的脸。我就对它吆喝一声:'去!'可是它一个劲儿瞧着我,像个魔鬼似的。……我拾起一块石头朝它扔过去,可是它龇出牙来,两只眼睛闪着光,像两个烛火似的,随后往白杨林走去。……我吓得要死哟。"

"鬼才知道是怎么回事……"侦讯官嘟哝说,"一条疯狼正跑来跑去,我们却在这儿逛荡。……"

"哼,那又怎么样?我们可是带着枪的。"

"您用鸟枪可打不死狼。"

"何必开枪?单用枪托就能把它活活砸死。"

尼洛夫就开始证明再也没有比用枪托砸死狼更容易的事了,还讲起有一次他怎样举起普通的手杖,一下子就把扑到他身上来的大疯狗当场打死了。

"您当然可以讲这种话!"侦讯官说,叹口气,嫉妒地瞧着他的宽肩膀,"您的力气那么大,托主的洪福,简直打得过十个人呢。您慢说用手杖,就是伸出一根手指头也能把狗捅死。可是一个普通人,刚刚举起手杖,刚刚看准下手的地方,刚刚动手,那只狗却已经把他咬过五回了。这可是要命的事啊。……再也没有比狂犬病更痛苦和更可怕的病了。当初我头一回见到得了那种疯病的人,事后我有五天走来走去像个迷了心窍的人,而且从那以后我就痛恨世界上一切爱狗的人和一切狗了。第一,可怕的是,那种病很快就会致人死命,猝不及防。……一个人好端端走着,心平气和,脑子里什么也没想,不料突然间,平白无故,疯狗把他咬一口!立刻,这个人的脑子里就装满一种可怕的想法:他已经死定了,无可挽回,没有救了。……随后您可以想象他多么焦急而痛苦地等着这种病发作,那种提心吊胆的心情一分钟也不会离开这个让狗咬过的人。随着提心吊胆,那种病真就来了。最要命的是那病治不好。一旦发了病,人就完蛋。据我所知,从医学上来说,要治好这种病根本不可能。"

"这种病在我们村子里倒治得好,老爷!"玛克辛说,"不管谁得了这种病,米龙一治就好。"

"这是瞎说说的……"尼洛夫说,叹口气,"关于米龙的本事,无非是传说罢了。去年,村子里的斯乔普卡给狗咬了,任什么米龙也无济于事。……尽管给他灌了各种莫名其妙的玩意儿,他也还是发了疯。不,老大爷,这种病,谁都没办法。要是我遇上这种意外,要是我给疯狗咬了,我就索性朝着脑门子开一枪了事。"

关于狂犬病的这场可怕的谈话发生了影响。两个猎人渐渐停住嘴,继续喝茶,一言不发。他俩都不由自主地开始暗想,一个人的生命和幸福自有天数,往往为偶然的琐事所左右,那类事却分明微不足道,正如俗语所说,连一个空蛋壳也不值①。他们都感到烦闷而忧郁。

喝过茶后,尼洛夫伸个懒腰,站起身来。……他想到外面去。他在粮囤旁边稍稍走了一阵,就推开小门,走出去。外边,苍茫的暮色早已过去,真正的夜晚来了。那条河现出宁静酣畅的睡意。

河坝上满是月光,一丁点阴影也没有。河坝中央有个破瓶子,瓶颈闪闪发光,像是一颗星。磨坊的两个轮子倒有一半隐藏在一棵大柳树的阴影里,那样儿显得气愤而沮丧。……

尼洛夫张开整个胸膛,吐出一口气,朝河水瞥了一眼。……四下里一点动静也没有。河水和河岸已经睡熟,连鱼都不溅水了。……可是,忽然,尼洛夫觉得对岸,比柳丛高一点的地方,有个像黑球似的阴影滚动不停。他就眯细眼睛。阴影消失了,然而不久又出现,一路歪斜地滚到水坝上来了。

"狼!"尼洛夫想起来。

可是他还没来得及想到他应该跑回磨坊,黑球却已经滚到水坝上,然而不是照直朝着尼洛夫这边,却是一路歪斜地滚过来了。

---

① 意谓"分文不值"。

"要是我转身跑掉,它就会朝着我后背扑过来,"尼洛夫心里盘算着,感到他头发底下的头皮发凉,"我的上帝啊,连手杖也没带来! 好,我就站在这儿,把……把它掐死!"

尼洛夫开始密切地注视狼的活动和它身子的神态。狼顺水坝的边沿跑着,已经来到他跟前。……

"它会从我身边跑过去!"尼洛夫暗想,眼睛盯住它不放。

可是这时候,狼眼睛没瞧他,好像无心地发出一声凄凉刺耳的嗥叫,回过脸来瞧着他,站住了。它仿佛在考虑:应该扑上去呢,还是不理他?

"要用拳头砸它脑袋……"尼洛夫想,"把它砸昏。……"

尼洛夫惊慌失措,自己也不清楚这场搏斗是谁先动手的:是他呢,还是狼? 他只明白一个特别可怕的紧急时刻已经来临,他得把全部力量集中在右手上,一把揪住狼脑后的脖梗子。紧接着就发生一件不同寻常的事,令人难以相信,连尼洛夫自己都觉得像是一场梦。狼被他抓住,开始凄厉地嗥叫,死命挣脱,尼洛夫手里本来捏住的狼皮褶皱,又凉又湿,这时候开始在他手指中间滑来滑去。狼极力要摆脱它后脑壳上的手,就举起前肢直立起来。于是尼洛夫伸出左手抓住它的右肢,抵紧它的右腋,右手赶忙放开狼的后脑壳,抓住它的左腿,抵紧它的左腋,把那条狼举在半空中。所有这些都是一刹那间干出来的。尼洛夫要狼咬不到他的手,而且不让它的头转动,就把两只手的大拇指夹住它脖子旁边的锁骨,像马刺一样。……狼伸出爪子攀住他的肩膀,因而找到了支点,然后使出全身力量摆动身子。它没法咬到尼洛夫的胳膊,就想把嘴凑到他脸上和肩膀上去,然而两个大拇指不容它这样做,掐紧它的脖子不放,掐得它疼痛难熬。……

"糟了!"尼洛夫暗想,尽量把头往后仰,"它的口涎滴到我嘴唇上来了。那么,即使我依靠某种奇迹能够摆脱它,我也还是完了。"

"来人呐!"他喊起来,"玛克辛!来人呐!"

两个对手,尼洛夫和狼,彼此的脑袋一般高,互相瞧着对方的眼睛。……狼把两排牙齿咬得发响,喉咙里发出刺耳的叫声,唾沫四溅。……它的两条后肢在找支点,不时碰到他的膝盖。……它眼睛里映着月光,一点也没有凶狠的神情,反而在哭,就像人的眼睛似的。

"来人呐!"尼洛夫又喊道,"玛克辛!"

然而磨坊里的人听不见他的叫声。他本能地感到喊声太高会削弱他的力量,因此他的喊声并不高。

"我要往后退……"他暗自决定,"一直退到门口,然后再喊。……"

他就开始往后退,可是还没退出两俄尺①,就感到右手已经没有力气,肿胀了。这以后不久终于发生了这样的事:他听见自己发出一声撕裂人心的喊叫,感到右肩上痛得厉害,忽然有一种湿润温热的东西顺着他整个胳膊和胸脯流下去。后来他听见玛克辛的声音,看明白侦讯官跑过来,脸上露出惊吓的神情。……

直到他们硬掰开他的手指,对他申明说狼已经死了,他才松开手,放掉他的仇敌。强烈的感受闹得他昏昏沉沉,他一路走回磨坊,感到鲜血已经流到他的大腿上,流到右脚的靴子里,感到自己快要昏厥了。他见到灯火、茶炊、酒瓶,这才清醒过来,想起刚才他经历过的种种恐怖和危险,而且这种危险对他来说还只是刚刚开头。他脸色苍白,瞪大眼睛,满头大汗,在麻袋上坐下,两条胳膊软弱无力地垂下来。侦讯官和玛克辛给他脱下衣服,包扎伤口。伤势不轻。狼抓破了他整个肩膀上的皮肤,甚至触

---

① 旧俄长度单位,1俄尺等于0.71米。

动了肌肉。

"为什么您没把它丢进河里?"面色苍白的侦讯官正在给他止血,激昂地说,"为什么您没把它丢进河里呀?"

"我没往那儿想!我的上帝啊,我没往那儿想!"

侦讯官本来已经开始安慰他,鼓舞他,可是既然先前他用浓重的色彩着意渲染过狂犬病,那么一切安慰的话语就都不得体,因此他认为还是不说为妙。他好歹扎完伤口,就打发玛克辛到庄园上把马车叫来,可是尼洛夫等不及马车来就步行回家去了。

早晨六点钟光景,尼洛夫脸色苍白,蓬头散发,由于伤口疼痛和通宵没睡而面容憔悴,坐着马车来到磨坊。

"老大爷,"他对玛克辛说,"你把我送到米龙那儿去!赶快!我们走吧,你也坐上车!"

玛克辛也脸色苍白,通宵没睡。他心慌意乱,好几次往四下里看一眼,然后小声说:

"不用去找米龙,老爷。……说句不怕您见怪的话,我也会治呢。"

"好,不过要快点,劳驾!"

尼洛夫急得直跺脚。老人叫他面朝东方,然后他嘴里念念有词,给他喝下一杯气味难闻的温热液体,有点苦艾的味道。

"可是斯乔普卡死了……"尼洛夫喃喃地说,"就算民间有单方吧,可是……可是斯乔普卡怎么会死了呢?你还是把我送到米龙那儿去吧!"

他从他不相信的米龙家里出来,坐上马车到医院去找奥甫钦尼科夫。在那儿,他服下颠茄[①]药丸,医生吩咐他躺在床上静养,可是他却换乘一辆马车,不顾胳膊的剧痛,赶到城里去找那儿的医

---

① 一种有毒的植物,用它制成的药可以止痛和解除平滑肌痉挛。

生了。

大约过了四天,正是夜色降临的时候,他跑进奥甫钦尼科夫家里,倒在一张长沙发上。

"大夫!"他喘吁吁地开口说,不住用袖子擦掉苍白消瘦的脸上的汗水,"格利果利·伊凡内奇!您想拿我怎么办就怎么办吧,反正我再也不能照这样过下去!您要就治好我,要就毒死我,可就是别这么丢下我不管!请您看在上帝面上!我要疯了!"

"您应当躺在床上静养才对。"奥甫钦尼科夫说。

"哎,说什么躺在床上,去您的吧!我是用俄国话正正经经问您:我该怎么办?您是大夫,应当帮助我!我在受苦啊!我每分钟都觉得我要发疯了。我睡不着,吃不下,什么工作也干不成!喏,我口袋里放着一支手枪。我每分钟都把它取出来,想朝着脑门子放一枪!格利果利·伊凡内奇,您就给我想想办法吧,看在上帝面上!我该怎么办呢?您说说看,莫非我该去找个教授看病?"

"这没关系。您愿意去就去吧。"

"您听我说,假定我登一个悬赏广告,说是谁能医好我的病,谁就得五万,行不行?您觉得怎样?啊?不过,等不到广告登出来,等不到……我就已经发疯十次了。我现在不惜交出我的全部家产!您医好我的病,我就给您五万!您想点办法吧,看在上帝面上!我不理解您这种可恶的冷漠态度!您要明白,我现在嫉妒每只苍蝇……我不幸啊!我全家都不幸!"

尼洛夫的肩膀抖动起来,他哭了。

"您听我说,"奥甫钦尼科夫开始安慰他说,"您这种激动的心情我有点不大懂!您哭什么?为什么这样夸大危险?您要明白,您没有病的可能比得病的可能多得多。第一,一百个被咬过的人,只有三十个得病。其次,这一点很重要,狼是隔着衣服咬您的,那么毒液已经留在衣服上了。不过即使毒液已经流进伤口,它也一定随着鲜血淌出去了,因为您流血很多。我并不担心您会得狂犬病,我不放心的倒是您的伤口。照您这样马马虎虎,很容易引起丹毒之类的病。"

"您是这样想的?您这是在安慰我呢,还是认真这么想的?"

"我用人格担保,我是认真这样想的。您把这本书拿去读一下好了!"

奥甫钦尼科夫从书架上取下一本书来,略过那些可怕的地方,开始对尼洛夫读狂犬病那一章。

"可见您不应该担心,"他念完以后说,"除此之外还要加上一点:我和您都不知道那条狼是有疯病的还是健康的。"

"嗯,是啊……"尼洛夫笑吟吟地同意道,"现在,当然,我明白了。那么这个伤不要紧?"

"当然,不要紧。"

"好,谢谢您,亲人……"尼洛夫说,笑起来,高兴得直搓手。"现在,您可真是个了不起的人,我算放心了。……我满意,甚至幸福了,真的。……是啊,我凭人格担保……甚至很幸福呢。"

尼洛夫拥抱奥甫钦尼科夫,吻了他三次。后来他生出孩子气的兴致勃勃的心情,这在性情温和而体格健壮的人是常常发生的。他从桌上拿过一块马蹄铁来,打算把它扳直,可是他太高兴,肩部又疼痛,因此没有力气,怎么也做不到。他所能做的,只限于伸出左胳膊,拦腰搂住医生,把他抱起来,扛在肩膀上,从书房往饭厅走去。他从奥甫钦尼科夫的家里出来的时候,欢天喜地,心花怒放,甚至觉得他那把又大又黑的胡子上闪耀着的泪珠仿佛也在跟他一齐欢乐似的。他走下门前的台阶,用低沉的声音笑起来,使劲摇晃台阶的栏杆,弄得栏杆上一根小木柱跳出了槽,整个门廊在奥甫钦尼科夫的脚下发颤。

"好一个壮士!"奥甫钦尼科夫动情地瞧着他宽大的后背,暗想,"真是一条好汉啊!"

尼洛夫坐上四轮马车后,又把他在坝上同狼搏斗的事从头说起,详详细细讲了一遍。

"好玩得很!"他讲完了,快活地笑起来,"等我活到老年,倒有这么件事可以回忆一番呢。快赶车,特利希卡!"

到 巴 黎 去!

有一天傍晚,地方自治局执行处秘书格利亚兹诺夫和县立学校教师兰巴德金从警官沃纽奇金的庄园上辞出,走回家去。他们挽住胳膊一块儿走,活像字母"ю"。格利亚兹诺夫瘦而且高,青筋嶙嶙,衣服紧贴在身上,类似一根棍子。兰巴德金却生得壮实,身子发胖,周身衣服肥大,颇像数目字零。两个人都带着醉意,脚步有点蹒跚。

"新的格罗特语法书[①]很受称道,"兰巴德金嘟哝说,把他那双满是污泥的套靴踩得咕叽咕叽响,"格罗特证明一种理论,认为第二格阳性单数形容词的词尾不应该是 aro,而是 oro。……这可真把人搞糊涂了!昨天我罚彼尔霍特金不准吃饭,就因为他把一个字里的 aro 写成了 oro,可是明天,大概,我就要在他面前干瞪眼。……丢脸啊!坍台啊!"

可是格利亚兹诺夫没有听教师的学术性谈话。他的全部注意力集中在希利亚耶夫的小饭铺前边那座满是泥泞的小桥上,这时候那儿正发生一场小小的纠纷。有二十来条当地居民养的狗形成一根链条,把一只黑毛蓬松的看家狗团团围住,弄得空中响彻了吠

[①] 指俄国语文学家格罗特(1812—1893)在 1885 年出版的《俄语正字法》。他在俄语正字法的统一方面起过重大作用。——俄文本编者注

叫声,拖着长音充满胜利的音调。看家狗不住转动身子,就跟坐在针尖上似的,对仇敌们龇出牙齿,把脱了毛的尾巴尽量缩到肚子底下去。这件事并没什么了不起,然而执行处秘书却是那种一触即发,容易激动的人,要是有谁吵嘴或者打架,他见了就不能置之不理。等他走到那群狗跟前,他就忍不住要出头干涉一下。

"把它咬个稀烂!咬这该死的东西!呸!"他加入那些狗的围剿,开始咆哮,吹口哨,"汪汪汪。……狠狠地给它一口!快咬它!"

为了进一步给那群狗打气,他就弯下腰去,揪一下看家狗的后腿。那条狗尖叫一声,没容格利亚兹诺夫抬起手,就把他的手指咬了一口。立刻,它仿佛被它自己的大胆吓坏了似的,一纵身越过那根链条,顺便在兰巴德金的腿肚子上咬一口,沿着街道跑掉了。那些狗就在它后面紧追不舍。

"哎呀,你这个鬼东西!"格利亚兹诺夫摇着那根手指头,对着它的后影嚷起来,"巴不得你死了才好,鬼畜生!抓住它!打它!"

"抓住它!"许多人的说话声响起来,其中混杂着口哨声,"追上它!打它!伙伴们,那是条疯狗!它夹着尾巴,脸朝下!它一定是疯狗!扑上去!"

等到那些狗跑得不见了,两个朋友才挽住胳膊,向前走去。他们回到家里(教师每月付出七卢布在秘书家里寄宿和搭伙),关于那条看家狗的事已经忘掉了。……他们脱掉泥污的裤子,挂在门上准备晾干,然后开始喝茶。两个人心绪极好,像哲学家那样心平气和。……可是大约过了一个半钟头,他们正跟格利亚兹诺夫的姑母、小姨子和四个姐妹围着桌子玩"打傻瓜"牌戏,不料县里的医生卡达希金忽然来了,略微搅扰了他们平静的心境。

"没关系,没关系……我又不是女人!"来人看见秘书和教师极力把自己的衬裤和光脚藏在桌子底下,就开口说,"我,两位先生,是别人打发到你们这儿来的!据说你俩给狗咬了。"

"可不是,可不是……狗把我们咬了,"格利亚兹诺夫说,笑容满面,"见到您很高兴!请坐,米特利·福米奇!很久没见面了,要是我说得不对,就叫上帝把我打死。……您要喝茶吗?格拉霞,拿白酒来!您吃点什么下酒菜:萝卜还是香肠?"

"听说那是一条疯狗!"医生继续说,不安地瞧着两个朋友,"不管它是不是疯狗,反正不能马马虎虎,置之不理。什么事都可能发生!让我看看它咬了你们什么地方!"

"哎,没什么了不起的!"秘书摇一下手说,"它只咬着一点点……咬着个手指头罢了。……受这么点伤,不至于得狂犬病。也许您要喝啤酒吧?格拉霞,你到犹太女人的铺子里去一趟,要她赊给我们两瓶啤酒!"

卡达希金坐下,为了压过两个醉汉的说话声而扯开嗓门嚷着,讲起狂犬病来吓唬他们。……两个人先是装腔作势,一味逞强,可是后来胆怯了,就把被狗咬过的地方指给他看。医生察看他们的伤口,抹上硝酸银,走掉了。这以后两个朋友就躺下睡觉,讲起硝酸银是用什么做的,争论很久。

第二天早晨格利亚兹诺夫爬到很高的杨树顶上,在那儿拴好一个椋鸟巢①。兰巴德金在树底下站着,手里拿着锤子和绳子。秘书的小花园里仍然到处是白雪,不过每根树枝和潮湿的树皮,却已经带有春天的气息了。

"格罗特还证明另一个论点,"教师嘟哝说,"他认为'大门'这个词不是中性,而是阳性。嗯。……那么形容'大门'的词,词尾也要跟着改变了。哼,这我可不能依他!我宁可辞职不干,也绝不改变我对'大门'这个词的信念。"

---

① 指人工造的椋鸟巢,形似木盒。

教师已经张开嘴,庄严地举起手里的锤子,正要开始抨击那个有学问的科学院院士①,忽然花园的便门吱呀一声开了,本县的首席贵族波兹沃诺奇尼科夫出人意外地走进花园里来,就像魔鬼从天窗里钻进来似的。兰巴德金见到他,惊愕得脸色发白,手里的锤子掉在地下了。

　　"您好,亲爱的朋友!"首席贵族对他说,"哦,您身体好吗?听说昨天您和格利亚兹诺夫给疯狗咬了!"

　　"也许那条狗根本没有狂犬病,"格利亚兹诺夫在杨树顶上喃喃地说,"这无非是娘们儿的闲扯罢了!"

　　"也许吧。不过也可能真有狂犬病!"首席贵族说,"反正不应该这么考虑问题。……必须采取措施,以防万一才对!"

　　"采取什么措施呢,先生?"教师轻声问道,"昨天我们上过药,先生。"

　　"刚才医生已经告诉我了,然而这还不够。必须采取比较彻底的办法才成。要不要到巴黎去一趟。……是啊,你们大概就得这么办:到巴黎去!"

　　教师手里的绳子掉下地,呆住了。秘书吃了一惊,差点从树上摔下来。……

　　"到巴黎去?"他拖着长音说,"我到那儿去干什么?"

　　"你们去找巴斯德②。……当然,这样做就要花相当多的钱,可是有什么办法呢?健康和生命更宝贵嘛。……这样一来,不但你们可以放心,我们也心里踏实了。……刚才我已经跟地方自治局执行处主席伊凡·阿历克塞伊奇谈过这件事。他认为执行处可以拨给你们盘费。……就我这方面来说,我的妻子愿意捐助你们

---

① 即格罗特。
② 巴斯德(1822—1895),法国微生物学家、化学家。他针对许多传染病,特别是狂犬病,发明了预防接种法。

两百卢布。……你们另外还缺什么呢?你们去打点行李吧!至于护照,我会很快给你们办好。……"

"这些怪人发疯了!"等到首席贵族走后,格里亚兹诺夫冷笑说,"到巴黎去!哼,这些蠢材啊,求上帝饶恕我这么说!到莫斯科去一趟,或者到基辅去一趟,倒还罢了,可是,冷不防……居然叫你到巴黎去!这都是因为什么?倘或那是一条蛮不错的狗,良种狗,那还情有可原,可是那只是一条看家狗罢了,呸!请你说说看,我们算是什么贵族,居然到巴黎去!我死也不去!"

教师沉思地瞅着地下,过了很久,才快活地像马嘶一样笑起来,用充满灵感的声调说:

"你猜怎么着,瓦夏?我们去吧!我说得不对就叫上帝惩罚我,我们真的去吧!要知道那是巴黎,外国……欧洲啊!"

"我到那儿去干什么?滚它的!"

"文明啊!"兰巴德金继续兴奋地说,"上帝啊,那是什么样的文明!名胜啊,各式各样的维苏威①啊……郊区的美景啊!不管你往哪儿走,到处都是郊区的美景!真的,我们去吧!"

"你昏了头,伊留希卡!我们在那儿跟日耳曼人怎么打交道呢?"

"那儿不是日耳曼人,而是法国人!"

"那也一样!我该怎么跟他们打交道呢?我一见到他们,就会活活笑死!按我的脾气,我就会在那儿把他们统统揍一顿!你一到那儿,就会后悔不该去。……他们会抢光你的钱,你自己也会胡来。……再者,说不定我们会走错地方,没到巴黎而到了一个糟糕的国家,害得你事后吐五年唾沫呢。……"

格利亚兹诺夫断然拒绝出国,可是话虽如此,当天傍晚两个朋

---

① 著名的火山,在意大利,而不是在法国。

友还是互相搂抱着,走遍全城,逢人就说他们马上要出国了。秘书神情阴郁,一肚子的闷气,心神不定,然而教师却兴奋地挥动胳膊,一心要对人说说他的幸福。……

"要不是这个巴黎,本来样样都挺好!"格利亚兹诺夫安慰自己说,"日子过得别提多么痛快了!大家都怜悯地瞧着我们。不管你到哪儿去,到处都拿出酒和菜来请你吃,人人都给你钱,可是……半路上杀出一个巴黎!我到那儿去干什么?……再见吧,朋友们!"他拦住遇见的人说,"我们要到巴黎去了!不要记着我的坏处!说不定我们从此再也不能见面了。"

过了五天,在当地火车站上,人们为秘书和教师送行,场面盛大。所有的知识分子,从首席贵族起到警官沃纽奇金的视力极弱的继子,都聚齐了。首席贵族的妻子给那两个旅行者两封介绍信。调解法官的妻子给他们一百卢布,托他们带着样品去买衣料。……祝愿声啦,叹息声啦,呻吟声啦,简直没完没了。格利亚兹诺夫的姑母、小姨子、四个姐妹,一齐泪如泉涌,眼泪足够流成三条小河。看来,教师神气十足,毫不气馁,可是秘书喝了酒,百感交集,一直绷紧脸,免得哭出来。……等到火车站上敲过第二遍钟,他再也忍不住,竟然号啕大哭起来。……

"我不去!"他说着,从火车上跳下来,"我宁可发疯也不去找那个八十多①!去他的!"

可是大家劝他,安慰他,把他搡上火车去。列车开动了。

如果严格地按照时间顺序来叙述,那么,送行以后不出四天,格利亚兹诺夫的姐妹们正在小窗旁边坐着,怀念亲人,不料忽然看见兰巴德金走回家来了。教师脸色通红,衣服上沾着泥浆,手里提着的皮箱不时掉在地下。起初姑娘们以为鬼魂来了,可是不久,便

---

① 即上文的"巴斯德",但他念错了音。

403

门砑的一响,穿堂里响起了她们熟悉的喘气声,这个现象才失去原有的招魂术①的性质。姐妹们惊讶得张口结舌,什么话也没问,拉长了苍白的脸瞧着这个回来的人。教师眨巴着眼睛,摇一下手,然后哭起来,又摇一下手。

"我们坐火车到了库尔斯克……"他开口说,声音沙哑地哭着,"瓦夏对我说:'在火车站上吃饭太贵。我们走吧,'他说,'这儿火车站附近有小饭铺。我们到那儿去吃饭好了。'我们就带着皮箱,去了,"教师哭出了声,"……在小饭铺里,瓦夏接连不断地喝酒,一杯接一杯。……他嚷着:'你把我送到死路上去了!'他就闹起来。……他喝完白酒,又喝白葡萄酒,接着……警察写了呈文报官。后来,钱全喝光……一文也不剩!盘费都几乎没有了。……"

"那么瓦夏在哪儿?"姑娘们不安地问。

"在库……库尔斯克。……他要求你们快点给他寄盘费去。……"

教师摇着头,擦一下脸,补充说:

"不过库尔斯克倒是个好城呢!很好!我在那儿愉快地过了一天。……"

---

① 一种迷信的法术,幻想以特定动作招回死者的阴魂,进行笔谈。

在 春 天

地上的雪还没有融化,人们的心里却已经感到春天的气息了。如果您以前得过重病,后来痊愈了,那您就会了解那种快乐的精神状态:心里由于充满种种模糊的预感而发紧,脸上无缘无故地现出笑容。看来,如今大自然也在经历这样的精神状态呢。大地冷冰冰,污泥和雪水合在一起,在人们脚下咕叽咕叽响,然而四下里,一切却是那么欢乐、亲切、可爱!空气那么明净、清澈,要是你爬上鸽舍,或者登上钟楼,那么整个世界,从这边到那边,似乎都会收入你的眼底。太阳明亮地照耀着,阳光跳动、微笑,同麻雀一起投进水洼里。小河的冰面膨胀着,颜色发黑了。它已经醒过来,今天或者明天就要发出响亮的流水声。树木光秃秃,可是它们活过来,在呼吸了。

在这样的时候拿着一把扫帚或者一把铲子疏通沟渠里的泥水,把一只玩具船放在水面上,或者用鞋后跟凿开坚硬的冰面,那才痛快呢。把鸽子送到高空去,或者爬到树顶上,在那儿拴上一个椋鸟巢,那也是痛快事。是的,在这个幸福的季节,一切都好,特别是如果您年轻,喜爱大自然,如果您不任性,不神经质,如果您不必为了办公而一天到晚关在四堵墙当中的话。倘使您有病,倘使您在办公室里憔悴,倘使您同缪斯交往①,那可就不妙了。

---

① 意谓"从事文艺工作",缪斯是希腊神话中九位文艺和科学女神的通称。

是啊,在春天是不应当同缪斯交往的。

您看一看普通人感到多么愉快,多么舒畅吧。例如花匠潘捷列·彼得罗维奇,一清早就戴上宽边草帽,早晨在林荫道上拾到一个小小的雪茄烟头,至今无论如何也不肯丢掉。您瞧,他在厨房窗子跟前站着,双手叉着腰,正对厨师讲他昨天给自己买了一双什么样的皮靴。他生得又高又瘦,所有的仆人都叫他"小人物",如今他整个细长的身材却表现出得意和尊严的神态。他对自然界怀有优越感,他的目光含有主人那种威严以至轻蔑的神情,仿佛他不论是在温室里坐着还是在花园里刨土,关于植物的王国,他能知道某些别人不知道的事情。

如果有谁对他说明大自然是壮丽威严的,充满神奇的魅力,在它面前骄傲的人应该低下头来,那也没用。他觉得他知道一切秘密、魅力、奇迹,简直无所不知,对他来说,美丽的春天无异于一个女奴隶,就跟那个在温室旁边的房屋里坐着,喂孩子们吃素汤的瘦弱女人一样。

那么猎人伊凡·扎哈罗夫呢?这个人穿着旧的厚呢上衣,光着脚穿一双套靴,在马房附近一个倒放着的木桶上坐着,正把软木塞改做成枪上的填弹塞。他准备去打从南方飞回来的鸟。他的幻想里现出了他就要走过的道路以及所有的小径、积水、小河。他闭上眼睛就看见一长列高大挺拔的树木,他拿着枪在树底下站着,黄昏的寒意和甜蜜的激动使他浑身发抖,他敏锐的听觉紧张起来。他隐隐约约听见山鹬发出咯咯的叫声。他站在那儿等着南方飞来的鸟,耳边已经传来附近修道院里做完晚祷后敲响的钟声。……他心头十分舒畅。他无比幸福,说不出的幸福啊。

可是现在您看一看玛卡尔·丹尼绥奇吧,他是个年轻人,在斯特烈莫乌霍夫将军的庄园上工作,既像是文书,又像是低级的管家。他的收入比花匠多一倍,胸前戴着白色胸衬,吸两卢布一斤的烟草,素来吃得饱,穿得暖,每逢见到将军总是荣幸地握一下将军那只又白又胖而且戴着大钻石戒指的手,可是话虽如此,他仍然多么不幸啊!他老是同书本在一起,花二十五卢布订阅各种杂志,不住地写东西。……他每到傍晚,吃过饭后,等大家都睡熟,就动手写东西,把写好的东西统统收藏在他的大箱子里。那口箱子的底部整齐地放着叠好的长裤和坎肩,上边放着一包还没拆开的烟草、十来个丸药盒、一条深红色小围巾、一块用黄纸包着的甘油肥皂和许多别的东西。箱子靠边上,有一沓沓写满字的纸胆怯地蜷伏在那儿,另外还有两三期刊登玛卡尔·丹尼绥奇的小说和通讯的《本省日报》。全县的人都认为他是文学家、诗人,大家都认为他有点特别,不喜欢他,说他讲的话不对,走路的样子不对,吸烟的架势不对。有一次他被传到调解法官会审法庭上作证,一时疏忽,说漏了嘴,讲他在做文学工作,讲完以后他的脸涨得通红,倒好像偷了人家的鸡似的。

现在他穿着蓝色大衣,戴着长毛绒的软帽,手里拿着细手杖,沿林荫道缓缓地走着。……他走了五步光景,站住,定睛瞧着天空,或者瞧着一只停在云杉上的老白嘴鸦。

花匠站在那儿双手叉着腰,猎人脸上现出严厉的神情,玛卡尔·丹尼绥奇却拱起背,胆怯地咳嗽着,愁眉苦脸地东张西望,仿佛春天的气息和美丽压住他,闷得他透不出气来似的!……他的灵魂充满胆怯的情绪。春天在他心里产生的并不是兴奋、欢乐和希望,却仅仅是些模糊的欲望,搅得他心神不定,如今他在那儿走着,自己也不知道自己需要什么。真的,他需要什么呢?

"啊,您好,玛卡尔·丹尼绥奇!"他忽然听见斯特烈莫乌霍夫将军的声音,"怎么,邮局的人还没来吗?"

"还没来,大人,"玛卡尔·丹尼绥奇回答说,打量着健康快乐的将军带着小女儿乘坐的四轮马车。

"多好的天气！完全是春天了！"将军说，"您在散步吗？也许来了灵感吧？"

他的眼睛里含着这样的意思：

"毫无才气！平庸之至！"

"啊，老弟！"将军揪住缰绳说，"今天我喝咖啡的时候，读了一篇多么精彩的小东西！那篇东西可真小，只有两页，可是多么可爱呀！可惜您不懂法语，要不然我就拿给您读一下了。……"

将军急急忙忙、前言不搭后语地讲了讲他读过的那篇故事的内容。玛卡尔·丹尼绥奇听着，觉得不自在，倒好像他不是那个写小东西的法国作家，成了他的错处似的。

"我不懂他觉得那篇东西好在哪儿，"他瞧着马车走后，暗自想道，"内容庸俗，陈旧。……我的小说远比它有内容呢。"

玛卡尔开始感到难过。作家的自尊心是一种类似灵魂发炎的病痛。谁一得上这种病，谁就再也听不见鸟儿的歌声，看不见阳光的灿烂，对春天也视而不见了。……只要稍稍碰到这个疮口，整个身体就会痛苦得缩成一团。败兴的玛卡尔往前走去，迈出花园的便门，走到泥泞的道路上。在那儿，布卞佐夫先生正好坐在一辆高高的马车上，全身颠动着，匆匆忙忙赶到什么地方去。

"啊，作家先生！"他叫道，"您好！"

如果玛卡尔·丹尼绥奇只是个文书或者低级的管家，那倒谁也不敢用这种鄙薄轻慢的口气跟他讲话了，然而他是"作家"，又毫无才气，平庸之至！

像布卞佐夫先生这样的人，对艺术是一窍不通，也毫无兴趣的，可是另一方面，如果他们有机会遇到缺乏才气的平庸文人，他们却会铁面无情。他们什么人都愿意原谅，却单单不能原谅玛卡尔，不能原谅这个在箱子里积存手稿的失意者和怪人。花匠损坏了一棵老无花果树，弄得许多很贵的瓜果烂掉，将军倒毫不介意，吃别人家的瓜果算了。布下佐夫做调解法官的时候,每个月只审一次案,而且开审的时候讲话总是吞吞吐吐,乱引法律条文,信口开河,然而这一切倒都得到原谅,没人理会。唯独玛卡尔,就因为没有才气,写了些不怎么好的诗和小说,人们就不能不特别留意,不能沉默地放过去,非说上几句伤人的话不可。至于将军的小姨子动手打女仆的耳光,打牌的时候像洗衣妇那样骂街,教士的妻子输了牌从来也不给钱,地主弗留京偷去地主西沃勃拉左夫的狗,那是谁也不来管的,可是不久以前《本省日报》退还玛卡尔一篇写得不佳的小说,全县的人就都传开了,引起人们的讥笑、冗长的议论和愤慨,他们竟把玛卡尔·丹尼绥奇称作玛卡尔卡①了。

要是谁写得不好,人们往往不是极力说明"不好"的原因何在,却简单地说一句:

"这个狗崽子又写了篇无聊的东西!"

玛卡尔只顾想着人们不了解他,也不愿意了解他,而且不可能了解他,这就妨碍他欣赏春天的美丽。不知什么缘故,他觉得,要是人们能了解他,似乎就会万事如意了。然而全县的人怎能了解他有没有才能呢?他们谁也不读书看报,或者读得很不对劲,还是索性不读的好。他怎么能对斯特烈莫乌霍夫将军讲明白那篇法国的小东西无聊,平庸,鄙俗,陈腐呢?因为将军除了那种平庸的小东西以外是什么也不读的。

那些女人也惹得玛卡尔义愤填膺!

"啊,玛卡尔·丹尼绥奇!"她们常常对他说,"多么可惜,您今天没有去赶集!要是您看见那两个庄稼汉打架的样子多么滑稽,您准会描写一番!"

所有这些当然都是小事,哲学家听了就会置之不理,不放在心

---

① 玛卡尔的卑称。

上,可是玛卡尔·丹尼绥奇却感到如坐针毡。他的灵魂里充满他孤身一人、形单影只、忧愁苦闷的感觉,像那样的愁闷是只有极其孤独的人和犯下大罪的人才会体验到的。他有生以来从没像花匠那样双手叉腰、昂然挺立过,一次也没这样做过。也许偶尔,比方说五年一次,他在树林里,或者大道上,或者火车上,会遇见一个同样的失意者和怪人,于是他瞥一下那个人的眼睛,自己就会突然活跃起来,那个人就也活跃起来。他们久久地谈话、争论、赞叹、兴奋、扬声大笑,惹得局外人看了竟会把这两个人当作疯子呢。

可是,照例,就连这种罕见的时光也难免会大煞风景地收场。仿佛故意开玩笑似的,玛卡尔和他遇见的失意者往往否定彼此的才能,不承认彼此的长处,互相嫉妒、憎恨、斗气,终于成为仇敌而分手。他们的青春就这样消耗殆尽,烟消火灭,没有欢乐,没有爱情和友谊,没有心灵的安宁,没有每天傍晚阴郁的玛卡尔在灵感迸发的时刻极其喜欢描写的那种种东西。

随着青春的消失,春天也就过去了。

公 文 成 堆

档 案 调 查

"为呈报事,查今年十一月八日有两名男孩发现有病,该儿童等来此声称,校内尚有奇(其)他儿童喉头发炎,周身有班(斑)疹,他们在查罗沃村地方自治局学校走读。村长叶菲木·基利洛夫。一八八五年十一月十九日。"

"内政部某县地方自治局执行处公函。收件人:地方自治局医生拉杜希内依先生。兹根据库尔诺索沃村村长十一月十九日呈文,谨请先生动身前往库尔诺索沃村,费心按照科学规章尽快制止流行病蔓延,以各种迹象观之,该流行病必是猩红热也。又,上述呈文声称该病起源于查罗沃村学校,请一并予以注意为荷。主席:斯·巴尔金。一八八五年十二月四日。"

"收件人:某县第二区警察局长。现将地方自治局执行处十二月四日第一〇二号公函随文附上,兹根据该函谨请先生下令将查罗沃村学校关闭,直至猩红热病消灭为止。地方自治局医生拉杜希内依。一八八五年十二月十三日。"

"内务部第二区警察局长第一〇一一号公函。收件人:查罗沃村地方自治局学校。兹据地方自治局医生拉杜希内依先生今年十二月十三日来函声称,发现查罗沃村儿童患猩红热病(民间称为白喉病)。兹为避免病势逐步扩大以致后果更为可悲,务须采取法定措施,以便预防并杜绝疾病蔓延,因此恳请贵校可否解散校内所有学生,直至该项凶恶疾病完全消灭为止。以后情况如何,仍希随时告知,以便采取对策。警察局长波德普鲁宁。一八八六年一月二日。"

"查罗沃村学校教员福尔强斯基呈文。收件人:某省国民学校管理局国民学校督学官先生。为呈报事,据第二区警察局长一月二日第一〇一一号来函声称,查罗沃村猩红热病流行,特此呈报,敬请示下。教员福尔强斯基。一八八六年一月十二日。"

"收件人:某县第二区警察局长。查猩红热流行病早在一个月前停止。前者查罗沃村学校暂时关闭,目前本人认为不妨开学,并已两次函告地方自治局执行处,现再通知阁下。恳请今后遇事与本县医生接洽,而我只限于同地方自治局执行处接洽公事。我从早忙到晚,没有时间答复你们那些办公室里的虚构。地方自治局医师拉杜希内依。一月二十六日。"

"收件人:内政部某县第二区警察局长大人。呈文。为呈报事,兹将地方自治局医生拉杜希内依先生一月二十六日第三十一号公函随文附上,查该医生拉杜希内依在公文中出言不逊,欺人太甚,如'办公室里的虚构'等,敬请大人将该人送交法院惩办是幸。警官波德普鲁宁。一八八六年二月八日。"

警察局长先生在一封写给第二区警官的信上说:"阿历克塞·玛努伊洛维奇,现在我把您的呈文退还您。请您以后不要经常跟拉杜希内依医生发生纠纷。这样的仇视态度,就警察局官员的地位来说,至少也是不妥当的,同别人交往应该首先严守分寸,有所克制。讲到拉杜希内依的公文,我没有发现其中有什么特别的地方。关于查罗沃村的猩红热,我已经听说了,我要在日内举行的学校会议上指出教员福尔强斯基的错误行为,我认为这些不愉快的公文往返的罪魁祸首就是他。"

"内政部某省国民学校督学官第八一〇号公函。收件人:查罗沃村学校的教员先生。兹根据今年一月十二日来函,特通知如下:贵校必须立即停课,学生一概解散,借以防止猩红热进一步扩大。国民学校督学官伊·席列特金。一八八六年二月二十二日。"

读完有关查罗沃村流行病的全部公文(除这里已发表的各件外还有二十八件),读者对《某省新闻报》第三十六号上所刊登的下列一段描述就可以体会很深了:

"……讲完儿童过大的死亡率以后,让我们改变话题,谈一件令人比较高兴欢畅的事情。昨天圣米哈依尔·阿尔希斯特拉季格教堂里举行了著名造纸厂厂主某某的女儿和世袭荣誉公民某某的盛大结婚典礼。大司祭克里奥巴·格沃兹杰夫神甫主持婚礼,由大教堂其他教士加以协助。克拉斯诺彼罗夫合唱队唱诗。新婚夫妇年轻漂亮,神采奕奕。听说,新娘带给新郎将近一百万的陪嫁钱,此外,还有布拉果杜希诺耶庄园一所,附有养马场和温室,温室里培植着菠萝和盛开的棕榈,因而把您的想象带到遥远的南方去。婚礼结束以后,新婚夫妇立刻乘车出国了。"

做一个造纸厂的厂主多么愉快啊!

噩　梦

政府机关农业常任委员库宁是个三十岁左右的青年人。他从彼得堡回到他的庄园包利索沃村后,头一件事就是派仆人骑马到辛科沃村去,把那儿的教士亚科甫·斯米尔诺夫神甫请来。

大约过了五个小时,亚科甫神甫来了。

"跟您相识很高兴!"库宁在门厅迎接他说,"我在此地生活和工作已经有一年之久,现在我们似乎也该认识一下了。欢迎欢迎!不过,说真的……您多么年轻啊!"库宁惊讶地说,"您多大年纪?"

"二十八岁,先生……"亚科甫神甫说,轻轻握一下向他伸过来的手,不知什么缘故脸红了。

库宁带着客人走进书房,开始打量他。

"多么粗俗的脸,像个村妇似的!"他暗想。

确实,亚科甫神甫的脸带着很多的"女人气",例如那翘起的鼻子,绯红的脸颊,蓝灰色的大眼睛和稀疏得几乎看不见的眉毛。他那棕红色长头发枯干而平顺,垂在两肩像笔直的棍子似的。他的唇髭刚刚开始变成真正的男性唇髭。他的胡子长得不像样子,不知什么缘故,宗教学校的学生称之为"搔痒器":稀稀拉拉,明显地露出脸上的皮肉,用手是摩挲不平的,用梳子也理不顺,或许只好拔掉了事。……这一撮寥寥可数的胡子生得不平整,纠结成一个个小团,倒好像亚科甫有意乔装成教士,正把胡子粘到脸上去,不料半中腰让人截断了似的。他身上穿着圣衣,是那种掺了菊苣的淡咖啡的颜色,两个胳膊肘都有大块的补丁。

"奇怪的家伙……"库宁瞧着他那溅了泥浆的衣襟,暗想,"他头一次到外人家里来,却不肯穿得体面一点。"

"请坐,神甫,"他把圈椅移到桌子跟前,开口说,口气与其说是亲切,不如说是随便,"您坐吧,请!"

亚科甫神甫对着自己的空拳头咳嗽一声,在圈椅边沿上笨拙地坐下,把手心放在膝盖上。他身材矮,胸脯窄,脸上冒汗而发红,这从一开头起就给库宁留下极不愉快的印象。以前库宁再也没想到过俄国会有外貌如此猥琐可怜的教士。亚科甫神甫的神态,他把手心放在膝盖上的样子,他坐在椅边上的姿势,都可以看出他缺乏尊严,甚至带着奴颜婢膝的味道。

"神甫,我约您来是要谈一件正事……"库宁往椅背上一靠,说,"有一种愉快的责任落到我身上,要我帮助您,做好您的一件有益的工作。……事情是这样,我从彼得堡回来后,发现桌上有首席贵族写来的一封信。叶果尔·德米特利耶维奇讲起你们辛科沃村就要开办一所教区学校,要我承担照管那所学校的任务。我呢,神甫,很高兴,满心的高兴。……甚至还不止于此,我热诚地接受了这个建议!"

库宁站起来,在书房里走来走去。

"当然,不仅叶果尔·德米特利耶维奇知道,大概您也知道,我手头没有大笔的款项。我的庄园已经抵押出去,我如今全靠常任委员的薪金生活。因此,您不能指望我提供很大的资助,不过凡是我力所能及的,我都会去做。……那么,神甫,您认为那所学校应该什么时候开办呢?"

"应该在有了钱的时候……"亚科甫神甫回答说。

"现在您总已经弄到一点钱了吧?"

"几乎一点也没有,先生。……农民们在村会上通过决议,每个男丁每年交三十戈比,不过要知道,这只是一句诺言罢了!第一批设备费至少也要两百卢布。……"

"嗯,是啊。……可惜我现在没有这么一笔钱……"库宁叹道,"我这次旅行把钱全花光了,甚至……欠下了债。那我们来共同想想办法吧。"

库宁就把他的设想讲出来。他述说他的考虑,同时盯住亚科甫神甫的脸,想在他脸上找到赞许和同意的迹象。可是那张脸冷冰冰的,神色呆板,除了腼腆的胆怯和不安外,什么表情也没有。谁瞧着他那种神态,都会以为库宁所讲的话过于深奥,亚科甫神甫听不懂,只是出于礼貌才在听,同时却生怕人家看穿他听不懂似的。

"看得出来,这家伙不怎么聪明……"库宁想,"胆小得不得了,而且有点呆头呆脑。"

一直到听差走进书房,端着托盘,送来两大杯茶和一盘小甜面包,亚科甫神甫才略微振作起来,甚至微微一笑。他接过他的杯子,立刻喝起来。

"我们是不是写封信给主教大人?"库宁继续讲他的考虑,"要知道,认真说来,提出开办教区学校问题的不是地方自治局,不是我们,而是高级的教会人士。他们,说实在的,应该指出资金的来源才对。我记得我在什么地方读到过为这项开支已经拨出一笔经费了。您一点也不知道吗?"

亚科甫神甫正在专心喝茶,没有立刻回答这句问话。他抬起蓝灰色的眼睛瞧着库宁,沉吟一下,仿佛想起了他问的话,就否定地摇了摇头。他那张不好看的脸上,从这只耳朵到那只耳朵,洋溢着满足的神情,露出极其庸俗的贪吃样子。他喝着,每喝一口都觉得其味无穷。他把茶喝得一滴不剩,把杯子放在桌上,后来又拿过杯子来,仔细看看杯底,再放回去。那种满足神情在他脸上消失了。……后来库宁看见他的客人从盘子里拿过一个小甜面包,吃了一小块,把它抓在手里翻来覆去地转动一阵,接着就很快把它塞进口袋里去了。

"嘿,这可完全不合乎教士的体统!"库宁暗想,厌恶地耸起肩膀,"这是怎么回事:是教士的贪心呢,还是孩子气的举动?"

库宁请客人再喝了一大杯茶,送他到门厅去后,就在沙发上躺下,亚科甫神甫的来访惹得他一肚子不痛快。

"多么奇怪的野蛮人!"他想,"肮脏,邋遢,粗俗,蠢笨,而且一定是个酒鬼。……我的上帝啊,这也叫作教士,精神的父亲!这就是老百姓的教师!我可以想象助祭每次做祷告前对着他高喊'祝福吧,人间的主宰!'的时候,助祭的声调里一定含着多少讽刺的意味!好一个人间的主宰!这个人间的主宰连一丁点尊严也没有,又缺乏教养,把面包藏在口袋里像小学生似的。……呸!上帝啊,主教的眼睛上哪儿去了,怎么让这么个人担任圣职?他们派这样的人来做教师,那把人民看成什么人了?这儿需要的人是那种……"

库宁开始沉思俄国的教士应当是什么样子的人。……

"比方说,如果我来做教士……一个有教养而又热爱自己工作的教士能够做出很多事情。……换了我,学校早就办起来了。布道词吗?如果一个教士真心诚意,被自己对事业的热爱鼓舞着,那他就能讲出多么美妙动听的布道词啊!"

库宁就闭上眼睛,心里编出一篇布道词。过了一会儿他在桌旁坐下,很快把它写下来。

"我把它送给那个红头发的家伙,让他拿到教堂里去念一遍……"他想。

下一个星期日早晨,库宁坐车到辛科沃村去解决学校问题,顺便看一看教堂,他自己就是那个教区的教民。尽管道路泥泞,那天早晨却天气晴和。太阳明亮地照耀着,阳光照透了这儿那儿一片片残留的白雪。白雪在同大地告别,光芒四射好比钻石,看上去刺痛眼睛,在白雪旁边,冬麦的幼苗在迅速地长出来,一片碧绿。白嘴鸦在大地的上空庄严地飞翔。有一只白嘴鸦飞着降到地面上,向前跳了几下才站稳。……

库宁坐着马车来到那个用木头建造的教堂,那教堂破旧而灰色。教堂门廊上的小柱子原是涂过白漆的,如今白漆已经完全脱落,像是两根难看的车杠。门口上方原有一个圣像,现在看上去却成了完全乌黑的斑点。然而这种贫困的光景触动了库宁的心,使他深受感动。他谦虚地低下眼睛,走进教堂,在门旁站住。祷告才刚刚开始。一个年老的诵经士,脊背弯得像车辐,正用低沉含混的男高音诵读祷词。亚科甫神甫独自主持祷告,没有助祭协助,他自己在教堂里走来走去,摇着手提香炉。要不是库宁走进这个赤贫的教堂里的时候心里充满谦逊的感情,那他见到亚科甫神甫是一定会笑的。他看见那个矮小的教士穿着一件揉皱的、特别长的旧黄布圣衣,圣衣的下摆在地上拖来拖去。

教堂里没有站满人。库宁看一下这个教区的教民,他乍一看就为一种古怪的现象暗暗吃惊:他只看见些老人和孩子。……那些到了干活年龄的人都到哪儿去了?那些青年人和壮年人都到哪儿去了?然而他略微站了一会儿,定睛细看那些苍老的脸,这才瞧出他错把青年看成老人了。然而他对眼睛的这种小小的错觉却没有在意。

教堂里边也破旧,灰色,跟外边一样。圣障和深棕色的墙壁由于年陈日久而没有一处不是被油烟熏黑,也没有一处不斑驳。窗子倒有很多,可是总的调子是灰色,因而教堂里老是显得昏暗。

"凡是心灵纯洁的人,到这儿来祷告倒挺好……"库宁想,"如同罗马的圣彼得教堂以它的雄伟使人震惊一样,这儿却以谦卑和简朴来感动人。"

不过等到亚科甫神甫进入圣堂,开始做祷告,库宁的虔诚心情就烟消云散了。亚科甫神甫年纪还轻,是从宗教学校直接来做司祭的,他还没来得及形成做礼拜的一套固定方式。他诵读经文的时候,仿佛在选择他该用什么样的嗓音念,是用响亮的男高音呢,还是用微弱的男低音。他跪拜的姿势笨拙,走路太快,推开或者关上圣障中门的时候用力过猛。……年老的诵经士显然有病,而且耳聋,对司祭的呼喊声听不大清,因此难免发生小误会。亚科甫神甫还没来得及念完要念的东西,诵经士却已经唱起来,或者亚科甫神甫早已念完,老人却还向圣堂那边竖起耳朵倾听,没有开口,直到有人扯一下他的衣襟,他才唱起来。老人的声音喑哑,病态,带着喘息,颤抖,发音不清。……诵经士本来就已经唱得不像样子,偏偏还有个很小的男孩,脑袋刚刚高过唱诗席的栏杆,来给他帮腔。男孩用刺耳的儿童最高音唱着,仿佛极力要唱得不合调似的。库宁站着听了一会儿,就走出去吸烟了。他大失所望,几乎带着厌恶的心情瞧那灰色的教堂。

"大家抱怨说,老百姓的宗教感情低落了……"他想,叹口气,"可不是!像这样的教士,他们还应该多派几个来才好呢!"

后来库宁又到教堂里去过三次,每次都急于想走出去呼吸新鲜空气。等到祷告做完,他就到亚科甫神甫家里去。论外表,司祭的房子同农民的茅舍丝毫没有差别,只是房顶上的干草铺得整齐点,窗上挂着白布帘罢了。亚科甫神甫把库宁让进一个明亮的小房间,那儿地上没有铺地板,四壁糊着便宜的纸。房主人费了不小的劲,想布置得美观些,例如挂上有镜框的照片,还挂着一口用一把剪刀权充钟摆的钟,可是这个房间里的陈设仍然异常简陋。瞧着那些家具,人们就可能认为这是亚科甫神甫走遍各家各户,东一件西一件拼凑起来的:某家给他一张三条腿的桌子,另一家给他一个凳子,第三家给他一把椅子,椅背却向后弯得厉害,第四家又给他一把椅子,椅背倒是直的,然而坐的地方却已经凹下去,第五家慷慨得很,给他一个类似长沙发的家具,靠背是平的,坐的地方却有许多破洞,像是筛子。这个类似长沙发的东西涂了深红色的漆,冒出浓重的油漆气味。库宁起初打算在椅子上坐下,可是想了一下,改在凳子上坐下了。

"您这是头一次到我们的教堂里来吧?"亚科甫神甫把帽子挂在难看的大钉子上,问道。

"是的,头一次。您听我说,神甫。……在我们谈正事之前,您给我点茶喝吧,要不然我的整个灵魂都要干枯了。"

亚科甫神甫开始眨巴眼睛,嗽一嗽喉咙,走到隔板后面去了。那边响起了窃窃私语声。……

"他大概在跟他妻子讲话……"库宁暗想,"我倒想看一看这个红头发有个什么样的老婆呢。……"

过了不大一会儿,亚科甫神甫从隔板后面走来,涨红了脸,冒着汗,勉强笑一下,在库宁对面那张长沙发的边沿上坐下。

"茶炊马上就烧好。"他说,眼睛没有看着他的客人。

"我的上帝啊,他们到现在还没烧茶炊呢!"库宁暗自想道,大吃一惊,"现在只好干等了!"

"我给您带来一篇信稿,"他说,"这是我写给主教的。等喝过茶以后,我来念一遍。说不定您想补充一些什么话。……"

"好,先生。"

紧跟着是沉默。亚科甫神甫战战兢兢地斜起眼睛看看那块隔板,理一下头发,擤一下鼻子。

"天气很好,先生……"他说。

"是的。顺便提一下,昨天我在报上读到一个有趣的消息。……沃尔斯克的地方自治局通过一项决议,要把所有的学校都交给教会办理。这倒是颇有特色的。"

库宁站起来,在黏土地上走来走去,开始发表他的见解。

"这样做倒不错,"他说,"只要教会里的人能认清自己高尚的使命,清楚地理解自己的任务就行。不幸,我所认识的教士,论文化程度和道德品质,连做军队的文书都不配,更不要说当教士了。您会同意,不好的教师给学校带来的害处远不及坏教士大。"

库宁看一下亚科甫神甫。那一个伛着腰,正专心地想心事,分明没听他的客人讲话。

"亚沙①,到这儿来一下!"从隔板后面传来一个女人的声音。

亚科甫神甫打了个冷战,走到隔板后面去了。窃窃私语声又开始了。

库宁一心想喝茶,感到难受极了。

"不行,我在这儿休想等到茶喝!"他暗想,看着时钟,"再者,我在这儿似乎是个不大受欢迎的客人。主人不肯开一开金口跟我说句话,光是坐在那儿眨巴眼睛。"

库宁拿起帽子,等亚科甫神甫走回来,就向他告辞。

"这个早晨算是白糟蹋了!"他在路上愤愤地想,"他简直是块木头!树桩!他对学校毫无兴趣,就跟我对去年的雪毫无兴趣一样。不行,我跟他是合不到一起的!我跟他什么事也办不成!要是首席贵族知道这儿的教士是什么样子,他就不会急着张罗学校的事了。应当先物色一个好教士,然后再操心学校的事!"

库宁现在几乎痛恨亚科甫神甫了。这个人,他那可怜又可笑的身材,揉皱的长圣衣,女人气的脸,做祷告的样子,他的生活方式,他那种官场中拘谨而恭顺的态度,都侮辱了库宁胸中残存着的

---

① 亚科甫的爱称。

一点点宗教感情,那点宗教感情原是同奶妈的其他神话一起悄悄地隐藏在他心底的。库宁真诚热烈地关心亚科甫神甫的工作,教士自己却显得那么冷淡和不在意,这是库宁的自尊心难以忍受的。……

当天傍晚,库宁久久地在家中几个房间里走来走去,不住思索,后来毅然决然在桌旁坐下,给主教写信。他要求主教拨款,要求他祝福,然后像儿子那样真诚地顺便提出他对辛科沃村教士的看法。"他年轻,"他写道,"没有什么教养,似乎过着不清醒的生活①,而且一般说来,不能满足俄国老百姓若干世纪以来对教士所提出的要求。"库宁写完信,轻松地吐出一口气,上床睡觉,感到他做了一件好事。

星期一早晨,他还躺在床上,仆人就来通报他说,亚科甫神甫来了。他不想起床,就吩咐仆人回答说他不在家。星期二他去出席调解法官会审法庭,星期六才回来,听到仆人说他不在家的时候,亚科甫神甫天天来。

"嘿,他多么喜欢我那些小甜面包啊!"库宁暗想。

星期日将近傍晚,亚科甫神甫来了。这一回不但他的衣襟,就连帽子也溅上了泥浆。他就跟头一次来访一样,脸色通红,冒着汗,也像那回一样在圈椅的边沿上坐下。库宁决定不开口谈学校的事,不对牛弹琴了。

"我,巴威尔·米海洛维奇,给您送来一张教科书的单子……"亚科甫神甫开口说。

"谢谢。"

然而根据种种迹象来看,亚科甫到这儿来不是专为送书单的。他的整个身子流露出极度的困窘,同时脸上又现出果断的神情,就

---

① 指酗酒。

跟一个人突然心血来潮,想出个什么办法似的。他急着想说出一件重大的、极其要紧的事来,目前正极力克制他的胆怯。

"他怎么不说话?"库宁生气地暗想,"他大模大样坐在这儿!我可没有工夫跟他周旋!"

司祭想设法消除他的沉默形成的尴尬局面,掩盖自己内心的斗争,就开始做出勉强的笑容。这种在冒汗和涨红的脸上硬做出来的久久不散的笑容,同他蓝灰色眼睛的呆呆出神的目光很不协调,逼得库宁扭过脸去。他感到憎恶。

"对不起,神甫,我有事要出门……"他说。

亚科甫神甫打了个冷战,就跟带着睡意的人挨了一拳似的。他没有停止微笑,开始慌张地把身上圣衣的衣襟掩好。库宁虽然厌恶这个人,却忽然可怜他了,想缓和一下自己的生硬态度。

"神甫,请下回再来吧……"他说,"不过在临别的时候我要对您提个要求。……喏,您知道,有一天,我来了灵感,写下了这两篇布道词。……我交给您瞧瞧。……要是合用的话,您就拿去念一念吧。"

"好,先生……"亚科甫神甫说着,把手心按住库宁放在桌上的布道词,"我拿去。……"

他呆站一会儿,犹豫一阵,把身上的圣衣再裹一裹紧,忽然,他收敛了勉强的笑容,坚决地抬起头来。

"巴威尔·米海洛维奇,"他说,分明要大声讲话,讲得清楚点。

"您有什么吩咐?"

"我听说您已经那个……您把您的文书辞退了,而且……而且目前在物色一个新的。……"

"是的。……那么您有什么人要向我推荐吗?"

"我,您明白……我……您能把这个职位给……我吗?"

"可是难道您要辞掉司祭的职位?"库宁诧异地说。

"不,不,"亚科甫神甫很快地说,不知什么缘故脸色发白,浑身发抖,"求上帝保佑我,千万别做出那样的事!如果您起了疑,那就不必了,不必了。我本来只想抽出点工夫顺便干那个差事……好增加点收入。……不必了,您不用操心了!"

"嗯……收入。……不过,要知道,我给文书的薪金每月只有二十卢布!"

"上帝啊,哪怕只有十卢布,我也愿意干!"亚科甫神甫小声说着,回过头去看一眼,"十卢布就够了!您……您吃惊了,大家都会吃惊的。贪心的教士,爱财的教士,他要钱干什么用?我自己也感到这一点:我贪心。……我痛骂我自己,斥责我自己……羞愧得不敢正眼看人。……我对您,巴威尔·米海洛维奇,说的是良心话……求上帝给我作证。……"

亚科甫神甫歇一口气,继续说:

"我一路上本来已经准备好一大套表白心迹的话要对您说,可是现在……我全忘掉,不知道该从何说起了。我每年从教区领到一百五十卢布的薪金,大家……感到奇怪,不知道我把钱都用到哪儿去了。可是我要凭良心向您解释清楚。……我每年要为我弟弟彼得交给宗教学校四十卢布。他在学校里,一切都免费,可是纸张笔墨要由我供。……"

"哦,我相信,我相信!可是您提这些干什么?"库宁摆了摆手说,听到他的客人讲出那些推心置腹的话而感到很不好受,不知道该怎样才能躲开客人眼睛里的泪光。

"其次,我为我的职位要向正教管区监督局交一笔款项,至今也还没交清。他们规定我为这个职位要上缴二百卢布,我得按月付十卢布。……现在,您想想看,还剩得下什么钱呢?要知道,除此以外,我每月至少还得给阿甫拉阿米神甫三卢布哩!"

"哪个阿甫拉阿米神甫?"

"就是我来之前在辛科沃村当司祭的阿甫拉阿米神甫。他失掉这个职位是因为……身体衰弱,可是他至今还住在辛科沃村!叫他到哪儿去呢?有谁来养活他呢?虽说他老了,可是他也要有个家,也要有面包吃,也要有衣服穿啊!我不能让他这样一个担任过教职的人沿街讨饭!要是他有个好歹,那简直就是我的罪过!我的罪过呀!他……到处欠下了债,我没替他还债就已经是我的罪过了!"

亚科甫神甫猛地站起来,呆头呆脑地瞧着地板,从这个墙角走到那个墙角。

"我的上帝!我的上帝啊!"他喃喃地说着,时而举起胳膊,时而放下来,"拯救我们吧,上帝啊,饶恕我们吧!既然你信仰不坚,你缺乏力量,当初又何必承担这样的教职呢?我心里悲观绝望,简直没有个底!拯救我吧,圣母。"

"您冷静一下,神甫!"库宁说。

"饥饿磨人啊,巴威尔·米海洛维奇!"亚科甫神甫继续说,"请您宽宏大量地原谅我,我实在是没有力量了。……我知道,要是我肯求人,我肯鞠躬哈腰,人人都会帮我忙,可是……我做不到!我害臊!我怎么能向那些农民乞讨呢?您在此地工作,您自己看得见。……谁能伸出手向乞丐们要饭呢?至于央求有钱人,央求地主们,我做不到!我有自尊心!我害臊!"

亚科甫神甫摆一下手,然后举起两只手烦躁地搔头皮。

"我害臊!上帝啊,我多么怕羞!我这个自尊心强的人不愿意让人家看出我穷。那一回您来看我,我家里却根本没有茶叶,巴威尔·米海洛维奇!一丁点也没有,可是我的自尊心又不容许我对您说穿!我为我的衣服害臊,喏,这些补丁。……我为我的圣衣害臊,为饥饿害臊。……做教士的人却那么骄傲,这像话吗?"

425

亚科甫神甫在书房中央站住,仿佛没看见库宁在座似的,自言自语地讲起来。

"哦,就算我经得住饥饿和羞辱吧,可是,上帝啊,我还有妻子呢!真的,我是从一个上流人家把她娶来的!她没干过粗活,娇嫩,喝惯了茶,吃惯了白面包,用惯了褥单。……她在娘家常弹钢琴。……她年轻,还没满二十岁。……多半她想穿上漂亮的衣服,想玩乐,想坐着马车去拜客吧。……可是她在我那儿……连一个普通厨娘都不如,不好意思上街见人。我的上帝,我的上帝啊!她唯一的乐趣就是我做完客回去,给她带回一个小苹果或者小甜面包什么的。……"

亚科甫神甫又用两只手搔头皮。

"结果我们之间就没有爱情,只有怜悯了。……我见到她就不能不可怜她!上帝啊,这是个什么世道呀。有些事情,要是写出来登在报上,人家都不会相信。……这种事情什么时候才能了结哟!"

"别说了,神甫!"库宁被他的口气吓坏了,几乎嚷叫起来,"为什么把生活看得这样阴暗呢?"

"请您多多包涵,巴威尔·米海洛维奇……"亚科甫神甫喃喃地说,像是喝醉了,"对不起,这些事都……无关紧要,您不要介意。……这只能怪我自己不对,永远怪我自己不对。……永远怪我自己不对!"

亚科甫神甫回过头去看一眼,小声说:

"有一天大清早我从辛科沃村出来,到卢契科沃村去。我抬头一看,河岸上站着一个女人,不知在做什么事。……我走近点看,简直不相信我自己的眼睛了。……真可怕!原来是医生伊凡·谢尔盖伊奇的妻子坐在那儿洗内衣。……她是医生的妻子,而且是在贵族女子中学里毕业的!看来她是为了不让人家看见她,才特意提早起床,走出村子一俄里以外的。……难于克服的自尊心呀! 她看见我站在她身旁,看出了她穷,就脸涨得通红。……我心慌,害怕,就跑到她跟前去,打算帮助她,可是她把洗的衣服藏起来,生怕我看见她那些破衬衫。……"

"这简直叫人没法相信……"库宁说着,坐下,几乎惊恐地瞧着亚科甫神甫苍白的脸。

"真是叫人没法相信! 从来也没有过这样的事,巴威尔·米海洛维奇,医生的妻子居然在河边洗衣服! 任什么国家都没有这样的事! 她既是我的教区的教民,我是她精神的父亲,我应该不让这种事发生,可是我能有什么办法呢? 我能有什么办法呢? 而且我自己就老是想请她丈夫免费治病! 您说得对,所有这些就是叫人没法相信! 弄得人没法相信自己的眼睛了! 做祷告的时候,您知道,我从圣堂里往外一看,瞧见我的教民、挨饿的阿甫拉阿米、我的妻子,又想起医生的妻子,想起她的手在冷水里泡得发青,于是,信不信由您,我就忘了一切,呆站在那儿像个傻瓜似的,迷迷糊糊,直到教堂执事喊我才醒过来。……可怕呀!"

亚科甫神甫又走来走去。

"耶稣上帝啊!"他说,摆了摆手,"神圣的圣徒们! 我连祷告也做不下去了。……那一回,您跟我谈起学校的事,可是我却像个木偶似的,什么也没听明白,光是在想吃食。……就连在圣堂上……不过,我这是怎么了?"亚科甫神甫醒悟过来说,"您要坐车出门了。对不起,我这都是随便说说的……请您原谅。"

库宁沉默地握了握亚科甫神甫的手,把他送到门厅,然后回到书房里,在窗前站住。他看见亚科甫神甫走出这所房子,把他头上那顶褪色的宽边帽子低低地拉到眼睛上,低下头,仿佛为刚才那一番推心置腹的话害臊似的,沿着大路缓缓走去。

"看不见他的马车在哪儿。"库宁暗想。

库宁不敢设想司祭这几天是步行到他家里来的,这儿离辛科沃村有七八俄里远,路上泥泞得没法走。随后库宁看见马车夫安德烈和男孩巴拉蒙跳过水洼,溅了亚科甫神甫一身泥浆,跑到他跟前去接受祝福。亚科甫神甫脱掉帽子,慢条斯理地给安德烈祝福,然后再给男孩祝福,摩挲他的头。

库宁举起手来擦一擦眼睛,觉得他的手擦过眼睛后变得湿润了。他离开窗口,用模糊的眼睛看一眼房间里,觉得那胆怯而透不出气来的声音似乎还在这儿响。……他看一下桌子。……幸好亚科甫神甫匆忙中忘了把布道词带走。……库宁跑过去,拿起布道词,撕得粉碎,带着厌恶的心情丢在桌子底下。

"这些事我以前都不知道呀!"他倒在沙发上呻吟道,"我在这儿却已经做了一年多常任委员、荣誉调解法官、学校会议委员!没长眼睛的木偶,大少爷!要赶快帮他的忙才对!赶快!"

他痛苦得不住翻身,用手按住两鬓,紧张地思索着。

"这个月二十日我会领到二百卢布薪金。……我要找个合乎情理的借口送给他一点钱,也送给医生的妻子一点钱。……我请他来做一次祈祷好了。至于医生,我可以假装生病。……这样我就不会伤他们的自尊心了。阿甫拉阿米那边我也要接济一下。……"

他扳着手指头计算他的钱,自己也不敢承认这两百卢布几乎不够他付清总管、仆人、那个经常送肉来的农民的钱。……他不由得想起不算遥远的过去,那时候他还是个二十岁的年轻后生,往往把贵重的扇子送给妓女,每天付给出租马车的马车夫库兹玛十卢布,出于虚荣心而给女演员送礼,他父亲的一份家业就此糊里糊涂挥霍掉了。唉,那些胡乱丢出去的一卢布钞票,三卢布钞票,十卢布钞票,如果留到现在,那会多么有用呀!

"阿甫拉阿米神甫一个月只要有三卢布就能够活下来了,"库宁想,"有一个卢布,神甫的妻子就可以给自己做一件衬衫,医生的太太就可以雇一名洗衣女工。不过我仍然要帮助他们!一定要帮助他们!"

这时候库宁突然想起他给主教写的那封告密的信,就周身痉挛,仿佛冷不防吹来一股凉气似的。回忆使他在自己面前,在肉眼看不见的真理面前羞愧难当,整个灵魂充满了沉痛的感情。……

一个存着好心,然而吃得过饱,遇事又不加思考的人为一件有益的工作所做的真诚努力,就这样开始,又这样结束了。

在 河 上

春 季 小 景

"冰活动了!"在春天一个天气晴和的日子响起了喊叫声,"伙计们,冰块浮动了!"

每到春天,河上的冰是一定要活动的,可是话虽如此,冰块的浮动永远是一件大事,成为轰动一时的新闻。您如果住在城里,听到这种喊叫声,就会往大桥跑去,同时您脸上露出一副严肃的神情,倒好像桥上出了凶杀案或者白昼行劫案似的。不管从您身边跑过去的小男孩也好,出租马车的车夫们也好,女商贩也好,脸上都有那样的表情。桥上已经聚拢了许多人。这儿有背着书包的中学生,有穿着雨衣的太太小姐们,有两三个穿圣衣的教士,有肤色黝黑的小学徒,手里提着刚做好的皮靴上的小皮耳,有穿着各种腰部带褶的外衣的汉子,有小兵。大家都伏在桥栏杆上,一言不发,纹丝不动,带着疑问瞧下边的河。那儿寂静得像坟墓里一样,只有一个警察在对一个身穿毛皮大衣、大衣背部连着披肩的先生述说河水上涨了多少。偶尔有一辆出租马车辘辘响地滚过桥去。警察讲话的声音很低。他讲到水涨了几俄尺,他的脸就变得严肃,拉长,几乎惊慌了。不过他讲到几俄寸①的时候,脸上却现出怜悯和

---

① 1俄寸等于4.4厘米。

温柔的神情,仿佛俄寸就是他的儿女似的。

您也伏在桥栏杆上,瞧着那条河,然而多么令人失望啊!您预料会有爆裂声和轰隆声,可是您什么也没听见,只有一种低沉单调的音响,类似很远的雷声。您看见的不是大冰块爆裂开来,互相冲撞,紧密地挨挤,而是冰层已经破裂,冰块却平稳地堆在一起,纹丝不动,整个河面从这岸到那岸都是如此。河面已经掘开,松动,仿佛有个务农的巨人走过这个河面,用庞大的耕犁把它垦松了似的。河水一滴也看不见,只有冰,冰,冰。有些小冰山立在那儿不动,然而您头晕目眩,觉得这座桥似乎带着您,带着那群人,不知往什么地方浮去。这座沉重的桥正沿着那条河,带动河岸一起奔驰而去,用桥墩冲散一堆堆冰块。这时候有个大冰块飘过来了,死命抵住桥墩,很久都不让这座桥跑掉,可是,突然间,它像是活了,开始顺着桥墩往上爬,直朝着您的脸扑过来,仿佛打算跟您告别似的,不料它太重,支持不住,就断成两块,无力地跌下去了。看上去,那些冰块显得悲悲戚戚,神情沮丧。它们仿佛感到从家乡被驱逐出去,正飘往远处,要飘到可怕的伏尔加河去,到那儿饱看了种种惊心动魄的情景以后,就会死掉,化为乌有了。

不久,那些冰山渐渐变得单薄,冰块之间出现了乌黑的水,奔腾不息。现在那种幻觉才算消失,您才开始看清活动着的并不是桥,而是河。将近傍晚,河里几乎已经完全没有冰块的踪影,偶尔出现一些残存的冰块,可是也少得很,不足以妨碍路灯照到水面上如同照着镜子一样了。

"这还不是流冰!"桥上的人说,"要等到冰从上游下来,才会有流冰可看!……今天吃中饭的时候,有人从某某县来到此地。他说那边的冰已经活动了。……那么要到明天才能在这儿见到呢。"

果然,第二天天色阴霾,刮起潮湿的冷风。天气这样骤变,表明某处一大片地方,有冰块在流动。……人们又在桥上站住,瞧着河里。水涨高了,可是河面仍然明净平滑。看客们焦躁地打哈欠,冷得缩起身子。不过后来,有个大冰块在河面上出现了。紧跟着,如同羊群尾随着带头羊一样,在相当远的地方有些比较小的冰块跟踪而来。……随后响起了冰块撞在桥墩上的响声。冰块碎裂,那些碎块慌慌张张,旋转着,互相碰撞,纷纷跑到桥底下去了。……河道转弯的地方又出现一块冰,随后来了第二块,第三块……不久空中就充满昨天人们听见过的那种低沉的响声。您看见的已经不是当地的冰,而是别处的冰,从上游很远的地方飘过来了。

不久这些冰也消失不见,然而这条河的春季复活过程还没有随着冰的消失而结束。流冰过去以后,木筏立刻开始出现。

木筏是不应当在城里观看,而应当到远处,乃至到神秘的上游,到飘来残余冰块的地方去观看的。

喏,在小小的席查河上,一行很长的木筏正顺流而下,蜿蜒曲折有如一条长蛇。夏天席查河不过是一湾浅水,您隔着茂密的柳丛就看不见它,而且只要您愿意,您尽可以随便挑个地段蹚水过河。可是现在,它叫人认不出来了。您瞧着它,就会暗自纳闷:这样的急流是从哪儿来的呢?它不住膨胀,张牙舞爪,大有淹没全部土地之势。它对待大木筏就跟对待小木片一样。这些木筏来得迟,是最后的一批,很有可能在半路上搁浅。商人玛基特罗夫昨天已经放出六批木筏,原应到此为止,然而贪心占了上风,虽然有人警告他说水位已经下降,他今天却还是放出了第七批。

木筏上有二十个农民和村妇忙忙碌碌。真正的农民,吃得饱,穿得暖,不干这种运输木材的行当,因此您在这儿看见的全是些赤贫的农民。这些人身材矮小,背部伛偻,神态阴郁,仿佛给什么东西咬过似的。大家都穿着树皮鞋,衣衫破旧,看样子,如果您抓住一个农民的肩膀,使劲摇撼他,挂在他身上的碎布片似乎就会纷纷掉下来。他们的面容各不相同:有的是棕红色像黏土一样,有的却又像阿拉伯人那么黑,有的人脸上几乎还没长出胡子,有的人却满脸胡子,活像野兽。各人戴着各人的破帽子,穿着各人的破衣服,讲话的嗓音也各不相同,然而在不习惯的眼睛看来,他们却显得一模一样,一定要跟他们相处很久,才能学会分清谁是米特利,谁是伊凡,谁是库兹玛。他们这种惊人的相似是由一种共同的烙印形成的,它印在他们各人苍白而阴郁的脸上,印在各人的破衣服和破帽子上:那就是一贫如洗。

他们的工作一刻也不停。木筏每走一步,席查河就要转一个弯,因此他们不时在木筏上从这边跑到那边,把竿子撑进水里,免得木筏在急流中撞着河岸,或者撞着峭壁而散开。……所有的人都涨红脸,不住流汗,气喘吁吁。……虽然木筏中央放着些干草供人坐,却没有一个人到那儿去坐。……村妇干着跟男人一样的活,生得精瘦,衣服褴褛,下摆沾了水,不住摆动。……

河两岸都沉浸在中午明亮的阳光里。一个个画面在木筏工人眼前闪过去,一个比一个美。树林啦,耕地啦,乡村啦,地主庄园啦,在他们面前飞过去,像鸟那么快。……这时候他们看见前面高陡的河岸上有一座白色的教堂,配着碧绿的拱顶。过了一分钟,教堂已经不在,只能看见一片平原,愤怒的席查河把河水一直淹到平原上很远的地方。平原后边是绵延不尽的黑色耕地,耕地上空点缀着一些白嘴鸦,也可能是唐鸦。……这时候岸上有个农民,身材瘦长,像根耙子,赶着一头枯瘦的母牛走路,那头母牛只有一个犄角。……后来出现地主的庄园了。阳台上有个太太,打着伞站在那儿,急忙向一个女孩指着木筏。有个青年男子身穿轻骑兵的短外衣,脚蹬长筒靴,正往一个捕鱼笼里看。……随后又是耕地、树林、乡村。……要是现在回头看一眼,就会瞧见那白色的教堂隐隐约约立在地平线上,而那个赶母牛的农民倒不见踪影了。……可是您不要以为木筏已经走出很远。再过一会儿,木筏工人却又看见地平线上有个白色的东西。……他们开始凝神细看,这是什么样的奇迹啊?原来刚才丢在后面的那个教堂就在那儿,他们正迎头飞奔过去。……他们离它越近,就越相信确实是它,确实是先前陡岸上那幢有绿色拱顶的教堂。……喏,现在可以看见它的窗子、尖顶上的十字架、房上的烟囱了。……再过一会儿,木筏工人就会冲到教堂跟前,不料木筏猛一转弯,教堂就又丢在后面了。……

有三四个木筏工人抽点空闲,聚集在木筏中央,互相看着,呼呼地喘气。他们在休息。您看见他们只有一个人穿着皮靴,那双皮靴糟透了,歪歪扭扭,褪了色,然而毕竟是皮靴。一座教堂即使已经废弃不用,总还是教堂嘛!那双靴子里,塞进一条呢裤子的瘦裤腿,可是裤子已经破旧得不像样子,连批评它也要算是罪过了。穿皮靴的人,身上穿着破皮袄,从破洞里可以窥见里边穿着坎肩。他那大脑袋上戴着一顶没人要的中学生制帽,帽檐已经折断,帽子的边沿脏得无可再脏。他面容憔悴,皮肉松弛,跟其他木筏工人的脸相不同。……一句话,这个人是目前俄国任何一个劳动组合,任何一家酒店,任何一伙乞丐和贫民都少不了的那种角色。……这种人遭到命运的沉重打击,深感自己地位一落千丈,因而尽管别人怀疑他"出身贵族",他却千方百计地加以掩盖。……他穿上乡下人穿的破皮袄,反而比穿上您一时大方而想起送给他的破大衣或者破坎肩让他感到自在得多。至于他是什么人,从哪儿来,过去是什么身份,目前有些什么想法,您不忍心细问,而且问了也无益。只要您一问他,他就会对您信口开河,说他以前又做过军官,又做过演员,还遭过监禁呢。……

木筏上的人都管这个人叫季奥米德。季奥米德来做木筏工人,与其说是想挣那三四个卢布,不如说是暗自高兴趁这个机会不花钱到城里走一趟,免得步行了。……这个工作很新奇,吸引着他,他使足劲儿干活,不肯落后于农民。他也跟他们一样从木筏的这一边跑到那一边,忙忙碌碌,撑着竿子,流着汗,喘得上气不接下气,然而他每个动作都流露出他没干惯这种活。他不熟悉这种工作,再者体力又弱,不久就疲劳了。……只要他看见有两三个人停下来休息,他就一定凑到他们跟前去。

休息的人互相看着,攀谈起来。木筏上的话题总是老一套:

"如今这个年月,局面……简直糟透了!"一个留着山羊胡子、头戴有耳罩的帽子的人喃喃地说,"五年前,随便哪个木筏工人都要挣八个卢布,少了就不干。你肯出八卢布,我就干,少了就不行。……可是如今人家连四个卢布都不大肯出,不是吗?真要命!主才知道怎么会闹到这个地步哟!"

"现在人多起来了……"一个留着铁铲般胡子的人用沙哑的声音说,"这么多的人,没处安置。你嫌四卢布少,不肯干,可是别人有三卢布就干。从前,你看不见娘们儿为挣钱到木筏上来,可是如今,你瞧,他们弄来多少娘们儿呀!娘们儿是傻头傻脑的,有一卢布可挣,她们就干。……"

"四卢布……"山羊胡子嘟哝说,呆呆地瞧着飞奔而去的河岸,"四卢布。……怪事!"

季奥米德不是为挣钱而到木筏上来的,所以四卢布也好,八卢布也好,他都无所谓。不过,为了参加谈话,他认为有必要附和他们的说法。

"嗯,是啊……"他说,"钱太少了。伙计,这都是因为商人吃得太肥。他们舍不得出钱。……"

谈话的人没有回答季奥米德的话。他们瞧着前边,木筏正朝那边飞奔过去。他们看见一个白色的斑点。原来木筏又迎着先前的白色教堂跑过去了。阳光照着它的十字架和明亮的绿色拱顶,那个神殿在向他们亲热地眨眼,似乎应许说,再也不会离开他们了。

"嘿,这条河一个劲儿地绕来绕去!"季奥米德说,"我们走啊走的,其实老在原地兜圈子。……"

"顺着直路到城里去有五十俄里的路程。可要是顺着这条河走,那就足足有六百俄里呢。啊,只求上帝保佑,不要让水退下去,我们明天傍晚就可以到那个地方了。……"

白天过得很顺利,没有发生意外,可是将近傍晚,木筏却遇上了麻烦。在刚刚降下的苍茫暮色中,木筏工人忽然看见河上出现了障碍:这边岸上牢牢地系紧一条渡船,从这条渡船到对面的岸上铺了一道木排桥,刚刚架好,很单薄。木筏怎样过去呢?两岸之间,人们来往频繁。有几个人迎着木筏跑过来,摇着手喊道:

"停住!停住!狗东西!"

木筏工人惊慌失措,停住了木筏。

"不准往前走!"有个胖子,红脸膛,穿着很长的厚呢大衣,嚷道,"我要把你们和你们的木筏统统打发到魔鬼那儿去,叫你们活不成!我这个木排桥已经让人拆毁过两次了,不许你们再拆!"

木筏工人面面相觑,犹豫不决,脱掉了帽子。

"大老板,这叫我们怎么办呢?"有个人问。

"随你们的便,反正我不许你们拆坏这个木排桥。我手下不断有人要到工厂去上班,没有木排桥说什么也不行。"

"老爷,请您管自放心好了!"木筏工人用含泪的声音嚷道,"您行一行好!我们会把您的木排桥架好,在原地方拴结实,样样都办妥……凭着良心干!您就让我们永生永世为您祷告上帝吧!"

"嗯,是啊,我可知道你们这号人!不准动!"

红脸膛举起手来威胁一下,然后走掉了。木筏工人垂头丧气。

"他怎么敢这样办事?"季奥米德激昂慷慨地说,"这多么霸道!他没有权利规定什么时候可以拆桥!伙计们,你们别理他!用不着听那个蠢货的话!"

季奥米德激昂慷慨,滔滔不绝地说了很久。木筏工人脱掉帽子,在岸上走来走去,鞠躬行礼,一直忙到深夜,可是一无结果。……他们只好认命。

整个这一夜,木排桥旁边点起了篝火。木筏工人把他们的木头从木排桥上抬过去,再把它们拴成一个新的木筏。他们周身湿透,不住地颤抖,一句话也不说,一刻也不休息。他们像蚂蚁似的进行这种极其艰苦的工作,一直忙到第二天早晨。

到了早晨,他们又得撑着木筏往前走!

格 利 沙

格利沙,一个又小又胖的男孩,是两年零八个月前出世的。这天,他同保姆一起在林荫道上散步。他身上穿着很长的小棉斗篷,系一条围巾,戴一顶大帽子,上面有个毛球,脚上穿一双暖和的长筒靴。他又闷又热,此外,四月间的灿烂阳光直射到他的眼睛里,刺得他眼皮发痛。

他胆怯而不稳地迈着步子,整个笨拙的身子现出极度的困惑。在这以前,他只见识过一个四方形的世界:一个角落里放着他的床,另一个角落里放着保姆的箱子,第三个角落里放着一把椅子,第四个角落里点着长明灯。要是往床底下瞅一眼,你就会看见一个断了胳膊的玩偶和一面鼓。不过保姆的箱子后面却有很多各式各样的东西,例如线轴、纸片、缺盖子的小盒、玩坏了的小丑。在那个世界里,除了保姆和格利沙以外,妈妈和一只猫也常来。妈妈很像玩偶。猫却像爸爸的皮大衣,只是皮大衣没有眼睛和尾巴。那个世界名叫"儿童室",有个门通到一个空荡荡的地方,大家都在那儿吃饭和喝茶。那儿放着格利沙的高脚椅子,挂着一个时钟,它活着就是为了摇它的摆,敲出当当的响声。从这个饭厅可以走进一个放着红圈椅的房间。那儿的地毯上有一块乌黑的斑点,至今大家都为这块黑斑向格利沙摇手指头,吓唬他。过了这个房间还有一个房间,不过谁都不准进去,爸爸倒常在那儿出现,他是个极其捉摸不透的人!保姆和妈妈很容易使人了解:他们给格利沙穿衣服,喂他吃饭,服侍他上床睡觉,可是爸爸干什么活着,就不知道了。另外还有个捉摸不透的人,就是姑姑,那面鼓就是她送给格利沙的。她一会儿出现,一会儿又不见了。她到哪儿去了呢?格利沙不止一次往床底下看,往箱子背后看,往长沙发底下看,然而她总是不在。……

可是在这个新的世界里,不但太阳刺痛他的眼睛,而且有那么多的爸爸、妈妈、姑姑,弄得他不知道应该跑到谁跟前去才好。不过最奇怪、最可笑的是马。格利沙瞧着它们的腿不住活动,一点也不明白这是怎么回事。他瞧着保姆,希望她来解答他的疑团,可是保姆不言语。

突然间,他听见可怕的跺脚声。……原来林荫道上有一群兵,迈着整齐的步伐,直对着他走过来,他们脸色发红,胳肢窝底下夹着洗蒸汽浴用的桦条帚。格利沙吓得浑身发凉,探问地瞧着保姆:这危险吗?可是保姆既不跑,也不哭,可见这是不危险的。格利沙目送着那些兵,自己也开始按着他们的节拍迈动两条腿了。

有两只长脸的大猫跑着穿过林荫道,吐出舌头来,翘起尾巴。格利沙暗想,他也得跑,就跟着那些猫跑起来。

"站住!"保姆对他吆喝道,粗暴地抓住他的肩膀,"你往哪儿跑?是谁叫你淘气的?"

后来有个保姆坐在那儿,端着一个小盆,里面盛着橙子。格利沙走过她面前,什么话也没说,拿了一个橙子。

"你这是干什么?"他的旅伴喊道,打一下他的手,把橙子夺过去,"混小子!"

这时候格利沙脚边有一块碎玻璃片,像长明灯那么闪光,他本来想把它拾起来,可是又不敢,怕他的手再挨打。

"您好!"格利沙忽然听见一个人的又响又粗的说话声几乎就

在他耳朵上边响起来。他看见一个高身量的男人,衣服上的纽扣发亮。

使得格利沙大为高兴的是,这个人跟保姆握一下手,跟她一块儿站住,谈起话来。太阳的光辉、马车的辘辘声、马、发亮的纽扣,全都新奇动人,并不可怕,格利沙的心充满快乐的感觉,他不由得笑起来。

"我们走!走!"他对那个衣服上钉着亮纽扣的男人叫道,拉他的后襟。

"到哪儿去?"那个人问。

"走!"格利沙坚持说。

他本想说,要是把爸爸、妈妈和猫都带来倒不错,可是他的舌头说不出他要说的话。

过了不大一会儿,保姆离开林荫道,转一个弯,带着格利沙走进一个大院子。那儿还有雪。有发亮的纽扣的男人也跟着他们走来。他们小心地绕过积雪和水洼,随后登上一道肮脏而幽暗的楼梯,走进一个房间。那儿烟雾弥漫,有煎肉的气味。有个女人在炉灶旁边站着煎肉饼。这个厨娘和保姆亲了个嘴,跟那个男人一起在长凳上坐下,开始轻声说话。格利沙穿戴得厚实,闷热得受不住了。

"这是什么缘故?"他想,往四下里瞧一眼。

他看见乌黑的天花板、两个犄角的火钳、炉灶,那个炉灶看上去像是个又大又黑的窟窿。……

"妈妈!"他拖着长音叫道。

"得了,得了,得了!"保姆叫道,"你等着吧!"

厨娘在桌上放好一瓶酒、两个杯子和一个馅饼。两个女人和有着亮纽扣的男人好几次碰杯,喝酒。男人时而搂住保姆,时而搂住厨娘。后来他们三个人一齐轻声唱起来。

格利沙伸手要馅饼,他们就给他一小块。他吃着,瞧保姆喝酒。他也想喝。

"给我喝!保姆,给我喝!"他要求道。

厨娘拿着酒杯让他喝一口。他瞪大眼睛,皱起眉头,咳嗽起来,后来又不住地摆手。厨娘瞧着他,笑了。

格利沙回到家里,就对妈妈,对墙壁,对床架,讲起他到过什么地方,见过什么东西。他与其说是用舌头讲,不如说是用他的脸和手讲。他述说太阳多么明亮,马怎样跑,可怕的炉灶像什么样子,厨娘怎样喝酒。……

晚上他怎么也睡不着。那些胳肢窝底下夹着桦条帚的兵啦,大猫啦,马啦,碎玻璃片啦,放着橙子的小盆啦,发亮的纽扣啦,合成一大堆,压在他的脑子里,他不住地翻身,嘴里念念叨叨,最后受不住内心的激动,哭起来了。

"你发烧了!"妈妈伸出手摸摸他的额头,说,"这是怎么搞的?"

"炉子!"格利沙哭道,"你走开,炉子!"

"大概是吃多了……"妈妈断定。

格利沙刚经历到的新生活里的许多印象快要把他的脑子胀破了,可是这时候妈妈却给他灌下了一调羹蓖麻子油。

爱　情

"现在是深夜三点钟。四月间宁静的夜晚向我的窗口里张望,繁星朝着我亲切地眨眼。我睡不着觉。我是多么幸福啊!

"我的全身,从头到脚,充满一种没法理解的奇特感情。我现在还不能分析这种感情,我没有工夫,而且也懒得这样做,况且,什么分析不分析,去它的吧!是啊,一个人从钟楼上倒栽下来,或者听到自己中了二十万卢布的彩票,难道他能解释自己的感情吗?他办得到吗?"

我写给萨霞的情书大致就是这样开头的,萨霞是我爱上的一个十九岁的姑娘。这封信我已经开过五次头,可是五次都把它撕掉了。我涂掉整张整张的信纸,然后又把它们重抄一遍。我为这封信忙了很久,就像赶写一个约定要交稿的长篇小说似的。我这样做完全不是为了要把信写得长、写得细腻、写得多情,而是因为当春夜扑进窗子里来,我坐在安静的书房里,任凭我的幻想驰骋的时候,我就不由得想把写信这个过程拖得无穷无尽地长了。我在字里行间看见一个亲爱的影子。我觉得好像有许多精灵跟我同坐在桌旁,也在写信,也像我这样纯真而幸福,傻里傻气,快乐地微笑。我写着信,不时看一下我的手,这只手不久以前握过她的手,现在还有点软绵绵呢。要是我偶尔把眼睛移到一旁去,我就会恍惚看见那绿色旁门的格子。我跟萨霞告别以后,她就是隔着那个格子凝眸瞧着我的。我同萨霞告别的时候,什么也没想,光是爱慕地看着她的身材,就像一切正派的男人爱慕地看着美丽的女人一样。临到我隔着格子看见两只大眼睛,忽然灵机一动,明白我已经落入情网,我们之间的一切已经决定,已经定局,剩下来所要做的只是履行某些手续罢了。

我把情书封好,慢慢穿上衣服,悄悄走出家门,把那个宝贝送进邮筒去,这在我也是很快活的事。天上已经没有星斗。东方原来有星的地方,如今换上一条白色长带,悬在阴沉的房顶上,有几处被云遮断。有了这条长带,整个天空就泛出苍白的光。这座城市睡着了,不过运水工人已经出来,远处一家工厂响起汽笛声,在唤醒工人。您走到沾着露水的邮筒旁边,一定会看见一个笨拙的扫院人,穿一件钟形皮袄,拄着手杖。他处在昏迷状态:说睡没睡,说醒不醒,而是介乎两者之间。

如果邮筒知道人们怎样常常找它来决定自己的命运,它就不会有这种谦卑的外貌了。至少我就差点吻我那个邮筒,我瞧着它,想起邮筒才是最伟大的宝物!……

我请求凡是以前坠入过情网的人回想一下,你把信投进邮筒后,怎样急忙赶回家里,很快上床躺下,盖上被子,充分相信明天早晨一醒,就会想起前一天发生的种种事情,就会兴奋地瞧着窗口,而白昼的亮光正在热衷地想要钻透窗帘的皱折照进来。……

可是,现在言归正传。……第二天中午,萨霞的女仆给我送来这样一封回信:"我很高兴请您今天务毕到我们家里来我等您。您的萨。"一个逗号也没有。她干脆不用标点符号,她把"必"写成了"毕",总之整个她这封信,甚至装这封信的狭长信封,都使我心里充满脉脉温情。我在歪歪斜斜然而羞羞答答的笔迹里认出了萨霞的步态,她每逢发笑就高高地扬起眉毛的模样,她努动嘴唇的神情。……可是信的内容却没有使我满意。……第一,对饶有诗情的信是不应该这样回答的;第二,为什么要我到萨霞的家里去,呆呆地等着她的胖妈妈、兄弟们和食客们猜出底蕴,然后留下我们两个人在一块儿呢?他们不会费心思去猜的,那么,只因为您身旁有个兴奋的无聊家伙,例如一个半聋的老太婆或者小女孩,唠唠叨叨向您问这问那,您就不得不抑制您的欢乐,这可是再讨厌不过的事了。我打发女仆带回去一封复信,在信上我请萨霞选定一个公园或者一条林荫道作为幽会①的地点。我的建议被她欣然接受了。正如俗语所说的,我的建议恰巧投其所好。

下午四点多钟,我向本城公园里一个最偏僻的角落里走去。公园里一个人也没有,相会的地点本来可以定在近一点的地方,林荫道上或者亭子里都成,可是女人家谈情说爱可不喜欢马马虎虎:一不做,二不休,既要相会,就得挑个最荒僻难走的密林才成,其实在那样的地方是有碰上坏人或者喝醉的小市民的危险的。

我朝萨霞走去,她正站在那儿,背对着我,我在那后背上体会到非常之多的神秘意义。仿佛那个背、后脑勺、衣服上的小黑点都在说:嘘!姑娘穿一件朴素的花布衣服,外面套着一件薄薄的小斗篷。为了多添一点神秘,她脸上罩着一层白纱。我不想破坏那种气氛,不得不踮起脚跟走过去,开始小声说话。

就我现在所理解的来说,在这种幽会当中我并不是主要部分,而仅仅是细节。吸引萨霞的,与其说是他,不如说是这种幽会的浪漫气氛和神秘意味、亲吻、阴森的树木的沉寂、我的海誓山盟。……她没有一分钟忘掉自己、陷入如痴如醉的状态,她始终不让她脸上的神秘表情消失。真的,如果有个伊凡·西多雷奇或者西多尔·伊凡内奇来替换我,她也会照样感到幸福。那么,在这种情形下,请您来弄弄清楚您是不是被人爱着吧。如果是被人爱着,

---

① 原文为法语。

那么这究竟是真正的爱呢,还是不能算真正的爱?

从公园里出来,我带着萨霞到我家去。在单身汉的住所里,有个自己所爱的女人坐着,那作用就跟听音乐和喝醇酒一样。你照例讲起未来,而且谈得多么自信,多么有把握,简直到了想入非非的地步。你拟计划,定方案,还没做到准尉就热心议论将官的头衔,总之你海阔天空地胡说一通,听讲的人必得怀着满腔的爱情,而且不了解生活,才会附和你的话。合该男人走运,凡是在热恋中的女人,总是被爱情迷住了眼睛,而且从来就不了解生活。她们不但随声附和,甚至还怀着诚惶诚恐的心情而面色发白,肃然起敬,如饥似渴地把疯子的每句话都听进去。萨霞专心听我讲话,可是我不久就在她脸上看出心不在焉的神情,她没有了解我的意思。我谈到的未来,只有外在的一面才使她发生兴趣,我在她面前摊开我的计划和方案,那都是白费精神。她极其关心的问题是她的房间在哪儿,房间里糊什么壁纸,为什么我有竖式钢琴而不是大钢琴,等等。她仔细检查我桌上的小物件,瞧瞧照片,闻闻香水瓶,把信封上的旧邮票揭下来,说是她要留下来,有用处。

"请你替我搜集旧邮票!"她说,做出严肃的脸色,"劳驾!"

后来她在窗台上找到一个核桃,就咔嚓一声咬开,吃起来。

"为什么你不在你那些书的书脊上贴小条子?"她看一下书架,问道。

"贴那东西干什么用?"

"喏,让每本书都有个号码啊。……可是我把我的书放在哪儿呢?要知道我也有书。"

"你有些什么书呢?"我问。

萨霞抬起眉毛,想一想,说:

"各式各样的都有。……"

要是我凑巧想起来问她一下,她有些什么样的思想、信念、目标,她想必也会这样抬起眉毛,想一想,说:"各式各样的都有。……"

后来我把萨霞送回家去。等到我从她家里告辞出来,我已经成了真正的和正式的未婚夫,只等完婚了。如果读者容许我单凭个人的经验下个断语,我就要断然说一句:做未婚夫很乏味,比做丈夫或者根本没订婚乏味多了。未婚夫成了四不像:他已经离开这边的岸,可还没有到达那边的岸;他固然没有成家,却也不能说是单身汉了。这种情形同我上文提到的那个扫院人的状态倒不无相似之处呢。

每天我一有工夫就赶紧到未婚妻家去。照例,我去找她的时候,总是带着千百种希冀、愿望、意图、建议、话语。我每次都觉得,等到女仆一开门,我就会摆脱沉闷抑郁的心境,一头栽进令人神清气爽的幸福里去了。然而实际上情形往往不是这样。每次我来到未婚妻家里,老是碰上他们全家上上下下忙于做愚蠢的嫁妆。(顺便说说①:他们已经缝制了两个月,做出来的衣物却还不满一百卢布。)到处都是熨斗、硬脂、煤气的味儿。人的脚底下往往踩到玻璃珠。有两个最大的房间堆满了波涛般的麻布、细棉布、薄纱,萨霞从波涛里探出小脑袋来,嘴里衔着线。那些缝纫的人一齐发出欢呼声迎接我,不过马上又把我送到饭厅去,免得我在那儿碍她们的事,也免得我看见那些只有做了丈夫才能看的东西。我万般无奈,只得在饭厅里坐着,跟女食客彼美诺芙娜谈话。萨霞带着忧虑和不安的脸色,不时手里拿着一个顶针,一扎毛线,或者别的什么无聊的东西,跑过我面前。

"等一下,等一下。……我马上就来!"她看见我抬起恳求的眼睛瞧着她,就说,"你猜怎么着,可恶的斯捷潘尼达把那条薄纱

---

① 原文为法语。

裙的腰身弄坏了!"

我左等右等也不见她来,就生了气,走出去,挥动我那根做未婚夫后才用的手杖,在林荫道上散步。再不然,有时候我想约我未婚妻一块儿出去散步,或者坐马车去兜风,不料她已经同她妈妈在门厅里站着,穿戴整齐,手里摆弄着阳伞。

"哦,我们正要到商场去!"她说,"我们还得买点开司米,还要换一顶帽子。"

散步的事算是完了!我只好跟着两个女人,一块儿到商场去。看这些女人买东西,讲价钱,极力要蒙哄那些骗人的店员,真是无聊极了。临到萨霞翻遍一大堆衣料,把价钱杀得低而又低①,结果什么也没买成就走出商店,或者叫店员剪一段四五十戈比的料子,我看了总觉得难为情。萨霞和她妈妈走出商店后,带着惊恐不安的脸色久久地谈论她们出了错,买了不该买的东西,花布颜色太深,等等。

是啊,做未婚夫是乏味的!去它的吧!

现在我成家了。这时候是傍晚。我在书房里坐着看书。萨霞在我背后一张沙发上坐着,嘴里嚼着什么东西,声音很响。我想喝啤酒。

"你找一找拔塞器,萨霞……"我说,"不知把它放在什么地方了。"

萨霞跳起来,胡乱地在两三叠纸里翻一阵,碰掉了火柴盒,没有找到拔塞器,默默无言地坐下了。……五分钟过去,十分钟过去了。……我又口渴又烦恼,很不好受。……

"萨霞,找一找拔塞器呀!"我说。

萨霞又跳起来,翻我旁边的一堆纸。她嚼东西的声音和纸张

---

① 原文为法语。

447

的沙沙声,对我的影响不下于两把刀子互相摩擦而发出的刺耳响声。……我就站起来,亲自动手找拔塞器。最后,拔塞器总算找到,啤酒瓶打开了。萨霞就在桌旁坐下,开始唠唠叨叨地讲起一件事来。

"你该读点什么东西才好,萨霞……"我说。

她就拿起一本书,在我对面坐下,开始努动她的嘴唇。我瞧着她小小的额头和不住努动的嘴唇,不由得沉思起来。

"她就要满二十岁了……"我想,"如果把她和一个有知识的同年龄男孩相比,区别是多么大呀!男孩子就又有学识,又有信念,又有头脑了。"

可是我原谅了这种区别,犹如原谅了那狭小的额头和不住努动的嘴唇一样。……我记得,从前,我喜欢追逐女人的时候,往往因为一个女人的袜子上有块污斑,因为她说了句蠢话,因为她牙齿不干净,就把她丢开了。可是现在我原谅了一切:咀嚼声啦,为找拔塞器而乱翻东西啦,衣冠不整啦,为无聊的事喋喋不休啦,我一概原谅了。我几乎不自觉地原谅了,没有丝毫的勉强,倒好像萨霞的错处就是我的错处似的。从前惹得我厌恶的许多事情,我现在看了反而感动,甚至喜爱。这种原谅一切的原因在于我爱萨霞,可是爱情本身该怎样解释,说真的,我就不得而知了。

题　　解

《淹死的人》

一场小戏

最初发表在一八八五年八月十九日《彼得堡报》第二二六号《短文》栏内,署名"安·契洪捷"。

该小说留有手抄稿一份,内容与发表在报上的小说相同,但上有作者题词:"不收入全集。安·契诃夫。"

《闲人》

最初发表在一八八五年八月二十四日《花絮》杂志第三十四期上,原有副标题《故事》,署名"安·契洪捷"。一八八六年,该小说经作者取消副标题,删去两句话后,收入在彼得堡出版的作者的小说集《形形色色的故事》。

该小说留有自杂志上剪下的原文一份,上有作者的题词:"不收入全集。安·契诃夫。"

《家长》

最初发表在一八八五年八月二十六日《彼得堡报》第二三三号《短文》栏内,原题名是《替罪羊》,并有副标题《献给许多爸爸》,署名"安·契洪捷"。一八八六年该小说收入在彼得堡出版的契诃夫的小说集《形形色色的故事》。后来,作者将该小说收入他自编的文集第一卷。

该小说收入文集时,作者更改题名,取消副标题,进行文字上的修改,做了删削。例如,席林(原姓克鲁契科夫)同妻子的谈话略有删削。又,在描写用餐的那段文字中,于"全家人"之后,删除下列几句:"凡是他在没有喝酒,注意饮食,打牌赢钱那种快活的短暂时刻收敛起来的东西,到这时候就统统摆出来了。临到他在桌旁坐下,用餐巾盖住胸口,家里人就预感到风暴要来,屏住气息,低下眼睛瞧着菜碟。"

该小说收入小说集《形形色色的故事》时,结尾是小说中这一句:"他不好意思去见他的妻子、儿子……"但原句是这样的:"他不好意思去见他的妻子、儿子、安菲萨·伊凡诺芙娜,他羞愧难当,想起吃饭时候那场吵闹就觉得受不了,不过……为了不致在家人眼中失去'正人君子'的声望,他就继续拉长脸子,唠唠叨叨,一直闹到第二天才罢休。……"该小说收入契诃夫自编的文集时,作者修改了这句话,并添写了最后三段。

《村长》

一场小戏

最初发表在一八八五年九月二日《彼得堡报》第二四〇号《短文》栏内,署名"安·契洪捷"。

《死尸》

最初发表在一八八五年九月九日《彼得堡报》第二四七号《短文》栏内,原有副标题《小画面》,署名"安·契洪捷"。一八八六年,该小说经作者略加修改,并取消副标题后,收入在彼得堡出版的作者的小说集《形形色色的故事》,一八九一年经作者略加修改后,收入该书第二版,此后自一八九二年起到一八九九年止,该书印行第三版到第十四版,该小说未再改动。后来,该小说经作者又略加删削后,收入他自编的文集第三卷。

该小说写于慈文尼高罗德城,一八八四年夏天契诃夫接替出外度假的乌斯潘斯基医生,在那里的医院工作。

契诃夫的小弟米哈依尔·巴甫洛维奇在回忆录《在契诃夫周围》中写道:"他在这儿给患者看病,而且必须代替也出外度假的县医生,遵照本地行政当局的委托,坐车到外地去验尸,以鉴定人资格出庭作证。……契诃夫在慈文尼高罗德获得的生活印象,使他写出了小说《死尸》、《验尸》、《塞壬》等。"

一八八四年六月二十七日,契诃夫在写给《花絮》杂志主编列依金的信上讲到他有一次执行医疗任务的情形:"我到了那个惊恐不安的小村子,看到一些见证,村里的甲长胸前佩着铜牌,那个丧偶的农妇在验尸地点二百步开外放声大哭,有两个农民在死尸附近做看守人。……两个看守人旁边有一小堆篝火正在熄灭。……日夜守护死尸以等待长官到来,是农民的差事,得不到任何报酬的。……尸首穿着红衬衫和新裤子,上面盖一块床单。……床单上放着一块毛巾和一个小圣像。"

《妇女的幸运》

最初发表在一八八五年九月十四日《花絮》杂志第三十七期上,署名"安·契洪捷"。

该小说经契诃夫作过文字上的修改后,收入他自编的文集第一卷。

一八八五年九月五日或六日,《花絮》杂志主编列依金在写给契诃夫的信上抱怨说,《花絮》杂志遭到书报检查机关迫害,而且从信上可以看出,契诃夫的小说特别受到扣压,因此急需契诃夫提供"后备"小说稿件,但列依金手头又缺乏这种"后备"稿件,他说:"请问,《花絮》有什么稿子可以刊登呢?这个杂志的经常撰稿人既不构思,也不写作,情愿去钓鱼,到树林里漫游,或者逍遥自在,躺在青草地上,后背朝下,观赏天空!……您会反驳我说,我这儿存着您的小说,我没有拿来发表,可是我不能没有后备稿件,我办的杂志是要事先送请书报检查机关审查的,可是书报检查官夏天住在别墅里,往往心血来潮,动不动就禁止把预定下期刊登的成批小说校样发表。……幸好,有些稿件早先已经由书报检查官批准发表,而且已经由印刷厂排好版,于是我常利用这些后备稿件编出一期刊物来。……您的小说我总留着后备。每逢您的第二篇小说寄来,我总是立刻把您的第一篇小说拿去发表,把第二篇留作后备。主编一个受书报检查机关审查的杂志,只能这么办。……书报检查制度是可怕的。所谓检查标准,是根本不可能有的。今天这篇作品由书报检查官通过了,明天却通不过,反之亦然。这全要看书报检查官的心情而定。……"

列夫·托尔斯泰把《女人的幸运》列为契诃夫的最佳小说之一(请参看本文集第二卷《假面》的题解)。

《厨娘出嫁》

最初发表在一八八五年九月十六日《彼得堡报》第二五四号《短文》栏内,原有副标题《故事》,署名"安·契洪捷"。一八八六年该小说由作者取消副标题后,收入他的小说集《形形色色的故事》,该书在彼得堡出版后,到一八九九年止,共印十四版,该小说未再改动。一八八九年该小说由作者略作文字上的修改后,收入在彼得堡印行的作者的小说集《孩子们》一八八九年、一八九○年、一八九五年各版。后来,契诃夫将该小说略加修改后,收入他自编的文集第二卷。

列夫·托尔斯泰把《厨娘出嫁》列为契诃夫的最佳小说之一（请参看本文集第二卷《假面》的题解）。

《墙》

最初发表在一八八五年九月二十一日《花絮》杂志第三十八号上，署名"安·契洪捷"。一八八六年该小说收入在彼得堡出版的作者的小说集《形形色色的故事》。

现在保存着自《花絮》杂志剪下的该小说一份，上有作者的题词："不收入全集。安·契诃夫。"

《纪念演出散戏以后》
一场小戏

最初发表在一八八五年九月二十三日《彼得堡报》第二六一号《短文》栏内，署名"安·契洪捷"。

现在保存着该小说手抄稿一份，上有作者的题词："不收入全集。安·契诃夫。"手抄稿内容与报上原文相同。

《临近结婚季节》
摘自一个媒人的笔记簿

最初发表在一八八五年九月二十八日《花絮》杂志第三十九期上，署名"无脾人"。

一八八五年十月十日列依金写信通知契诃夫说："书报检查官遭到了申斥，因为《花絮》杂志上某些尖刻的作品（正好是第三十九期）是由他批准发表的。……杂志本身也险些保不住。……书报检查委员会主席声称，一般说来，出版管理总署署长是反对讽刺刊物的，认为社会人士并不急需这类刊物。……我接到命令，要我每星期把全部后备稿件送到委员会重新审查，其所以如此，是因为一个星期前能够得到批准的作品,一个星期后却由于接到某些训令而得不到批准了。"

现在留存着该小说的排样一份,内容与杂志的原文相同。

《普通教育》

牙医学的最新结论

最初发表在一八八五年九月三十日《彼得堡报》第二六八号《短文》栏内,署名"安·契洪捷"。

现在保存着该小说手抄稿一份,上有作者的题词:"不收入全集。安·契诃夫。"手抄稿内容与报纸上原文相同。

《普里希别耶夫军士》

最初发表在一八八五年十月五日《彼得堡报》第二七三号《短文》栏内,原题名是《寻事生非的人》,有副标题《一场小戏》,署名"安·契洪捷"。

该小说由作者收入他自编的文集第二卷时,改换题名,取消副标题,作过文字上的修改和删削。

最重大的修改是军士的供词,特别是压缩了他的独白。从"老爷,多承指教,说赶散人群不是我的事"起到"于是我也打县里的警察"止,报纸上的原文如下:"'老爷,多承指点,您说赶散人群不关我的事。很好。……可要是乱了套呢?难道能容许他们胡来?要是让老百姓由着性儿干,那会闹成什么样子?他们应当向我道谢才是,因为对他们来说我可是个宝贵的人啊。村子里,除我以外,谁也不懂真正的规矩是怎么回事。我不是个呆头呆脑的庄稼汉,老爷,我在彼得堡当过差,是司令部的人,后来呢,不瞒您说,我堂堂正正退了伍,当了一年消防队员。后来我身子不好,就脱离消防队,在一个古典男子初级中学里当看门人。……所有的规矩我都懂,先生。……庄稼汉自己既然不懂为人处世,就得听我的话,因为我是为他们好。……比方就拿这件事来说吧。……当时我赶散人群,看见河边沙地上有一具从水里打捞上来的尸体。我要请问,他有什么权利躺在那儿?难道这合乎规矩吗?本县的警察在管什么呀?'我就说:'乡村警察,你怎么没去报官?说不定这个淹死的人是自己淹死的,可也说不定这里头有西伯利亚的气味呢。不是这样吗?说不定这是犯刑事罪的杀人案。'可是本县的警察席京笑着说:'这家伙有啥了不起的?难道我们缺了他就不会办事?'我就说:'既然你站在那儿什么也不管,可见你这个傻瓜就是不会办事。'他说:'我昨天就已经报告县警察分局局长了。'我就问:'你干吗报告区警察分局长?难道死人的事归区警察分局长管?'我说:'这是刑事案子,要过堂的。……'我说:'这可得报告法官呀。……'我说:'你头一桩事就是写个呈子交到调解法官那儿去。'不是这样吗,老爷?我敢当堂起誓。喏,这个人听了我的话却笑了,那个人也笑了,连席京也笑了。我就说:'你干吗龇着牙笑?'可是席京居然说:'这号事不归调解法官管。'我一听这话,简直火冒三丈,'警察,你不是说过这话吗?'军士转过身去对席京说。

"'说过。'

"'大家都听见你是当着所有老百姓的面说这句话的。'

"'要说"您",不要说"你",'调解法官开导说。

"'大家都听见您说了……你这话是当着所有的老百姓说的。既然我对你称呼您,那你对我也该正大光明。'是啊,我一听这话,就跟让火烫了一样。我就说:'好小子,你把你说过的话再说一遍,再说一遍!'他真就又说一遍。……我就往他跟前走去。我说:'你这个丑八怪,怎么敢藐视官府?'我说:'你知道吗?调解法官先生只要高兴,就能根据法律上各种条文叫你遭殃!'可是乡长笑着说话了：'去你的！'他说，'调解法官不能干越权的事。只有小案子才归他管。要管到大案子，他还没熬到那种官品呢。……'真是这么说的，先生。……大家都听见了。……我就说：'你怎么敢藐视官府？'我说：'你是乡长，应当做榜样，你的事就是叫大家有畏惧的心，可是你就像发了疯……藐视当局！'他们非但不听我的话，不领会我的意思，反而龇着牙笑。……我气坏了。我瞧见如今的老百姓放肆，犯上，议论当局，就有气，抡起胳膊……当然，下手并不重，只是随随便便，挺轻地打了一下……不让他们把老爷说成那个样子。……不料本县警察给村长撑腰。我呢，少不得也给了本县警察一下。……这以后可就乱打一气了。……当然，我不对，我不该冒火。……应当报告长官才对，可我动手打人了。"

该小说收入文集时，小说的结尾是：

"'根据哪一条法律？'

"他这才明白过来：这个世界已经变了。……"

这是重新写过的。

起初，该小说写成后，契诃夫没有送交《彼得堡报》发表，原是寄给列依金，供《花絮》杂志刊登的，原题名是《编制外的警士》。一八八五年九月五日或六日，列依金写回信："小说《编制外的警士》我也略加压缩。您写得不怎么顺手，太长了。不过，光是长，倒也不要紧，可它又很枯燥，那就让这种枯燥短一点也好。其实我删得很少。"

这篇小说没有经书报检查机关批准发表。一八八五年九月十八日书报检查官斯瓦特科夫斯基在报告中写道："查该作品纯属描写因加强警察监督作用而产生的怪异社会现象。该作品措辞尖刻，夸大警察监督作用的危害，不能予以批准发表。"书报检查委员会同意该书报检查官结论，批示："该文不准发表。"

因此，列依金于九月十六日写信通知契诃夫说："书报检查官没有批准您的小说《编制外的警士》发表。究竟他在其中发现了什么自由主义思想，我不明白。我已经把小说送到上级书报检查委员会去复审。如果那儿也不准发表，我就把这篇小说的校样退还给您。"

列依金在书报检查委员会疏通，终于无效，九月二十六日他写信通知契诃夫说："这篇小说在上下两级机关都没得到批准。究竟书报检查官在这篇小说里看出什么危险的东西，我只能摇头叹气。莫非他认为您描写的那个军士是奉派任职的乡村密探？可是要知道，这根本不像嘛。依我看来，他无非是个积习很深①的寻事生非者罢了。您这篇小说一定可以在《彼得堡报》上发表②。只是您不要把校样寄去，您另抄一份好了。胡杰科夫③胆小极了。他一旦知道这篇供《花絮》杂志用的小说没有得到书报检查机关批准，就无论如何也不会刊登了。"

一八八五年九月三十日契诃夫在回信中说："您的信和我那篇倒霉的小说的校样都已收到。……在书报检查官审查下，作品的命运真无法预料！我会听从您的劝告，把这篇废稿寄到《彼得堡报》去。"

该小说寄往《彼得堡报》时，契诃夫改换题名为《寻事生非的人》。

一八八五年十月一日或二日，契诃夫在信上通知列依金说，这篇由书报检查官扣压的小说"已经更改题名，送到《彼得堡报》去了"。

---

① 原文为意大利语。
② 该报稿件事先不送书报检查机关审查。
③ 该报的主编。

《两个记者》

一个未必可靠的故事

最初发表在一八八五年十月五日《花絮》杂志第四十期上,署名"安·契洪捷"。

一八八六年,该小说收入在彼得堡出版的契诃夫的小说集《形形色色的故事》。

《变态心理》

一场小戏

最初发表在一八八五年十月七日《彼得堡报》第二七五号《短文》栏内,署名"安·契洪捷"。

现在保存着该小说手抄稿一份,上有作者的题词:"不收入全集。安·契诃夫。"该稿内容与报上原文相同。

一八八五年九月三十日,契诃夫在写给列依金的信上说:"为什么您不肯利用米罗诺维奇的案子写论文?为什么不嘲笑侦讯的过程,嘲笑鉴定人,那些询问证人的蠢材,他们为化验死者的尸体而虚张声势,又为什么不嘲笑辩护人和他提出的要求(例如潜水员),等等?"

《在异乡》

最初发表在一八八五年十月十二日《花絮》杂志第四十一期上,署名"安·契洪捷"。一八八七年该小说由契诃夫略作文字上的修改后,收入在莫斯科出版的作者的小说集《无伤大雅的话语》。一八九一年,该小说由作者再次修改后,收入他的小说集《形形色色的故事》第二版,此后自一八九二年至一八九九年该书印行第三版至第十四版时,该小说未再更动。后来,该小说经作者略作文字上的修改后,收入他自编的文集第二卷。作者如同对待

《花絮》杂志时期他的许多小说一样，删去作品中的俗语，更换人物的姓氏。

一八八五年十月十日列依金在写给契诃夫的信上说："《在异乡》经委员会批示，已经通过，在第四十一期上发表了。"看来，该小说初次送审，没有得到书报检查官批准，因而必须向书报检查委员会申诉。

列依金在该信中还对契诃夫讲到书报检查机关对《花絮》杂志的压制，特别是对契诃夫的小说《在异乡》和《野兽》（发表时改名《愤世嫉俗者》）以及他的小品文《莫斯科生活花絮》的压制。一八八五年十月十二日契诃夫在回信上说："这只好等一阵，忍一下。……不过，我想，文章得缩得短而又短。"

列夫·托尔斯泰把《在异乡》列为契诃夫的最佳小说之一（请参看本文集第二卷《假面》的题解）。

《雄火鸡》

一场小误会

最初发表在一八八五年十月十四日《彼得堡报》第二八二号《短文》栏内，署名"安·契洪捷"。

现在保存着该小说手抄稿一份，上有作者的题词："不收入全集。安·契诃夫。"手抄稿内容与报纸上原文相同。

《睡意蒙眬》

最初发表在一八八五年十月二十一日《彼得堡报》第二八九号《短文》栏内，原有副标题《一场小戏》，署名"安·契洪捷"。一八八六年该小说由契诃夫取消副标题后，收入在彼得堡出版的契诃夫的小说集《形形色色的故事》。后来，该小说由作者收入他自编的文集第一卷。

该小说收入文集时,作者曾大加修改,除了进行删削外,还作了文字上的修改。

在描绘主人公的沉思时,作者删去了他幻想中出现的某些粗俗的成分,因而整个画面就显得更加阴沉。例如,在"要是人的鼻子都挺长"后面,原文是"……比方说,我能把鼻子捅到那个红头发陪审员的眼睛上。这个法庭本来就狭小,鼻子一长,可就显得更加狭小了。不过现在大厅倒很宽敞,挺好。也许容得下二十对舞伴跳卡德里尔舞哩。应当把乐队安置在如今放审判桌的地方,给地板涂上蜡,生上炉子。现在大厅里冷冰冰,有一股干巴巴的办公气息,不过,如果把枝形吊灯架拴在天花板上,再挂上窗帘,四周摆上丝绒的家具,那就再好不过了。不过,像我的书房那样的小房间,这个大厅大约能装下几个呢?"又如,在"……妈妈……抱着第三个产品"后面,原文是"一般说来,我厌恶这些自己给孩子喂奶的女人。她们麻木,愚蠢,野蛮,然而高傲,任性,充满个人尊严感,仿佛有奶给孩子吃真是一件了不起的大事似的"。

作者将主人公有关妻子和岳母的遐想大加压缩,例如,那简单的几句话"她们不停地计算,记在纸上,到头来发现开支大得不像话",在原文中却很长:"她们拿过铅笔来算账。……把字写对,算不得体面事,因此她们总是写得别字连篇。娜嘉写道:'即〔鲫〕鱼十五戈笔〔比〕,下人吃的黑面包三十戈笔,付先衣妇〔洗衣妇〕一卢布。'岳母添上几笔:'付马车弗〔费〕四十戈〔戈比〕,孩子亥〔咳〕嗽糖十五戈。'两人最后发现开支大得了不得。

"'是啊!'岳母生气地说,'如果他用的是挣来的钱,倒也罢了,可是他靠你的陪嫁钱过日子!这可不是闹着玩的:你刚出嫁没几天,三千卢布就没有了。……都上哪儿去了?对,娜嘉,我的话是对的,当初我就劝过你不要嫁给律师。……'

"随后她们把厨娘找来,责骂就开始了。……节俭是大事,然而他的岳母和妻子在节俭方面却缺乏君子风度。为了区区一枚五戈比铜钱,她们总是大嚷大叫,说出那么多的刻薄话,简直叫人替厨娘难为情。……削减开支的事办完以后,她们就开始收拾房间,搬开椅子,狠命地擦洗地板。"

作者还删掉外来语和一些俚语。

《治疗酒狂症的单方》

最初发表在一八八五年十月二十六日《花絮》杂志第四十三期上,原题名是《挨打的名人,或治疗酒狂症的单方》,有副标题《取自演员生活》,署名"安·契洪捷"。一八八七年该小说由契诃夫略加修改,将题名定为《挨打的名人》,收入在莫斯科出版的契诃夫的小说集《无伤大雅的话语》。后来,该小说由作者收入他自编的文集第一卷。

该小说收入文集时,作者更换题名,并略作文字上的修改。

一八八五年十月十二日契诃夫将该小说寄往《花絮》杂志,并在写给列依金的信上说:"今天我接到您的信,知道了我那三篇东西的命运[1]。现在寄上小说一篇,不是专为《花絮》写的,而是为能够予以发表的'一般刊物'写的。这篇小说有点长,不过内容讲的是演员,由于戏剧季节已经开始,倒是非常应时的,而且,依我看来,写得似乎也还幽默。"

十月十七日或十八日列依金在回信上告诉契诃夫说:"您的小说《挨打的名人》已经付排,而且由书报检查官通过了,可是不管我多么出力,却无论如何也没法把它挤进第四十二期去,于是留下来作后备稿件了。"后面,列依金又写道:"我读完您的信,看出

---

[1] 请参看《在异乡》题解。——俄文本编者注

您处境困难。我只想说,应当多写。应当克服自己身上怠惰的倾向,多多鞭策自己。……您说应当读书,研究学问。这不能说明问题。……比方说,您为什么把许多时间白费了?您为什么要把您的小说誊写一遍?现在还有谁干这种事?您要一次写好,不用誊清。您写完,读一遍,稍加修改,就寄出去,所有的杂志撰稿人都是这样做的。"

《低音提琴和长笛》
一场小戏

最初发表在一八八五年十月二十八日《彼得堡报》第二九六号《短文》栏内,署名"安·契洪捷"。

《有意结婚者指南》
密　件

最初发表在一八八五年十一月二日《花絮》杂志第四十四期上,署名"无脾人"。

该作品寄往《花絮》杂志时,契诃夫在写给列依金的信上,答复他"不用誊写"的劝告(请参看小说《治疗酒狂症的单方》的题解)说:"一般说来,我并不誊写手稿。我经常把原稿寄出去,只有供《花絮》用的稿子才誊写,而且那也是偶一为之,在我觉得小说的开端太长,或者在写作当中忽然想起整个①改变布局的时候才如此。《莫斯科生活花絮》我倒经常誊写,因为我写得吃力。像我现在寄上的这类作品,我照例是一气呵成的。"

现在保存着该作品的排样一份,其内容与杂志原文相同。

---

① 原文为拉丁语。

《尼诺琪卡》

爱情故事

最初发表在一八八五年十一月四日《彼得堡报》第三〇三号《短文》栏内,署名"安·契洪捷"。

现在保存着该小说的手抄稿一份,上有作者的题词:"不收入全集。安·契诃夫。"手抄稿内容与报上原文相同。

《贵重的狗》

最初发表在一八八五年十一月九日《花絮》杂志第四十五期上,署名"安·契洪捷"。一八八七年该小说收入在莫斯科出版的契诃夫的小说集《无伤大雅的话语》。一八八九年,该小说未经作者许可,重新发表在一月五日《蟋蟀》幽默杂志第一期上。该小说经作者作过文字上的修改后,收入他自编的文集第一卷。

《作家》

最初发表在一八八五年十一月十一日《彼得堡报》第三一〇号《短文》栏内,原有副标题《一场小戏》,署名"安·契诃夫"。

该小说收入作者自编的文集第二卷,事先作者曾作过修改:取消副标题,删削主人公的对话和广告内容。

该小说利用了一八八四年八月十八日《花絮》杂志上发表的契诃夫的小品文《莫斯科生活花絮》中的一个题材。

《钢琴乐师》

最初发表在一八八五年十一月幽默杂志《闹钟》第四十五期上(十一月十四日该期杂志经书报检查机关批准发行),署名"安·契洪捷"。一八八六年该小说收入契诃夫的小说集《形形色色的故事》(在彼得堡出版)。

该小说在《闹钟》杂志上发表后,列依金在十一月二十日或二十一日写信给契诃夫,责备他没有把《钢琴乐师》寄给《花絮》杂志发表,信上说:"……我今天收到《闹钟》杂志第四十五期,使我十分吃惊和伤心的是,看见了由您署名的《钢琴乐师》。您足足有一年没给《闹钟》写过东西,至少没在那儿用过您的笔名了,不料,恰恰在征求订户之前,您竟然来了这一手!……去年您和巴尔明①恰恰在征求订户之前和征求订户期间(十二月间和一月间),在《闹钟》和《娱乐》上发表作品,害得我一八八五年比一八八四年损失了近四百个订户(请不要向外人说),至少我认为是这样。……请您说说,为什么您没把这篇《钢琴乐师》寄给《花絮》发表呢?这篇东西会立刻发表,绝不拖延,如果您要求赶紧发表,那么这篇东西甚至会跟您的另一篇小说《老年》同时刊登哩。……"

一八八五年十一月二十三日契诃夫在回信上说:"如果我知道我这篇《钢琴乐师》会成为您责难我怀有恶意的充分理由,那么当然,我就不会写这篇东西了。……如果我知道《花絮》遵循如此这般的章法,我就不会按照自己的规矩跑到别人的修道院里去了,要就根本不把那篇小说寄给《闹钟》,要就请他们用另一笔名发表了。……然而,糟糕的是,您信上所说的办杂志那套奥妙的手段,我一直不知道。……见鬼,现在《闹钟》之所以刊登我的作品,只是因为目前正是征求订户的时令,这我怎么能知道呢?它跟往常那样要我给它一篇小说,我就寄给它了,一点也没想到其中有什么文章,也不愿意那么想,特别因为今年夏天我也给过他们小说,那是夏天,还根本谈不到征求订户。……确实,《闹钟》很少登载我的作品,因为他们嫌给我的稿酬太高,不过我认为,目前这最近一期的《闹钟》似乎并不比七月间的那一期高明。……关于《娱乐》

---

① 《花絮》杂志的撰稿人,诗人。

杂志,我也可以这么说。……

"《钢琴乐师》我是在十月间寄给他们的。……我不能不给他们写点东西,因为我从今年夏天起就已经欠了《闹钟》的债。欠的钱数不算多,不过也还是得还清才是。……"

《过火》

最初发表在一八八五年十一月十六日《花絮》杂志第四十六期上,署名"安·契洪捷"。一八八六年该小说收入在彼得堡出版的契诃夫小说集《形形色色的故事》,一八九一年由作者略加修改后,收入该小说集第二版,此后自一八九二年至一八九九年,该小说集印行第三版至第十四版,该小说未再改动。

该小说由作者更动个别字后,收入他自编的文集第二卷。

《失业》

最初发表在一八八五年十一月十八日《彼得堡报》第三一七号《短文》栏内,署名"安·契洪捷"。

现在保存着该小说手抄稿一份,上有作者的题词:"不收入全集。安·契诃夫。"手抄稿内容与报纸上原文相同。

《十年或十五年以后的婚姻》

最初发表在一八八五年《闹钟》杂志第四十六期(该期在十一月二十一日经书报检查机关批准),署名"我哥哥的弟弟"。

现在保存着该小说手抄稿一份,上有作者的题词:"不收入全集。安·契诃夫。"手抄稿内容与杂志上原文相同。

《老年》

最初发表在一八八五年十一月二十三日《花絮》杂志第四十

期上,署名"安·契洪捷"。一八八六年该小说收入作者的小说集《形形色色的故事》(在彼得堡出版),一八九一年该小说由作者略加修改(改换城市的名称,删削对诉讼代理人沙普金的性格描写),收入该小说集第二版,此后自一八九二年至一八九九年,该小说集印行第三版至第十四版时,该小说未再改动。

  该小说由作者收入他自编的文集第三卷,并删去结尾的一段:

  "'我老了!'他想,'老人的唯一乐趣是流泪,不料我连眼泪也流不出来!'"

《哀伤》

  最初发表在一八八五年十一月二十五日《彼得堡报》第三二四号《短文》栏内,原有副标题《冬季的小画面》,署名"安·契洪捷"。一八八六年,该小说由作者取消副标题,收入在彼得堡出版的《形形色色的故事》,一八九一年又由作者删去个别的句子后,收入该小说集第二版,此后自一八九二年至一八九九年,该小说集印行第三版至第十四版时,该小说未再改动。一八九四年、一八九五年、一八九七年,该小说连同法国作家马尼埃尔的诗篇一起,由瑟京①出版。

  该小说由作者加以删削后,收入作者自编的文集第三卷。

  俄国批评家兹文尼高罗德采夫(波克罗夫斯基的笔名)在《安东·巴甫洛维奇·契诃夫。他的生活和著作》一文中回忆说:"离沃斯克列先斯克两俄里,有个契金诺地方自治局医院,当时由著名医生阿尔汉盖尔斯基主持院务。……不久,他②跟阿尔汉盖尔斯基成了好朋友,常在那儿为患者看病,总之很喜欢到契金诺去。那

---

① 伊凡·德米特里耶维奇·瑟京(1851—1934),俄国出版者和书商,《俄罗斯语言》的发行人。
② 指契诃夫。——俄文本编者注

家医院给他提供了很多小说的题材,例如《外科手术》、《巴希卡》、《哀伤》、《逃亡者》等。"

一八八七年十一月二十七日,俄国诗人巴尔明,《花絮》杂志撰稿人,在写给契诃夫的信上说:"我昨天回家后,读了您的小说《哀伤》。依我看来,在您迄今所写的作品当中,这是最好的一篇。这篇充满生活真实的速写,产生一种奇特的印象:又引人发笑,又使人忧伤。在这篇东西里,和在老百姓的生活里一样,逗笑的东西和阴沉的东西交织在一起。可惜您这篇精彩的小小说没有刊登在《花絮》杂志上。"

列夫·托尔斯泰认为《哀伤》是契诃夫的最佳小说之一(请参看本文集第二卷《假面》的题解)。

《唉,公众啊!》

最初发表在一八八五年十一月三十日《花絮》杂志第四十三期上,署名"安·契洪捷"。一八八六年该小说收入在彼得堡出版的作者的小说集《形形色色的故事》,一八九一年收入该小说集第二版,此后自一八九二年至一八九九年,该小说印行第三版至第十四版时,该小说均未改动。后来,该小说经作者略加修改后,收入作者自编的文集第二卷。

列夫·托尔斯泰将《唉,公众啊!》列为契诃夫的最佳小说之一(请参看本文集第二卷《假面》的题解)。

《屠头》

一场小戏

最初发表在一八八五年十二月二日《彼得堡报》第三三一号《短文》栏内,署名"安·契洪捷"。

现在保存着该小说手抄稿一份,上有作者的题词:"不收入全集。安·契诃夫。"手抄稿内容与报纸上原文相同,只有其中一句话由作者作了文字上的修改。

《纯朴无瑕》
故　　事

最初发表在一八八五年十二月九日《彼得堡报》第三三八号《短文》栏内,署名"安·契洪捷"。

现在保存着该小说手抄稿一份,上有作者的题词:"不收入全集。安·契诃夫。"手抄稿内容与报纸上原文相同。

《纸包不住火》

最初发表在一八八五年十二月十四日《花絮》杂志第五十号上,原有副标题《故事》,署名"安·契洪捷"。一八八六年该小说由作者取消副标题,并略作文字上的修改后,收入在彼得堡出版的契诃夫的小说集《形形色色的故事》,一八九一年由作者再作修改后,收入该小说集第二版,此后自一八九二年至一八九九年,该小说集印行第三版至第十四版时,该小说未再改动。后来,该小说由作者略作文字上的修改后,收入他自编的文集第二卷。

《愤世嫉俗者》

最初发表在一八八五年十二月十六日《彼得堡报》第三四五号《短文》栏内,原有副标题《一场小戏》,署名"安·契洪捷"。一八八六年该小说由作者取消副标题后,收入在彼得堡出版的契诃夫的小说集《形形色色的故事》。

该小说原是寄往《花絮》发表的,那时的题名是《野兽》。

该小说"由于其倾向性、不合时宜、暴露性质、不成体统"而未获得书报检查机关批准。一八八五年十月九日,书报检查官斯瓦特科夫斯基在呈送圣彼得堡书报检查委员会的报告中说:"查该文倾向不明确,可能使人从另一方面理解,本检查官认为不应批准发表。"因此,一八八五年十月十日列依金在写给契诃夫的信上说:"大祸临头了。要不是有后备的稿件,这一期杂志我就编不出来了。十足是屠杀。书报检查官把所有的稿子都一笔勾销,连您的《野兽》也在内。……我要他们把《野兽》放过去,再三说那篇小说无可非议,可是书报检查委员会里的人说:'难道我们不明白小说里讲的并不是野兽!……'现将《野兽》的校样随信附上。您这篇小说不会白写。请您把它重抄一份(务必要重抄),再寄给《彼得堡报》。那儿会发表的。这篇小说无可非议。"

十月十二日契诃夫在回信上说:"《花絮》遭到的屠杀震动了我。……我一方面为我的作品惋惜,一方面觉得气闷,难受。……今天得到批准的东西,明天就不得不到委员会去听候发落,过不了多久就连'商人'这个品位也会成为禁果。……"

契诃夫将该小说寄往《彼得堡报》时,把题名改为《愤世嫉俗者》,并作了文字上的修改。

《她的丈夫》

最初发表在一八八五年十二月十八日《彼得堡报》第三四七号《短文》栏内,署名"安·契洪捷"。

现在保存着该小说手抄稿一份,上有作者的题词:"不收入全集。安·契诃夫。"手抄稿内容与报纸上原文相同。

《长沙发底下的剧团经理》

后台的故事

最初发表在一八八五年十二月二十一日《花絮》杂志第五十一期上,署名"安·契洪捷"。该小说由作者收入他自编的文集第一卷,并作过文字上的修改。

《梦境》

圣诞节故事

最初发表在一八八五年十二月二十五日《彼得堡报》第三五四号,署名"安·契洪捷"。

一八八五年十一月二十日或二十一日,列依金在写给契诃夫的信上通知说:"我从去年起就一直保存着您的圣诞节故事《梦境》。这篇小说有点神秘的味道,不过我想试着稍稍改动一下,到圣诞节仍然会刊出。也许您已经忘掉这篇小说了吧,可是它很长。"

同年十一月二十三日契诃夫在回信上说:"谢谢您发现您那儿保存着《梦境》。如果这篇东西可用,值得在杂志的节庆专号上刊登,就请您把它寄给我。我把它修改后,立即寄上。"

同年十一月二十七日列依金在写给契诃夫的信上写道:"我在信上提过的那篇圣诞节故事,不久将挂号寄上。确实,最好还是由您亲自修改。"十二月七日或八日,列依金将该小说寄给契诃夫以便修改。列依金把契诃夫的构思想得过于简单,给他出了许多主意,借以"改进"他的小说。列依金说:"我觉得,整个结尾似乎应该重写,要写得让读者明白估价员为什么会落入法网,为什么他把他犯的罪看成梦境而不是实有其事。您得把估价员写成一个病态的人,常发生幻觉,或者患有月下梦行之类的病,不过月下梦行症现在已经遭到否定了。您得找一本格里森格①的著作,读一下,给估价员找出一种适当的疾病,使他能够完全不自觉地偷盗财物,

---

① 格里森格·维尔盖尔,柏林大学医学教授,著有《精神病》一书,一八六七年该书译成俄文出版。——俄文本编者注

把它们交给小说里出现的那些乞丐和真正的窃贼。我觉得恰恰应该这样做，小说才会明白而真实，不过您是作者，看得远比我清楚。"

不过，从发表的小说可以看出，契诃夫没有照列依金的主意做。契诃夫将该小说修改后，寄往《彼得堡报》，在那儿发表了。

《惊叹号》
圣诞节故事

最初发表在一八八五年十二月二十八日《花絮》杂志第五十二期上，署名"安·契洪捷"。一八八六年该小说收入在彼得堡出版的契诃夫的小说集《形形色色的故事》，一八九一年由作者修改个别句子后，收入该小说集第二版，此后自一八九二年至一八九九年，该小说集印行第三版至第十四版时，该小说未再改动。后来，该小说由作者收入他自编的文集第二卷。

该小说收入作者小说集时，契诃夫在修改中删去《花絮》时期所常用的诙谐语句。例如，关于那个可怜的文官的话，删去了一个句子的后面部分：本来在可怜的文官"感到阴冷，不舒服，仿佛得了伤寒症"后面，还有"或者刚收到法院侦讯官的传票似的"这半句话。

小说中，十等文官在思考那些表现"喜怒哀乐之类感情"的惊叹号的意义时，作者删掉了后面的一句："嗯……我从来也没有在我们的公文里见过它们。……"这可能是因为作者在下一段叙述文字中对这一点作了较详尽的说明。

《镜子》

最初发表在一八八五年十二月三十日《彼得堡报》第三五八号《短文》栏内，原有副标题《一场小戏》，署名"安·契洪捷"。一八八六年，该小说由作者取消副标题后，收入在彼得堡出版的作者的小说集《形形色色的故事》，一八九一年经作者修改后收入该小说集第二版，此后自一八九二年至一八九九年，该小说集印行第三版至第十四版时，该小说未再改动。后来，该小说由作者收入他自编的文集第三卷。

该小说收入作者的小说集《形形色色的故事》第二版时，作者作了修改。小说主人公涅丽在镜子里看到她的未来之前，先对自己的婚姻作了一番思考，但是契诃夫把那段描写删掉，大概认为这些思考对一个少女来说过于成熟了。在"……涅丽一清二楚，详详细细地看到了她的未来"后面，删去了如下一段："泪水在涅丽的脸上淌下来。无法描摹的快乐心情让位给令人透不出气来的痛苦感觉。姑娘看见甜蜜的幻象背后隐藏着一种东西，近似残酷的大骗局。在那灰色的背景上，过去了五六年光景。他跟先前一样英俊，聪明，温柔地微笑，可是……她跟他长期共处，已经习以为常，正如她对自己的眼睛、耳朵、鼻子习以为常一样，只有在眼看要失去丈夫的时候才感到他的存在。失去他，就没有人再需要她了，可是有他在，幸福却又体会不到。甚至灰色的背景也仿佛在说，大自然无耻地撒谎，就算他是个天使，绝顶聪明，他也不能构成她的幸福的全部。对个人幸福来说，光有和谐的两部合唱还不够。这需要和谐的三部合唱，第三者就是生活本身。然而生活却怎么也不肯加入这个联盟。她老是孤身一人走着。涅丽没见到幸福。不管他是个多么理想的人，可是她总觉得，跟他一起生活是重担，是苦恼，是沉重的负荷。"

该小说的最后一句也被作者删掉："她走去睡觉，再也不巴望出嫁了。"

《新年的大苦大难》

最初发表在一八八六年一月四日《花絮》杂志第一期上，署名

"安·契洪捷"。

一八八五年十二月二十八日契诃夫在写给列依金的信上说:"今天寄上新年小说一篇,写得不大精彩。我想写得尽量短点,结果写坏了。"

《艺术》

最初发表在一八八六年一月六日《彼得堡报》第五号《短文》栏内,原有副标题《故事》,署名"安·契洪捷"。一八八六年该小说收入在彼得堡出版的契诃夫的小说集《形形色色的故事》。一八九九年该小说由作者作过文字上的修改和删削,并由画家卡扎钦斯基作插图后,刊登在《我们的时代》(《彼得堡报》的免费增刊)第五十二号上。该小说由作者略加删削后,收入他自编的文集第二卷。

该小说刊登在《我们的时代》时,作者作过下列修改:"他磕磕绊绊,不住地骂街,赌咒说他马上下河去,把他全部工程捣毁。他是在找合适的颜料。后来,他一路上碰倒货包和木桶,闯进一家铺子里去了。

"'快点给我铅丹!'他喘吁吁地说,'见鬼,你们别再穿面包圈了,把铅丹拿给我。有群青吗?'

"他把种种货物都翻遍,把赭石、群青、铅丹、铜绿胡乱塞进衣袋,一个小钱也没付,飞也似的跑出小铺。他从小铺出来,转眼就进了酒店。他在那儿喝了点酒,摆一摆手,没有付钱,又跑到别处去了。他在这个农民家里拿走用红甜菜做的酸饮料,在那个农民家里要求人家用葱皮熬出汁水,他好用来当黄色颜料。他骂街、挑剔,一个钱也不付,可是……没有一个活人回敬他一句嘴!"

此外,在"剩下来要做的只有把冰凿开了"后面,原文是:"可是谢辽日卡对他的图样不满意。

"'似乎不整齐……'他嘟哝说,搔搔后脑壳,'应当往左边移过去点。……啊?对,往左边移点。要不然就随它去。反正我无所谓。我不想管了。又不是我非替你们干不可。……'"

谢辽日卡在讲话中提到的斯乔普卡·扎依金改成了斯乔普卡·古尔科夫。

一八八六年一月四日,契诃夫在写给他哥哥亚历山大·巴甫洛维奇的信上告诉他说:契诃夫到彼得堡去过一趟,"跟《彼得堡报》的编辑人员熟识了,在那儿受到的款待不下于波斯王"。他又补充说:"彼得堡对我热诚接待的态度,使我暗暗吃惊。"

《墓园之夜》

圣诞节故事

最初发表在一八八六年一月八日《蟋蟀》杂志第一期上,署名"安·契洪捷"。

《功败垂成》

最初发表在一八八六年一月十一日《花絮》杂志第二期上,原题名是《呜呼哀哉!》,署名"安·契洪捷"。该小说由作者修改后,收入他自编的文集第一卷。

该小说收入文集时,作者更换题名和结尾,作了文字上的修改,并将母亲的名字叶果莎·彼得罗芙娜改为克列奥巴特拉·彼得罗芙娜。

该小说发表在杂志上时,结尾原是这样:

"'难道这是圣像吗?'舒普金抬起眼睛……心花怒放:原来妈妈百忙中从墙上取下的是作家拉热奇尼科夫的肖像。全完了!书法教师趁他们乱成一团,赶紧逃走了。"

《初出茅庐》

故　事

最初发表在一八八六年一月十三日《彼得堡报》第十二号《短文》栏内,署名"安·契洪捷"。

现在保存着该小说手抄稿一份,上有作者的题词:"不收入全集。安·契诃夫。"手抄稿内容与报纸上原文相同。

《孩子们》

最初发表在一八八六年一月二十日《彼得堡报》第十九号《短文》栏内,原有副标题《一场小戏》,署名"安·契洪捷"。一八八六年该小说由作者删去副标题后,收入在彼得堡出版的作者的小说集《形形色色的故事》,一八九一年该小说由作者略加修改后,收入该小说集第二版,此后自一八九二年至一八九九年,该小说集印行第三版至第十四版时,该小说未再改动。一八八九年作者在彼得堡出版小说集《孩子们》,该小说列为第一篇,此后在一八九〇年及一八九五年该小说集重版时,该小说均未更动。后来,该小说由作者收入他自编的文集第三卷。

据契诃夫的弟弟米哈依尔·巴甫洛维奇在回忆录《在契诃夫周围》中回忆,一八八五年夏季契诃夫在沃斯克列先斯克与玛耶夫斯基上校一家熟识后,常到他家里做客:"在沃斯克列先斯克住着的还有两三个有趣的人家,可是沃斯克列先斯克全部生活的中心仍然是玛耶夫斯基家。他们有些迷人的孩子:安尼雅、索尼雅和阿辽沙。我哥哥安东·巴甫洛维奇跟他们很亲近,后来把他们写在小说《孩子们》里了。"

列夫·托尔斯泰把这篇小说列为契诃夫的最佳小说之一(请参看本文集第二卷《假面》的题解)。

《发现》

最初发表在一八八六年一月二十五日《花絮》杂志第四期上，署名"安·契洪捷"。

一八八六年一月十九日契诃夫在写给列依金的信上说："最善良的尼古拉·亚历山大罗维奇，尽管我作了很大的努力，要想按您的心意，在星期一以前把小说写成寄出，可是没有办到。各种工作很多，再者小说也写得不顺利。现在把这篇小说随信寄上。"

《苦恼》

最初发表在一八八六年一月二十七日《彼得堡报》第二十六号《短文》栏内，署名"安·契洪捷"。一八八六年该小说由作者更动个别词后，收入在彼得堡出版的作者的小说集《形形色色的故事》，一八九一年由作者修改后，收入该小说集第二版，此后自一八九二年至一八九九年，该小说集印行第三版至第十四版时，该小说未再改动。一八九五年"媒介"出版社出版小说集《闪光》，将该小说收入。后来，该小说再由作者修改后，收入他自编的文集第三卷。

该小说收入作者的小说集《形形色色的故事》第二版时，删掉下列一句："要知道，再也没有听别人讲话更容易的事了。……"（该句在"有没有一个人愿意听他倾诉衷曲呢？"的后面。）

作者在描述姚纳时，原用的文绉绉的语言改为朴素的口语。例如，原句"车夫吧嗒着嘴唇，然后像天鹅似的伸长了脖子，微微欠起身子，与其说是由于逼不得已，不如说是根据传统，挥动一下鞭子，"作者将其中的"根据传统"改为"出于习惯"，将"由于逼不得已"改为"由于必要"。

该小说收入契诃夫的文集时，原句"……街上杂乱的闹声达到了强音①"改为"街上也变得热闹起来了"。

  一八九二年四月四日契诃夫的大哥亚历山大·巴甫洛维奇在写给契诃夫的信上说:"……我不由得想起你的小说里姚纳对母马说:'打个比方,你生了个小驹子,它死了,你呢,比方说,就是它的亲妈。……你不是要伤心吗?'②……当然,我常说错话,不过,就这篇小说的这个地方来说,你是不朽的。"

  列夫·托尔斯泰把《苦恼》列为契诃夫的最佳小说之一(请参看本文集第二卷《假面》的题解)。

《审判前夜》

被告的故事

  最初发表在一八八六年二月一日《花絮》杂志第五期上,副标题是《我做江湖郎中的事迹》,署名"安·契洪捷"。一八八七年该小说由作者更换副标题,略加修改,收入在莫斯科出版的契诃夫的小说集《无伤大雅的话语》。该小说由作者再作文字上的修改后,收入他自编的文集第一卷。

  该小说收入小说集《无伤大雅的话语》时,作者改动了结尾的一句。原句是"呜呼,我与其眼看自己落到这般地步,还不如不生到这个世界上来的好!"现改为"结局会怎样呢?"

  还在一八八四年十一月,契诃夫曾把该小说寄给幽默杂志《蜻蜓》发表,署名"大叔"。十二月十七日契诃夫在写给该杂志撰稿人谢尔盖延科的信上讲到这件事,告诉他说小说已寄去,准备交给该杂志第一次发表。可是该小说没有发表,因为该杂志编辑部认为该小说对《蜻蜓》来说,篇幅太大。

---

① 原文为意大利语。
② 单引号中的引文与小说原文有些出入。

一八八六年二月六日或七日,列依金在写给契诃夫的信上,讲到书报检查机关对契诃夫的小说吹毛求疵时说:"我简直弄不明白书报检查官要怎样摆布我,最善良的安东·巴甫洛维奇。您那篇小说①原定在第六期上发表,却没有得到批准。……"随后,列依金告诉契诃夫说,就连已经发表的那篇小说(《审判前夜》)"也有某些'暗示非法同居关系'的文字被书报检查官删掉了。"

后来,契诃夫试图利用该小说写成一个轻松喜剧,可是这个工作没有完成。现在保存着这个未完成的轻松喜剧的草稿。

《风波》

最初发表在一八八六年二月三日《彼得堡报》第三十三号《短文》栏内,原有副标题《爱情故事的片断》,署名"安·契洪捷"。该小说由作者修改后,收入他自编的文集第二卷。

该小说收入作者文集时,契诃夫取消副标题,作了多处修改和删削,并添写了结尾的一句。

契诃夫修改该小说时,正如修改其他所有的小说一样,力求极度简洁。例如,有这样一段原文:"看门人米海洛来给她开门的时候,脸红得跟大虾一样,愤愤不平地瞧着他那门房的小门,咆哮道:

"'好吧!行啊!简直太好了!哪怕来搜查一千次都成!只管来吧!'

"楼上一片喧哗声,就跟人们正在抬走一个死人,或者把一个骗子推下来似的。……金碧辉煌、铺着地毯的正门,显得威风而严峻。"

修改后,这段原文只有短短的几句:

"给她开门的看门人米海洛神情激动,脸红得跟大虾一样。

---

① 指《安纽达》。——俄文本编者注

"楼上传来一片嘈杂声。"

作者压缩了对玛宪卡·巴甫列茨卡雅(小说最初发表时她姓波普拉夫斯卡雅)的感受和思考的描写,删去了女主人公思考中的庸俗味道和作者针对她那天真的梦想的略带讥诮的态度。例如,原文有一段:"'要是能中彩票,得到二十万卢布,买上一辆马车,堂而皇之地经过她的窗口就好了。到那时候我才不爱理你呢!'玛宪卡在梦想中也没忘记大有好处的出版事业。要是能写一本很厚的长篇小说,在那里面把那个毫无心肝、老是发神经病、爱财如命、喜欢假充贵族的蠢货嘲笑一通,羞辱一番,让全世界都看见才好。'啊,那该多好呀!'玛宪卡暗想。"这段文字后来改成:"啊,但愿她能得到一大笔遗产……惹得她看着眼红才好!"

作者也压缩了尼古拉·谢尔盖耶维奇同玛宪卡的谈话,删去他关于过去的谈话,那段话对小说没有什么重大意义。

契诃夫添写了结尾一句话:"过了半个钟头,她已经上路了。"这样,就使得小说在情节上圆满了。

列夫·托尔斯泰认为《风波》是契诃夫的最佳小说之一(请参看本文集第二卷《假面》的题解)。

《醉汉同清醒的魔鬼的谈话》

最初发表在一八八六年二月八日《花絮》第六期上,署名"无脾人"。

现在保存着从《花絮》杂志上剪下的该小说一份,上有作者的题词:"不收入全集。安·契诃夫。"

一八八六年二月六日或七日列依金在写给契诃夫的信上说:"《花絮》第六期上没有发表您的小说《安纽达》,我刊登了您的小说《醉汉同清醒的魔鬼的谈话》。"

《演员之死》

最初发表在一八八六年二月十日《彼得堡报》第四十号《短文》栏内,署名"安·契洪捷"。一八八六年,该小说收入在彼得堡出版的契诃夫的小说集《形形色色的故事》,一八九一年该小说由作者略作文字上的修改后,收入该小说集第二版,此后自一八九二年至一八九九年,该小说集印行第三版至第十四版时,该小说未再改动。

该小说由作者再次在文字上稍加修改后,收入他自编的文集第三卷。

《安灵祭》

最初发表在一八八六年二月十五日《新时报》第三五八一号《星期六附刊》栏内,署名"安·契诃夫"。一八八七年该小说由作者略加修改后,收入在彼得堡出版的契诃夫的小说集《在昏暗中》,此后自一八八八年至一八八九年,该小说集印行第二版至第十三版时,该小说未再改动。后来,该小说再次由作者稍作文字上的修改后,收入他自编的文集第三卷。

该小说收入文集时,作者将"不务正业的女戏子"改为"女演员"。

契诃夫将该小说寄往《新时报》供第一次发表时,作者的署名原是他平时的署名"安·契洪捷"。可是二月十四日该报编辑部打电报给契诃夫,要求作者允许该报将小说上的署名改为作者真正的姓。"契诃夫同意了,然而对这种办法不免惋惜,因为他原想在医学杂志上发表文章,准备把他的姓留到发表严肃的论文时使用。"俄国作家格鲁津斯基于一九〇七年在《关于契诃夫》一文中这样回忆道。

一八八六年二月二十一日契诃夫在写给《新时报》主笔苏沃

陵的回信中说:"谢谢您对我作品的好评以及很快发表我的小说。……我同意您对我的小说已经删去的那个结尾的见解,而且感激您有益的指点。我写作已经有六年了,然而不嫌麻烦给我以指点,并且说明理由的,您是第一个。"

讲到该小说的结尾已经更改和压缩(可能出于苏沃陵的手),俄国作家和《花絮》杂志撰稿人比里宾于二月十六日写给契诃夫的信证实了这一点,他说:"我愉快地读了您在《新时报》上发表的小说,只是没有找到您告诉我的那个老处女。我等着:大概还有下文吧。"要恢复小说的结尾已经办不到,因为作者寄给苏沃陵的草稿没有保存下来。

俄国作家兹文尼高罗德采夫(波克罗夫斯基的笔名)在一九〇七年于莫斯科出版的回忆录《安东·巴甫洛维奇·契诃夫。他的生活和作品》中说:"一八八六年,苏沃陵在一大群文学工作者中间看出了契诃夫的才能。……二月十五日……《新时报》上发表了契诃夫的小说《安灵祭》。从这时候起,每逢星期六,契诃夫的短小作品就在这家报纸上出现,都是些日常生活的小水彩画,大多是内地的生活故事。"

《愚蠢的法国人》

最初发表在一八八六年二月十五日《花絮》杂志第七期上,署名"安·契洪捷"。

现在保存着从《花絮》杂志上剪下的小说原文一份,上有作者的题词:"不收入全集。安·契诃夫。"

《安纽达》

最初发表在一八八六年二月二十二日《花絮》杂志第八期上,署名"安·契洪捷"。一八八六年,该小说由作者略加修改后,收入在彼得堡出版的契诃夫的小说集《形形色色的故事》。后来,该小说又经作者修改后,收入他自编的文集第二卷。

该小说收入文集时,契诃夫删削内容,进行文字上的修改,重写了某些段落。

契诃夫主要修改了该小说的后半部。在《花絮》杂志上,克洛奇科夫原是当着安纽达的面跟学法律的大学生克里库兴谈话,现改为跟学绘画的大学生费契索夫(原姓福留索夫)谈话。谈话内容被压缩了,例如在"既然你能帮忙,又何不帮一帮呢?"后面,删掉了下列文字:"安纽达越发使劲地眨眼,可是不敢再提抗议,于是……于是这个活的人体模型毫无怨言地随着声音沙哑的福留索夫走去。

"屋里只剩下克洛奇科夫一个人,他专心背书。可是他还没来得及读完两页,房门却又开了,学法律的大学生克里库兴走进屋来。

"'该去吃饭了……'他说着,在长沙发上大模大样地坐下,看了看这个小房间。"

在"她一直很忙"后面,还删去下列文字:"'哪怕就拿安纽达本人来说吧。……哎,您这个人哪儿谈得上审美力!她皮肤既不好,相貌又差,头脑也笨……肮里肮脏!您还算是有教养的人哩!唉!'

"'这我也很明白,'克洛奇科夫摇一下手说,'可是我拿她怎么办呢?是啊,要是我把她赶走,她可就没有面包吃了,您要明白!她爱上一个男人,就为他干活,为他挣钱,可是,一旦她失去了偶像,不能再为他贡奉四分之一斤茶叶和糖块,她可就什么事也不干了。'

"'废话,不用担心,她不会饿死的。……'"

这以后,克洛奇科夫和安纽达的谈话也被删掉,在"我们得分手了"后面原有这样一段文字:"安纽达张开嘴,眨巴眼睛,鼻子和面颊也在动。她的上嘴唇往右撇,下嘴唇往左撇。……

"'哭什么!'克洛奇科夫惊慌地说,'你会同意,这是迟早要了结的!不是一定会这样吗?'

"'我……我不会……会……'安纽达哭着说。

"'你不会怎么样?'

"'我会……会听你的话。'

"'哎,可是问题不在这儿!你漂亮,心好,可是……你要明白,我们一块儿住着不合适,不可能啊!你别糊涂,要明白才是!'

"安纽达的脸湿了,像雨后的窗玻璃一样。她没擦眼泪,面容大变,像是觉得痛似的。她先是哽哽咽咽,后来忽然放声大哭。'我……我把您托付给谁呢?'克洛奇科夫听见她说,'难……难道我不在,还有人给您烟吸吗?而且……而且……糖块呢?没有糖……糖块,怎么能喝茶呢?我……我会听话的。'

"'鬼才知道是怎么回事……'医学生嘟哝说,'哦,也行,他摇一下手说,'别哭了,住下吧!'"

契诃夫通过这样的修改消除了原文中某些粗俗的调子,加深了安纽达形象的意义,使她成为温顺而毫无怨言的牺牲品,遭到把"姑娘"借来借去而且大谈美学的克洛奇科夫和费契索夫的无情压榨。

该小说的结尾,从"大学生拿过教科书来,又开始在两个墙角走来走去"起,是由契诃夫重写的。契诃夫将结尾大加修改,意在显示安纽达在劫难逃,毫无出路,回到小说开端的沉重气氛,并以新的细节使之加强:

"过道上有个什么人扯开了嗓门叫道:

"'格利果利,拿茶炊来!'"

一八八六年二月三日契诃夫在写给列依金的信上说:"寄上

小说一篇。其中写到大学生,然而并没有什么不符合自由主义的味道。再者现在也不该讲客气了。"

该小说遭到书报检查官的删削。同年二月六日或七日,列依金在写给契诃夫的信上说:"《安纽达》已经由书报检查官呈交书报检查委员会,这就无异于说《花絮》已经不能刊登这篇小说了。他们一心要求清教徒作风,希望小说里没有人过未经结婚的同居生活!鬼才知道是怎么回事!十足是昏了头。……我暂时不把《安纽达》的校样寄上。明天白天我要去找书报检查官,同他洽谈。或许这次拜访会有所收获也未可知。关于这次拜访的结果,我自当奉告。"

同年二月十三日或十四日,列依金在写给契诃夫的信上说:"我刚才收到书报检查官发下的文稿一包,其中有您的小说《安纽达》。委员会批准发表了,不过有些删削。删削的地方是有关大学生和安纽达过未经结婚的同居生活的描写,以及安纽达从前跟其他大学生同居的描写。依我看来,这篇小说没有受到很大的损害,仍然不错。现将未加删改的小说《安纽达》的校样随信寄上。"

同年二月十六日契诃夫在写给列依金的信上说:"《安纽达》中被删掉的地方确实无关紧要。谢谢您救出了我这篇小说。……"

《祸福无常》
谢肉节的布道题材

最初发表在一八八六年二月二十二日《花絮》杂志第八期上,署名"无脾人"。

《大人物》

最初发表在一八八六年三月一日《花絮》杂志第九期上,署名

"安·契洪捷"。

《伊凡·玛特威伊奇》

最初发表在一八八六年三月三日《彼得堡报》第六十号《短文》栏内,署名"安·契洪捷"。

一八八六年,该小说由契诃夫改正在报纸上发表时误印的错字和句子后,收入在彼得堡出版的契诃夫的小说集《形形色色的故事》。

后来,该小说由作者作了文字上的修改后,收入他自编的文集第一卷。这些修改消除了小说中某些粗俗的文字。又,小说的结尾一句原来是"……盼望着他来谈一谈毒蜘蛛和捕捉金翅雀而已"。又,作者改动了小说的一个细节:小说初次发表时,主人公原是作家,然而在文集中已改为学者。

一八九九年春天俄国文学家彼尔佐夫听说马克斯取得出版契诃夫文集的权利后,于三月二十四日以读者的名义写信给契诃夫,要求他把那些只收入契诃夫的小说集《形形色色的故事》第一版而未收入该书此后各版的小说都收入契诃夫文集,其中他提到《伊凡·玛特威伊奇》,并且认为这篇小说"很好!"契诃夫之所以将这篇小说收入他的文集,可能与彼尔佐夫的来信有关。

《巫婆》

最初发表在一八八六年三月八日《新时报》第三六〇〇号《星期六附刊》上。

一八八七年该小说由作者删去个别细节后,收入在彼得堡出版的契诃夫的小说集《在昏暗中》,此后自一八八八年至一八九九年,该书印行第二版至第十三版时,该小说未再改动。后来,该小说由作者略作文字上的修改后,收入他自编的文集第三卷。

该小说收入契诃夫的小说集《在昏暗中》时,作者删掉了报纸上发表的原文中有关萨威里·盖金的脚的两次描写:"带着歪斜的黑趾甲",在"撩起衬衫的底襟匆匆地擤一下鼻子"后面,删去"因而露出诵经士的灰色肚皮和像环形小面包那么大的肚脐"。

该小说收入契诃夫的文集时,作者删去了个别的词,例如,在"引起她兴趣的,与其说是他的脸,倒不如说是他的整个身体"后面删去"和体态"。作者还改换了个别的字。

据契诃夫的弟弟米哈依尔·巴甫洛维奇在《安东·契诃夫和他的题材》一书中回忆,驿道旁边教堂看守人的小屋的描写来自契诃夫在巴勃金诺度夏期间获得的印象。

该小说的出现引起各种不同的评论。该小说发表后不久,一八八六年三月十一日,契诃夫在写给俄国作家和《花絮》杂志撰稿人比里宾的信上说:"有许多人……不喜欢《巫婆》。……不过,有什么办法呢!没有别的题材可写,而且是魔鬼捣乱才弄得我写出这种东西来的。……"

同年三月十四日,比里宾写信告诉契诃夫说,《新时报》主笔苏沃陵很喜欢《巫婆》。他还写道:"至于我自己,却不能这样说。……我认为不大值得把才能用在描绘极富性感、眼看就要越出常轨的画面……以及'出界'的画面上。……我崇拜现实主义,可是有关诵经士的脏脚的描写却使我看着不舒服。……其次,一方面是这样的现实主义,另一方面诵经士的形象却又含有纯粹离奇的因素,他居然认真地把他的妻子当作巫婆。这不合式。"

同年三月十二日,俄国作家谢赫捷尔在写给契诃夫的信上说:"求上帝饶恕您描写足足有环形小面包那么大的肚脐吧,也就是您让诵经士的妻子以及一切可敬的读者看的那个肚脐。……这简直比左拉的文笔还要厉害几分呢。……"

俄国著名的老作家格利戈罗维奇于同年三月二十五日写给契

诃夫的第一封信上也谈到这一点:"真实性和现实主义不但不排除优雅,而且从优雅中得到益处。您极其有力地掌握着塑造的方式和审美感,因此,您没有特别的必要去描写像诵经士的脏脚和变形的趾甲,以及他的肚脐之类的细节。这些细节丝毫也没有增添这段描写的艺术上的美,反而破坏了趣味高雅的读者心目中的印象。"

同年三月二十八日,契诃夫在写给格利戈罗维奇的信上说:"您对我指出的粗鄙描写,我自己在《巫婆》发表的时候也看出来了。如果我不是用一天而是用三四天工夫写成的,我就不会有这种毛病了。……"契诃夫将该小说收入他的小说集时,删掉了这些败笔。

格利戈罗维奇和比里宾在他们的信上还提到整个小说在艺术上的精巧,特别是暴风雪的卓越描绘,这样的评价也见于有关契诃夫的小说集《在昏暗中》初版的评论(如一八八七年九月十日《彼得堡报》第二四八号上的未署名短文;一八八七年九月二十五日《新时报》第四一五七号——该报编辑人员布列宁的文章《批评随笔。契诃夫的小说》)。

契诃夫的小说集《在昏暗中》的另一个评论者奥鲍连斯基,在一八八七年《观察家》杂志第十二期上的文章中赞许地指出:"把年轻而轻佻的妻子看成巫婆的诵经士,具有悲喜剧的个性。"

列夫·托尔斯泰将《巫婆》列为契诃夫的最佳小说之一(请参看本文集第二卷《假面》的题解)。

《毒》

最初发表在一八八六年三月八日《花絮》杂志第十期上,署名"安·契洪捷"。

一八八六年三月四日契诃夫将该小说寄给列依金,在写给他的信中说:"这篇小说我是今天早晨开始写的,思想内容还不坏,而且开头写得也还将就,然而苦恼的是我不得不写一阵停一阵。我刚写完第一页,德米特利耶夫的妻子就来了,要求我开一个医疗证明,等我写完第二页,又收到谢赫捷尔打来的电报:他病了!我得出门看病去。……写完第三页,却开饭了,等等。写写停停,停停写写,无异于脉搏间歇。"

在契诃夫寄给《花絮》杂志的原稿上,原有一个律师,大概小说的主人公去找他了。这个插曲在小说发表时被列依金删掉了。一八八六年三月六日列依金在写给契诃夫的信中说:"我跟比里宾一起读了这篇小说,决定把律师去掉。去掉律师,小说更好些,因此您不要抱怨我横行霸道。"

《没有结局的故事》
一场小戏

最初发表在一八八六年三月十日《彼得堡报》第六十七号《短文》栏内,署名"安·契洪捷"。

写作这篇小说,大概起因于一件真事。一八八六年一月十二日,契诃夫在写给列依金的信中说:"基切耶夫(契诃夫的朋友,契诃夫一家曾不止一次在他的庄园上度夏)原本动手自杀,不料子弹失效。前天我见到他,他讲了讲这件事。"

《捉弄》

最初发表在一八八六年三月十二日《蟋蟀》杂志第十期上,署名"无脾人"。

该小说由作者修改后,收入他自编的文集第二卷。作者作了很大的压缩,特别是删去一个插曲:男主人公在娜坚卡家吃饭。有许多向读者说的话也被删掉,例如:"可是,诸位先生,女人是善于做出牺牲的。在这方面我准备起誓一千次,哪怕在法庭上或者在新书《论妇女》的作者面前起誓都成。"作者还删去一些陈旧的文学用语。

该小说原来的结尾不同。在"她叫起来,满脸微笑,迎着风伸出两只手……"后面,原文是……"这正是我需要的。……我就从灌木丛中跑出去,不容娜坚卡放下两只手,惊讶得张开嘴,就跑到她跟前了。……不过,这时候,请容许我去办婚事吧。"

契诃夫放弃该小说原来那种大团圆的结局,在该小说的修改稿中添进更深刻的思想内容:主人公对生活不满,对精神方面的虚度青春感到惋惜。作者修改的结果,该小说的文字不但有了更改,连小说的思想内容也改变了。

《阿加菲娅》

最初发表在一八八六年三月十五日《新时报》第三六○七号《星期六附刊》上。一八八七年,该小说由作者删削后,收入在彼得堡出版的契诃夫的小说集《在昏暗中》,此后自一八八八年至一八九九年印行第二版至第十三版时,该小说未再改动。

后来,该小说未加修改,由作者收入他自编的文集第三卷。

该小说收入小说集《在昏暗中》时,契诃夫删去一大段有关男主人公思想的文字,那是出于讲故事人的口,说的是萨甫卡的消极哲学的好处和阿加菲雅的命运,其中有这样几行:"……我渐渐觉得,我似乎理解年轻的萨甫卡的无所作为了。……说真的,何必活动,热望,探求呢?在这种芬芳的夜晚,在多得不计其数的微微闪烁的星光下,永远成为庄严雄伟的普遍安宁的一部分,呼吸新鲜的空气,不停地呼吸,那岂不更好?生活的目标和乐趣,岂不就在于同这种永恒的、意味深长而又不可理解的美打成一片吗?"契诃夫删去这段文字,力求在叙述上保持较为客观的态度,使得小说更为简洁。

格利戈罗维奇于一八八六年三月二十五日写给契诃夫的信中说:"……根据您那毫无疑义的才能的丰富素质,根据内心分析的真实感,根据描写的技巧(暴风雪①、《阿加菲雅》等作品中的夜晚、地区),根据短短几行就能绘出丰满画面的塑造感,例如:晚霞熄灭而转为乌云,'犹如快要烧完的煤块蒙上了一层灰烬似的'等,我相信您肯定会写出一些精彩的、真正的艺术作品。"

俄国民粹派批评家H.K.米哈伊洛夫斯基于一八八七年九月《北方导报》杂志上对契诃夫的小说作了首次评论,这次是评论契诃夫的小说集《在昏暗中》。他指出契诃夫的小说带有毫无出路和"阴暗"的色彩。他没有理解契诃夫的复杂诗情的新意,认为他的许多小说没有写出最后结局就足以证明作家对他的人物的命运漠不关心。他特别不满意《巫婆》、《薇罗琪卡》、《阿加菲雅》之类小说的结尾。关于《阿加菲雅》,他写道:"阿加菲雅·斯特烈尔契哈和她的丈夫会面后,怎样呢?他把她杀死了,还是打一顿,骂一通,原谅她了?她都说了些什么?……人在读契诃夫的小说集的时候,这类十分自然的问题,却一个也看不到。"

《我同邮政局长的谈话》

最初发表在一八八六年三月十五日《花絮》杂志第十一期上,署名"安·契洪捷"。

《狼》

最初发表在一八八六年三月十七日《彼得堡报》第七十四期《短文》栏内,原题名是《狂犬病》,有副标题《真事》,署名"安·契

---

① 指《巫婆》中的暴风雪描写。——俄文本编者注

洪捷"。

该小说本来大概准备收入契诃夫自编的文集,因为现在保存着该小说由作者修改后的誊清稿。本书根据该小说修改稿付印。

契诃夫修改该小说时,将题名改为《狼》,取消副标题,内容已与报纸上的原文大不相同。修改稿中去掉了第三个参与打猎的人,地方自治局医生彼加索夫,狂犬病的种种症候原是由他叙述的。那段叙述已经缩短,并删掉下列一句:"凡是得这种病的人,有一百个就准定死一百个。……"该小说全文都经作者压缩和校订,结尾重新写过。原来的结尾是尼洛夫拜访奥甫钦尼科夫医生后大谈他的感受。

该小说是以下面这段颇有教益的文字收尾的:"一般说来,人的记性很差。前几天,一条疯狗咬了玛克辛老人。彼加索夫没有多想,就动身到尼洛夫家里去了。

"'我们打发玛克辛到巴斯德那儿去一趟吧,'彼加索夫对尼洛夫说,'我们来给他捐点钱。您愿意出钱吗?'

"'啊,遵命!'尼洛夫说完,走出去,过了不大一会儿工夫,他给医师送来了十卢布。"

该小说有一个描写月夜的画面,生动而简洁:"河坝上满是月光,一丁点阴影也没有。河坝中央有个破瓶子,瓶颈闪闪发光,像是一颗星。"这段描写显出契诃夫风景描写的特点。契诃夫极力以最富于表达力的细节代替对风景的详尽描绘。该小说发表将近两个月后,一八八六年五月十日,契诃夫写信给他的哥哥亚历山大·巴甫洛维奇,对他提出文学方面的主张,说:"描写风景,应当抓住琐碎的细节,把它们组织起来,让人看过以后,一闭上眼睛,就可以看见那个画面。比方说,要是你写,在磨坊的坝上,有个破瓶子的碎片闪闪发光,像明亮的星星一样,有条狗或者狼的黑影像球似的滚过来,等等,那你就写出了月夜。"

契诃夫在他一八九六年写成的剧本《海鸥》中,也讲到,作为一种艺术手法,描绘月夜的总画面可以借助于个别的细节:"特利果陵练出了他自己的手法,他省力得很。……他只要写一下坝上有破瓶子的碎片发亮,磨坊的轮子投下阴影,就把月夜写成了。……"

《到巴黎去!》

最初发表在一八八六年三月二十二日《花絮》杂志第十二期上,署名"安·契洪捷"。

该小说发表前不久,巴黎正传来消息,说一家运用法国著名微生物学和化学家巴斯德的方法医治狂犬病的医院开业。一八八六年三月八日《花絮》杂志第十期报道说:"巴黎开办一家医院,用医学家巴斯德的学说医治狂犬病。这家医院向全体人民开放。俄国农民,夏天被疯狗咬伤,就有权利买一张火车票,坐直达车去巴黎,在医院就诊。这个消息是令人快慰的。"

《在春天》

最初发表在一八八六年三月二十四日《彼得堡报》第八十一号《短文》栏内,原有副标题《一场小戏》,署名"安·契洪捷"。

该作品由契诃夫大加修改后,收进他自编的文集第三卷。契诃夫取消副标题、作者对读者的交代、作者借题发挥的话,删去对第二个失意者的性格的详细描写,此人在作品原文中是个绘画工作者,名叫费奥方。在作品原文中没有斯特烈莫乌霍夫将军,批评玛卡尔·丹尼绥奇写作的是一个伯爵,玛卡尔·丹尼绥奇就在他的庄园上工作。有些修改足以证明作者如何仔细地校订作品原文,例如,关于花匠潘捷列,原文是这样写的:"他偶尔转过头去,为了吐口痰,或者看一眼蔚蓝的天空,看一眼阳光普照下的大地,看一眼正在争斗的麻雀……在这种时候，我劝您留神他脸上的表情。他带着自负的神情观看大自然，对它有优越感，每逢他的目光落在冷杉、杨树、丁香花丛上，那么……啊，天上的天使呀，救救我们吧！……那时候他的眼睛里总是闪过一种主人般威严的，甚至轻蔑的神情，仿佛他不论是在温室里坐着还是在花园里刨土，他都知道植物王国里的不好的秘密，只是不好意思说出口罢了。您可别想对他说明大自然是雄壮、威严、充满美丽和秘密，在它面前，人应该低下头。讲到大自然的秘密，他觉得他全知道。……"

契诃夫校改这一段时，把第一句全部删去，第二句中删去"带着自负的神情"。下面从"每逢……"起，到"……他眼睛里"，简洁地改为"他的目光"，后面"他都知道植物王国里的不好的秘密，只是不好意思说出口罢了"改为"关于植物的王国，他能知道某些别人不知道的事情"。下边的"人"改为"骄傲的人"。"讲到大自然的秘密，他觉得他全知道"改为"他觉得他知道一切秘密、魅力，奇迹，简直无所不知……"

《公文成堆》
档案调查

最初发表在一八八六年三月二十九日《花絮》杂志第十三期上，原题名是《猩红热和美满的婚姻》，署名"安·契洪捷"。

该作品由作者作过文字上的修改和添写后，收入他自编的文集第一卷。

该作品收入文集时，契诃夫改换标题，把事情的开端从十二月推前到十一月，但作品第一行的"今年十二月八日"却漏掉而未改，现在已将"十二月"改为"十一月"。作者删去了十二月十三日拉杜希内依公函的附白，以及一月二日波德普鲁宁公函上有关售马买羊的附言。

契诃夫添写了二月八日警官波德普鲁宁的公文以及警察分局长随之而写给他的回信等,加强了该小说讽刺的含意。

《噩梦》

最初发表在一八八六年三月二十九日《新时报》第三六二一号《星期六附刊》栏内。

一八八七年该小说由作者略加删削后,收入在彼得堡出版的契诃夫的小说集《在昏暗中》,此后自一八八八年至一八九九年,该小说集印行第二版至第十三版时未再改动。后来,该小说收入他自编的文集第三卷。

该小说收入小说集《在昏暗中》时,作者删去库宁同教士谈话后独自一人发出的假慈悲的感慨:"'啊,毁掉的青春!'他喃喃地说。'被泥浆玷污的美丽,侏儒们的眼睛看不到的巨人!原谅我吧,我的骑士!'"

该小说在《新时报》上发表后,该报立即刊登了一个担任医生的读者的来信,小说中乡村知识分子那种可怜的贫困生活在作者的忠实描写下,使他深为激动。一八八六年四月一日《新时报》第三六二四号刊登的读者来信说:"契诃夫先生的小说《噩梦》里讲到医生的妻子,说她亲自洗内衣。……您大概会觉得这很奇怪。然而这却不会使医生们吃惊……这成了公式:教士的妻子没有衬衫穿,医生的妻子在河里洗内衣……这在俄国已经成为常规,毫无例外了。"

同年四月四日契诃夫在写给俄国作家比里宾的信上说:"我没有期望《噩梦》获得成功。很难投合人的口味啊!"

同年四月四日,列依金在写给契诃夫的信中谈到,由于这篇小说获得成功,他要求契诃夫应许把《噩梦》收入契诃夫的小说集《形形色色的故事》,同时,他在《新时报》的读者来信的明显影响下,把这篇小说称为有关医师的妻子的小说。

该小说本来已经排好一半,准备收入契诃夫的小说集,可是契诃夫坚持不同意,后来就取消了。

一八八六年四月十九日契诃夫在写给大哥亚历山大·巴甫洛维奇的信上说:"那些小说本来就已经够杂的了,如果再把《噩梦》和《瑞典火柴》放在一起,那就要杂得令人作呕了。"后来,契诃夫将该小说收入他的小说集《在昏暗中》。

同年五月十日契诃夫在写给大哥亚历山大·巴甫洛维奇的信中讲到,他一八八六年发表在《新时报》上的《噩梦》和其他小说,按他的说法,在彼得堡闹得"天翻地覆",其结果是他"昏头昏脑,好像被炭气熏昏了"。

俄国批评家梅列日科夫斯基于一八八八年《北方导报》第十一期上发表文章评论契诃夫一八八七年的小说集《在昏暗中》和一八八八年的小说集《故事》,其中提到《噩梦》,说:"这篇小说极其朴素,富于生活气息和细致而恳切的幽默,颇像俄国极有才能的描写日常生活的作家格列勃·乌斯宾斯基的一篇乡村速写。"

《在河上》
春季小景

最初发表在一八八六年三月三十一日《彼得堡报》第八十八号《短文》栏内,署名"安·契洪捷"。

《格利沙》

最初发表在一八八六年四月五日《花絮》杂志第十四期上,署名"安·契洪捷"。

该小说由作者作过文字上的修改、压缩、添写后,收入他自编的文集第一卷。

该小说在修改中由契诃夫删去若干比拟和性格描写,特别是删去下列一句:"他穿得那么厚,要是您用放大镜看他一眼,就会看到这样的形体倒满可以用来画一幅《北极旅行图》呢。"

该小说的题材是俄国作家和《花絮》杂志编辑比里宾向契诃夫提供的。一八八六年三月十四日比里宾在写给契诃夫的信上提议说:"……写一个年纪在两岁到四岁之间的小娃娃费佳的心理,如何?(小小说。)"后来比里宾在《花絮》杂志编辑部读到该小说的原稿后,于同年四月二日或三日写给契诃夫的信上说:"《格利沙》很不坏,很不坏哩。"

《爱情》

最初发表在一八八六年四月七日《彼得堡报》第九十五号《短文》栏内,署名"安·契洪捷"。